7

삼보태감三寶太監 서양기西洋記 통속연의通俗演義

(명) 나무등 저
홍상훈 역

明文堂

일러두기

1. 이 번역은 [明] 羅懋登 著, 陸樹崙·竺少華 校點,《三寶太監西洋記通俗演義》(上·下), 上海: 上海古籍出版社, 1985 제1쇄의 소설 본문을 저본으로 했다.
2. 원작에 인용된 시문(詩文)과 본문 중의 오류는 역자가 각종 자료를 참조해 교감하여 번역했으며, 소설 작자의 창작된 문장이 많이 들어간 상소문이나 서신 등을 제외한 나머지 인용문들은 한문 독해 능력이 있는 독자들의 이해를 돕기 위해 최대한 원문을 함께 수록했다.
3. 본 번역의 주석에서는 작품에 인용된 서양 풍물에 대한 묘사들은 대부분 마환(馬歡)의《영애승람(瀛涯勝覽)》과 비신(費信)의《성사승람(星槎勝覽)》, 공진(鞏珍)의《서양번국지(西洋蕃國志)》,《명사(明史)》〈외국열전(外國列傳)〉 등의 전적에 담긴 내용을 변용한 것이지만, 본 번역에서는 특별한 경우가 아니면 원래 기록과 일일이 비교하여 설명하지 않았다. 이에 관한 좀 더 전문적인 비교 분석은 본 번역의 저본 말미에 〈부록〉으로 수록된 샹다[向達]와 자오징선[趙景深]의 논문을 참조하기 바란다.
4. 본 번역의 역주는 필자의 역량으로 접근할 수 있는 범위에 한정해서 수록했기 때문에, 일부 미흡하거나 오류가 있을 수도 있다.
5. 본서의 번역 과정에서 중국어로 표기된 외국 지명을 확인하는 데에는 인터넷 학술 사이트인 남명망(南溟網, http://www.world10k.com/)으로부터 많은 도움을 받았다.
6. 본 번역에서는 서양의 인명을 가능한 한 실제 역사서에 등장하는 인물의 이름을 찾아 표기했고, 가상 인물일 경우에는 중국어 발음을 고려하여 서양인의 이름에 가깝게 번역했다. 예) 쟝 훌츠[姜忽刺], 쟝 지니어[姜盡牙], 쟝 다이어[姜代牙]……
7. 본 번역에서 전집류나 단행본, 장편소설 등은《 》로, 그 외의 단편소설이나 시사(詩詞), 악곡(樂曲) 등의 제목은〈 〉로 표기했다.

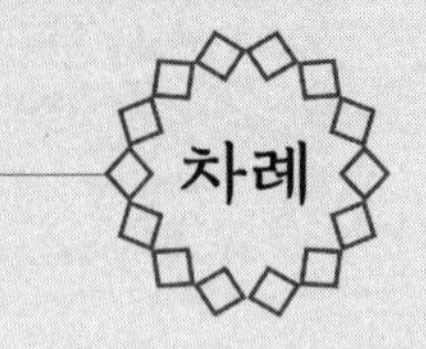

차례

삼보태감三寶太監

서양기西洋記 통속연의通俗演義

7

제87회

함대는 풍도귀국에 들어가고 왕명은 전생의 아내를 만나다

寶船撞進酆都國　王明遇着前生妻

閨庭蘭玉照鄕閭	집안의 뛰어난 자제 고을을 빛나게 하나니[1]
自昔雖貧樂有餘	예로부터 가난해도 즐거움은 넘쳤다네.
豈獨佳人在中饋	어찌 미인만이 아내의 도리를 다하겠는가?
却因麟趾識關鳴	기린의 발자국은 〈관저(關鳴)〉의 교화를 알 수 있게 하지.[2]
雲軿忽已歸僊府	신선의 수레는 이미 신선 세계로 돌아갔건만
喬木依然擁舊廬	아름드리나무는 여전히 옛집을 끌어안고 있구나.

1 인용된 시는 송나라 때 소식(蘇軾)의 〈여 주부 모친을 위한 만시[余主簿母挽詩]〉인데, 잘못 인용된 몇몇 글자는 원작에 따라 바꿔서 번역했다.

2 《시경》의 〈모시서(毛詩序)〉에 따르면 〈인지지(麟之趾)〉는 〈관저(關雎)〉와 호응한다고 했다. 즉 〈관저〉의 노래에 의한 교화가 널리 퍼지면 천하에 예의를 지키지 않는 이가 없어지기 때문에 쇠락해가는 나라의 후계자라도 모두 기린이 발자국을 남길 때의 훌륭한 자제라고 굳게 믿게 된다는 것이다.

忍把還鄕千斛淚	차마 고향에 돌아와 천 휘[斛]의 눈물을
一時灑向老萊裾	일순간에 노래자(老萊子)[3]의 옷자락에 뿌리노라!

어쨌든 왕명이 다시 사오 리쯤 걸어가자 앞쪽에 성곽이 하나 나타났는데, 성곽 바깥에는 백성들이 거처하는 집들이 빽빽이 들어서 있었다. 얼른 소식을 탐문해 사령관에게 보고하여 공을 세우고 싶은 마음뿐이었던 그는 잰걸음으로 걸어서 성안으로 들어갔다. 그런데 성안의 사람들은 모두 생김새가 상당히 이상했다. 머리가 소처럼 생긴 이, 말의 얼굴을 한 이, 뱀의 입을 가진 이, 매의 코를 가진 이, 얼굴이 시퍼렇거나 시뻘건 이, 날카로운 송곳니를 드러낸 이, 아예 이가 통째로 드러난 이들도 있었다. 그 이상한 모습들을 보자 왕명은 속으로 상당히 겁이 났다. 대개 사람의 손발은 모두 마음에 좌우되는 법인데, 마음이 당황하게 되자 손발도 맥이 빠져 버렸다. 그 바람에 자기도 모르는 사이에 마치 발에 무언가 걸린 듯이 털썩 자빠져 버렸다. 황급히 일어나 보니 온몸의 옷이 더러워져 있었다.

이렇게 되자 그는 다른 이들이 이상하게 생각할까 싶어서 성을 둘러싼 강으로 가서 옷을 빨았다. 그런데 그로 인해 하늘이 교묘히

3 노래자(老萊子: 기원전 599~기원전 479?)는 춘추 후기 초(楚)나라의 은사(隱士)로서 도가(道家)의 창시자 가운데 하나로 꼽힌다. 그는 일흔두 살의 나이에도 연로한 부모를 효성으로 봉양하면서, 부모를 즐겁게 해 드리기 위해 늘 색동옷을 입고 어린아이 흉내를 냈다고 한다.

안배한 수많은 사건이 벌어졌다. 그 안배와 사건이란 무엇이냐? 그가 강에서 옷을 빨고 있는데, 마침 건너편에도 한 아낙이 빨래하고 있었다. 그 아낙과 눈이 마주치자 왕명은 왠지 그녀를 알고 있는 듯한 기분이 들었고, 그것은 건너편의 아낙도 마찬가지였다. 둘이 번갈아 가며 상대를 한참 쳐다보다가 왕명은 이런 생각이 들었다.

'저 여자는 꼭 죽은 내 아내처럼 생겼구나.'

그 아낙도 비슷한 생각을 하고 있었다.

'저 사람은 꼭 생전의 내 남편처럼 생겼구나.'

하지만 둘 다 말을 꺼내기 쑥스러웠다. 그때 아낙이 물가를 떠나다가 다시 고개를 돌리고 그를 쳐다보았다. 그러자 왕명이 마침내 참지 못하고 그녀를 불렀다.

"부인, 왜 그렇게 자꾸 돌아보는 것이오? 혹시 나를 아시오?"

"당신은 어디서 온 누구지요? 여긴 어떻게 오셨나요?"

"나는 위대한 명나라 정서대원수 휘하의 왕명이라는 병사요. 비밀 임무를 띠고 여기에 오게 되었소."

"정말 왕극신, 왕명이라는 건가요?"

하지만 그 아낙은 동명이인일지도 모른다는 생각에 다시 물었다.

"혹시 집안에 부모 형제와 처자식이 있나요?"

"사실 부친은 일찍이 돌아가셨고 모친만 계시는데, 동생 왕덕(王德)이 모시고 있소. 아내 유(劉)씨는 십 년 전에 병으로 죽었소. 벼슬에 얽매인 몸이라 서양으로 오는 바람에 후처를 얻지도 못했고, 대를 이을 자식도 없소."

집안일을 간명하게 설명한 이 말을 들은 그 아낙은 비로소 그가 진짜 자신의 남편이라는 것을 알고, 가슴이 칼에 베이는 듯한 아픔에 두 줄기 눈물을 흘리며 말했다.

"저 위쪽의 다리를 건너 이쪽으로 좀 오셔요. 드릴 말씀이 있어요."

왕명이 건너가자 그녀가 그를 붙들고 대성통곡했다.

"여보! 내가 바로 십 년 전에 병으로 죽은 당신의 아내 유씨예요."

그 말에 왕명은 더욱 갈피를 잡지 못했다. 아니라고 하자니 생김새며 말투가 너무 똑같았고, 맞다고 인정하자니 십 년 전에 죽은 사람을 다시 만난다는 게 말이 되지 않았기 때문이다. 그는 놀라움과 애틋한 마음이 뒤섞인 표정으로 말했다.

"당신이 내 아내가 맞다고 해도, 십 년 전에 죽은 사람이 어떻게 아직 있으며, 또 어떻게 여기서 나와 만날 수 있다는 것이오? 대체 그동안 어디에 숨어 있었소?"

"거리에서 말하기는 곤란하니 제 집으로 가요. 거기 가서 자세히 말씀드릴게요."

그들은 골목 구석을 돌고 돌아 팔자문루(八字門樓) 뒤쪽에 가로로 지어진 세 칸짜리 건물로 갔다. 푸른 벽돌 사이에 석회를 발라 지은 그 건물은 아담하고 그윽한 분위기를 풍겼다. 그곳을 지나 뒤쪽으로 들어가자 또 세 칸짜리 널찍한 건물이 나타났는데, 건물 양쪽에는 사랑방과 침실이 딸려 있었다. 유씨가 대청에서 왕명에게 절을 올리자 그가 물었다.

"여기는 어디요?"

"서둘지 마셔요. 제가 차근차근 말씀드릴게요. 제가 그해 시월 열셋째 날에 병으로 죽자, 저승사자가 제 영혼을 저승의 관청으로 데려갔어요. 거기에는 저까지 포함해서 모두 마흔두 명의 영혼이 와 있더군요. 염라대왕이 영요전(靈曜殿)의 당상에 앉기 전에 먼저 판관 앞에서 장부에 등록된 이름과 대조했지요."

"아니, 염라대왕은 뭐고 판관은 뭐요? 그렇다면 설마 여기가 저승이라는 말이오?"

"놀라지 마셔요. 제가 다시 설명해 드릴게요. 그 판관은 바로 최각(崔珏)[4]이었는데, 그분이 영혼들의 이름을 등록하고 장부의 성명과 대조한 후 염라대왕 앞으로 영혼들을 데려가는 일을 맡고 계셨어요. 그분이 하나하나 호명하여 대조하는데, 마흔한 번째까지만 호명하지 뭐예요? 그러자 염라대왕께서 물으셨어요.

'여기 문서에는 마흔두 명이라고 되어 있는데, 어째서 지금 심문받으러 온 이가 마흔한 명밖에 되지 않는가?'

그러자 최 판관이 이렇게 대답했어요.

'개중에 잘못 데려온 영혼이 하나 있어서, 제가 데리고 나가 보내

---

4 최각(崔珏: ?~?, 자는 몽지[夢之])은 선종(宣宗) 대중(大中: 847~859) 연간에 진사에 급제하여 시어(侍御)까지 지낸 인물이다. 그런데 명나라 때의 소설《서유기》에서 그는 저승의 염라대왕 밑에서 죽은 이들의 영혼을 심판하는 판관으로 등장하는데, 살아 있던 시기도 원래보다 이백 년 이상 앞선 수나라와 당나라의 교체기로 설정되어 있다. 여기서 그는 태종(太宗) 정관(貞觀) 7년(633)에 벼슬길에 들어서서 노주(潞州) 장자현(長子縣)의 현령을 지내면서, 낮에는 지방관으로서 임무를 수행하고 밤에는 저승 관청에서 영혼을 심판하는 일을 맡았다고 한다.

줄 예정이옵니다.'

그러니까 염라대왕께서 이렇게 말씀하셨어요.

'좋은 생각이오. 또 억울한 영혼이 원망하며 말썽을 피우면 곤란하니, 어서 돌려보내도록 하시오.'

그래서 최 판관이 '예!' 하고 저를 데리고 나왔어요. 집에 도착하자 제가 그분께 말씀드렸지요.

'제 영혼을 돌려보내 주셔요.'

그러자 그분이 이렇게 말씀하시더군요.

'자네는 본래 문서에 적힌 마흔두 명 가운데 하나였네. 그런데 자네 미색이 아주 뛰어나고, 마침 나도 아직 아내가 없어서 일부러 빼돌렸네. 그러니 나와 부부가 되는 게 어떤가?'

그래서 제가 따졌어요.

'조금 전에 염라대왕님 앞에서 제 영혼을 돌려보낸다고 하지 않았나요? 그런데 왜 지금 와서 저더러 당신과 결혼하라고 강요하시는 건가요? 이건 무슨 도리인가요?'

그러니까 그분이 이러더군요.

'조금 전에 그렇게 말한 것은 여럿이 보는 앞이라 자네가 부끄러워할까 싶어서 둘러댄 것인데, 그걸 진짜로 믿었다는 말인가!'

그래서 제가 다시 말했지요.

'벼슬자리에 계신 분이 이렇게 신뢰할 수 없는 말씀을 하시면 되겠어요?'

그러니까 그분이 이러더군요.

'무슨 신뢰 같은 걸 따지는가? 일단 권력을 쥐었으면 마음대로 명령을 내리는 거지. 거절한다면 자네를 다시 염라대왕께 데려가겠네.'

이렇게 강요하니 저는 몇 번이나 거절하다가 결국 어쩔 수 없이 그분과 결혼하고 말았어요."

"그러면 여기는 저승이 맞는 거요?"

"저승이 아니면 이승이라는 건가요?"

"저승이라면 여기도 무슨 이름이 있지 않소?"

"여기는 풍도귀국(酆都鬼國)이라고 하지요."

"혹시 여기가 풍도산이라는 것이오?"

"이곳 이름이 풍도귀국이라는 것이지, 풍도산은 여기서 서쪽으로 천 리나 더 떨어져 있어요. 거기로 간 영혼은 영원히 다른 생명으로 다시 태어날 수 없어요. 그곳은 지극한 고통의 세계지만, 여기는 그래도 거기보다는 조금 나아요."

"여기도 관청 같은 게 있소?"

"정말 전혀 모르시는군요. 귀신의 나라는 바로 십제염군(十帝閻君)이 왕으로 있고, 나머지는 모두 그 아래 소속된 관청들이에요."

"그렇다면 왜 나를 여기 붙들어 두는 거요? 나는 이만 가야겠소."

"왜 이리 서두르셔요? 여기가 저승이긴 하지만, 그래도 제가 있잖아요?"

"당신은 이미 최 판관의 후실이 되지 않았소?"

"이런 바보 같은 사람! 후실은 무슨 후실이에요! 당신은 제 생전에 정식으로 결혼한 남편인데, 제가 어떻게 당신을 저버릴 수 있겠어요!"

"일이 이 지경이 되었으니, 당신이 나와 떨어지고 싶지 않아도 사실상 어려운 일이오. 당신은 최 판관의 아내이고, 여기는 그 사람의 집인데, 그 사람이 내가 여기 있으라고 허락할 것 같소?"

"상관없어요. 그 사람은 지금 관청에서 재판하고 있으니, 저녁이 되어서야 돌아올 거예요. 그러니 우리 저기 사랑채에 가서 느긋하게 회포를 풀어보도록 해요."

"저승에서도 먹고 마실 수 있소?"

"이승하고 똑같이 먹고 마실 수 있지요. 혹시 시장하신가요?"

"오늘 아침부터 지금까지 사오십 리를 달려왔더니 배가 좀 고프구려."

"얘기하느라 너무 슬퍼서 차조차 드리지 못했군요."

그리고 그녀가 하녀를 불렀다.

"여봐라!"

그 말이 끝나기 무섭게 안쪽에서 두세 명의 하녀들이 달려 나왔다.

"내 친척이 찾아오셨으니, 차를 내오고 술상도 차리도록 해라."

"안주는 무엇으로 할까요?"

"편한 대로 해."

잠시 후 차가 나오고, 이어서 술과 안주, 밥이 나왔다. 왕명은 허기지고 목이 말랐기 때문에 정신없이 먹었다. '금강산도 식후경'이라고 했듯이, 배가 부르자 왕명이 말했다.

"예전에 우리가 결혼해서 화촉동방을 밝힐 때는 얼마나 즐거웠소! 나중에 당신이 죽고 나도 서양으로 오면서 그동안 오랜 세월을 떨어져 지냈는데, 뜻밖에도 오늘 저승에서 당신을 만나게 되었구려. 이 기회에 우리 신혼 때의 분위기를 내보지 않겠소?"

왕명의 이 말은 유씨를 유혹하려는 의도가 빤히 보였다. 이에 유씨가 분명히 말했다.

"여보, 오늘 우리가 만나기는 했지만, 당신은 이승의 살아 있는 사람이고 저는 저승에 있는 몸이에요. 만약 사사로운 정을 통한다면 당신 몸을 더럽히게 될 거예요. 게다가 저는 이미 최 판관의 사람이 되었으니, 외도할 수는 없잖아요? 설령 최 판관이 모른다 해도, 이승에서 제가 바람을 피웠을 때 당신이 모르고 있는 것과 다를 게 뭐겠어요? 모름지기 사람은 살아 있을 때 절개와 의지를 지킨다면, 죽어서도 충심과 선량한 마음을 유지하는 법이에요. 옛날에 한금호(韓擒虎)[5]는 생전에 상주국(上柱國)으로 있다가 죽어서 염라대왕이 되었어요. 이걸 보더라도 제 말이 맞다는 것을 알 수 있지요."

---

5 한금호(韓擒虎: 538~592)는 본래 이름이 한금표(韓擒豹)이고 자는 자통(子通)으로 수나라 때의 명장이었다. 그는 진(陳)나라를 정벌하여 후주(後主) 진숙보(陳叔寶: 553~604, 자는 원수[元秀])를 생포하는 공을 세움으로써 상주국(上柱國)에 임명되고 수광현공(壽光縣公)에 봉해졌다. 이후 양주자사(涼州刺史)를 지내다가 생을 마쳤다. 《수서(隋書)》〈열전(列傳)〉 제17에 기록된 그의 전기에 따르면, 그가 죽기 직전에 저승사자가 찾아와 그를 염라대왕에 봉한다는 소식을 전했다고 한다.

과연 유씨는 죽어서도 훌륭한 귀신이 되어 있었다. 왕명은 자신이 실언했다는 것을 깨닫고 황급히 작별하고 떠나려 했다. 그러자 유씨가 말했다.

"이제껏 당신만 질문했으니 저도 몇 가지 여쭤볼게요. 서양으로 오셨다면서, 어쩌다가 저승까지 오게 되셨어요?"

"남경을 떠나 서양으로 온 지 오륙 년 동안 이삼십 개 나라를 거쳤소. 그런데 우리 사령관께서 앞으로 더 나아가야 한다고 해서 그저 바람이 부는 대로 배를 맡기고 있다가 보니, 우리도 모르는 사이에 여기까지 오게 된 것이오."

"이 성은 어떻게 들어오셨어요?"

"사령관께서 나더러 이곳에 무슨 나라가 있는지 탐문해 보라고 보내셨는데, 여기가 저승인 줄 어찌 알았겠소! 그래서 들어와 봤던 것이오."

"타고 오신 배에 지금 사령관이 계시나 보군요?"

"당신은 모를 거요. 우리가 서양에 올 때 천 척의 함대에 천 명의 장수, 백만 명의 정예병이 타고 있었고, 거기다가 천사 한 분과 국사님 한 분까지 모시고 왔소."

"당신은 거기서 지위가 어떻게 되나요?"

"나는 그저 백만 명의 병사들 가운데 하나일 뿐이오."

"그동안 무슨 공을 조금 세웠나요?"

왕명이 은신초를 들어 보이며 말했다.

"이 은신초 덕분에 적지 않은 공을 세웠소."

"그렇다면 나중에 중국으로 돌아가시면 분명 무슨 벼슬을 얻겠군요. 저는 비록 죽어서 저승에 있지만 그나마 편안히 눈을 감을 수 있게 되었군요."

"사령관께서 내 보고를 기다리고 계시니, 이만 가 봐야겠소."

"그러셔요. 최 판관도 곧 돌아올 거예요."

그 말이 끝나기도 전에 최 판관이 벌써 대청에서 들어서서 물었다.

"사랑채에 누가 있나?"

왕명이 당황하여 나직이 말했다.

"나가 보시오. 나는 잠시 여기 있겠소."

"그런다고 저 사람이 발견하지 못하겠어요?"

"나한테는 이 은신초가 있으니 괜찮소."

"그거야 살아 있는 사람들이나 속일 수 있지, 신을 속일 수는 없어요. 어두운 방에 숨어 무슨 일을 하더라도 신의 눈은 번개처럼 환히 꿰뚫어 볼 수 있거든요. 차라리 저와 함께 나가도록 해요. 대신 제가 앞장설게요."

유씨는 차분하고 예절 바른 몸가짐으로 천천히 대청으로 나가 최 판관에게 말했다.

"제가 얘기하고 있었어요."

"살아 있는 사람 냄새가 나는구먼! 누구랑 얘기했소?"

"제 오빠가 찾아왔어요."

"여길 어떻게 알고 찾아왔다는 거요?"

"강가에서 빨래하다가 우연히 만나서 여기로 데려왔어요."

"대왕마마 앞에서 심판을 받았다고 합디까?"

"아직 이승에 있는 몸인데, 길을 잘못 들어서 여기까지 들어왔다고 하더군요."

"어찌 그럴 수가!"

"정서대원수의 함대에 소속되어 서양에 왔다가, 바람에 배를 맡기고 오다 보니 여기까지 와버렸다고 하더군요."

"허! 거 참 기이한 일이로구먼! 살아 있는 사람이 저승에 오다니. 그래, 그 사람 이름은 무엇이오?"

"왕명이라고 해요."

"아니! 당신은 유씨인데, 그 사람이 왕씨라면 어떻게 당신 오빠가 될 수 있다는 거요?"

유씨가 재빨리 말을 바꿨다.

"오빠는 집안이 가난해서 왕노실(王老實)이라는 사람의 데릴사위로 들어갔어요. 그 사람은 유명한 군인이라 집안이 먹고 살 만했어요. 그런데 아들이 없어서 오빠가 양아들 노릇을 하게 된 거예요. 그래서 지금 그 사람 대신 이곳으로 파견되어, 왕씨라고 행세하게 된 것이지요."

"그럼 어서 데리고 나오시오. 나하고 인사라도 나눠야 하지 않겠소?"

"오빠는 가난한 군인인데, 지체 높은 벼슬아치 앞에 선뜻 나와 인사를 나눌 수 있겠어요?"

최 판관이 껄껄 웃으며 말했다.

"무슨 말씀이오! 당신 오빠라면 내 손위처남이 아니오? 천자의 가문이라 하더라도 가난한 친척과 만나지 못할 이유가 있소? 염려 말고 어서 불러오시오."

유씨가 왕명을 불러내자 그가 나와서 인사를 올렸다. 최 판관이 말했다.

"다들 천재일우니 뭐니 하던데, 처남, 이승의 살아 있는 몸으로 오늘 이렇게 저승의 우리를 만났으니, 이야말로 만 년에 한 번 있을까 말까 하는 기이한 만남이 아니겠소?"

"나리, 멋모르고 함부로 찾아온 죄를 용서해 주십시오!"

"무슨 말씀을! 그런데 처남, 이번에 온 정서대원수가 누구요?"

"두 분의 사령관이 계신데 한 분은 삼보태감 정 아무개이고, 다른 한 분은 병부상서 왕 아무개입니다."

"그분들 말고 또 누가 있소?"

"천사이신 강서 용호산의 인화진인과 국사이신 김벽봉장로가 계십니다."

최 판관이 고개를 끄덕이며 말했다.

"벽봉장로가 여기 왔다니 잘됐구먼."

"그분을 아십니까?"

"만난 적은 없지만 그분에 대해서는 알고 있지요. 그런데 배가 몇 척이나 왔소?"

"천 척의 함대에 천 명의 장수와 백만 명의 정예병이 타고 왔습니다."

"무슨 일로 왔소?"

"서양의 오랑캐를 위무하고 보물을 찾기 위해 왔습니다."

"그럼 보물은 찾았소이까?"

"우리가 찾는 보물은 예사로운 것이 아니라, 중국에서 역대로 제왕들에게 전해지던 전국옥새입니다. 하지만 아직 찾지 못했습니다."

"그런데 어쩌다가 여기까지 오게 되었소?"

"보물을 찾지 못해서 결사적으로 앞으로 나아가다가 여기까지 오고 말았습니다."

"길을 잘못 들었구먼! 여기 오기 전에 천당극락국에 가본 적이 있소?"

"예. 거기를 거쳐서 왔습니다."

"천당국은 서해 끝에 있지요. 여기는 풍도귀국이라고 하는 곳인데, 서쪽 하늘의 끝자락에 위치해 있소. 여기까지 와 버렸으니 어떻게 돌아갈 셈이오? 게다가 저승에서는 수많은 귀신이 분분히 소송을 걸고 있소. 오랑캐를 위무하고 보물을 찾는다는 이들이 억울하게 자기들을 죽였다고 말이오. 그런데 그게 알고 보니 처남 일행이었구려? 그래도 처남의 함대는 괜찮겠소. 다행히 나를 만났고, 또 처남은 나와 아주 가까운 친척이 아니오?"

왕명은 최 판관의 말이 께름칙해서 다시 물었다.

"그 귀신들은 어쩔 셈이랍니까?"

"억울하게 그들을 죽였다면 한 명에 하나씩 목숨으로 갚아야 하니, 처남 일행은 고향으로 돌아갈 수 없게 되지 않겠소?"

고향으로 돌아갈 수 없다는 말에 왕명은 가슴을 칼로 도려내는 듯이 뜨끔하여 몸 둘 바를 몰랐다. 그가 작별인사를 하고 떠나려 하자 최 판관이 말했다.

"처남, 왜 그리 인정머리가 없으시오? 이렇게 어렵게 만났는데 어떻게 이리 쉽게 떠나겠다는 것이오? 오늘은 날도 저물었고, 내 이미 저 사람한테 조촐한 술상을 차리라고 얘기해 두었소. 아쉬운 대로 이것으로 멀리서 온 처남을 대접할 테니, 하룻밤 술이나 나누도록 합시다. 내일 내가 관청을 순시할 때 여기저기 구경도 시켜주겠소. 그래야 여기를 다녀간 보람이 있지 않겠소?"

"언젠가는 저도 이곳에 오지 않겠습니까?"

"그때는 이승으로 돌아가서 사람들에게 얘기해 줄 수 없지 않소?"

그 말이 끝나기도 술상이 다 차려졌다. 비록 최 판관이 대접하는 것이기는 하지만, 왕명은 이 진수성찬에 군침이 돌기도 했고 자상한 주인의 은근한 정을 저버릴 수 없어서, 어쩔 수 없이 그곳에서 하룻밤을 지냈다.

이튿날 최 판관이 말했다.

"처남, 나하고 함께 성안에 들어가 봅시다."

이에 왕명은 최 판관의 뒤를 따라갔다. 성문 안으로 들어가자 음산한 바람이 쌩쌩 불며 냉기가 풀풀 흐르는데, 한쪽에서 귀신이 걸어 나왔다. 그 귀신의 얼굴 왼쪽은 시퍼런 피부에 날카로운 송곳니가 삐져나왔고, 오른쪽은 오색 유리로 되어 있었다. 그가 왕명을 발견하고 호통을 쳤다.

"이놈! 너는 살아 있는 사람인데, 어딜 가려는 게냐?"

그러자 최 판관이 고개를 돌리고 그 귀신에게 말했다.

"닥쳐라! 그분은 내 손위처남인데, 네놈이 감히 가로막으려 드느냐?"

"그럼 들어가십시오."

왕명은 최 판관의 뒤를 바짝 따라갔다. 잠시 걷고 나자 왼쪽에 높다란 누대가 나타났다. 그곳은 사방을 돌로 쌓아 올린 것인데, 높이는 대략 열 길쯤 되어 보였다. 누대 양쪽에는 걸어 다니는 길이 있었는데 왼쪽은 올라가는 길, 오른쪽은 내려오는 길이었다. 누대 아래에는 무수한 사람들이 오르내리고 있었다. 그런데 올라가는 이들은 모두 얼굴에 근심이 가득했고, 내려오는 이들은 모두 눈물을 펑펑 흘리고 있었다. 왕명이 나직이 물었다.

"매제,[6] 저건 무슨 누대인가요? 왜 저리 많은 사람이 저기서 울고 있나요?"

"처남은 모를 거요. 사람이 죽으면 첫째 날은 모두 그곳 토지신의 사당에 모였다가, 둘째 날에 동악묘(東嶽廟)로 이송되어서 천제인성대제(天齊仁聖大帝)[7]를 뵙고 번호를 부여받소. 셋째 날에야 비

6 원문에서는 자형[姐夫]이라고 되어 있으나, 이는 앞서 유씨가 왕명을 오빠라고 했던 것과 맞지 않는다. 이후에도 줄곧 이런 착오가 나타나는데, 번역에서는 이를 바로잡았다.

7 천제인성대제(天齊仁聖大帝)는 동악(東嶽) 태산(泰山)을 관장하신 신이자 오악(五嶽)의 신들 가운데 우두머리로서 저승 관청의 18층 지옥을 관장한다

로소 이곳 풍도귀국으로 오는데, 여기 도착했을 대에도 그 영혼의 마음은 아직 죽어 있지 않소. 그때 염라대왕께서 명령을 내려 이들을 이 누대 위로 올라가 고향을 바라볼 수 있게 하오. 그래서 각자 대성통곡을 하고 나면 비로소 마음이 죽게 되는 것이오. 그래서 이 누대를 망향대(望鄕臺)라고 부르지요."

오른쪽에도 누대가 하나 있었는데, 그 역시 돌을 쌓아 만든 것으로서 높이가 열 길 정도 되었다. 그곳은 왼쪽에만 올라가는 길이 있었는데, 거기로 올라가는 이는 아무도 없었다. 왕명이 최 판관에게 물었다.

"매제, 오른쪽에 있는 저 누대는 무엇인가요? 저기는 왜 올라가는 사람이 아무도 없지요?"

"처남, 잘 들으시오. 사람이 세상살이할 때는 선하거나 악하거나 둘 중의 하나를 택해 살게 되어 있소. 선하게 산 사람은 선한 보답을 받고, 악하게 산 사람은 악한 응보를 받게 되오. 여기는 선하게 산 사람을 위한 누대라오. 그런 이들은 염라대왕을 만난 후 선분사(善分司)에서 준비한 오색 깃발과 풍악 소리 속에 천당으로 보내지는데, 바로 저 누대를 통해 올라가는 것이오. 그래서 저걸 상천대

고 한다. 소설《봉신연의(封神演義)》에서 강자아(姜子牙, 즉 강태공)는 주왕(紂王)에게 능욕을 당하고 죽은 아내의 원수를 갚기 위해 다섯 개의 관문을 지나 천 명의 장수를 거느리고 두 동생과 세 아들, 네 명의 친구들과 함께 거사를 도운 황비호(黃飛虎)를 중용한다. 훗날 황비호는 상나라의 장수 장규(張奎)에게 피살되는데, 강자아가 옥허궁(玉虛宮) 원시천존(元始天尊)의 명에 따라 그를 동악 태산 천제인성대제에 봉해준다.

(上天臺)라고 부르지요."

"그런데 왜 길이 하나뿐입니까?"

"올라갈 수는 있어도 내려올 수는 없으니 그럴 수밖에요."

"그런데 올라가는 사람이 적군요?"

"세상에 사람으로 살았던 이들 가운데 천당에 올라갈 만한 이들이 몇이나 되겠소?"

"상천대는 좋은 곳인데 왜 오른쪽에 만들어 놓았지요?"

"왼쪽으로 들어가고 오른쪽으로 나가기 때문에 그 순서대로 한 것이지, 원래 무슨 구별이 되어 있는 것은 아니라오."

또 잠시 걸어가니 멀리 좌우 양쪽으로 높은 산이 보이는데, 한쪽에서는 연기와 불꽃이 활활 타오르고 있었다.

"매부, 저 산에는 왜 저리 불꽃이 타오르고 있는 것인지요?"

"저건 화염산(火焰山)이지요. 세상을 살면서 남의 고통을 생각하지 않은 차가운 마음과 남의 돈을 돌려주지 않은 비정한 이들은 염라대왕을 만난 후 저 산으로 보내져서 힘줄이 삭고 뼈가 바스러질 때까지 태우는데, 하룻밤을 태우면 찬 기운이 다 빠져나가서 재가 되지요."

다른 한쪽의 산에는 창칼이 빽빽하게 세워져 있었다.

"저 산에는 왜 저리 많은 흉기가 있습니까?"

"저건 창도산(槍刀山)이지요. 세상을 살면서 두 얼굴을 하고 가슴에 칼을 숨긴 채, 앞에서는 아부하고 뒤에서 남을 음해한 이들은 염라대왕을 만난 후 이 산으로 보내지는데, 온몸이 고깃덩어리가 될 때까지 창칼 세례를 받게 되지요."

다시 한참 걸어가노라니 왕명은 갈증이 났다. 원래 최 판관의 집에서 나올 때 해장술을 두어 잔 마셨기 때문이다. 그런데 앞쪽에 웬 노파가 멍석을 깔아 놓은 천막에서 따끈하게 차를 끓이고 있었다.

"매부, 차를 좀 마셔야겠습니다."

그러자 최 판관이 껄껄 웃으며 말했다.

"여기서 파는 차가 맛있겠소?"

"아니, 왜요? 돈을 내면 되는 거 아닙니까?"

"돈만 벌려는 거라면 저 사람이 왜 저러고 있겠소이까? 저 노파는 원래 성이 탐욕스러울 탐(貪)씨였소이다. 이승에서 칠대 동안 기생 노릇을 하고 죽었는데, 염라대왕께서 다시는 사람으로 태어나지 못하게 하셨지요. 그러니까 아예 여기다가 저 천막을 치고 차를 팔고 있지요. 저게 진짜 차일 리 있겠소? 저 노파가 파는 차를 한 잔만 마셔도 즉시 심장의 구멍이 막혀 버리고, 자기의 성과 이름도, 고향도, 집도 모조리 잊어버리게 되지요."

"저 차의 이름은 무엇입니까?"

"차가 아니라 미혼탕(迷魂湯)이라고 부르지요. 저 노파는 기생 노릇에 이골에 났는데도 탐욕을 버리지 못하고, 귀신이 되어서도 남을 미혹하고 있다오."

다시 조금 걷다 보니 앞쪽에 핏물이 흐르는 강이 가로질러 있었는데, 거기에는 둘레가 한 자도 되지 않은 데다가 아주 둥글고 미끄러운 외나무다리가 걸쳐져 있었다. 왕명이 가까이 다가가 살펴보니, 다리 위에 화려한 깃발을 앞세우고 휘황찬란한 덮개가 달린 가마에 탄 이가 앞뒤로 호위 행렬을 거느린 채 다리 위를 지나고 있었다. 다리 아래쪽에는 핏물에 빠져 있는 이들도 있었는데, 그들의 주위에는 또 금룡과 전갈, 쇠로 된 개, 구리로 된 뱀 등이 그 사람을 휘감은 채 물고 할퀴며 괴롭히고 있었다.

"매부, 이 다리는 무엇인데 이리 흉험합니까? 그런데 건너가는 이도 있고 건너지 못하는 이도 있군요."

"이건 내하교(奈何橋)라고 해서, 귀신이라면 모두 건너가고 싶어 하는 다리이지요. 세상을 살면서 마음 씀씀이가 떳떳하고 행실이 광명정대하여, 평생 남에게 욕을 먹지도 않고 하늘에 알려진 죄도 없는 정인군자(正人君子)가 죽어서 저승에 오면 염라대왕께서도 공경하며 함부로 대하지 않습니다. 그 대신 즉시 금동(金童)과 옥녀(玉女)들에게 화려한 깃발을 앞세우고 휘황찬란한 덮개가 달린 가마에 태워서 앞에서 인도하고 뒤에서 호위하여 이 다리를 건너게 해주는데, 마치 평지를 걷듯이 쉽게 건널 수 있지요. 조금 전에 본 행렬이 바로 그런 훌륭한 사람의 영혼이었소이다. 하지만 세상을 살면서 마음 씀씀이가 음흉하고 못된 속임수로 인륜을 해치고 하늘의 이치를 거스른 사악한 소인배는 죽어서 저승에 오면 염라대왕께서 호통을 쳐서 이 다리를 건너게 하는데, 그 즉시 핏물이 흐르는 강에 빠져서 저렇게 금룡과 전갈, 쇠로 된 개, 구리로 된 뱀 등에게 고통을 당하게 되지요. 조금 전에 본 영혼은 바로 그런 못된 작자의 영혼이지요."

"과연 '선악은 결국 그에 맞는 보응을 받기 마련이지만, 그저 그 보응이 빨리 오느냐 늦게 오느냐만 다르다.'라는 말이 틀림없군요."

다시 조금 걷자 한 줄기 둑길이 나타났는데, 사방을 둘러보니 적막하기 그지없고 음산한 바람이 불면서 차가운 비가 머리를 적셔서 너무나 처량하고 두려웠다.

"매부, 이 둑길은 뭐라고 부르는 곳입니까?"

"처황경(凄惶埂)이라는 곳이지요. 저승에서 이 둑길을 걸으면 너무나 슬퍼 눈물이 그칠 줄 모르고 가슴이 처량하게 아파서 그렇게 부르지요."

사오 리쯤 되어 보이는 그 둑길에는 이쪽으로 걸어오는 이도 있고, 저쪽으로 걸어가는 이도 있었다. 그때 네다섯 명의 영혼이 이리저리 비틀거리면서 손발을 부들부들 떨며 나타나 "삼매(三枚)!" 또는 "양황(兩謊)![8]" 하고 고함을 지르는 것이었다.

"저들은 누구입니까?"

"술 귀신[酒鬼]들이지요."

또 네다섯 명의 남루한 옷차림을 한 이들이 시퍼런 얼굴에 누런 입술을 한 채 두 주먹을 불끈 쥐고 있었다.

"저들은 또 누구입니까?"

---

8 '삼매량황(三枚兩謊)'은 동전을 이용한 놀이의 하나이다. 먼저 12개의 동전을 쌓아 놓고 순서대로 돌아가면서 두 개나 세 개를 가져가는데, 마지막 남은 하나를 가져가게 되는 사람이 지는 놀이이다. 이것은 대개 술자리에서 주령(酒令)으로 활용되기도 했다.

"가난뱅이 귀신[窮鬼]들이지요."

또 예닐곱 명이 나타났는데, 이들은 눈살을 찌푸린 채 눈을 감고, 머리를 동쪽을 향하는데 발걸음은 서쪽으로 향하고, 손은 앞으로 내민 채 뒷걸음질을 치는데, 죽은 것도 산 것도 아닌 행색으로 아주 위태롭게 걸어가고 있었다.

"저들은 또 누구입니까?"

"전염병을 옮기는 역귀(疫鬼)들이지요."

다시 예닐곱 명이 나타났는데, 이들은 동쪽으로 주먹을 내지르고 다시 서쪽으로 주먹을 내지르며, 만나는 이에게 대뜸 "이놈!" 하며 달려들어 주먹을 휘둘러 놀라게 했다. 또 어떤 때는 눈에 띄는 이가 원래 알던 이이든 모르는 이이든 상관없이 손짓하며 "이리 와봐!" 하고 소리쳐 부르는 것이었다. 그러면서 계속 뭐라고 중얼거리다가 갑자기 시끌벅적 알아들을 수 없는 소리로 떠들어 대곤 했다.

"저들은 누구입니까?"

"경망스럽고 무례한 귀신[冒失鬼]들이지요."

이번에는 예닐곱 명이 무리를 지어 오는데 모두 입술은 작고 이는 길며, 안쪽은 많고 밖은 적어서 입안에 간수하지 못하고 있었다.

"저들은 누구입니까?"

"욕쟁이 귀신[呲牙鬼]들이지요."

또 여덟아홉 명이 무리를 지어 오는데 하늘을 향해 땅바닥에 누운 채 손을 땅에 짚고, 발을 비틀거리며 걷고 있었고, 눈은 애꾸에 입술이 위아래가 붙어 있었다.

"저들은 누구입니까?"

"왈패 귀신[掙命鬼][9]들이지요."

또 열두세 명이 무리를 지어 오는데 모두 모자를 썼지만 망건도 적삼도, 하의도, 버선도, 신발도 신지 않은 채, 상체만 있고 하체는 없었으며, 한 손에는 지팡이를 들고 다른 한 손에는 야자 껍데기를 들고 있었다.

"저들은 누구입니까?"

"거지 귀신[討飯鬼]들이지요."

또 열두세 명이 무리를 지어 오는데, 한쪽 어깨에는 들보를 걸치고 한 손에는 노끈을 들고 있었다.

"이들은 누구입니까?"

"목을 매 죽은 귀신[弔死鬼]들이지요."

이번에도 열두세 명이 무리를 지어 오는데, 개중에는 황변전(黃邊錢)[10]을 들고 다시며 땅에 뿌리는 이들도 있었고, 또 돈을 들고 다니면서 이리저리 살피다가 떨어진 돈을 발견하면 서로 주우려고 달려들어 시끌벅적 소란을 피우는 이들도 있었다.

"저들은 누구입니까?"

---

9 쟁명귀(掙命鬼)는 요녕(遼寧) 지역에서 함부로 행동하며 걸핏하면 남들에게 시비를 걸어 싸움을 일으키는 등의 소란을 피워대는 사람을 욕하는 뜻으로 쓰이기도 한다.

10 황변전(黃邊錢)은 제사에서 쓰는 종이 돈[紙錢]의 일종이다.

"돈을 뿌리는 자들은 재산을 탕진한 귀신[舍財鬼]들이고, 돈을 줍는 자들은 자린고비 귀신[吝財鬼]들이지요."

처황경은 길었지만 오가는 귀신들의 수나 모양새도 아주 다양했다. 왕명은 보이는 족족 누구냐고 물었고, 최 판관은 일일이 대답해 주었다. 그러다 보니 어느새 그 둑길이 끝나 있었다.

왕명이 고개를 들어 살펴보니 앞쪽에 대문이 하나 있는데, 문루 위에 걸린 편액에는 커다란 글씨로 '영요지부(靈曜之府)'라고 새겨져 있었다. 대문을 들어서자 화려하고 커다란 건물들이 빽빽하게 들어서 있어서, 영락없이 어떤 왕의 거처 같은 분위기를 풍겼다. 가까이 다가가 보니 열 개의 궁전이 일자로 늘어서 있는데, 각 궁전 입구에는 커다란 글씨를 새긴 현판들이 하나씩 걸려 있었다. 오른쪽에서부터 첫 번째는 진광왕(秦廣王), 두 번째는 초강왕(楚江王), 세 번째는 송제왕(宋帝王), 네 번째는 오관왕(五官王), 다섯 번째는 염라왕(閻羅王), 여섯 번째는 변성왕(變成王), 일곱 번째는 태산왕(泰山王), 여덟 번째는 평등왕(平等王), 아홉 번째는 도시왕(都市王), 열 번째는 전륜왕(轉輪王)의 궁전이었다.

"이 궁전들은 모두 무슨 관청입니까?"

"목소리를 낮추시지요. 여기가 바로 우리 십제염군(十帝閻君)의 궁전입니다."

"양쪽 회랑 아래 있는 것들은 어떤 아문(衙門)들인가요?"

"왼쪽은 선한 자에게 상을 내리는 부서이고, 오른쪽은 악한 자에게 벌을 내리는 부서이지요."

"구경 좀 해도 될까요?"

"같이 가봅시다."

최 판관이 앞장서자 왕명이 뒤를 따랐는데, 먼저 선한 자에게 상을 내리는 부서로 들어갔다. 입구를 들어서자 옥으로 지은 것 같은 화려한 건물들에 푸른 기와들이 얹혀 있었다. 최 판관을 따라 더 안쪽으로 들어가자 또 여덟 개의 궁전이 나타났는데, 각 궁전의 입구에는 금색 글씨가 적힌 붉은 패가 세워져 있었다. 첫 번째 궁전 앞의 패에는 '독효지부(篤孝之府)'라고 적혀 있었다. 최 판관이 왕명을 이끌고 그 안으로 들어가니, 좌우 양쪽에 울긋불긋한 비단에 깃털을 장식한 깃발들이 늘어서 있고, 꽃잎들이 날리는 상서로운 분위기 속에 기이한 향기가 은은히 풍겼고, 신선의 음악이 울리고 있어서 무슨 신선의 동부니 하는 것들은 비교가 안 될 정도였다. 최 판관은 업무를 보는 대청 앞으로 가서 몇 명을 데리고 나와 인사를 시켰다. 그들은 모두 통천관(通天冠)[11]을 쓰고, 구름무늬가 수놓아진 비단옷을 입고, 진주가 장식된 신발을 신고, 좌우에 각각 선동과 옥녀를 거느리고 있었다. 주인과 손님의 자리를 나누어 앉아 인사를 나누며 차를 내오는데, 모든 것이 예의 바르기 그지없었다. 최 판관이 말했다.

---

11 통천관(通天冠)은 고산관(高山冠)이라고도 하며, 황제가 쓰는 모자의 일종이다. 《후한서》〈여복지하(輿服志下)〉에 따르면 그것은 높이가 아홉 치이고 똑바로 세워져 있는데, 꼭대기 부분이 비스듬히 기울어져 있다. 이 모자는 앞쪽 이마에 닿는 부분에 금박산(金博山)이 장식되어 있는 것이 특징이다.

"여기는 제 처남인 왕명이라고 합니다. 처남은 명나라의 서양 원정군에 소속된 병사인데, 함대가 길을 잘못 들어서 저승으로 와 버리는 바람에 이곳 상황을 정탐하러 왔다고 합니다."

그러자 그들이 말했다.

"우리도 모두 명나라에 속해 있지만, 저승과 이승이라는 차이가 있을 뿐이지요."

왕명이 말했다.

"저는 평범한 인간인지라 어르신들이 어떤 분들인지 알아보지 못하겠습니다."

이에 최 판관이 대신 대답했다.

"이분들은 모두 전심전력으로 부모를 섬긴 대단히 효성스러운 군자들입니다. 간단히 설명해 드리지요. 여기 이분은 성함이 유은(劉殷)[12]인데 조모를 효성으로 봉양하자 하늘에서 쉰 종(鍾)[13]의 곡

---

12 유은(劉殷)은 자가 장성(長盛)이고 십륙국(十六國) 시기(265~420) 전조(前趙)의 명사이다. 그는 두 딸과 네 손녀를 각기 소무제(昭武帝) 유총(劉聰)의 황후와 귀인(貴人)으로 보냈고, 시호는 문헌(文獻)이다. 어려서 부모를 여의고 조모 왕씨 슬하에서 사란 그는 조모에 대한 지극한 효성으로 유명했다. 한번은 조모가 한겨울에 오랑캐꽃 나물[堇菜]을 먹고 싶다고 하여 그가 못가에서 통곡하자, 갑자기 눈앞의 땅속에서 오랑캐꽃 나물이 자라났다고 한다. 또 어느 날은 꿈속에 누군가 나타나서 그에게 서쪽 울타리 아래에 쌀이 있다고 해서 아침에 찾아가 보니 쉰 종의 쌀이 있었고, 그 위에 "칠 년 동안 효자 유은에게 쌀 백 섬을 하사하노라."라고 적힌 쪽지가 있었다고 한다.

13 종(鍾)은 옛날의 용량 단위로서 천추시기 제(齊)나라 왕실에서는 6휘[斛] 4말[斗]을 가리켰고, 이후 시대에 따라 조금씩 달라져서 8휘 또는 10휘를 1종으로 간주하기도 했다.

식이 비처럼 내렸고, 나중에 태보(太保) 벼슬까지 지내신 분이지요. 이분은 성함이 엄진(嚴震)인데, 자신의 허벅지 살을 도려내 부친을 봉양하자, 하늘에서 신령한 풀을 내려 주어서 상처에 바르자 즉시 피가 멎고 통증이 사라졌지요. 이분은 성함이 고상달(高上達)인데 성년이 되기 전에 자신의 허벅지 살을 발라 모친의 병을 치료하셨고, 우첨도서사(右僉都御史)까지 지내셨지요. 여기 이분은 성함이 고중례(顧仲禮)인데, 모친을 지극한 효성으로 섬겼고, 모친이 돌아가시자 삼 년 동안 시묘(侍墓)를 해서 조정에서, 표창과 함께 황금 열 근을 하사하셨지요. 이분은 성함이 왕연(王延)인데 계모를 극진한 효성으로 섬겨서 상서좌승상(尙書左丞相)까지 지냈지요. 나머지 분들도 모두 효자여서 이 '독효지부'에 계시는 것이지요."

왕명은 일일이 "예. 그렇군요." 하고 대답했다. 최 판관은 그들과 작별하고 다시 왕명을 데리고 밖으로 나왔다. 그러자 왕명이 최 판관에게 물었다.

"저분들 모두 효자라면 어째서 윤회하여 인간 세상에 태어나지 않으시는 겁니까?"

"선한 자에게 상을 내리는 부서에 계신 분들은 모두 천지의 정기를 얻으셔서 영원히 사라지지 않는 존재가 되셨으니, 현명한 군주가 다스리는 세상이 오면 인간으로 태어나 왕후장상의 신분으로 평생 아름다운 명성을 날리게 되지요. 하지만 그렇지 않을 경우에는 이곳에서 하늘이 내린 복을 편안히 누리고 계시지요."

"이제껏 평생 숙손통(叔孫通)[14]을 믿지 않았는데, 이제야 효자가 존엄하게 된다는 것을 알겠군요."

두 번째 궁전의 패에는 '제제지부(悌弟之府)'라고 적혀 있었다.

이곳에는 어떤 사람들이 있는지, 다음 회를 보시라.

---

14 숙손통(叔孫通: ?~기원전 194?)은 숙손하(叔孫何)라고도 하며, 한나라 고조 때 궁정예의(宮廷禮儀)를 제정하는 데에 협력하여 태상(太常) 및 태자태부(太子太傅)를 지냈다.

제88회

최 판관은 왕명을 인도하고 왕명은 저승세계를 두루 둘러보다

崔判官引導王明　王克新遍遊地府

城闕宮車轉	성궐에 황궁의 수레 돌아가니[1]
山林隧路歸	산림으로 길 따라 돌아가네.
蒼梧雲未遠	창오산의 구름[2] 멀지 않고
姑射露先晞	고야산[3]의 이슬 먼저 말랐지.
玉暗蛟龍蟄	옥갑의 색깔 어두워지니[4] 교룡이 숨고

1 인용된 시는 송나라 때 왕안석(王安石)의 〈신종황제만사(神宗皇帝挽詞)〉(2수)에서 제2수이다. 인용문에서 원작과 다른 부분은 원작에 맞춰 고쳐서 번역했다.

2 창오산(蒼梧山) 순임금의 무덤이 있는 곳이다. 구름은 신선이 타는 구름을 가리킨다.

3 고야산(姑射山)은 지금의 산시성[山西省] 린펀현[臨汾縣] 서쪽에 있으며, 서로 이어지는 아홉 개의 바위 구멍이 있어서 옛날에는 석공산(石孔山)이라고도 불렀다. 한편《장자》〈소요유〉에는 이 산에 신선이 산다고도 했다. 다만 여기서는 제왕의 능묘가 있는 산이라는 뜻으로 쓰였다.

4《서경잡기(西京雜記)》에 따르면 한나라 황제와 제후, 왕망(王莽) 등은 모두 진주로 장식된 천을 씌운 옥갑(玉匣)을 가지고 있었는데, 그 생김새는 갑옷

金寒雁鶩飛　　늦가을 추위에 기러기와 오리도 날아가네.[5]
老臣他日淚　　훗날 늙은 신하가 눈물 흘리며
湖海想遺衣　　초야에 묻혀서 남기고 가신 옷가지[6] 등을 생각하겠지!

그러니까 두 번째 궁전에 도착해 보니, 그곳의 패에는 '제제지부(悌弟之府)'라고 적혀 있었다. 최 판관은 왕명을 데리고 안으로 들어가니 앞서와 마찬가지로 화려한 의장과 신선 세계의 음악, 하늘 꽃이 가득했다. 이곳에도 통천관을 쓰고, 구름무늬가 수놓아진 비단옷을 입고, 진주가 장식된 신발을 신고, 좌우에 각각 선동과 옥녀를 거느린 이들이 있었다. 최 판관이 왕명에게 물었다.

처럼 생겼으며 금실을 박아 교룡이나 난새, 봉황, 거북이, 기린 따위를 장식했다고 한다. 당시에는 그것을 교룡옥갑(蛟龍玉匣)이라고 불렀다고 한다. 옥의 빛깔이 어두워졌다는 것은 세월이 오래되어 주인이 죽었음을 의미한다.

5 《습유록(拾遺録)》에 따르면 남쪽의 남쪽에 음천(淫泉)이라는 샘이 있는데, 가끔 금옥 같은 색을 띤 물오리와 기러기가 무리를 지어 모래사장에서 놀았다. 사냥꾼이 그물을 놓아 그중의 한 마리를 잡아 보니 정말 금으로 된 물오리였다고 한다. 또 옛날에 여산(酈山)의 진시황 무덤이 무너진 적이 있었는데, 들길을 가던 사람이 금빛 물오리가 남쪽으로 날아가는 것을 목격했다고 한다. 이후 삼국시대 오(吳)나라 보정(寶鼎) 1년(266)에 장선(張善)이 일남태수(日南太守)가 되었는데, 군의 주민이 황금 물오리를 발견하고 그에게 바친 적이 있었다. 박식한 장선이 그 물오리가 만들어진 때를 규명해 보니, 그것이 바로 진시황의 무덤에 있던 황금 물오리였다고 한다.

6 유의(遺衣)는 원래 죽은 이의 시신에 입히는 옷을 의미하지만, 여기서는 황제가 죽은 후 남겨진 활과 검 따위를 가리킨다.

"처남, 이분들을 아시겠소?"

"죄송합니다. 모르겠습니다."

"이분들은 모두 형님을 잘 모시고 아우의 도리를 다한 분들입니다. 간단히 설명해 드리지요. 여기 이분은 성함이 강굉(姜肱)이고 아우님은 성함이 강계강(姜季江)인데, 교외에서 길을 가다가 강도를 만나 형제가 그들과 필사적으로 싸웠지요. 그러자 그 도적이 이렇게 말하더랍니다.

'훌륭한 형제로다! 이런 분들께는 무례를 범하지 말아야 한다.'

여기 이분은 성함이 정균(鄭均)인데 형님께서 관리로 계시면서 뇌물을 받았지요. 이때 이분은 남의 집 하인으로 일해서 돈을 벌어 집에 돌아왔다가 형님에게 은근한 풍자로 꼬집으니, 이에 감동한 형님이 결국 청렴하게 벼슬살이를 해서 나중에 대부(大夫)까지 지내게 해주었지요. 이분은 성함이 노조(盧操)인데, 계모를 아주 공손하게 모셨지요. 계모에게서 세 명의 아우들이 태어나 학교에 들어가자 이분께서 직접 아우들을 가르쳤고, 계모가 돌아가신 뒤에도 아우들과 우애가 더욱 깊어졌지요. 이분은 결국 아흔아홉 살까지 천수를 누리시고, 두 아드님은 모두 상서(尙書)까지 지냈지요. 여기 이분은 성함이 주사(周司)인데, 웃어른을 지극히 공경하여 선배들을 부모처럼, 동년배들을 형제처럼 대했지요. 어느 날 강에서 풍랑을 만났는데, 이분이 탄 배만 무사했지요. 그러자 이 지역 토지보살이 이렇게 말했답니다.

'이 배에는 주부동(周不同)이 타고 있어서 무사했다.'

이분 함자의 사(司)자는 한 획이 빠져 있어서 같을 동(同)자가 되지 않기 때문에 주부동이라고 불렀던 것이지요. 이분은 훗날 사리소경(司理少卿)까지 지내셨습니다. 나머지 분들도 모두 아우의 도리를 다하셔서 이곳 '제제지부'에 계시는 것이지요."

"효제(孝弟)는 어진 품성의 근본[7]이라 했으니, 만복을 두루 받으리라는 것을 알겠군요."

세 번째 궁전의 패에는 '충절지부(忠節之府)'라고 적혀 있었다. 최판관이 왕명을 데리고 안으로 들어가니 앞서와 마찬가지로 화려한 의장과 신선 세계의 음악, 하늘 꽃이 가득했다. 이곳에도 의관을 단정히 차려입고, 붉은 신발을 신었으며, 이전의 사람들과 마찬가지로 좌우에 각각 선동과 옥녀를 거느리고 있었다. 최 판관이 왕명에게 물었다.

"처남, 이분들을 아시겠소?"

"죄송합니다. 모르겠습니다."

"이분들은 모두 가정을 잊고 나라 위해 헌신하신 충신열사들입니다. 간단히 설명해 드리지요. 이분은 성함이 여궐(余闕)[8]인데……"

---

7 《논어》〈학이(學而)〉: "부모에게 효도하고 어른을 공경하는 것이 어진 사람의 근본이로다![孝弟也者, 其爲仁本與.]"

8 여궐(余闕: 1303~1358, 자는 정심[廷心] 또는 천심[天心])은 원나라 말엽에 홍건군(紅巾軍)의 기의를 진압하는 데에 공을 세워 회남행성(淮南行省) 참지정사(參知政事)에 임명되고 곧 승상, 회남행성 평장(平章) 등을 역임했으며, 빈국공(豳國公)에 봉해졌다. 시호는 충선(忠宣)이다.

"매부, 이 어르신들에 관해서는 설명하실 필요가 없습니다. 저도 여러 어른을 알고 있습니다."

"어느 분들을 아시는지요?"

"이분은 방정학(方正學)[9] 나리이시고, 이분은 수찬(修撰)을 지내신 주(周) 나리[10]이시고, 저분은 진청헌(陳淸獻)[11] 나리십니다. 총 스물세 분이신데, 모두 제가 아는 분들입니다."

---

9 방정학(方正學)은 방효유(方孝孺: 1375~1402, 자는 희직[希直] 또는 희고[希古])를 가리킨다. 그의 서재 이름은 원래 '손지(遜志)'였으나 촉헌왕(蜀獻王)이 '정학(正學)으로 바꿔준 이후 '정학선생(正學先生)으로 불리게 되었다. 명나라 초기 유학의 거두였던 그는 1399년에 연왕(燕王) 주체(朱棣)가 반란을 일으켰을 때 반란군을 토벌해야 한다는 격문(檄文)을 쓰기도 했고, 주체가 영락제(永樂帝)로 즉위한 후 그에게 조서(詔書)의 초안을 쓰라고 하자 그는 거기에 "연적찬위(燕賊簒位)"라는 내용을 써서 결국 그 자신과 구족, 나아가 그의 학생들까지 족멸당하는 참극을 당했다. 이것이 바로 유명한 '주련십족(株連十族)'이다.

10 주덕(周德: 1355~1403, 자는 시수[是修])을 가리키는 듯하다. 1399년에 한림원의 찬수(纂修)가 되었다. 1402년에 연왕(燕王) 주체(朱棣)의 반란군이 장강은 건너와 남경을 함락하자 그는 가족에게 유언을 남기고 벗들에게 작별 편지를 쓴 후 존경각(尊經閣)에서 스스로 목을 매어 죽었다. 청나라 때 건륭제는 그에게 절민(節愍)이라는 시호를 내렸다. 박학다식했던 그는 《시보(詩譜)》와 《논어류편(論語類編)》 등 20여 종의 저작을 남겼으나, 《추요집(芻蕘集)》을 제외한 나머지는 대부분 이미 없어져 버렸다.

11 진청헌(陳淸獻)은 진양(陳亮: 1143~1194)과 최여지(崔與之: 1158~1239)를 혼동해서 하나로 섞어 부른 호칭인 듯하다. 진양은 원래 이름이 여능(汝能)이었으나 훗날 양(亮)으로 개명했으며, 자는 동보(同甫), 호는 용천(龍川)이다. 그는 고향인 무주(婺州) 영강(永康, 지금의 저장성에 속함)에서 향시에 장원으로 급제했으나 국정을 비판하는 〈중흥오론(中興五論)〉을 바

"뭐니 뭐니 해도 고향 사람이 제일 가까운 법이니, 그분들께 한 번 인사나 하시겠소?"

"저는 한낱 무부(武夫)에 지나지 않는데, 어떻게 그분들을 번거롭게 할 수 있겠습니까? 그냥 나가십시다."

이에 최 판관이 그를 데리고 밖으로 나오자, 왕명이 말했다.

"알고 보니 저 나리들도 모두 저승에서 편히 지내고 계시는구려. 그야말로 이런 격이 아닙니까?"

雪霜萬里孤臣老	눈보라 서리 속에 만리타향에서 외로운 신하 늙어 가는데
河嶽千年正氣收	강과 산악은 천 년 동안 정기를 거둬들이는구나!

친 죄로 벼슬을 받지 못했으며, 1177년에 장원으로 진사에 급제했으나 국정에 대해 비판하다가 두 차례나 옥에 갇히는 고초를 겪기도 했다. 이후 첨서건강부판관공사(簽書建康府判官公事)에 임명되었으나, 부임하기 전에 사망했다. 시호는 문의(文毅)이며, 저작으로는 청나라 때 편집된《용천집(龍川集)》이 남아 있다. 최여지는 자가 정자(正子) 또는 정지(正之)이고 호는 국파(菊坡), 시호는 청헌(淸獻)이며, 진양과 같은 해에 이갑(二甲)으로 급제하여 훗날 우승상 겸 추밀사(樞密使)를 지냈고, 관문전대학사(觀文殿大學士)에 올랐다. 저작으로《청헌집(淸獻集)》이 남아 있는데, 청나라 건륭 연간에 간행된 책으로《사고전서췌요(四庫全書萃要)》에 수록된《청헌집(淸獻集)·영천집(龍川集)》의 예에서 알 수 있듯이, 어쩌면 명나라 때도 두 문집이 합쳐져서 유행하는 바람에 이 소설의 작가가 혼동한 듯하다.

네 번째 궁전의 패에는 '신실지부(信實之府)'라고 적혀 있었다.[12] 최 판관이 왕명을 데리고 안으로 들어가니 앞서와 마찬가지로 화려한 의장이 차려져 있고, 앞서와 마찬가지로 관복을 차려입고 선동과 옥녀를 거느린 이들이 있었다. 최 판관이 왕명에게 물었다.

"처남, 이분들을 아시겠소?"

"죄송합니다. 모르겠습니다."

"이분들은 모두 신실하게 믿음을 지킨 군자들이지요. 간략하게 소개하지요. 이분은 성함이 주휘(朱暉)[13]인데 벗과 신의를 잘 지켜서 친구 아내의 위급한 상황을 벗어나게 해주었고, 상서좌복야(尙

12 《삼보태감서양기》에서 저승을 소개하는 이 장면은 명나라 때 등지모(鄧志謨: ?~?, 자는 경남[景南], 호는 죽계산인[竹溪散人] 또는 백졸생[百拙生])가 지은 14회의 소설 《살진인득도주조기(薩眞人得道呪棗記)》(만력[萬曆] 계묘[癸卯] 즉, 1603년 간행)의 제12회 "저승에는 선한 자에게 상을 주는 부서가 있고, 진인은 그 부서를 들러보다.[陰司立賞善行臺, 眞人遊賞善分司]"와 내용이 유사하며, 특히 네 번째부터 여섯 번째 궁전에 대한 묘사는 두 작품이 주인공 이름만 다를 뿐 내용 자체도 거의 같다. 하지만 《서양기》는 만력 26년 무술년(戊戌年, 즉 1598년)에 간행된 것으로 알려져 있기 때문에, 오히려 등지모가 이 작품을 모방했다고 할 수 있겠다.

13 주휘(朱暉: ?~?)는 동한 때의 인물로서 태학(太學)의 동기생인 장감(張堪)과 친한 사이였다. 훗날 조정의 중신이 된 장감은 고향으로 떠나는 주휘에게 자신이 죽으면 처자를 부탁한다고 하고 헤어졌는데, 한참 동안 서로 연락하지 못하고 있다가 장감이 세상을 떠났다. 청렴한 관리였던 그가 죽자 남의 처자는 아주 궁핍하게 살았는데, 소식을 듣고 달려온 주휘가 장감의 가족을 보살펴 주었다. 훗날 남양태수(南陽太守)가 그에게 벼슬을 천거하자 자기 아들에게 양보했다고 한다. 그 자신은 훗날 상서령(尙書令)을 지냈다.

書左僕射)를 지내셨지요. 여기 이분은 성함이 범거경(范巨卿)[14]인데 벗과의 우의를 지키기 위해 천 리 길을 멀다 하지 않고 달려가셨지요. 이분은 성함이 등숙통(鄧叔通)입니다. 이분은 하(夏)씨의 딸과 결혼하기로 했는데 알고 보니 그녀는 벙어리였지요. 다른 이들은 혼처를 바꿔보라고 했지만, 이분이 이미 혼약이 정해진 상태이니 약속을 지키기 위해서라도 그녀를 버릴 수 없다고 했지요. 두 분이 결국 결혼해서, 아드님들 가운데 여럿이 과거에 급제했습니다. 나머지 분들도 모두 자신이 한 말을 믿음 있게 지키신 독실한 군자들이기 때문에 여기 '신실지부'에 계시지요."

"그야말로 이런 격이로군요!"

須知一諾千金重	한 번의 약속은 천금보다 중하나니
長舌何如苦食言	어찌하여 쓸데없는 말로 식언만 하는가!

---

14 범식(范式: ?~?, 이름은 달리 사[汜]라고도 하며 자는 거경[巨卿])을 가리킨다. 그는 태학에서 공부할 때 장소(張劭, 자는 원백[元伯])와 친했는데, 둘이 모두 휴가를 내서 각자 고향으로 돌아갔다. 당시 범식은 두 해 뒤에 장소의 부모를 찾아뵙겠다고 약속했는데, 그 약속을 정확히 지켰다고 한다. 그런데 훗날 장소는 죽고 나서 범식의 꿈에 나타나 자신의 죽음과 장례 날짜를 알려주었다. 이에 범식은 휴가를 내고 상복을 입은 채 그의 장례식장을 찾아갔는데, 그 사이에 이미 장례가 묘지에서 하관 의식을 거행하려 하고 있었다. 하지만 범식이 나타나기 전까지 관이 움직이지 않다가, 범식이 나타나 고별하며 관을 끌자 비로소 움직였고, 범식은 장소의 무덤을 만들고 묘지에 나무를 심은 후 자기 집으로 돌아갔다고 한다. 범식은 형주자사(荊州刺史)와 여강태수(廬江太守) 등을 지냈다.

다섯 번째 궁전의 패에는 '근례지부(謹禮之府)'라고 적혀 있었다. 최 판관이 왕명을 데리고 안으로 들어가니 앞서와 마찬가지로 화려한 의장이 차려져 있고, 앞서와 마찬가지로 관복을 차려입고 선동과 옥녀를 거느린 이들이 있었다. 최 판관이 왕명에게 물었다.

"처남, 이분들을 아시겠소?"

"모르겠습니다."

"이분들은 모두 겸손하게 자기를 낮추고 양보하며 예의를 지킨 군자들이지요. 간단히 소개하지요. 여기 이분은 공손하고 겸손한 선비이신 노지(魯池)라는 분이신데, 연세가 일흔이 되셨어도 늘 '군자는 공손함을 좋아함으로써 그 명성을 이루고, 소인은 공손함을 배워서 형벌을 모면한다.[15]'라고 강조하셨지요. 당시 노나라 군주는 해마다 이분께 만 관(貫)의 돈을 하사했답니다. 이분은 성함이 왕진(王震)인데 예순네 살의 천수를 누리고 세상을 떠나게 되어 있었지요. 하지만 염라대왕께서 청렴하고 덕이 있는 이분의 인품을 가상히 여기셔서 십이 년의 수명을 늘려주셔서 일흔여섯 살까지 사셨지요. 또 이분은 성함이 적청(狄青)[16]인데 술자리에서 만취한 이가 큰

---

15 《초학기(初學記)》 권17 〈공경(恭敬)〉 6 "서사(敍事)"에 인용된 《노국선현전(魯國先賢傳)》에 들어 있는 것으로서 노나라의 공손한 선비[恭士]인 기사(機汜)의 기록인데, 이것은 유향(劉向)의 《설원(說苑)》 권10 〈경신(敬愼)〉에도 들어 있는 구절이다. 원문은 다음과 같다: "君子好恭, 以成其名, 小人學恭, 以除其刑."

16 적청(狄青: 1008~1057, 자는 한신[漢臣])은 '면열장군(面涅將軍)', '적천사(狄天使)', '무곡성(武曲星)' 등의 별명을 가진 뛰어난 장수로서 25차례의 전투에

소리로 욕을 퍼붓고, 이분의 얼굴에 술잔을 집어 던지기까지 했지만, 이분께서는 '예, 예!' 하며 더욱 공손하고 예절 바르게 사죄까지 하셨지요. 나중에 추밀사(樞密使)까지 지내셨습니다. 나머지 분들도 모두 공손하고 예의 바르게 사셔서 이 '근례지부'에 계시지요."

"과연 그렇군요!"

三千三百無非禮	삼천 삼백 가지 예절을 모두 지키나니
小大由之總在和	크고 작은 모든 일이 그를 통하면 늘 화해를 이루게 된다네!

여섯 번째 궁전의 패에는 '상의지부(尙義之府)'라고 적혀 있었다. 최 판관이 왕명을 데리고 안으로 들어가니 앞서와 마찬가지로 화려한 의장이 차려져 있고, 앞서와 마찬가지로 관복을 차려입고 선동과 옥녀를 거느린 이들이 있었다. 최 판관이 왕명에게 물었다.

"처남, 이분들을 아시겠소?"

"모르겠습니다."

"이분들은 모두 의리를 태산처럼 중시하신 군자들입니다. 간단히 소개하지요. 이분은 성함이 오달지(吳達之)[17]인데, 형수가 돌아

서 모두 큰 공을 세워서 추밀부사(樞密副使)까지 올랐다. 그러나 조정 대신들의 시기로 말년을 불행하게 보내다가 죽었고, 사후에 중서령(中書令)의 벼슬과 함께 무양(武襄)이라는 시호를 받았다.

17 오달지(吳達之)의 이 이야기는 《남사(南史)》 권73 〈열전(列傳)〉 제63 〈효의상(孝義上)〉에 수록되어 있다.

가시자 자기 몸을 팔아 장례를 지내주셨지요. 그리고 사촌 동생인 오경백(吳敬伯) 부부가 남의 집에 팔려가자, 열 마지기의 전답을 팔아 그들의 몸값을 치르고 다시 데려와 함께 살았지요. 그러자 남제(南齊)의 고제(高帝)께서 이분의 정의로운 행사에 대해 소식을 들으시고 이백 마지기의 전답을 하사하셨답니다. 또 여기 이분은 성함이 양기문(楊起汶)[18]인데, 마을에 사는 고아가 남에게 강제로 집을 빼앗기자 정의롭게 나서서 자신의 전답을 팔아 그 집을 다시 사서 고아에게 돌려주셨지요. 이분 자손들은 대대로 출세하여 높은 벼슬을 지냈답니다."

그 말이 끝나기도 저에 왕명이 말했다.

"여기 계신 분들 가운데 몇몇 분은 저도 알겠습니다."

"어느 분을 아시는지요?"

"왼쪽에 계신 저분은 내주(萊州)의 서승규(徐承珪)[19] 어르신이신데, 어려서 양친을 여의고 세 형제가 서른 명의 친척들과 함께 거친 음식을 나눠 먹으면서도 서로 양보하면서 사십 년을 살았지요. 이

18 양기문(楊起汶: 1349~1420)은 가문이 영파(寧波)의 명망 높은 선비 집안으로 자리 잡도록 기반을 다졌으며, 1396년에 《경천양씨종보(鏡川楊氏宗譜)》를 편찬하기 시작한 인물이다. 이 책은 그의 아들 양범(楊範: 1375~1452)과 손자 양수진(楊守陳: 1425~1489), 양수수(楊守隨: 1435~1519), 양수지(楊守阯: 1436~1512)를 거치면서 완성되었다.

19 서승규(徐承珪)의 이 이야기는 《송사(宋史)》 〈열전(列傳)〉 제215 〈효의(孝義)〉에 수록되어 있다. 그리고 이 마을의 이름을 의감(義感)으로 고치게 한 것은 홍무제(洪武帝)가 아니라, 송나라 태조(太祖) 조광윤(趙匡胤)이 건덕(建德) 1년(963)에 조서를 내려서 그렇게 한 것이다.

에 홍무제(洪武帝)께서 그 고을의 이름을 '의감(義感)'이라고 지어주셨지요."

"또 어느 분을 아시는지요?"

"오른쪽에 계신 저분은 북해(北海)의 오규(吳奎)[20] 나리이신데, 자신의 자본을 내서 의전(義田) 천 마지기를 마련해 친척이나 벗들 가운데 가난한 이들의 생계를 도왔지요. 이에 홍무제께서도 저분에게 벼슬을 내리셨고, 백 살이 넘도록 천수를 누리시고 돌아가셨지요."

"처남도 아는 게 많은 분이시구려! 훌륭한 분들을 상당히 많이 알고 계시는군요. 그래도 저 뒤쪽의 저분은 모르실 거외다. 저분이 바로 강주(江州)의 진의문(陳義門)[21]이신데, 아홉 세대가 함께 살

---

20 오규(吳奎: 1011~1068, 자는 장문[長文])는 1027년 진사에 급제하여 한림학사(翰林學士)와 추밀부사, 참지정사(參知政事) 등의 고위직을 거쳤다. 시호는 문숙(文肅)이다. 여기서도 그에게 상을 내린 황제는 홍무제가 아니라 북송의 경종(景宗)이나 영종(英宗), 신종(神宗) 가운데 하나일 것이다.

21 진의문(陳義門)은 원래 특정한 사람이 아니라, 지금의 장시성[江西省] 주장시[九江市] 더안현[德安縣] 처차오진[車橋鎭] 이먼천촌[義門陳村]의 의문(義門) 진(陳)씨 가문을 가리킨다. 의문 진씨는 남조 진(陳)나라 후주(後主)의 아우인 진숙명(陳叔明)의 후손으로서, 그의 5세(五世) 후손인 진왕(陳旺: ?~?, 자는 천상[天相])이 개원(開元) 19년(731)에 이곳에 자리를 잡고 살게 됨으로써 크게 번성하게 된 가문이다. 송나라 인종(仁宗) 천성(天聖) 4년(1026)에는 이 가문의 효의(孝義)의 기풍을 널리 선양하기 위해 진왕을 비롯하여 그의 후손인 진기(陳機), 진감(陳感), 진람(陳藍), 진청(陳青)을 각기 진국공(晉國公)과 연국공(燕國公), 허국공(許國公), 오국공(吳國公), 제국공(齊國公)에 봉하기도 했다. 1062년에는 이 가문의 가족 수가 3,900여 명에 이르러 '천하제일가(天下第一家)'라는 명성을 얻기도 했으며, 기네스북에 기록되어 있기도 하다.

면서 가족 성원이 칠백 명이 넘어서 남당(南唐) 때는 조정에서 의문(義門)을 세우주기도 했지요."

"지난 왕조의 일은 잘 모르는 부분이 있습니다만, 우리 명나라 때의 인물 가운데 천하에 혁혁한 명성을 날리고 빼어난 기상과 절개로 귀신조차 감동하게 만든 분들은 어린아이라도 모두 알고 있지요."

일곱 번째 궁전의 패에는 '청렴지부(淸廉之府)'라고 적혀 있었다. 최 판관이 왕명을 데리고 안으로 들어가니 앞서와 마찬가지로 화려한 의장이 차려져 있고, 앞서와 마찬가지로 관복을 차려입고 선동과 옥녀를 거느린 이들이 있었다. 최 판관이 왕명에게 물었다.

"처남, 이분들을 아시겠소?"

"매부, 솔직히 이번에는 아주 많은 분을 알아볼 수 있겠습니다!"

"어느 분들을 아시는지요?"

"이번에는 제가 간단히 설명해 보겠습니다. 여기 이분은 진사 주단(周丹)[22]이신데, 사적인 청탁을 일체 끊어 버려서 서리(胥吏)들이 비리를 저지를 수가 없었지요. 결국 이분은 현승(縣丞)에서 고공주사(考功主事)로 발탁되셨습니다. 여기 이분은 학사(學士) 장녕(張寧)[23]이신데 평소 청렴하기 그지없으셔서, 안남(安南)에 사신으로

---

22 주단(周丹: ?~?)은 흥화현승(興化縣丞)으로 있으면서 치적이 탁월하여 이부주사(吏部主事)에 발탁되었는데, 그 지역 백성들이 남아 달라고 하소연하여 명나라 태조가 특별히 원래 관직으로 복귀하도록 어명을 내렸다고 한다.

23 장녕(張寧)은 장이녕(張以寧: 1302~1371, 자는 지도[志道], 호는 취병선생[翠屛

다녀오시다가 도중에 돌아가셨을 때, 짐이라고는 그저 보자기에 싼 옷가지 몇 개밖에 없으셨지요. 그래서 이런 시 구절도 있지요.

覆身唯有黔婁被	몸을 덮은 것은 그저 검루(黔婁)[24]의 옷가지뿐이요
垂橐渾無陸賈金	전대에는 육가의 금이 전혀 없도다.

저기 저분은 상서(尙書) 고박(古樸)[25] 나리이신데, 평생 집안 살림을 늘리는 데에 신경을 쓰지 않으셔서 책상머리에 그저 《자경편(自

先生])을 가리킨다. 그는 1368년에 홍무제가 시강학사(侍講學士)로 임명되었고, 1370년에 안남에 사신으로 나갔다가 이듬해 돌아오는 도중에 일흔 살의 나이로 죽었다. 그가 죽기 직전에 지은 시에 "몸을 덮은 것은 그저 검루의 옷가지뿐이요, 전대에는 육가의 금이 전혀 없도다.[覆身惟有黔婁被, 垂橐都無陸賈金]"라는 구절이 들어 있다고 한다. 검루(黔婁)는 전국시대 제(齊)나라의 저명한 은사(隱士)이자 도가 사상가로서 각국 제후의 초청을 거절하고 제수(濟水)의 남산(南山, 지금의 지난[濟南] 천불산[千佛山])에 바위 동굴을 파고 은거하여 평생 안빈낙도의 삶을 살았다고 한다. 육가(陸賈)에 대해서는 제62회의 각주 1)을 참조할 것.

24 검루(黔婁: ?~?)는 전국시대 제(齊)나라 직하(稷下)에 살던 은사(隱士)이자 도가(道家) 사상가로서 노(魯)나라 공공(恭公)이 재상으로 초빙하고 제나라 위왕(威王)이 경(卿)의 자리를 제시해도 모두 거절하고 남산(南山, 지금의 지난[濟南] 천불산[千佛山])에 바위동굴을 파고 살면서 죽을 때까지 산을 내려오지 않았다고 한다. 안빈낙도(安貧樂道)하며 평생을 고결하고 품행 단정하게 살아 칭송을 받았다.

25 고박(古樸: ?~1428, 자는 문질[文質])은 명나라 초기에 병부시랑(兵部侍郎)과 호부시랑(戶部侍郎), 남경통정사(南京通政使)를 역임하고, 호부상서(戶部尙書)로 재임하고 있다가 죽었다.

警編)》[26] 한 질(帙)만 있었고, 돌아가실 때도 자손에게 물려줄 재물이 전혀 없었다고 하지요. 또 저분은 순안어사(巡按御史)를 지내신 진중술(陳仲述)[27] 나리이신데, 평생 청렴하기로 명성이 높으셔서 돌아가신 뒤에 장례를 치를 비용조차 없었다고 하지요. 제가 아는 분들은 이러한데, 맞습니까?"

"그렇습니다. 아직 한 곳이 남아 있는데, 몇 명이나 알아볼 수 있으실지 모르겠군요."

"일단 가봅시다."

일곱 번째 궁전의 패에는 '순치지부(純耻之府)'라고 적혀 있었다. 최 판관이 왕명을 데리고 안으로 들어가니 앞서와 마찬가지로 화려한 의장이 차려져 있고, 앞서와 마찬가지로 관복을 차려입고 선동과 옥녀를 거느린 이들이 있었다. 최 판관이 왕명에게 물었다.

"이번에도 아는 분들이 있는지 보시구려. 여기서도 몇 분을 더 알아보신다면 처남도 상당히 유식한 분이라고 할 수 있겠소이다."

"매부, 정말 저도 제법 유식한 편입니다."

"그렇게 말씀만으로는 증거가 없으니, 어디 설명을 좀 해 보시

---

26 《자경편(自警編)》은 송나라 때 조선료(趙善璙: ?~?, 자는 덕순[德純])가 편찬한 책으로 모두 9권으로 되어 있다. 그 내용은 송나라 때의 훌륭한 신하나 학자들의 모범이 될 만한 언행을 학문(學問)과 조수(操修), 제가(齊家), 접물(接物), 출처(出處), 사군(事君), 정사(政事), 습유(拾遺)로 부류를 나누어 모두 쉰다섯 개 항목으로 정리해 놓은 것이다.

27 진중술(陳仲述: ?~?)은 홍무(洪武) 18년(1385) 진사에 급제하여 이후 순안어사(巡按御史)를 역임했으며, 저작으로 《교재전집(橋梓前集)》(9권)과 《진중술문집(陳仲述文集)》(5권)이 남아 있다.

지요."

"저기 위쪽에 계신 분은 어사를 지내신 능한(凌漢)[28] 나리가 아닙니까? 저분께서는 재판을 공정하게 처리하여 원성을 듣지 않았고, 그의 덕을 입은 이가 황금으로 사례하려 하자, '내 눈을 부끄럽게 만들지 말고 어서 가져가시오!' 하고 거절하셨지요. 또 저분은 참정(參政)을 지내신 왕순(王純)[29] 나리가 아닙니까? 저분이 예전에 홍무제의 명을 받고 녹천선위사(麓川宣慰司)[30]를 순찰하러 갔을 때 그곳 관리가 황금을 바치자 저분께서 이렇게 물으셨지요.

'그대는 나를 아끼는 것인가, 아니면 부끄럽게 만들려는 것인가?'

그러자 그 관리가 '덕에 보답하고 싶습니다.' 하니, 저분께서 이렇게 말씀하셨지요.

'나는 본래 덕이 없는데 그대가 내게 황금을 주니, 이는 나를 부끄럽게 하는 것일세!'

---

28 능한(凌漢: ?~?, 자는 두남[斗南])은 홍무제 때 수재(秀才)로 천거되어 〈오작론(烏鵲論)〉을 바쳐서 벼슬을 받아 훗날 우도어사(右都御史), 형부시랑(刑部侍郎) 등을 역임했다.

29 왕순(王純: ?~1404, 자는 사로[士魯])은 홍무제와 건문제(建文帝) 때 복건좌참정(福建左參政)과 예부주사(禮部主事), 절강좌포정사(浙江左布政使), 호부상서(戶部尙書)를 역임했다.

30 선위사(宣慰司)는 성(省)과 주(州) 사이에 있는 군사 감사기구(監司機構)로서, 중앙에서 설치한 것이며, 그 책임자는 선위사(宣慰使)로서 종삼품(從三品)의 직위였다. 하나의 선위사는 대개 180개의 주를 관할했다. 녹천(麓川)은 지금의 윈난성[雲南省] 루이리현[瑞麗縣]과 완팅진[畹町鎭] 등을 포괄하는 곳으로서, 미얀마와 접경지대에 있다.

이러시면서 끝내 받지 않으셨습니다.[31] 또 저분은 현령을 지내신 전본충(錢本忠)[32] 나리이신데 청렴하고 절개를 굳게 지켜서, 어느 동창이 황금 백 냥을 얻을 수 있는 일이 있다면서 만나려고 하자 그를 대문 밖에서 거절하며 만나지 않으셨지요. 부인께서 까닭을 물으시자 저분은 '이익을 탐하는 무리는 친구로 삼기에 부끄럽소!' 하고 대답하셨지요."

이렇게 몇 명에 관해 얘기하고 나서 왕명이 최 판관에게 물었다.

"매부, 제가 몇 분들에 관해 설명한 것이 맞습니까?"

"아주 사실에 맞소이다. 하지만 아직도 무척 많은 사람이 있는데, 처남도 그분들을 모두 알지는 못하시겠지요!"

"만나 뵌 분도 계시고 그렇지 않은 분도 있는데, 어떻게 다 알아볼 수 있겠습니까?"

"저기 계신 학사 간(簡) 선생께서는 화려한 옷이 몸을 더럽힌다고 여기시고 평생 베옷만 입으셨고, 관찰어사(觀察御史)를 지내신 봉(奉) 나리께서는 수레꾼의 발이 더러워지는 것을 부끄러워하셔서 그냥 걸어 다니셨고, 추밀사를 지내신 범(范) 나리께서는 화려한 집은 거처를 망친다고 여기시고 초가에 울타리를 치고 사셨으며, 청헌공

31 실제로 왕순은 그 돈을 받아서 그대로 관청의 창고에 등록하고 공금으로 바쳤다고 한다.

32 《명사》〈열전〉 제169에 따르면 전본충(錢本忠)은 영락(永樂) 연간에 길수지현(吉水知顯)을 지냈는데, 청렴하기로 명망이 높아서 그곳 백성들로부터 존경을 받았다고 한다.

(淸獻公) 조변(趙抃)[33] 나라께서는 하인을 두면 벼슬살이를 망친다고 여기시고 거문고 하나와 한 마리 학만 갖고 계셨지요."

그 말이 끝나기도 전에 왕명이 말했다.

"그때하고 지금은 세상이 달라졌지요. 지난 왕조의 나리들을 제가 어찌 알겠습니까?"

"옛사람에 대해 모른다면 옛사람을 벗으로 삼을 줄도 모르게 되지요."

"매부, 이런 말도 못 들어보셨습니까?"

今月曾經照古人	지금의 달은 옛사람을 비추었겠지만
古人不見今明月	옛사람은 지금의 달을 보지 못하지.[34]

---

33 조변(趙抃: 1008~1084, 자는 열도[閱道], 호는 지비자[知非子])은 경우(景祐) 1년(1304)진사에 급제하여 무안군절도추관(武安軍節度推官)과 사주통판(泗州通判) 등을 역임하고 지화(至和) 1년(1054)에 전중시어사(殿中侍御史)가 되었다. 이후 목주지주(睦州知州) 등을 역임한 후 영종(英宗) 때 우간의대부(右諫議大夫) 겸 참지정사(參知政事)를 지내고 원풍(元豊)2년(1079)에 태자소보(太子少保)를 마지막으로 은퇴했다. 죽은 후 소사(少師)에 추증되었고 시호는 청헌(淸獻)이다.

34 이것은 당나라 때 이백의 〈술잔 들고 달에게 묻다[把酒問月]〉에 들어 있는 구절을 변형한 것이다. 원작은 다음과 같다. "하늘에 달은 언제부터 있었는가? 나 이제 술잔 멈추고 물어보노라. 사람은 달에 올라갈 수 없지만, 달은 늘 사람을 따라다니지. 하늘에 걸린 거울처럼 궁궐을 비추고, 푸른 연기 사라지면 맑은 빛 피워내지. 밤이면 바다 위로 떠오르는 것만 볼 뿐, 새벽이면 구름 사이로 사라지는 줄 어찌 알랴? 옥토끼는 약을 찧으나 하염없는 세월 보내고, 홀로 사는 항아는 누구와 이웃할까? 지금 사람들은 옛날의 달 보지 못하지만, 지금의 달은 옛사람 비춘 적이 있지. 옛사람이

"이쪽은 다 구경했으니, 저쪽 악한 자를 벌주는 부서로 가봅시다."

"저기는 어떻게 되어 있습니까?"

"거기도 여덟 개의 부서로 나뉘어 있는데 불효(不孝)와 부제(不弟), 불충(不忠), 불신(不信), 무례(無禮), 무의(無義), 무렴(無廉), 무치(無恥)한 악인들이 모두 저기 갇혀 있지요."

"악인들이라면 보지 맙시다. 옛말에도 '선하지 못한 것을 보면 뜨거운 물에 손을 담그듯이 하라.[35]'고 했는데, 그런 자들은 뭐하러 보겠습니까!"

"그럼 십팔 층 지옥을 구경해 보시겠습니까?"

"여자들은 죽으면 모두 어디로 갑니까?"

"여사(女司)라고 하는 다른 곳이 있습니다. 한쪽은 선한 사람, 다른 한쪽은 악한 사람이 가고, 선한 이에게는 상을 주고 악한 이에게는 벌을 내리지요."

"거기도 구경할 수 있습니까?"

나 지금 사람이나 흐르는 물과 같아서, 함께 달을 바라보는 것이 모두 이와 같았지. 그저 바라나니, 노랫소리 속에 술 마실 때, 달빛이 금 술잔 안을 오래도록 비춰주었으면![青天有月來幾時, 我今停盃一問之. 人攀明月不可得, 月行却與人相隨. 皎如飛鏡臨丹闕, 綠烟滅盡清輝發. 但見宵從海上來, 寧知曉向雲間沒. 白兎擣藥秋復春, 姮娥孤棲與誰鄰. 今人不見古時月, 今月曾經照古人. 古人今人若流水, 共看明月皆如此. 唯願當歌對酒時, 月光長照金罇裏.]"

35 《논어》〈계씨(季氏)〉: "선한 것을 보면 내가 그보다 못하니 배워야겠다는 듯이 하고, 선하지 못한 것을 보면 뜨거운 물에 손을 담그듯이 하라.[見善如不及, 見不善如探湯.]"

"남녀가 유별하니 함부로 그곳 문을 열라고 할 수 없습니다. 염라대왕께서 아시면 가볍지 않은 처벌을 받을 것입니다."

"그럼 지옥에나 한번 가봅시다."

이에 최 판관은 그를 인도하여 사오 리쯤 걸었다. 그러자 햇빛은 어둑하고 찬 바람이 씽씽 불며, 사방이 몇 길 높이의 돌담으로 둘러싸인 새로운 풍경이 나타났다. 앞쪽에 대문도 무쇠를 주조하여 만든 것이었다. 대문 위에 걸린 시커먼 현판에는 하얀 글씨로 '보략지문(普掠之門)'이라고 적혀 있었다. 최 판관이 대문 앞으로 다가가서 "열어라!" 하자마자 양쪽에서 귀신 병졸들이 걸어 나왔는데, 모두 쇠머리가 달린 야차(夜叉)로서 눈과 코는 불쑥 솟아 생김새가 괴상했다. 그는 "길을 열어라!" 하고 소리치고 문을 "덜컹!" 열면서 말 했다.

"오늘은 운이 좋구먼, 이런 장작개비 귀신[柴頭鬼]을 만나다니 말이야."

그런데 그들은 왜 왕명을 장작개비 귀신이라고 불렀을까? 알고 보니 왕명의 몸이 비쩍 말라 있어서 야차는 그저 그가 죄를 짓고 잡혀 와 지옥으로 보내지는 귀신으로 착각하고, 말라깽이라고 놀리려는 뜻으로 그렇게 말했던 것이다. 그러자 최 판관이 그 말뜻을 알아듣고 호통을 쳤다.

"닥쳐라! 이분은 잠깐 나들이를 나오신 내 손위처남인데, 누가 그따위 소리를 지껄이느냐?"

이야말로 벼슬 자체가 무서운 게 아니라 간섭을 해서 무섭다는 것이 아니겠는가? 판관이 그렇게 말하니, 어느 야차가 감히 또 헛소리를 늘어놓을 수 있었겠는가? 최 판관이 곧장 안으로 들어가자 왕명도 따라 들어갔다.

대문을 들어서자마자 첫 번째 지옥이 나타났는데, 대문에 걸린 현판에는 '풍뢰지옥(風雷之獄)'이라고 적혀 있었다. 왕명이 작은 문 안으로 들어가 살펴보니 안쪽에 구리기둥이 하나 세워져 있고, 거기에 죄지은 자가 묶여 있었다. 바깥쪽에는 커다란 구리 고리가 기둥을 둘러싼 채 채워져 있었는데, 그 위에는 뾰족하고 짤막한 칼들이 붙어 있었다. 귀신 병졸이 구리 고리에 채찍을 치자 즉시 "휭휭!" 바람이 불었는데, 바람 소리가 크면 클수록 구리 고리도 빨리 돌아갔다. 구리 고리는 원래 사람의 몸에 붙어서 돌아가고 있었는데, 고리 위에 칼이 장착되어 있었으니, 고리가 돌면 칼이 사람을 찌르고, 고리가 빨리 돌면 돌수록 더 세차게 찌르지 않겠는가! 잠시 후 고리 아래쪽에서 우렛소리가 울리더니 그 안의 사내를 가루로 만들어 버려서 땅바닥이 온통 피로 흥건해졌다. 그렇게 때려죽인 뒤에 귀신 병졸은 다시 고리에 채찍질을 한번 했다. 그런데 이번에는 뒤로 물리는 채찍질이어서, 채찍이 울리자 곧바로 우레와 바람도 멈추더니, 땅바닥에서 천천히 회오리바람이 일어나 이리저리 맴돌며 부서져 뼈만 남은 사내의 몸을 다시 원상태로 되돌려 놓았다. 그걸 보고 왕명이 최 판관에게 물었다.

"이건 무슨 우레인가요?"

"흑천뢰(黑天雷)라는 것이지요."

"바람은요?"

"원얼풍(寃孽風)이라고 하지요."

"저들은 누구입니까?"

"이승에서 용서받지 못할 열 가지 죄를 저지른 자들이지요."

"저들은 이 풍뢰옥에서만 벌을 받으면 되는 겁니까?"

"알고 보니 처남도 잘 모르고 계셨구려. 보통 사람이 죽으면 십제염군을 뵙고 분명하게 심문을 받지요. 그래서 그가 정말 선량하다면 오색 깃발과 풍악 속에서 선한 이에게 상을 내리는 부서로 가서 충, 제(弟),[36] 효, 신(信)에 따라 나뉘어 있는 여덟 개 분야 가운데 자신에게 맞는 곳에 가서 복을 누리게 됩니다. 그런데 심문 결과 악인이라고 판명되면 십팔 층 지옥으로 보내져서 한 층 한 층을 거치며 고난을 겪게 됩니다. 이런 고난들을 겪고 나면 비로소 악인을 벌하는 부서로 가는데, 그곳에서도 역시 죄목에 따라 엄격하게 분류되어 해당 부서에서 대기하게 됩니다. 삼 년을 대기하고 나면 소나 양, 개, 돼지 등으로 세상에 태어나 사람들에게 가죽이 벗기고 뼈가 구워지고, 사람들이 버린 쓰레기나 오물을 먹고, 사람들에게 매 맞고 욕을 먹게 됩니다."

"언제까지 그렇게 해야 합니까?"

"죄악의 정도에 따라 처벌도 달라지지요. 몇 세대를 그렇게 고생해야 하는지도 정해져 있습니다. 하지만 용서받지 못할 열 가지 죄악을 저지른 자는 천년만년이 지나도 그 고통에서 벗어날 수 없지요."

---

36 제(弟)는 공경할 제(悌)와 같은 뜻임.

두 번째 지옥에 이르러서 보니 대문의 편액에 '금강지옥(金剛之獄)'이라고 적혀 있었다. 왕명이 작은 문으로 들어가 살펴보니 땅바닥에 돌로 만든 커다란 맷돌이 있었는데, 둘레가 여덟 자쯤 되어 보였다. 맷돌의 팔방에는 여덟 명의 체구가 큰 귀신이 둘러앉아 있는데, 각기 두 손으로 철추(鐵錘)를 하나씩 들고 있었다. 또 사방에는 네 명의 체구가 큰 귀신들이 둘러서 있다가, 각기 한 손에 사내를 하나씩 잡고 있다가 발길질을 해서 맷돌 위로 차올렸다. 그 순간 여덟 명의 귀신이 일제히 철추를 내리쳐 그 사내를 만두 모양으로 만들어 버렸다. 갑이 하나를 차서 올리면 일제히 철추를 내리쳐 그 사내를 만두 모양으로 만들어 버리고, 을이 하나를 차서 올리면 일제히 철추를 내리쳐 그 사내를 만두 모양으로 만들어 버리고, 병이 하나를 차서 올리면 일제히 철추를 내리쳐 그 사내를 만두 모양으로 만들어 버리고, 정이 하나를 차서 올리면 일제히 철추를 내리쳐 그 사내를 만두 모양으로 만들어 버렸다. 이게 끝나고 나자 또 다른 두 명의 작은 귀신들이 와서 말했다.

"그들은 만두 모양으로만 만들고 풀어주도록 해."

그리고 만두 하나를 집어 증기에 찌자 그 만두는 다시 원래의 사내로 돌아왔다. 그 모습은 본 왕명은 간담이 서늘해졌다.

"매부, 저기서 철추를 내리치는 자들은 정말 무시무시하군요!"

"이런 말도 들어보지 못했소이까?"

人情似鐵非爲鐵　　사람의 정은 무쇠 같지만 쇠가 아니고

官法如爐却是爐　　법관이 화로 같으면 정말 화로이지!

세 번째 지옥에 이르러서 보니 대문의 편액에 '화차지옥(火車之獄)'이라고 적혀 있었다. 왕명이 작은 문으로 들어가 살펴보니 수레바퀴 하나에 몇 명의 사내들이 매달려 있었다. 그러다가 귀신 졸개들이 휘파람을 불자 그 수레바퀴가 일제히 나는 듯이 굴러가더니, 귀신들이 숨을 훅 불자 수레바퀴 아래에서 불길이 일어났다. 수레바퀴가 빨리 가면 갈수록 불길도 거세져서, 잠시 후 사내들은 시커멓게 타서 잿더미가 되고 말았다. 그런 뒤에 귀신들이 그 재에 물을 몇 방울 떨어뜨리자, 원래대로는 아니지만 그 잿더미는 다시 사내의 모습이 되었다. 이렇게 끊임없이 수레바퀴들이 돌면서 사내들을 재로 만드는 것을 보고 왕명이 기함을 토했다.

"저 수레바퀴의 불길은 정말 엄청나구나!"

그러자 최 판관이 말했다.

"이걸 일컬어 '헤아릴 수 없이 무거운 죄를 짓고도 우습게 여기지만, 아직 불길에 재가 되지 않았을 때는 사람들은 그걸 모른다.'라고 하는 것이지요."

"그런데 어떻게 모두 원래 모습으로 돌아오는 건가요?"

"원망과 죄악이 뒤얽혀 천만 겁 동안 풀어지지 않기 때문이지요."

네 번째 지옥에 이르러서 보니 대문의 편액에 '명랭지옥(溟冷之獄)'이라고 적혀 있었다. 왕명이 가까이 다가가 살펴보니 작은 문 안에 맑은 물이 고인 둥근 연못이 있고, 한 무리의 귀신 졸개들이 양쪽에 서서 "이놈!" 하면서 한 손에 하나씩 사내들을 집어 연못 속으로 던졌다. 그러자 커다란 메기가 엄청난 입을 쩍 벌리고 단숨에 그 사내를 삼켜 버렸다. 다시 한 명의 귀신 졸개가 "이놈!" 하면서 한 사내를 집어 연못 속으로 던지자, 또 한 마리의 메기가 받아서 삼켜 버렸다. 그렇게 열 명을 집어 던지고 나자 한 회가 끝났다. 그러자 연못 안을 가득 채운 메기들이 배불리 먹고 취한 것처럼 유유히 뛰고 헤엄치며 놀았다. 그러자 못가의 귀신 졸개가 호통을 쳤다.

"이놈들! 내가 던진 놈을 돌려줘라!"

그 말이 끝나기가 무섭게 메기들은 사라지고 금빛 잉어들이 떼를 지어 몰려왔는데, 각기 꼬리에 사람을 하나씩 얹어놓고 있다가 연못가를 향해 팽개쳤다. 그때 사람들은 어느새 원래 모습으로 되돌아와 있었다.

"매부, 저 연못 안의 물고기들은 모두 훈련된 놈들입니까?"

"물고기가 먹이 욕심 때문에 낚싯바늘을 삼키듯이, 죄업을 저지른 이들은 대부분 어리석지요."

다섯 번째 지옥에 이르러서 보니 대문의 편액에 '유룡지옥(油龍之獄)'이라고 적혀 있었다. 왕명이 가까이 다가가 살펴보니 작은 문 안에 무수한 장승이 늘어서 있고, 그 위에는 각기 한 마리씩 용이 거꾸로 매달려 있었다. 기둥 아래에는 각기 덩치 큰 사내들이 실오라기 하나도 걸치지 않은 알몸으로 묶여 있었다. 귀신 졸개들이 그렇게 사내들을 기둥에 묶으면 용들의 입에서 부글부글 끓는 향유(香油)가 흘러내려서 사내의 머리와 얼굴을 적시는데, 거기에 닿는 순간 살갗이 터지고 살이 물러져서 사내는 순식간에 비쩍 마른 해골로 변해 버렸다. 그러면 귀신 졸개들이 다가가 해골에 물을 한 바가지 부었고, 그 순간 사내들은 다시 원래의 모습으로 돌아왔다.

"매부, 용의 입에서 나오는 것이 혹시 향유인가요?"

"부글부글 끓는 향유이지요."

"어이쿠! 정말 무시무시합니다!"

"과거에 지은 죄는 하늘이 분명히 갚아 주나니, 그때가 되면 스스로도 어쩔 수 없으리라!"

여섯 번째 지옥에 이르러서 보니 대문의 편액에 '채분지옥(蠆盆之獄)'이라고 적혀 있었다. 왕명이 가까이 다가가 살펴보니 작은 문 안에 깊은 구덩이가 하나 있고, 그 속에는 온통 독사며 시커먼 전갈, 나나니벌[黃蜂] 등이 가득했다. 그때 한 무리의 귀신 졸개들이 사내를 하나씩 끌고 와서 구덩이 안으로 던졌다. 그 순간 그 독사들과 전갈, 나나니벌들이 "쉬익!" 달려들어 사내의 피를 빨고, 살갗을 뚫고 들어가 살을 뜯어 먹어서 순식간에 사람의 모습이 사라져 버렸다. 귀신 졸개가 또 한 명의 사내를 던지자 그 독물들이 똑같이 먹어 치워 버렸다. 그렇게 여러 명을 던져 넣고 마지막 한 명까지 끝나자, 또 귀신 졸개 하나가 호통을 쳤다.

"올려보내라!"

그러면서 작은 피리를 하나 꺼내 들고 불자, 과연 그 사내들이 걸어 올라왔다. 하지만 살갗이며 살이 너덜너덜 터져서 온전한 데가 없었다.

"구덩이 안에 어떻게 저런 독물들이 들어 있는 건가요?"

"천지가 만들어 낸 것은 매양 한 가지이니, 어디로 도망칠 수 있겠소이까?"

"아주 사람을 잡는구먼!"

"그거 아주 적절한 말씀이오! 악인은 악인에게 시달림을 당하기 마련이니, 원수와 맞부딪치면 어떻게 되겠소?"

일곱 번째 지옥에 이르러서 보니 대문의 편액에 '저구지옥(杵臼之獄)'이라고 적혀 있었다. 왕명이 가까이 다가가 살펴보니 작은 문 안의 방에 커다란 절구와 공이가 놓여 있는데, 절구의 폭이 몇 길이나 되어 보였다. 그 주위에는 네 명의 귀신 졸개가 커다란 절구를 하나씩 들고 서 있었다. 그리고 사내 하나를 절구에 집어 던지고 일제히 절구질을 시작하자, 그 사내는 금방 다진 마늘처럼 변해 버렸다. 귀신 졸개들은 그것을 한 덩어리로 뭉쳐서 왼쪽에 놓인 환혼가(還魂架)에 얹어놓았다. 그리고 마지막 사내를 절구질한 뒤에 환혼가에 얹어놓자, "징!" 하는 소리와 함께 사내들이 원래 모습으로 돌아왔다.

"어이쿠! 매부, 정말 살벌한 절구로군요!"

"바로 이런 격이지요."

今日方知孫杵臼　　　오늘에야 공손저구(公孫杵臼)[37]를 알게 되

---

37 공손저구(公孫杵臼: ?~?)는 춘추시대 진(晉)나라 사람으로서 조순(趙盾)과 조삭(趙朔) 부자(父子)의 문객(門客)이었다. 경공(景公) 3년(기원전 597)에 무신(武臣) 도안가(屠岸賈)가 조순과 갈등을 일으켜서 그를 음해하여 조씨 가문의 식솔 삼백여 명이 모조리 재산이 몰수당하고 처형당하거나 노비

	었나니
從來不信有程嬰	이전에는 정영(程嬰)이 있는 줄 몰랐다네!

여덟 번째 지옥에 이르러서 보니 대문의 편액에 '도거지옥(刀鋸之獄)'이라고 적혀 있었다. 왕명이 가까이 다가가 살펴보니 작은 문 안에 두 쪽의 판자를 낀 사람들이 있는데, 남자도 있고 여자도 있었다.[38] 그때 한 무리의 귀신 졸개가 나타났는데, 두 명이 커다란 톱을 들고 거기 있는 사내와 여자들의 다리를 썰었다. 순식간에 살갗이 갈라지고 살이 터져서 다리가 두 동강이 나거나 세 동강, 네 동

로 끌려갔고, 부마(駙馬)인 조삭과 공주만이 화를 면했다. 하지만 도안가는 다시 영공의 명령이라고 속여서 조삭을 자살하게 했고, 공주는 집안에 가둬 버렸다. 이때 공주는 하나밖에 없는 아들을 조씨 집안의 문객인 정영(程嬰: ?~기원전 583?)에게 맡기고 목을 매 자살했다. 정영은 그 아들을 약상자에 숨겨서 탈출하여 조순의 오랜 친구인 공손저구를 찾아갔다. 이후 정영과 공손저구의 상의 끝에 정영의 친아들을 조씨 가문의 아들인 것처럼 위장하여 도안가에게 살해되도록 꾸몄고, 공손저구는 정영의 계책이 성공할 수 있도록 일부러 그를 꾸짖으며 계단에 머리를 박고 죽었다. 이후 도안가는 정영을 자기 문객으로 삼고 정영의 아들(실은 조씨 가문의 고아)을 양자로 삼아 도성(屠成)이라는 이름까지 붙여주었다. 그로부터 15년 후 도성은 정영으로부터 모든 내막을 알게 되어서, 새로 즉위한 제후인 도공(悼公)을 찾아가 모든 내막을 고발한다. 도안가는 결국 체포되어 처형당함으로써 조씨 고아는 가문의 원수를 갚게 된다. 이 이야기는 민가에 널리 퍼져서 원나라 때 기군상(紀君祥)에 의해 《조씨고아》라는 잡극으로 만들어져 자주 공연되었고, 이후 《두아원(竇娥冤)》과 《장생전(長生殿)》, 《도화선(桃花扇)》과 더불어 고대 중국의 4대 비극으로 칭해졌다.

38 앞쪽에서 최 판관이 설명한 바에 따르면 여자들을 심판하는 여사(女司)라는 곳이 따로 있다고 했는데, 여기서는 작자의 착오가 있는 듯하다.

강, 아예 가루로 변하기도 했다. 또 톱질이 끝나자 귀신 졸개 하나가 다짜고짜 사내와 여자들을 하나씩 잡아 세우더니 빗자루로 그들의 온몸을 쓸었다. 그러자 그들은 다시 원래의 몸으로 돌아왔다. 다만 칼에 베인 상처와 핏자국은 여전히 그대로 있었다.

"맙소사! 이 톱질은 더욱 처참하군요!"

"그러니까 이런 말이 있지요."

生前造惡無憑據	생전에 지은 죄는 증거가 없다 해도
死後遭刑分外明	죽은 뒤에 형벌은 아주 확실하게 받게 되지!

다시 아홉 번째 지옥으로 가는데, 입구에 도착하기도 전에 뒤쪽에서 누군가 고함을 질러 불렀다.

"판관님, 어디 가십니까?"

왕명이 돌아보니 소의 머리에 말의 얼굴을 하고, 푸른 천으로 만든 장삼을 입은 채 붉은 비단 허리띠를 매고, 검은 가죽장화를 신은 이가 달려오며 최 판관을 부르고 있었다. 최 판관이 물었다.

"왜 그러느냐?"

"염라대왕께서 부르십니다."

그 말이 끝나기도 전에 또 돼지머리에 개의 얼굴을 한 이가 달려오며 소리쳤다.

"염라대왕께서 부르십니다. 어서 모셔오라고 하십니다!"

그 말이 끝나기도 전에 나귀 머리에 양의 주둥이를 한 이가 쫓아오며 소리를 질렀다.

"판관님, 대왕마마께서 청사에 나와 계시는데, 급한 일이 생겼다면서 판관님을 찾으십니다. 어서 가시지요!"

최 판관은 사태가 급하게 돌아가는 것을 보자 어쩔 수 없이 걸음을 멈추었다.

"무슨 급한 일이기에 한꺼번에 셋이나 부르러 보내셨더냐?"

"저희야 그저 모시러 나왔을 뿐이지, 무슨 일인지 어찌 알겠습니까!"

"청사에 누가 와 있더냐?"

"전륜왕께서 내보내신 죄 없는 영혼들이 와 있습니다."

"죄가 없다면 다른 곳에 태어나게 해주면 될 것을, 왜 다시 청사로 불러들였을꼬?"

"무고한 살인을 고발하려는 모양입니다."

"대왕마마께서는 뭐라고 하시더냐?"

"마마께서도 상황을 정확히 알 수 없으셔서 판관님을 부르신 것입니다. 장부를 조사해서 정말 그자들이 죄가 있는지 없는지, 무고한 살인인지 아닌지 살펴주십시오."

"그렇다면 가볼 수밖에 없겠구나. 처남, 저는 대왕께서 부르셔서 모시지 못하게 되었소이다. 이제부터는 혼자서 천천히 돌아보시기 바랍니다."

"매부께서 함께 가시지 않으면 저도 가지 않겠습니다."

"지옥은 모두 열여덟 층인데, 이제 여덟 층을 구경했으니 아직도 열 층이 더 남아 있지 않소이까? 게다가 앞으로는 자르고[剉], 태우고[燒], 찧고[舂], 갈고[磨] 하는 형벌들이 있는데, 정말 볼 만합니다!"

"한 가지 예만 보아도 나머지는 말이 필요 없을 정도입니다. 이미 여덟 가지나 보았으니 저는 나가겠습니다. 여기서 이만 작별하도록 합시다."

잠시 후 지옥에서 나오자 최 판관이 말했다.

"영요부로 들어가십니다."

하지만 왕명이 성 밖으로 나가자 최 판관이 다시 당부했다.

"처남, 우리 집에 가서 기다리시오!"

"그냥 가겠습니다."

"제가 집에 보낼 편지를 좀 전해 달라고 부탁할까 하니, 꼭 좀 기다려주시오."

편지를 전해 달라는 말에 왕명은 어쩔 수 없이 그의 집으로 가야 했다. 유씨를 만나자 왕명이 말했다.

"여보, 오늘은 내 누이가 되었구려. 아주 훌륭한 누이로구먼!"

"최 판관은 당신의 매부가 되었잖아요. 거기도 아주 괜찮은 매부가 아니었나요?"

둘이 한담을 나눈 것에 대해서는 더 언급하지 않겠다.

한편, 최 판관이 영요부로 들어가서 곧장 다섯 번째 궁전의 염라대왕을 찾아가 절을 올리자, 염라대왕이 말했다.

"이 죄 없는 영혼들이 억울한 살인에 대해 고발했소. 판결하기 편하도록 그게 사실인지 자세히 조사해서 보고하도록 하시오."

"조사하는 거야 어렵지 않습니다. 일단 저들의 구두 진술을 들어본 다음에 제가 《죄악부(罪惡簿)》를 가져와 대조해 보면 분명해질 것입니다."

"그게 좋겠구려."

염라대왕은 즉시 고소인들을 하나씩 불러서 구두 진술을 받으라고 분부했다. 염라대왕의 분부를 누가 감히 거역하랴? 한 무리 영혼이 가지런히 섬돌 아래 서서 차례로 하나씩 진술했다.

첫 번째는 머리가 커다란 늙은이였는데, 하염없이 울면서 자신은 금련보상국의 사령관인 쟝 홀츠라고 했다. 그는 전투 도중에 명나라의 무장원 당영이 쏜 화살에 억울하게 맞아 죽었으니, 당영이 목숨으로 갚아야 한다고 했다.

두 번째는 두 명의 젊은이였다. 개중의 하나가 두개골을 들고 울면서 자신은 쟝 홀츠의 셋째 아들 쟝 다이어라고 했다. 그는 전투 도중에 명나라의 낭아봉 장계가 뒤쪽에서 기습하는 바람에 자신도 모르는 사이에 두개골이 깨져 버렸으니, 억울하게 자신을 죽인 장계가 목숨으로 갚아야 한다고 했다. 또 한 명은 코뼈와 한 쌍의 눈알을 들고 울면서 자신은 쟝 홀츠의 둘째 아들 쟝 지니어라고 했는데 역시 장계에게 맞아 코뼈가 부러지고 눈알이 튀어나오는 바람에 눈먼 귀신이 되어 버렸으니, 억울하게 자신을 죽인 장계가 목숨으로 갚아야 한다고 했다.

세 번째는 오천 명의 오랑캐 병사가 한 무리를 이루고 있었는데 머리가 없는 이부터 눈, 코, 손, 발이 없는 이까지 다양하게 섞여 있었다. 그들은 시끌벅적 소리를 지르고 통곡을 하며 이구동성으로 말했다.

"저희는 사령관 장 훌츠의 부하인데, 전투에서 사령관이 죽은 후 무장원 당영이 마구잡이로 휘두른 칼에 맞아 죽었습니다. 모두 억울하게 죽었사오니, 당영이 목숨으로 갚도록 해주십시오!"

네 번째는 수만 마리의 들소였다. 그놈들은 모두 물에 흠뻑 젖은 몸으로 울며 이렇게 말했다.

"우리는 본래 짐승으로서 죄업이 아직 씻기지 않아 금련보상국 교외에 태어나 살면서, 배고프면 풀을 뜯고 목마르면 물을 마시며 아무 죄도 짓지 않았습니다. 저희는 그저 쟝 지네틴이 시키는 대로 했을 뿐인데, 뜻밖에 장 천사가 저희를 바다로 뛰어들게 내몰아 마구 벼락을 쳐 대는 바람에 그대로 익사하고 말았습니다. 모두 억울하게 죽었사오니, 장 천사가 목숨으로 갚도록 해주십시오!"

다섯 번째는 수만 마리의 물소였다. 머리에 높다란 뿔이 나고 몸에 비늘 같은 가죽이 덮인 그놈들도 울며 이렇게 말했다.

"저희는 물에서 태어나 자라면서 물속의 족속들과 이웃이 되어 살면서 털끝만큼의 죄악도 저지르지 않았는데, 금련보상국의 쟝 지네틴이 시키는 대로 하다가 장 천사가 잘못 가져온 수만 마리의 커다란 지네들이 저희의 코로 파고드는 바람에 목숨을 잃었습니다! 다들 정말 억울하게 죽었사오니, 장 천사가 목숨으로 갚도록 해주십시오!"

여섯 번째는 오백 명 남짓 되는 아낙이었는데, 모두 몸뚱이는 없고 머리만 있었다. 그들도 모두 울며불며 하소연했다.

"저희는 원해 평범한 아낙인데, 밤이 되면 머리가 날아다닐 수 있었습니다. 밤에 날아갔다가 이튿날 아침에 돌아왔을 뿐 아무 잘못도 하지 않았습니다. 장 지네틴이 저희더러 성 밖으로 나가라고 했는데, 저희야 그저 숫자를 채우는 정도에 지나지 않았습니다. 그런데 장 천사가 오방(五方)의 황건 역사를 불러내려 저희의 몸뚱이를 갖다버리는 바람에 머리가 돌아갈 곳이 없어져 버렸습니다. 그래서 순식간에 저희 오백 명의 목숨이 날아가 버렸던 것입니다. 다들 정말 억울하게 죽었사오니, 장 천사가 목숨으로 갚도록 해주십시오!"

일곱 번째는 한 무리의 장작개비 귀신이었다.

왜 이들을 장작개비 귀신이라고 하는지, 그리고 그들이 무슨 억울함을 호소하는지는 다음 회를 보시라.

제89회

귀신들이 억울함을 호소하며 목숨으로 갚아달라고 하고 최 판관은 공평무사하게 문서를 쓰다

一班鬼訴寃取命　崔判官秉筆無私

圓者被人譏	둥글면 남들이 나무라고
方者被人忌	모나면 남들이 기피하지.
不方與不圓	모나지도 둥글지도 않으면
何以成其器	어찌 그릇이 되겠는가?
至圓莫如天	지극히 둥근 것은 하늘만 한 것이 없고
至方莫如地	지극히 모난 것은 땅만 한 것이 없지.
天地之大也	천지가 그렇게 큰데도
人猶有所議	사람들은 여전히 말들이 많지.
人或譏我圓	남들은 내가 둥글다고 나무라지만
我圓思以智	나는 지혜롭고 싶어서 둥근 것이라네.
人或譏我方	남들은 내가 모나다고 나무라지만
我方思以義	나는 의롭고 싶어서 모난 것이라네.
醒者彼自醒	깨어난 사람은 스스로 깨어나고

醉者彼自醉	취한 사람은 스스로 취한 것일 뿐!
寧識陰司中	어찌 알랴, 저승에서도
報應了無異	인과응보가 다를 바 없다는 것을!

일곱 번째는 장작개비 귀신이었다. 그들은 머리가 있는 것 같으면서도 보이지 않고, 손이 있는 것 같으면서도 보이지 않고, 발도 있는 것 같으면서도 보이지 않았다. 움푹 꺼진 머리에 뇌가 튀어나와 있고 온몸이 새까맣게 그을려 있는 것이 알고 보니 불에 타 죽은 귀신들이었다. 그들은 모두 울며불며 이렇게 말했다.

"저희는 나곡국 세븐빈 휘하의 병사인데, 모두 사오백 명쯤 됩니다. 세븐빈이 명나라와 싸운 게 저희와는 아무 상관도 없었습니다. 그런데 명나라의 오영대도독이 지독한 계책을 써서 저희는 물론 전함까지 모조리 불태워 버렸습니다. 교룡들끼리 싸우는데 새우가 무슨 죄가 있겠습니까? 멀쩡한 저희 사오백 명의 목숨만 불태워 버린 게 아닙니까? 정말 억울하게 죽었사오니, 오영대도독이 목숨으로 갚도록 해주십시오!"

최 판관이 물었다.

"오영대도독이라고만 하면 어찌 되느냐? 구체적으로 이름을 밝혀라."

"무장원 당영이 우두머리입니다."

"너희가 정말 무고하다면 당영이 목숨으로 갚아야겠지."

여덟 번째는 다시 두 명의 젊은이였다. 개중에 하나가 등이 낙타처럼 굽은 채 비명을 질렀다.

"아이고, 아파! 아이고! 저는 자바 왕국의 술라롱입니다. 전쟁할 때 명나라 유격대장 마여룡이 등 뒤에서 철추를 후려치는 바람에 이렇게 꼽추가 되어 죽었습니다. 정말 억울한 죽음이니 마여룡이 목숨으로 갚게 해주십시오!"

다른 한 명은 어깨부터 등 쪽으로 이어진 몸뚱이 반쪽을 들고 울면서 말했다.

"저는 자바 왕국의 술라후입니다. 전쟁에서 패해 달아나는데 마여룡이 암습하여 칼을 휘두르는 바람에 몸뚱이 반쪽이 날아가 버렸습니다. 정말 억울한 죽음이니 마여룡이 목숨으로 갚게 해주십시오!"

아홉 번째도 두 명의 젊은이였다. 개중의 하나가 자신의 두개골을 들고 울면서 말했다.

"저는 자바 왕국의 부장(副將) 하라포입니다. 전쟁할 때 김천뢰 장군이 빈틈을 노려 임군당으로 제 두개골을 박살 내버렸습니다. 억울한 죽음이니 김천뢰가 목숨으로 갚게 해주십시오!"

다른 하나가 등뼈를 짊어지고 울면서 말했다.

"저도 자바 왕국의 부장 하라미입니다. 전쟁할 때 김천뢰 장군이 뒤에서 쫓아와 임군당으로 제 등뼈를 박살 내버렸습니다. 억울한 죽음이니 김천뢰가 목숨으로 갚게 해주십시오!"

열 번째는 오백 명의 오랑캐 병사였는데, 서 있는 것은 천 명이었다. 이게 어떻게 된 일일까? 알고 보니 그들은 단칼에 몸뚱이가 위아래로 두 동강이 나 있었다. 그러니 사람은 오백 명이라도 서 있는 것은 천 명이 될 수밖에 없지 않은가? 그들은 일제히 통곡하며 말했다.

"저희는 어안군(魚眼軍)으로서, 사령관의 명령에 따라 명나라 함대 아래 물속으로 갔는데 왕 상서가 배 아래에 갈퀴를 가득 설치해서 저희를 낚아 올리더니, 걸리는 족족 단칼에 두 동강을 내버렸습니다. 억울한 죽음이니 왕 상서가 목숨으로 갚게 해주십시오!"

열한 번째는 삼천 명의 보병이었다. 그들은 모두 몸뚱이와 머리가 양분되고, 살갗은 터지고 살은 뭉개진 채 원한에 차서 통곡하며 말했다.

"저희는 자바 왕국 동판책(銅板册)의 병사인데, 사령관을 따라 출전했다가 패주하던 도중에 명나라 장수들에게 사로잡혔습니다. 불쌍하게도 저희 삼천 명은 모두 목이 잘리고, 가죽이 벗겨지고, 살이 발라져서 국으로 끓여졌습니다. 저희가 무슨 죄를 지었다고 이런 극악한 형벌을 받아야 하는 겁니까? 명나라 사령관 정화가 목숨으로 갚게 해주십시오!"

최 판관이 물었다.

"원래 너희를 사로잡은 자를 지목해야지, 어째서 사령관에게 목숨으로 갚으라는 것이냐?"

"국을 끓이라고 한 것은 사령관의 명령이었기 때문입니다."

열두 번째는 열세 명의 오랑캐 관리였었다. 그들은 실오라기 하나 걸치지 않은 알몸이었는데, 온몸의 살이 다 뜯겨 나가 있었다.

그들이 통곡하며 말했다.

"저희는 자바 왕국의 국왕을 모시던 두목인데, 모두 열세 명입니다. 성이 함락된 게 저희하고 무슨 상관이 있겠습니까? 그런데도 명나라 군대에 끌려가 각자 천 번의 칼질로 살이 도려졌습니다. 아무 이유 없이 이런 참극을 당했으니, 사령관 정화가 목숨으로 갚게 해주십시오!"

열세 번째는 나이 많은 오랑캐 관리였다. 그는 머리 하나를 들고 통곡하며 말했다.

"저는 자바 왕국의 사령관 교해건입니다. 나라를 위해 충성을 다 바쳤는데, 명나라 군대에 사로잡혀 목이 잘려서 바다에 지내는 제사의 제물이 되고 말았습니다. 제 충정을 보일 방법도 없는데 오히려 이렇게 지독한 형벌을 당했으니, 사령관 정화가 목숨으로 갚게 해주십시오!"

열네 번째는 얼굴이 없이 여자의 목소리를 내는 혼령이 나와서 통곡하며 말했다.

"저는 자바 왕국의 왕 신녀인데, 나라를 위해 헌신하다가 명나라 장수들의 말발굽에 짓이겨져 고깃덩어리가 되고 말았습니다. 개들도 각기 주인이 있어서, 자기 주인이 아니면 그를 보고 짖는 게 당연하지 않습니까? 그런데도 이렇게 지독한 형벌을 당했으니, 명나라 장수들이 목숨으로 갚게 해주십시오!"

"네 고발은 잘못되었다."

"그게 무슨 말씀입니까?"

"이《죄악부》에 네가 스스로 한 맹세가 적혀 있다. 신에게 한 맹세는 이렇게 용서가 없는 법이다. 내려가서 네 얼굴이나 찾도록 해라."

열다섯 번째는 명나라 사람이었다. 그는 머리 하나를 들고 통곡하며 말했다.

"저는 중국에서 태어난 진조의인데, 팔렘방에 가서 사호좌두목(沙胡左頭目)의 직책을 맡았습니다. 저는 좋은 뜻에서 명나라 함대를 영접하러 갔는데, 오히려 그들은 제 목을 쳐서 효수했습니다. 이야말로 은혜를 원수로 갚은 것인지라, 죽어서도 눈을 감을 수 없습니다. 사령관 정화가 목숨으로 갚게 해주십시오!"

열여섯 번째는 세 명의 여자였다. 개중에 한 여자가 머리를 들고 통곡하며 말했다.

"저는 여인국의 공주 금두궁주입니다. 당영 때문에 여동생에게 머리가 잘렸습니다. 나무 때문에 꽃이 피고, 연뿌리가 있어서 연꽃이 피는 것처럼, 모든 원인이 근본적으로 당영에게 있으니, 그의 목숨으로 갚아 주십시오!"

다른 한 여자가 유방을 들고 통곡하며 말했다.

"저는 금두궁주의 바로 아래 동생인 은두궁주입니다. 당영 때문에 여동생에게 유방이 잘렸는데, 상처가 너무 깊어 죽고 말았습니다. 모든 재앙의 원인이 근본적으로 당영에게 있으니, 그의 목숨으로 갚아 주십시오!"

또 한 여자는 엉덩이뼈를 들고 통곡하며 말했다.

"저는 금두궁주의 막내동생 동두궁주입니다. 두 언니가 사랑을 놓고 싸우기에 제가 잘잘못을 가려주고 있는 차에, 마 태감이 갑자기 칼을 내질러 제 엉덩이뼈에 커다란 구멍을 내버렸습니다. 억울하게 죽었으니 마 태감의 목숨으로 갚아 주십시오!"

"너희 두 언니는 음란해서 사내를 놓고 싸웠는데 어째서 당영을 고발하는 것이냐? 이건 잘못된 고발이다. 마 태감을 고발한 너는 어느 정도 일리가 있으니, 잠시 후에 다시 조사하겠다."

열일곱 번째도 여자였다. 그녀는 머리를 들고 통곡하며 말했다.

"저는 여인국의 왕렌잉이라는 백전백승의 장수였습니다. 그런데 매국노 황봉선이 단칼에 제 목을 쳐버렸습니다. 군주에게 충성한 저는 목숨을 잃고, 나라를 팔아먹은 그년은 오히려 잘살고 있으니, 너무나 억울합니다. 황봉선이 목숨으로 갚게 해주십시오!"

열여덟 번째는 쉰 명의 머리 없는 귀신이었다. 먼저 앞쪽의 스물다섯 명이 통곡하며 말했다.

"저희는 살발국 사령관 휘하에서 보물창고를 지키던 병사인데, 자정이 되기 전 밤중에 잠을 자다가 명나라의 왕명의 칼에 모두 머리가 잘렸습니다. 억울하게 죽었으니 왕명이 목숨으로 갚게 해주십시오!"

뒤쪽에 있던 스물다섯 명도 울며불며 말했다.

"저희도 살발국 사령관 휘하에서 보물창고를 지키던 병사인데, 자정이 지나서 잠을 자다가 명나라의 왕명의 칼에 모두 머리가 잘렸습니다. 억울하게 죽었으니 왕명이 목숨으로 갚게 해주십시오!"

열아홉 번째는 조금 이상하게 생긴 작자였다. 왜냐? 합쳐 놓으면 한 사람인데 넷으로 쪼개져 있었기 때문이다. 그가 울며불며 말했다.

"저는 살발국의 사령관 둥근 눈의 티무르인데, 칼을 들고 전장에 나섰다가 왕명의 암습을 받아 몸이 네 동강으로 잘리고 말았습니다. 저 같은 영웅이 이렇게 억울하게 죽었으니, 죽어서도 눈을 감을 수 없습니다. 왕명이 목숨으로 갚게 해주십시오!"

스무 번째는 머리도 없고 손과 팔이 잘린 여러 명의 귀신이었다. 그들이 요란하게 비명을 지르며 하소연했다.

"저희는 티무르 장군의 부하인데, 왕명의 암습을 받아 수없는 사람들이 난도질을 당해 죽었습니다. 억울하게 죽은 한을 왕명의 목숨으로 갚게 해주십시오!"

스물한 번째는 두 마리 여우의 정령이었다.

"저희는 수만 년 동안 수행하다가 금모도장의 지시에 따라 나섰다가 장 천사에 의해 두 동강이 나 버렸습니다. 너무 억울하게 죽었으니 장 천사가 목숨으로 갚게 해주십시오!"

"원래 너희가 함께 있을 때는 네 명의 신이 더 있었는데, 그들 역시 두 동강이 났다. 그런데 그들은 고발하지 않는데 어째서 너희만 고발하러 왔느냐!"

"그들은 청룡과 주작, 현무, 백호의 신이라서 이미 하늘나라에 고발했고, 옥황상제께서도 그들의 고발장을 받아들여 목숨을 취하라고 하셨습니다."

"그렇다면 여기서도 너희의 고발을 받아 주마."

스물두 번째는 상처를 입거나 머리가 없기도 한 일단의 오랑캐 병사였다. 상처를 입은 이들이 울며불며 말했다.

"저희는 실론 왕국의 바다를 방어하는 군인인데, 명나라 수군도독 해응표가 새서비인가 하는 무기로 저희 목숨을 끊어 버렸습니다. 너무 억울하게 죽었으니, 해응표가 목숨으로 갚게 해주십시오!"

이어서 머리 없는 귀신들이 통곡하며 말했다.

"저희도 실론 왕국의 병졸인데 수군도독 해응표에게 생포되어 모조리 목을 잘렸습니다. 저희가 무슨 죽을죄를 저질렀답니까? 해응표가 목숨으로 갚게 해주십시오!"

스물세 번째는 수많은 병사를 거느린 사령관이었다. 그가 통곡하며 말했다.

"저는 실론 왕국의 사령관 나이나이투인데, 나라를 위해 나섰다가 명나라 유격대장 유천작의 칼이 목이 잘렸습니다. 그리고 제 수급을 높은 장대에 걸어 사방에 전시했습니다. 나라를 지키는 신하에게 무슨 죄가 있기에 이런 지독한 일을 당해야 하는 겁니까? 유천작이 목숨으로 갚게 해주십시오!"

그리고 수많은 병사도 일제히 울고불고 아우성을 쳤다.

"저희는 나이나이투 사령관의 부하인데 유천작에 의해 전투에서 죽기도 하고 생포되어 목이 잘리기도 했습니다. 억울하게 죽었으니 유천작이 목숨으로 갚게 해주십시오!"

스물네 번째는 털이 없는 하얀 코끼리들이었다. 그놈들도 구슬

피 울며 하소연했다.

"저희는 분수를 아는 중생인데, 실론 왕국의 사령관에게 불려갔다가 명나라 유격대장 유천작이 무슨 새성비인가 하는 것을 날려서 저희가 상처를 입거나 쓰러져서 결국 죽음에 이르게 되었습니다. 너무 억울하게 죽었으니 유천작이 목숨으로 갚게 해주십시오!"

"너희는 애초에 출전하지 말았어야 하고, 오늘도 이렇게 찾아와 소란을 피우지 말았어야 한다. 너희의 고발까지 받아줄 정도로 여기가 한가한 곳인 줄 알았더냐!"

"나리, 저희를 불쌍히 여겨주십시오. 개미도 자기 목숨을 아끼는데, 하물며 짐승들 가운데 덕행을 하는 저희 코끼리나 사자들이 어찌 이렇게 허망한 죽음을 받아들일 수 있겠습니까?"

"그렇다면 내가 다시 조사해 보마."

스물다섯 번째는 어느 오랑캐 사령관이었다. 그는 머리를 들고 통곡하며 하소연했다.

"저는 금안국의 사령관 시하이쟈오인데, 명나라 군대와 여러 차례를 전투를 겪다가 김천뢰 장군의 임군당에 머리가 박살 나고 말아서, 영웅의 기개를 쓸 곳이 없어졌습니다. 너무 어울하오니 김천뢰가 목숨으로 갚게 해주십시오!"

그 말이 끝나기도 전에 뒤쪽에서 또 무수한 병사들이 아우성을 쳐댔는데, 그들은 모두 팔다리가 온전하지 않고 심지어 상처에서는 아직 피가 흐르고 있었다.

"저희는 사령관이 전사한 후 김천뢰가 마구 휘두르는 임군당에 미처 대처하지 못하고 억울하게 죽었습니다. 김천뢰가 목숨으로 갚게 해주십시오!"

스물여섯 번째는 다시 두 명의 오랑캐 관료였다. 개중에 한 명이 머리를 들고 하소연했다.

"저는 금안국 수군대장 하미치입니다. 해상 전투에서 백호장 유영이 저희 배의 키를 움직이지 못하게 구멍을 막아 버리는 바람에 저희 해추선이 모조리 침몰하고 말았습니다. 게다가 창을 내질러 제 머리까지 잘라 버렸으니, 너무나 한스럽습니다! 유영이 목숨으로 갚게 해주십시오!"

다른 하나는 상반신이 반으로 잘려서 머리부터 팔꿈치까지만 남은 채 땅바닥에 서 있었는데, 하반신은 보이지 않았다. 그가 말했다.

"저도 금안국 수군 두목 사모카입니다. 파총 요천석의 칼에 두 동강이 나서 상반신은 남아 있지만 하반신은 상어 밥이 되어 버렸으니, 너무나 한스럽습니다! 유영이 목숨으로 갚게 해주십시오!"

그 말이 끝나기도 전에 뒤쪽에서 또 수천 명의 머리 없는 귀신이 아우성쳤다.

"저희는 모두 하미치 대장과 사모카 두목을 따라 출전했다가, 저분들이 전사한 뒤에 불에 타 죽거나 칼에 맞고, 목이 졸리고, 잡혀가서 놀라 죽었습니다. 졸개들에게는 죄를 묻지 않는 법인데, 이 얼마나 억울한 일입니까? 불에 타 죽은 이들은 파총 양신이, 창칼에 죽은 이들은 파총 요천석가, 잡혀가 놀라 죽은 이들은 백호 장개가 목숨으로 갚게 해주시기 바랍니다!"

스물일곱 번째 귀신은 말쑥하게 생긴 청년이었는데, 하늘이 울리도록 고래고래 억울하다고 고함을 지르고 있었다. 알고 보니 그는 금안국의 셋째 왕자인 반룡삼태자였다. 그는 한 손에 칼을 들고 다른 한 손에는 머리를 들고 분기탱천하여 말했다.

"제가 태자의 몸으로 부친을 위해 적과 싸웠는데 이는 도리상 당연한 일이 아닙니까? 그런데 명나라 수군대도독 진당이 핍박을 당해 스스로 목을 베어 죽어야 했습니다. 천하의 충신과 효자가 어찌 이런 억울한 일을 당해야 합니까? 이제 어쩔 수 없이 염라대왕 앞에서 고발할 수밖에 없으니, 저 대신 반드시 진당에게 목숨으로 갚게 해주십시오! 그리고 저의 충신 할리후 역시 그자에게 핍박을 당해 물에 빠져 죽었고, 그 외에 여덟 명의 두목과 삼백 척의 전함, 삼천 명의 병사도 모두 한 구덩이에 빠져 잿더미가 되고 말았습니다. 믿지 못하시겠거든 저기 뒤쪽을 보십시오!"

그가 손가락으로 가리키는 곳에서 귀신 하나가 벌떡 일어나서 말했다.

"저는 금안국의 부마 할리후입니다. 나라가 재난에 처해서 도끼와 창칼을 피하지 않고 목숨을 걸었습니다. 그런데 하늘도 무심하시지! 어쩌자고 도적들에게 뜻을 이루게 하여 제가 물에 빠져 죽은 지경에 이르도록 만들었단 말입니까! 제 머리를 베어 간 자는 유격대장 황표이니, 저는 황표가 목숨으로 갚게 해주시기 바랍니다!"

스물여덟 번째는 승상의 차림새를 하고 있었는데, 그가 머리를 손에 들고 통곡하며 하소연했다.

"저는 금안국 국왕을 모시는 우두목 샤오타린입니다. 국왕의 서신을 지니고 세 명의 신선을 모셔왔는데, 곧바로 명나라의 두 사령관에 제 목을 치고 수급을 들고 각 대문과 거리, 저자를 돌며 전시하게 했습니다. 신하가 군주의 명령을 이행한 것은 당연한 이치이거늘, 어찌 제게 이런 지독한 일을 겪게 하는 것입니까? 지금은 어쩔 수 없으니, 염라대왕께서 두 사령관이 목숨으로 갚게 해주시기 바랍니다!"

스물아홉 번째는 두 명의 도사였다. 개중에 하나가 말했다.

"저는 이승에서 금각대선이라고 불렸습니다."

다른 하나가 말했다.

"저는 이승에서 은각대선이라고 불렸습니다. 또 녹피대선이라고 불리는 아우가 있습니다. 저희 삼형제는 동시에 하산해서 명나라 군대와 싸웠는데, 저희 둘은 목이 잘려서 본래 모습이 드러나고 말았습니다. 하지만 저희 사제는 오히려 홍라산의 산신이 되었습니다. 이는 공과 죄가 불문명하고 상벌이 올바로 행해지지 않은 것입니다. 저희 둘은 벽봉장로가 목숨으로 갚게 해주시기 바랍니다!"

서른 번째는 다섯 명의 장작개비 귀신이었다. 개중에 하나가 씩씩거리며 말했다.

"저는 은안국의 사령관 백리안인데, 명나라 왕 상서의 화공에 당해서 뼈와 살이 모두 타 버렸습니다. 이 한없는 원한을 왕 상서의 목숨으로 대신 갚게 해주십시오!"

그의 뒤쪽에서 네 명의 귀신이 통곡하며 하소연했다.

"저희는 은안국의 부장으로서 각각 통천대성과 충천대성, 감산역사, 수산역사입니다. 저희는 아무 까닭 없이 왕 상서의 불길에 잿더미가 되어 버렸습니다. 이 억울한 심정을 하소연할 곳이 없어 염라대왕을 찾아왔사오니, 왕 상서가 목숨으로 갚게 해주시기 바랍니다!"

그러자 최 판관이 말했다.

"네놈들 모두 거짓말을 하고 있구나! 뼈와 살이 모두 타 버려 잿더미가 되었다면, 지금 어떻게 그 모습을 유지한 채 여기에 고발하러 왔느냐?"

"판관 나리, 그건 모르시는 말씀이십니다. 명나라 함대의 김벽봉 장로가 차마 저희의 시신을 그대로 둘 수 없어서, 저희를 매장해 주고 또《수생경》을 몇 권 읽어 주었기 때문에 이런 모습이나마 유지한 채 고발하러 올 수 있었습니다."

"그렇다면 말이 되는구나. 알겠다. 다시 조사해 보마."

서른한 번째는 어느 아낙이었다. 그녀가 펑펑 울며 하소연했다.

"저는 은안국 백리안의 아내 백 부인입니다. 남편의 복수를 하려다가 명나라 군대의 계책에 걸려 갈고리에 끌려가 오랏줄에 묶였고, 결국 목이 잘렸습니다. 남편의 아내의 모범이고 아내가 남편의 복수를 하는 것은 정당한 일인데, 어찌하여 제가 이런 모진 형벌을 받아야 합니까? 제 목을 친 것은 무장원 당영이니, 그가 목숨으로 갚게 해주시기 바랍니다!"

서른두 번째는 머리가 없는 오륙백 명의 귀신들이었다. 그들은 시끌벅적 아우성을 치며 하소연했다.

"저희는 백 장군과 백 부인의 부하들인데, 모두 칠백이 넘는 목숨이 명나라 군대의 손에 죽임을 당했습니다. 너무 억울하오니 저들의 사령관이 목숨으로 갚게 해주시기 바랍니다!"

최 판관이 수하들에게 물었다.

"또 있느냐?"

"더는 없습니다."

그러자 염라대왕이 말했다.

"최 판관, 서른두 무리의 목숨이 걸린 일이니, 가벼이 여기지 말고 꼼꼼하게 《죄악부》를 살펴서 저들과 대질 심문하시오. 저들 가운데 극악하고 죄가 큰 자들은 처벌을 내리는 부서로 보내서 지옥의 형벌을 두루 당하게 하시오. 죄악이 그다지 심하지 않은 자들은 형벌을 면하여 전륜왕에게 보내서 내생에 다시 태어나게 해 주시오. 만약에 전혀 죄가 없는데 억울하게 죽은 자가 있다면, 명나라의 당사자에게 목숨으로 갚게 하시오. 제아무리 사령관이나 도독, 무장원이라 하더라도 일단 이 관아에 오면 한 치도 숨김없이 법에 따라 처분하도록 하시오. 하물며 옛날에 당나라 태종(太宗)도 목숨으로 죗값을 치렀거늘, 그보다 아랫사람들이야 무슨 말이 필요하겠소?"

"예. 즉시 조사하겠습니다."

최 판관은 한 손에 붓을, 다른 한 손에는 《죄악부》를 들고 한 차례 대조하고 나서, 혹시 실수가 있을까 염려하여 다시 한번 대조했다. 그리고 세 번 생각하고 실행하는 의미에서 한 차례 더 대조하여 만사를 신중하게 처리했다. 이윽고 그가 염라대왕에게 보고했다.

"누구누구는 선하고 누구누구는 선하지 않으며, 옳은 이는 누구이고 잘못된 이는 누구입니다."

"분명하게 조사했으면 이 자리에서 저들에 대해 판결을 내리시오."

이에 최 판관이 고소인들에게 말했다.

"순서대로 앞으로 나와 판결을 듣도록 하라!"

최 판관이 첫 번째 고소인을 호명하자 아래쪽에서 "예!" 하고 대답했다.

"쟝 홀츠, 그대는 전생에 수많은 살생을 저질러 이미 일곱 차례나 돼지로 태어났지만, 아직 목숨값을 다 갚지 못했다. 이제 이승에서 사람으로 태어나서도 군주에게 전쟁을 강요하고 백성을 도탄에 빠지게 하는 등 많은 죄악을 저지르고도 뉘우칠 줄을 모르는구나! 법률에 따라 너를 처벌 부서로 이송하여 십팔 층 지옥을 두루 겪게 한다!"

"해명할 기회를 주십시오."

그 말이 끝나기도 전에 염라대왕이 명령을 내려서 강변하지 말라고 경고하면서, 강변하는 자는 아비지옥으로 보내서 영원히 이승에 태어나지 못하게 한다고 못을 박았다. 판결에 불만이 있는 자는 맨 마지막까지 판결이 끝난 후에 다시 얘기하도록 했다. 염라대왕의 명령이니 다들 공손히 따를 수밖에 없었다.

최 판관이 두 번째 고소인을 부르자, 아래에서 "예!" 하고 대답했다.

"장 지니어, 너는 이미 세 번 사람으로 태어났는데, 형수를 노려보았으니 네 눈알이 뽑혀야 마땅하다. 장 다이어, 너는 이미 두 번 사람으로 태어났는데, 음험한 음모로 남의 골수를 후볐으니 두개골이 깨져야 마땅하다. 그러므로 너희 둘은 응보를 이미 받은 셈이므로, 전륜왕께 보내서 내생에 다시 태어날 수 있게 하겠다."

"예!"

이번에는 세 번째 고소인들을 불렀다.

"너희는 처음 사람으로 태어났는데, 그 이전에는 모두 말로 태어났었다. 그런데 인간의 곡식을 짓밟았기 때문에 이번 생에서 창칼에 맞아 죽게 된 것이다. 너희도 그다지 큰 죄악을 저지르지 않았으니, 전륜왕께 보내서 내생에 다시 태어날 수 있게 하겠다."

네 번째 고소인들에 대한 판결은 이러했다.

"이놈의 짐승들! 너희는 벌써 세 번이나 소로 태어났다. 전생에 남의 녹을 받아먹고도 시킨 일을 다 하지 못했으니, 이는 군주를 기만하고 나라를 팔아먹은 것이나 마찬가지이다. 너희의 장부에 따르면 열네 번을 소로 태어나야 한다. 이번에 이런 고통을 당한 것은 한 번 소로 태어나 받아야 할 고난이었으니, 앞으로 열세 번 더 소로 태어나야 한다. 생록사(牲錄司) 가서 내생에 소로 태어나도록 하라!"

"예!"

이번에는 다섯 번째 고소인들의 차례였다.

"이놈의 짐승들! 너희는 처음으로 물소로 태어났다. 하지만 전생에 모두 도사였는데 빈둥빈둥 놀기만 하고, 재계하고 제사 지내는 일을 망쳤기 때문에 그렇게 된 것이었다. 너희 머리에 난 하나의 뿔은 도사의 모자와 흡사하지 않느냐? 지난번 커다란 지네들은 모두 너희 제자와 사손(師孫)들의 원한이다. 장부에 따르면 너희는 총 여섯 번을 소로 태어나야 하는데, 이번에 겨우 한 번을 채웠으니 앞으로 다섯 번이 더 남았다. 너희도 생록사로 가서 소로 태어나도록 하라!"

"예!"

여섯 번째 고소인들의 차례가 되었다.

"너희는 전생에 모두 음란한 아낙들로서 남편을 배신하고 외간남자와 사통했다. 그 바람에 이미 열 번이나 암퇘지로 태어나 수치를 겪고 더러운 곳에 살았으나, 아직 죄업을 다 씻지 못해서 시치어(尸致魚)로 살게 되었다. 하지만 이번에 죄악의 대가를 모두 치렀으니, 전륜왕께 보내서 내생에 다시 사람으로 태어날 수 있게 하셨나."

"예!"

이번에는 일곱 번째 고소인들의 차례가 되었다.

"너희 오천 명은 원래 오천 마리의 독사였다가 사람으로 태어났다. 염라대왕께서는 너희가 개과천선할 줄로 여기셨는데, 뜻밖에 너희는 뱀이 대나무 통에 들어가도 구부리려는 습성이 남아 있는 것처럼 완전히 회개하지 못했기 때문에 이렇게 죽게 된 것이다. 장부에 따르면 너희는 내생에 돼지로, 다음 생에는 소로, 그런 다음 생에야 다시 사람으로 태어날 수 있다. 너희도 생록사로 가도록 하라!"

"예!"

이어서 여덟 번째 고소인들의 차례가 되었다.

"술라롱, 너는 이미 세 번 사람으로 태어났다. 그런데 전생에 남을 재물을 가져가 돌려주지 않아서 죄악이 대단히 컸다. 그래서 이번 생에 철추로 네 등을 쳐서 죽게 만든 것이다. 술라후, 너는 이미 네 번 사람으로 태어났다. 그런데 전생에 남의 결혼생활을 망치고 혈육들을 떨어뜨려 놓은 죄가 대단히 컸다. 그래서 이번에 어깨부터 등까지 칼질을 당해 시신이 쪼개지게 된 것이다. 다만 너희 둘은 그다지 큰 죄가 없으므로 다시 사람으로 태어나게 해주겠다. 전륜왕께 가도록 하라!"

"예!"

아홉 번째 고소인들의 차례가 되었다.

"하라포, 너는 이미 두 번 사람으로 태어났다. 그런데 전생에서 언행이 지나쳤기 때문에 이번에 임군당에 맞아 네 두개골이 쪼개진 것이다. 하라미, 너는 이미 다섯 번 사람으로 태어났다. 그런데 전생에서 말이나 행실에 줏대가 없었기 때문에 이번에 임군당에 맞아 네 등뼈가 부서진 것이다. 다만 너희 둘도 특별히 다른 죄악이 없으니, 다시 사람으로 태어나게 해 주겠다. 전륜왕께 가도록 하라!"

"예!"

열 번째 고소인들에 대한 판결은 이러했다.

"너희 오백 명의 어안군은 이제 두 번 사람으로 태어났다. 처음 사람으로 태어났을 때는 천한 것들끼리 무리를 지어 술을 퍼마시고 돈을 헤프게 썼는데, 그 버릇을 계속 끊지 못했다. 그래서 이번에 단칼에 두 동강이 날 수밖에 없었다. 세 번째 사람으로 태어나거든 경각심을 가지고 반성하기 바란다. 전륜왕께 가도록 하라!"

"예!"

이제 열한 번째 고소인들의 차례가 되었다.

"너희 삼천 명은 모두 전생에 부모님께 공손하지 않았고, 어른을 존중하지 않은 불효막심하고 공손하지 못한 자들이었다. 이미 열두 번이나 소로 태어나 머리를 잘리고, 가죽이 벗겨지고, 살이 발라져서 국으로 끓여진 적이 있다. 이제야 처음 사람으로 태어났지만 죄업이 아직 다 씻기지 않아서 예전처럼 머리를 잘리고, 가죽이 벗겨지고, 살이 발라져서 국으로 끓여진 것이다. 장부에 따르면 너희는 다시 네 번을 소로 태어나야 한다. 생록사로 가도록 하라!"

"예!"

열두 번째 고소인들의 차례가 되었다.

"너희 열세 명 역시 처음 사람으로 태어났다. 원래 계모에게 거역하여 여섯 번이나 노새로 태어나 사람들에게 멸시당하고 채찍질을 당했다. 겨우 사람으로 태어났지만 다시 천 번의 칼질을 당했으니, 이후의 죄업은 그래도 용서할 만한 정도만 남았다. 전륜왕께 가도록 하라!"

"예!"

열세 번째 고소인의 차례가 되었다.

"교해건, 너는 원래 무슨 죄를 저지르지 않아서 이미 여덟 번이나 사람으로 태어났다. 이번 생에서도 충심을 다해 나라에 보답했다. 다만 전생에 죄 없는 큰 뱀 한 마리를 죽였기 때문에 이번 생에서 칼을 맞는 고통을 겪어야 했으니, 너를 죽인 자의 목숨으로 갚아달라고 할 수 없다. 너는 선한 자에게 상을 내리는 부서로 가서 복을 누리도록 하라!"

하지만 교해건은 아무 대답이 없었다. 하지만 최 판관은 상관하지 않고 열네 번째 고소인을 호명했다.

"왕 선녀, 너는 시부모에게 불경을 저지르고, 부모의 말씀에 순종하지 않고, 아낙의 도리를 지키지 않아 칠거지악을 저지르는 바람에 벌써 열여덟 번이나 암캐로 태어났다. 이번에는 또 신에게 맹세하는 잘못을 저질렀기 때문에, 말굽에 만 번을 밟혀 고깃덩어리가 되는 고난을 겪었다. 악한 자를 처벌하는 부서로 보내서 십팔층 지옥을 겪도록 하라!"

"예!"

최 판관은 열다섯 번째 고소인을 호명했다.

"진조의, 너는 이미 다섯 번 사람으로 태어나 별다른 죄악을 저지르지 않았다. 다만 형님에게 큰소리를 지르는 죄를 범했기 때문에 이번에 칼을 맞는 벌을 받은 것이다. 그래도 내생에 다시 사람으로 태어나게 해줄 테니, 전륜왕께 가도록 하라!"

"예!"

이번에는 열여섯 번째 고소인들의 차례가 되었다.

"너희 세 여자는 못된 아낙으로 늘 집안을 시끄럽게 한 죄로 이미 이 지옥에서 세 번이나 톱질을 당했다. 너희를 사람으로 태어나게 한 것은 개과천선하라는 의미였는데, 뜻밖에도 여전히 이렇게 음탕하고 수치를 몰랐기 때문에 각자 한 번씩 칼질을 당한 것이다. 이번에는 암캐로 태어나 너희의 음탕한 욕망을 없애도록 하라. 너희도 생록사로 가도록 하라!"

"예!"

이번에는 열일곱 번째 고소인을 호명했다.

"왕롄잉, 너는 원래 효성스러운 며느리여서 벌써 세 번이나 귀한 신분으로 태어나 호사를 누렸다. 다만 조금 부족한 부분이 있다. 그게 무엇인 줄 아느냐? 시어머니 몰래 닭 한 마리를 먹었기 때문에 이번 생에서 목이 잘린 것이다. 그러니 너도 목을 벤 사람에게 목숨값을 요구할 수 없다. 전륜왕께 가도록 하라!"

"예!"

이어서 열여덟 번째 고소인들이 호명되었다.

"너희 쉰 명은 전생에 모두 훌륭한 인물들이었다. 다만 남에게 해를 조금 끼쳤고 그다지 큰 선행을 하지도 않았기 때문에, 이번 생에서 모두 목이 잘린 것이다. 그래도 내생에 다시 사람으로 태어나게 해줄 테니, 전륜왕께 가도록 하라!"

"예!"

계속해서 열아홉 번째 고소인이 호명되었다.

"티무르, 너는 사람으로 태어나 말에 신용이 없고 행실도, 나쁘고, 취하고 버림이 불분명했다. 이런 네 가지 잘못들 때문에 이번에 네 번의 칼질을 당한 것이다. 내생에는 간신히 사람으로 태어날 수는 있겠지만, 그다지 편히 살지는 못할 것이다. 전륜왕께 가도록 하라!"

티무르는 아무 대답도 하지 않았다. 하지만 최 판관은 아랑곳하지 않고 스무 번째 고소인들을 호명했다.

"너희는 모두 전생에 고향에서 남을 음해하고 몰래 살인을 저질렀기 때문에 이번 생에서 왕명에게 암살당한 것이다. 하지만 그다지 큰 죄악은 저지르지 않았으니, 다시 사람으로 태어날 수 있게 해주겠다. 전륜왕께 가도록 하라!"

"예!"

이어서 스물한 번째 고소인들을 호명했다.

"너희 두 여우의 정령은 수행하면서도 사람들을 미혹했다. 이번에는 또 가당치도 않게 무슨 도장이니 하는 것을 따라 다녔으니, 이야말로 호가호위(狐假虎威)의 전형으로서 죄업이 크고 무겁다! 여봐라, 저것들을 음산 아래로 보내 영원히 이승에 태어나지 못하게 하라!"

여우의 정령들은 울며불며 끌려갔다. 최 판관은 다시 스물두 번째 고소인들을 호명했다.

자, 이들은 무슨 죄가 있고 어떤 판결을 받게 될까? 이에 대해서는 다음 회를 보시라.

제90회

영요부에서 다섯 귀신이 판결에 항의하고 다섯 장수가 영요부에서 판결을 놓고 다투다

靈曜府五鬼鬧判　靈曜府五官鬧判

大定山河四十秋	산천이 안정된 지 사십 년이 흘렀건만[1]
人心不似水長流	사람의 마음은 한없이 흐르는 강물 같지 않구나.

1 인용된 시는 작자 미상의 〈조정을 떠나며[辭朝詩]〉라고 하는데, 제2~6구는 옛날 아동들을 위한 계몽서인 《증광현문(增廣賢文)》(《석시현문[昔時賢文]》 또는 《고금현문[古今현문]》이라고도 함)에도 수록되어 있다. 한편 《청평산당화본(淸平山堂話本)》의 〈장자방모도기(張子房慕道記)〉에는 장량(張良)이 한 나라 고조 곁을 떠나면서 부른 노래가 수록되어 있는데, 그 내용은 다음과 같다. "강호 수백 곳을 두루 돌아다녔는데, 사람의 마음은 한없이 흐르는 강물 같지 않았네. 깊은 은혜 받았을 때 마땅히 먼저 물러나야 하고, 한창 만족할 때가 바로 그만두기 적당한 때라네. 시비의 다툼에 귀에 들어오기 전에 떠나야지, 이전까지 아끼고 사랑하던 이가 오히려 원수로 변한다네. 이 몸이 일찍 은거하는 것이 아니라, 군왕을 모시는 일은 끝까지 할 수 없는 법이라네.[遊遍江湖數百州, 人心不似水長流. 受恩深處宜先退, 得意濃時便可休. 莫待是非來灌耳, 從前恩愛反爲仇. 不是微臣歸山早, 服侍君王不到頭.]"

受恩深處宜先退	깊은 은혜 받았을 때 마땅히 먼저 물러나야 하고
得意濃時便好休	한창 만족할 때가 바로 그만두기 적당한 때라네.
莫待是非來入耳	시비의 다툼에 귀에 들리지 않게 해야지
從前恩愛反爲仇	이전까지 아끼고 사랑하던 이가 오히려 원수로 변한다네.
世間多少忠良將	세상에 충성스럽고 선한 장수가 몇이나 될까?
服侍君王不到頭	군왕을 섬기는 것이 끝까지 가지 못하네.

그러니까 최 판관은 다시 스물두 번째 고소인들을 호명했다.

"너희 상처 입은 자들은 전생에 술에다 물을 타서 팔고 국수에 면발도 제대로 넣지 않았기 때문에, 이번 생에서 해응표 도독으로부터 새서비를 맞고 물속에서 건져진 것이다. 너희 목이 잘린 자들은 전생에 술에다 마취제를 타서 팔았기 때문에 이런 재앙을 당한 것이다. 하지만 너희 모두 아직 사람으로 다시 태어날 수 있으니, 전륜왕께 가도록 하라!"

"예!"

이어서 스물세 번째 고소인들의 차례가 되었다.

"나이나이투, 너는 전생에 강도 두목으로써 재물을 약탈하고 생명을 해쳤기 때문에, 이번에 목이 잘려서 이웃 나라에 전시된 것이다. 그리고 너희 병졸들은 모두 네 졸개였기 때문에, 전장에서 죽임을 당하거나 잡혀서 목이 베인 것이다. 하지만 너희는 내생에 사람으로 태어날 수 없다. 왜냐? 남의 재물을 빼앗은 자는 다음 생에서 소나 말로 변해서 그에게 재물을 돌려줘야 하기 때문이다. 너희는 생록사로 가라!"

"예!"

다음은 스물네 번째 고소인들의 차례였다.

"이놈의 짐승들! 아직도 너희가 덕행을 행한다고 하느냐? 너희는 일곱 생애 전에는 모두 사람으로 태어났는데, 남의 집에 불을 지른 죄로 이미 일곱 번 짐승으로 태어나 국에 끓여지거나 불에 구워지는 수난에서 벗어나지 못했다. 그런데도 죄업이 아직 다 씻기지 않아서 이번에 새성비를 맞아 불에 타는 고난을 겪은 것이다. 하지만 내생에는 사람으로 다시 태어날 수 있으니, 전륜왕께 가도록 하라!"

"예!"

최 판관은 스물다섯 번째 고소인들을 호명했다.

"시하이자오, 너는 나라를 위해 온 마음을 바쳤다. 다만 전생에 무뢰배[大頭鬼][2]로서 못된 짓으로 남을 놀라게 했기 때문에, 이번 생에서 너의 그 커다란 머리에 임군당을 맞은 것이다. 그리고 거기 뒤쪽에 있는 자들은 전생에서 너를 도와 남을 놀라게 하는 짓을 일

2 대두귀(大頭鬼)는 오(吳) 지역 방언에서 불길한 일이나 또는 그것을 초래하는 사람을 가리킨다. 하지만 글자 그대로 보통 사람보다 훨씬 큰 머리로 남을 놀라게 하는 정도의 가벼운 피해만 입히는 존재로 간주된다. 참고로 홍콩이나 광저우[廣州] 등지 월(粵) 방언에서 이것은 돈 많은 사람을 가리키는 뜻으로 쓰이기도 한다.

삼았으니, 이번 생에서 죽음으로도 아직 그 죄를 다 씻지 못했다. 다만 남이 베푸는 것은 반드시 갚았으니, 다음 생에서도 아직 사람의 몸으로 태어날 수 있다. 시하이쟈오는 선한 이에게 상을 내리는 부서로 가고, 나머지는 모두 전륜왕께 가도록 하라!"

"예!"

이어서 스물여섯 번째 고소인이 호명되었다.

"하미치, 너는 전생에 백정으로서 생명을 해쳤기 때문에 이번 생에서 창에 찔리고 머리가 잘린 것이다. 사모카, 너는 전생의 전반기에는 선한 사람이었지만, 후반에 소를 잡아 생계를 유지했기 때문에 하반신이 잘려서 상어 밥이 된 것이다. 하지만 너희 모두 아직 사람으로 다시 태어날 수 있으니, 전륜왕께 가도록 하라! 그리고 뒤쪽에 있는 자들은 원래 전생에서 생쥐로 태어나 이빨을 함부로 놀려 여기저기를 갉아 놓은 죄가 있으니 응당 그런 처벌을 받은 것이다. 다음번에는 조금 깔끔하게 뱀으로 태어나도록 하라. 그러니 너희는 생록사로 가라!"

"예!"

최 판관은 스물일곱 번째 고소인들을 호명했다.

"반룡삼태자는 자식으로서 효도하다가 죽었고, 할리후는 신하로서 충성을 다하다가 죽었다. 두 사람 모두 열 번 사람으로 태어났는데, 전생에서 반룡삼태자는 사슴 한 마리의 목을 졸라 죽였기 때문에, 이번 생에서 스스로 목을 베는 응보를 받았다. 또 할리후는 전생에서 개미굴에 뜨거운 물을 부어 몰살시켰기 때문에, 이번 생에서 물에 빠져 죽는 응보를 받은 것이다. 물론 두 사람은 선행을 많이 하고 악행은 적기 때문에, 목숨을 잃게 만든 이에게 목숨으로 갚게 해야 마땅하다. 다만 명나라 사람들이 이미 그대들을 후대해 주었기 때문에 목숨으로 갚을 필요는 없다. 그대들은 선한 이에게 상을 내리는 부서로 가서 편히 즐기라. 그리고 거기 여덟 명의 두목은 전생에서 표범으로, 또 거기 삼천 명의 병사는 승냥이와 이리로 태어나 죄업을 저질렀기 때문에 이번 생에서 이런 응보를 받은 것이다. 다음 생에서 여덟 명의 두목은 양으로, 삼천 명의 병사는 돼지로 태어나야 하니, 모두 생록사로 가라!"

"예!"

이어서 스물여덟 번째 고소인의 차례가 되었다.

"샤오타린, 그대는 전생에 선한 사람으로서 평소 소식하며 재계하고, 불경을 읽으며 염불하여, 다섯 번 사람으로 태어날 수 있는 덕을 쌓았기 때문에 이번 생에서 승상을 지낼 수 있었다. 다만 전생에서 도량형을 속여 부당한 이득을 취했기 때문에, 이번 생에서 칼을 맞는 처벌을 피할 수 없었다. 그대는 전륜왕께 가라! 다음 생에서도 부귀를 누리며 살 것이다."

"예!"

최 판관은 다시 스물아홉 번째 고소인들을 호명했다.

"이놈의 짐승들! 너희 둘이 감히 사람으로 자처하며 무슨 금각이니 은각이니 하는 이름까지 내세웠구나! 여봐라, 저놈들을 당장 음산 아래로 보내서 영원히 이승에 태어나지 못하게 하라!"

이에 두 짐승은 울며불며 끌려갔고, 최 판관은 곧 서른 번째 고소인들을 호명했다.

"백리안, 너는 전생에 하늘 높은 줄 모르고 날뛰던 건달로서, 선량한 사람들의 재물을 갈취한 응보로 이번 생에서 그렇게 불에 타 죽은 것이다. 네가 갈취한 남의 재물은 가축으로 태어나 갚아야 하니, 생록사로 가라!"

백리안이 가려 하지 않자 최 판관이 호통을 쳤다.

"여봐라, 당장 끌고 나가라! 그리고 너희 두 대성인가 하는 자들은 전생에 음모를 꾸며 남의 등을 치던 건달이었고, 두 역사인가 하는 자들은 목적을 위해 물불을 가리지 않던 건달이었다. 넷 모두 불꽃처럼 날뛰던 건달이었기 때문에 함께 불에 타 죽은 것이다. 저들도 모두 생록사로 보내서 남에게 갈취한 재물을 갚게 하라!"

"예!"

이어서 서른한 번째 고소인의 차례가 되었다.

"백 부인, 그대는 전생에 동서남북으로 이 집 저 집 싸돌아다니기를 좋아하던 아낙이었다. 또 시어머니의 충고도 듣지 않고, 무슨 일을 시키더라도 그저 고개만 지었다. 그 때문에 이번 생에서 다리가 묶이고 머리가 잘리는 응보를 받은 것이다. 하지만 그대도 악행보다는 선행이 많으니, 전륜왕께 가서 내생에 사람으로 다시 태어나도록 하라!"

"예!"

마지막으로 서른두 번째 고소인들이 호명되었다.

"너희 칠백 명은 전생에 개고기를 먹던 중이었기 때문에, 이번 생에서 한 구덩이에 모여 창칼을 맞는 응보를 당한 것이다. 신성한 불교를 더럽힌 죄가 막중하니, 내생에서는 사람으로 태어날 수 없다. 너희는 생록사로 가라!"

"예!"

그 대답이 채 끝나기도 전에 염라대왕이 최 판관에게 물었다.

"이제 끝난 것이오?"

"예."

"혹시 무슨 착오가 있는 것은 아니겠지요?"

"전혀 없습니다."

이에 염라대왕이 귀신 관료들에게 물었다.

"섬돌 아래 있던 귀신은 모두 보냈는가?"

"모두 판결에 따라 떠났지만, 승복하지 않고 버티고 있는 자가 다섯이 있습니다."

"그렇다면 그자들은 아직 무슨 할 말이 있다는 것인가?"

그 말이 끝나기도 전에 다섯 명의 귀신들이 일제히 계단으로 올라와서 말했다.

"최 판관이 뇌물을 받고 법을 왜곡하여 조사를 분명하게 하지 않았습니다."

"여기가 어디라고 감히 그런 소리를 하느냐! 어찌 뇌물을 받고 법을 왜곡하는 일이 있을 수 있겠느냐?"

"뇌물을 받고 법을 왜곡한 것은 아니라 할지라도 조사가 분명하지 않은 것은 사실입니다."

"무엇이 잘못되었다는 말이냐? 어디 얘기해 봐라."

맨 처음 나선 것을 장 홀츠였다.

"저는 금련보상국 사령관인데, 나라를 위해 가정을 잊고 신하의 직분을 다했습니다. 그런데 왜 저더러 악인을 처벌하는 부서로 가라는 것입니까? 설마 제가 나라를 위해 애쓴 것이 잘못이라는 것입니까?"

그러자 최 판관이 장 홀츠에게 물었다.

"나라에 무슨 큰 재난도 없었는데, 어째서 나라를 위해 애를 썼다고 하는가?"

"명나라의 함대 천 척과 천 명의 장수, 백만 명의 정예병이 들이닥쳐 나라가 누란지위(累卵之危)에 처해 있었거늘, 어째서 나라에 큰 재난이 없었다는 것입니까?"

"명나라 사람들이 남의 사직을 멸망시키거나 남의 땅을 빼앗거나 남의 재물을 탐하지도 않았는데, 어째서 누란지위라고 하는 것인가?"

"나라가 위태롭지 않았다면 제가 어찌 수많은 사람을 죽이는 일을 감수했겠습니까?"

"명나라에서는 그저 항서 하나만 받으면 된다고 했을 뿐이지, 언제 누구를 위협한 적이 있었는가? 그런데도 그대들은 억지로 전쟁을 하려 했으니, 이야말로 수많은 살인을 일삼은 것이 아닌가?"

그러자 교해건이 나섰다.

"판관님, 그건 아니지요! 우리 자바 왕국의 어안군 오백 명이 단칼에 두 동강이 났고, 삼천 명의 보병이 고깃국으로 변했는데, 이래도 우리가 억지로 전쟁을 한 것입니까?"

"그건 모두 그대들이 자초한 것이다."

이번에는 티무르가 나섰다.

"우리 병사 한 사람이 모두 네 조각으로 잘린 것도 우리가 억지로 전쟁을 한 것입니까?"

"그 역시 자초한 것이다."

이번에는 반룡삼태자가 나섰다.

"제가 스스로 칼로 목을 그은 것은 저들이 핍박했기 때문이 아닙니까?"

"그 역시 자초한 것이다."

마지막으로 백리안이 나섰다.

"우리가 화공에 당해 장작개비 귀신이 된 것은 저들이 핍박했기 때문이 아닙니까?"

"그 역시 그대들이 자초한 것이다."

그러자 다섯 귀신들이 일제히 아우성을 쳤다.

"그게 어째서 자초한 것입니까? 예로부터 '사람을 죽이면 목숨으로 갚고, 돈을 빚지면 돈으로 갚아야 한다.'라고 하지 않았습니까? 저들이 우리를 억울하게 죽였는데, 어째서 저들 편을 들어 왜곡된 판결을 내리시는 겁니까?"

"나는 공평무사하게 법에 따라 판결한 것인데, 어째서 왜곡되었다고 하는가?"

"그렇다면 저들이 목숨으로 갚으라고 판결했어야지요!"

"그대들의 경우는 그럴 필요가 없다."

"그냥 '그럴 필요가 없다.'라는 말로 넘어가는 것이 바로 사적인 감정이 개입되었다는 증거가 아니겠습니까?"

다섯 귀신은 입도 많고 말도 많아서 한바탕 소동이 벌어졌다. 최 판관은 사태가 심상치 않게 돌아가자 어쩔 수 없이 일어서서 호통을 쳤다.

"닥쳐라! 누가 감히 이 자리에서 헛소리하느냐? 내가 개인적인 생각을 품고 있다 하더라도, 이 공문서를 쓰는 이 붓이 사사로운 편견을 허용할 수 있겠느냐?"

그러자 다섯 귀신이 일제히 달려들어 최 판관의 붓을 빼앗으며 말했다.

"쇠로 만든 붓이나 사적인 것을 용납하지 않지요. 당신의 이 붓은 거미줄을 묶어 만든 것인데, 이빨 사이에 끼인 것은 모두 사적인 실[私絲][3]이 아닙니까? 그런데도 이 붓이 사적인 것을 용납하지 않는다고 할 수 있겠습니까?"

붓을 빼앗긴 최 판관은 더욱 화가 치밀었다.

"닥쳐라! 아직도 헛소리를 지껄이는구나! 내가 개인적인 생각을 품고 있다 하더라도, 이 장부가 사사로운 편견을 허용할 수 있겠

---

3 이것은 사적인 것을 가리키는 사(私)자와 실 사(絲)자의 발음이 같은 것을 이용한 말장난이다.

느냐?"

붓을 빼앗아 이미 간덩이가 커진 다섯 귀신은 다시 일제히 달려들어 《죄악부》를 빼앗았다.

"무슨 장부에 사적인 게 들어 있지 않다는 겁니까? 이 장부 누에로 만든 것인데, 누에 뱃속에 들어 있는 게 모두 사적인 실이 아니고 무엇입니까?"

붓에 이어 장부까지 빼앗긴 최 판관은 머리끝까지 화가 치밀어, 펄쩍 뛰어 두 주먹을 말아 쥐고 전후좌우와 상하로 각기 네 번, 두 번, 다섯 번, 여섯 번, 일곱 번, 여덟 번 내질러 다섯 귀신을 때려눕히려 했다. 하지만 무례하고 힘도 좋은 다섯 귀신은 일제히 달려들어 반격하면서 한 대도 손해를 보려 하지 않았다. 한 손으로는 결국 두 손을 당할 수 없는 법이니, 최 판관 혼자 그 다섯 명을 어찌 당할 수 있었겠는가? 최 판관은 머리에 쓰고 있던 진건(晉巾)[4]이 벗겨지고, 입고 있던 검은 비단 도포도 찢어지고, 허리에 차고 있던 무소뿔이 장식된 허리띠도 밟혀 부러지고, 검은 가죽장화도 벗겨져 버렸다. 최 판관은 화가 치밀어 펄쩍펄쩍 뛰었지만, 눈을 빤히 뜨고도 이들을 어쩌지 못했다.

---

4 진건(晉巾)은 명나라 때 남자들에게 유행했던 두건이 달린 모자인 호연건(浩然巾)의 일종이다. 명나라 말엽 범염(范濂: 1540~?, 자는 숙자[叔子])이 편찬한 《운간거목초(雲間據目鈔)》 권2에 인용된 《기풍속(記風俗)》에 따르면, 호연건은 그 양식에 따라 교량융선건(橋梁絨線巾)과 금선건(金線巾), 충정건(忠靖巾), 고사건(高士巾), 소방건(素方巾), 당건(唐巾), 진건(晉巾), 한건(漢巾), 편건(褊巾) 등 여러 종류가 있다고 했다.

사태가 고약해지자 염라대왕도 벌떡 일어서서 호통을 쳤다.

"네놈들이 감히 이런 소란을 피워도 되는 게냐? 여봐라, 저것들을 음산 아래에 처넣어 버려라!"

하지만 그 다섯 귀신은 염라대왕도 겁내지 않았다.

"이건 대왕마마하고는 상관없는 일입니다. 이게 다 최 판관이 법을 왜곡해서 판결했기 때문이 아니옵니까?"

"어째서 왜곡이라는 것이냐?"

"중국인들이 무고한 사람들을 죽였으니 목숨으로 갚아야 이치에 맞지 않습니까? 그런데 최 판관은 자기 멋대로 법을 왜곡해서 오히려 저희더러 생록사로 가서 짐승으로 태어나라고 하고, 전륜왕께 가서 사람으로 태어나라고 하고, 선한 이에게 상을 내리는 부서에 가서 한가하게 지내라고 하지 않았습니까? 이렇게 법에도 맞지 않고 불공정한 판결을 했는데, 저희가 항의한 게 잘못입니까?"

"너희가 전생에 저지른 악행이 있으니, 이번 생에서 그런 응보를 받는 것은 당연하다. 그런데 왜 최 판관을 무시하는 게냐!"

염라대왕이 진노하기 시작하자 다섯 귀신도 조금 누그러질 수밖에 없었다.

"대왕마마, 저희는 그저 바위를 치면 불똥이 튀듯이 억울해서 언성이 높아진 것일 뿐입니다. 어찌 감히 판관을 무시하겠습니까?"

"무시한 게 아니라고? 그럼, 어디 좀 물어보자. 판관은 두건을 벗겨 버린 것은 무시한 게 아니더냐? 도포를 찢어 버리고, 허리띠를 밟아 부러뜨린 것은 판관을 전혀 안중에도 두지 않은 행위가 아니고 무엇이냐? 게다가 장화까지 벗겨 버렸으니, 아주 할 말이 많겠구나?"

"그건 무슨 말씀입니까?"

"판관의 장화가 그리 쉽게 벗길 수 있는 것이더냐? 그런데 너희들이 벗겨 버렸으니, 그게 무시한 게 아니고 무엇이더냐?"

그 말이 끝나기도 전에 성문을 지키던 귀신 졸개가 황급히 달려 들어와 무릎을 꿇고 보고했다.

"급보입니다! 급보! 아주 엄청난 재앙이 들이닥쳤사옵니다!"

그 말이 끝나기도 전에 성가퀴를 지키던 귀신 졸개가 황급히 달려 들어와 무릎을 꿇고 보고했다.

"급보입니다! 급보! 아주 엄청난 재앙이 들이닥쳤사옵니다!"

그 말이 끝나기도 전에 영요부의 대문을 지키던 귀신 졸개가 황급히 달려 들어와 무릎을 꿇고 보고했다.

"급보입니다! 급보! 아주 엄청난 재앙이 들이닥쳤사옵니다!"

이렇게 심각하고 불길한 급보가 세 번이나 연달아 들어오자 최판관은 깜짝 놀라 온몸을 부들부들 떨었고, 염라대왕도 어쩔 줄을 몰라 당황했다. 심지어 그 다섯 귀신도 더 소란을 피우지 못하고 장 홀츠는 악인을 처벌하는 부서로, 교해건과 반룡삼태자는 선한 이에게 상을 주는 부서로, 티무르는 전륜왕에게로, 백리안은 생록사로 떠나야 했다.

염라대왕이 귀신 졸개들에게 물었다.

"대체 무슨 엄청난 재앙이라는 것이냐?"

그러자 성문을 지키던 귀신 졸개가 보고했다.

“난데없이 다섯 명의 용맹한 장수가 말을 몰고 다섯 가지 무기를 휘두르며 성문을 치고 들어와서, 금두귀왕(金頭鬼王)이 그들에게 당해 버렸사옵니다.”

성가퀴를 지키던 귀신 졸개가 보고했다.

“난데없이 다섯 명의 용맹한 장수가 말을 몰고 다섯 가지 무기를 휘둘러서, 은두귀왕(銀頭鬼王)이 그들에게 당해 버렸사옵니다.”

영요부의 대문을 지키던 귀신 졸개가 보고했다.

“난데없이 다섯 명의 용맹한 장수가 말을 몰고 다섯 가지 무기를 휘두르며, 영요부 대문 밖을 쉼 없이 왔다 갔다 하면서 고래고래 고함을 지르고 있습니다.

‘최 판관을 데려와라! 염라대왕을 뵈어야겠다!’

이러니 제가 감히 마음대로 할 수 없어서 이렇게 보고를 올리는 것이옵니다. 부디 통촉하시옵소서!”

“아니, 그들은 대체 어디서 온 것이냐?”

“모르겠사옵니다.”

사실 명나라 함대 천 척과 천 명의 장수, 백만 명의 정예병이 시든 풀 우거진 벼랑에 도착했을 때, 호위병의 보고를 받은 두 사령관은 정찰병을 뭍으로 보내 탐문하게 했다. 하지만 사방이 너무 깜깜해서 정찰병들이 감히 다가가지 못하자 왕명을 파견했는데, 왕명이 떠난 지 이레 가까이 되었는데 돌아와서 보고하지 않는 것이었다. 그러는 사이에 하늘이 조금씩 밝아져서, 비록 안개비가 부슬부

슬 내리고 있었지만 그래 봐야 중국의 늦가을 풍경과 별반 다를 바 없었다. 이에 삼보태감이 왕 상서에게 상의했다.

"함대가 여기에 도착했는데 정찰병은 감히 나가지도 못하고 왕명도 돌아오지 않고 있으니, 어찌하면 좋겠소이까?"

"옛날 제갈량이 오월에 노수(瀘水)를 건너 불모의 땅 깊숙이 들어감으로써 결국 남만(南蠻)이 다시는 반란을 일으키지 못하게 만들었습니다. 그런데 지금 우리가 이렇게 배 안에서 수수방관만 하고 있다면 어찌 서양 원정을 나왔다고 할 수 있겠습니까?"

왕 상서의 이 말은 가벼운 듯하면서 사실 심각한 것이어서, 장수들이 일을 제대로 하지 못한다고 질책하는 것이나 마찬가지였다. 그러니 그 말을 들은 장수들은 부싯돌을 맞부딪쳐 불똥이 튀게 한 듯, 강물을 격동시켜 산을 넘게 한 듯이 격동할 수밖에 없었다. 그래서 왕 상서의 말이 끝나기 무섭게 쇠로 만든 둥근 모자를 쓰고, 이마에 붉은 띠를 두르고, 쇠뿔로 만든 허리띠를 차고, 검푸른 비단 전포를 입은 채 낭아봉을 들고 오추마에 탄 장수가 나서서 고함을 질렀다.

"사령관님, 부족하지만 제가 살펴보고 와서 보고하겠습니다!"

삼보태감이 고개를 들어 살펴보니 바로 전초부도독 장백이었다. 그런데 그 말이 끝나기도 전에 막사 아래에서 또 한 명의 장수가 나왔다. 키는 석 자밖에 안 되지만 어깨너비는 두 자 다섯 치나 되고, 투구도 쓰지 않고 갑옷도 걸치지 않은 채 무게 백오십 근의 임군당을 들고 명마 자질발을 탄 그가 고함을 질렀다.

"부족하지만 제가 장 장군과 함께 다녀오겠습니다!"

그는 우영대도독 김천뢰였다. 하지만 그의 말이 끝나기도 전에 막사 아래에서 또 한 명의 장수가 나섰다. 붉은 두건을 쓰고 초록색 전포를 입고, 황금 허리띠와 비단 각반을 두른 채 서른여섯 개 마디가 있는 간공편을 들고 눈처럼 하얀 갈기를 가진 말에 탄 그가 고함을 질렀다.

"부족하지만 제가 두 분 장군과 함께 다녀오겠습니다!"

그는 바로 정서유격대장군 호응봉이었다. 그런데 그의 말이 끝나기도 전에 막사 아래에서 또 한 명의 장수가 나섰다. 덥수룩한 수염을 기르고 코가 크며, 훤칠한 키와 영웅의 풍모가 가득한 얼굴, 온몸에 갑옷을 두르고 일흔두 개 쇠못이 달린 월아산을 든 채 갈기가 말려 올라간 명마에 탄 그가 고함을 질렀다.

"모자라지만 제가 세 장군과 함께 다녀오겠습니다!"

그는 바로 정서유격대장군 뇌응춘이었다. 그리고 그 말이 끝나기도 전에 네 명의 장수는 각기 말을 타고 각자의 무기를 든 채 일제히 달려나가려 했다. 그때 막사 아래에서 한 장수가 나오며 소리쳤다.

"네 분 장군들, 잠시 멈추시오. 나 당영도 함께 가겠소!"

삼보태감이 살펴보니 과연 무장원 당영이 찬란한 은빛 투구와 은빛 갑옷, 꽃무늬가 조각된 옥 허리띠, 융단으로 만든 각반을 찬 채, 붉은 수실이 번쩍이는 곤룡창을 들고 은빛 갈기의 새하얀 천리마를 타고 있었다. 그걸 보고 삼보태감이 말했다.

"네 분이면 충분하니, 당 장군까지 가실 필요는 없소."

그러자 왕 상서가 말했다.

"옛날에 오호장군(五虎將軍)이라는 호칭도 있지 않았습니까?"

"오호장군이라, 그거 좋군요! 그럼 당 장군도 함께 다녀오시오."

네 장수가 앞서 달리고 당영은 그 뒤를 따랐다. 십여 리쯤 달리고 나자 하늘이 점점 밝아졌다. 하지만 누런 구름과 자줏빛 안개가 끼어 있어서 풍경이 특별했다. 그때 당영이 소리쳤다.

"여러분, 서두를 필요 없소. 여기는 조금 이상한 나라이니, 경솔하게 움직이지 말고 먼저 계획을 세웁시다."

네 장수가 일제히 대답했다.

"예. 그게 좋겠습니다!"

그런데 십여 리를 더 달려가도 민가나 저자가 보이지 않는 것이었다. 다섯 명의 장수가 다시 무리를 지어 십여 리를 달려가자 비로소 멀리 나지막한 담장이 하나 보였다. 그 중간에는 조그마한 대문이 하나 있었다. 다섯 장수는 각기 무기를 들고 말을 몰아 그 안으로 돌진했다.

그때 문 안 왼편에서 시퍼런 얼굴에 송곳니를 드러낸 두 명의 귀신이, 오른쪽에서는 쇠머리와 말의 얼굴을 한 두 명의 귀신이 나오며 일제히 소리를 질렀다.

"너희는 어디서 왔느냐? 살아 있는 사람 냄새가 나는구나!"

다섯 장수는 귀신들을 목격하고 또 '살아 있는 사람 냄새'라는 말을 듣고 기분이 좀 께름칙했다. 당영이 말했다.

"혹시 귀신 나라가 아닐까요?"

네 장수도 고개를 끄덕였다.

"아무래도 그런 모양인데요?"

"그렇다고 겁을 집어먹으면 안 되지!"

그 말이 끝나기도 전에 시퍼런 얼굴의 귀신이 호통을 쳤다.

"이놈들! 안으로 들어가려면 통행세를 내야 한다는 걸 모르느냐?"

당영도 맞받아 호통을 쳤다.

"닥쳐라! 감히 무슨 통행세를 요구하느냐?"

"멀쩡히 두 눈이 달려 있으면서도 귀문관(鬼門關)을 알아보지 못하는 것이냐?"

당영이 눈알을 굴려 살펴보니 과연 그 작은 대문 위에 커다란 글씨로 '귀문관'이라고 적혀 있었다. 당영이 네 장수에게 말했다.

"우리가 어쩌다가 귀문관까지 오게 되었을까요?"

낭아봉 장백이 말했다.

"귀문관이고 뭐고 무서울 게 어디 있습니까!"

김천뢰가 말했다.

"무슨 관문이든 간에 그냥 치고 들어가십니다!"

호응봉이 말했다.

"옛사람들은 그저 살아서 옥문관(玉門關)을 들어가기만을 바랐지만, 오늘 우리가 살아서 귀문관을 들어가 보는 것도 재미있는 일이 아니겠습니까?"

뇌응춘이 말았다.

"오늘은 그런 심오한 말은 하지 말고, 귀문관이든 뭐든 쳐들어갑시다. 그래 봐야 여기도 나라인데, 사람하고 귀신하고 싸운다 해도 전략만 잘 세우면 되는 거 아닙니까?"

당영이 말했다.

"그렇다면 정신 바짝 차리고 쳐들어갑시다!"

네 장수가 일제히 대답했다.

"예!"

그 말이 끝나기 무섭게 다섯 장수는 말을 박차고 무기를 휘두르며 일제히 대문으로 치달렸다. 그러자 시퍼런 얼굴에 송곳니를 드러낸 귀신이든, 쇠머리에 말 얼굴을 한 귀신이든 할 것 없이 모두 놀라 한쪽으로 비켜섰다. 그들은 당영 일행도 어디서 나타난 귀신인 줄로만 알았지, 설마 살아 있는 사람이라고는 꿈에도 생각하지 못했다.

"아이고, 정말 무시무시한 귀신들이로구나! 우리는 저자들 손자뻘밖에 되지 않겠어!"

다섯 장수가 잠시 후 성문 아래에 도착해 살펴보니, 성 위에 '옛 풍도국'이라고 적힌 패가 걸려 있었다. 그러자 그들이 일제히 말했다.

"이런! 하필이면 귀신 소굴인 풍도귀국으로 와 버렸구먼!"

그 말이 끝나기도 전에 성문 안에서 귀신 졸개들이 우르르 몰려나왔다. 맨 앞에 선 자는 키가 한 길이 훨씬 넘고, 머리에 한 상의 황금 뿔이 번쩍이고 있었는데, 그가 커다란 주먹을 말아 쥐고 호통을 쳤다.

"이놈들! 어디서 온 자들이냐? 당장 말에서 내려 엎드려 성명을 밝혀라. 조금이라도 머뭇거리면 맛을 보여주마!"

그러자 김천뢰가 맞고함을 쳤다.

"가소로운 귀신 같으니! 네까짓 게 누구인데 알아 모셔달라는 게냐?"

"내가 바로 그 이름도 유명한 금두귀왕이다. 그래도 나를 몰라보겠느냐?"

다섯 장수는 그 이름을 듣자마자 일제히 호통을 치며 창칼을 내질렀다. 그러자 귀신 졸개들은 말할 것도 없고 금두귀왕도 간담이 서늘해져서 죽어라 도망쳐 버렸다. 하지만 열심히 도망치긴 했어도 어느새 등짝에 서른여섯 마디 간공편이 날아와 말발굽이 짓이기고 간 듯한 자국을 남겼고, 금두귀왕은 땅바닥에 벌렁 나자빠져 버렸다. 금두귀왕도 이들이 어떤 흉악한 귀신인 줄로만 알고 이승의 살아 있는 사람이라고는 꿈에도 생각하지 못했으니, 그렇게 당해 버린 것이었다. 다섯 장군은 그를 쓰러뜨리고 다시 일제히 안으로 쳐들어갔다.

그들이 잠깐 달리다 보니 또 하나의 성문 아래에 도착했다. 이 성은 상대적으로 작고 성문도 조금 좁았는데, 음산한 바람이 휭휭 불면서 싸늘한 안개가 짙게 끼어 있었다. 고개를 들어 살펴보니 성문 위에 '금성(禁城)'이라는 글자가 적힌 패가 있었다. 그걸 보고 당영이 말했다.

"저걸 보니 여기가 염라대왕의 거처인 모양인데, 쳐들어가도 괜찮을지 모르겠구려?"

낭아봉 장백이 말했다.

"염라대왕이 아니라 누구라도 항서를 쓰라고 해야지요!"

"항서 얘기는 꺼내지 마시구려. 그나저나 저 앞에 뭐가 있을지 모르겠소이다."

뇌응봉이 말했다.

"염라대왕은 귀신이 못 먹어서 비쩍 말라빠질까 걱정하지 않는다고 했으니,[5] 우리도 염라대왕이 말라빠질지 어쩔지 걱정하지 말고 한 판 붙어 보는 수밖에요!"

그 말이 끝나기도 전에 성안에서 시끌벅적 떠드는 소리와 함께 귀신 졸개들이 한 무리 몰려나왔다. 맨 앞에는 역시 키가 한 길이 훨씬 넘었지만, 아까와는 달리 머리에 새하얀 은빛이 번쩍이는 한 쌍의 뿔이 달린 귀신이 있었다.

"어디서 온 자들이냐? 누가 보낸 자들인지 어서 성명을 밝혀라! 어떻게 이 금성까지 함부로 들어왔느냐?"

당영이 호통을 쳤다.

"닥쳐라! 우리 오호장군은 낮에는 이승에서, 밤에는 저승에서 싸운다. 어디서 나타난 하찮은 귀신이기에 감히 길을 막느냐!"

그 귀신도 상대가 이승의 사람인 줄 모르고, 그저 저승에도 이렇게 흉악한 자들이 있나 싶어서 주먹을 말아 쥐고 고함을 질렀다.

"오호장군이라고? 네까짓 게 나 은두귀왕을 알아보기나 하겠

---

5 이 속담은 종종 관청이나 관리들이 백성의 고생은 아랑곳하지 않고 착취를 일삼는 것을 풍자한다.

느냐?"

그러자 다섯 장수가 일제히 고함을 질렀다.

"네가 은두귀왕이라고? 네놈들의 금두귀왕이라는 작자도 등뼈를 부러뜨려 놓았느니라!"

그리고 즉시 말을 박차고 달려들어 창칼을 휘두르자 은두귀왕도 땅바닥에 쓰러져 버렸고, 졸개 귀신들은 그림자도 없이 내빼 버렸다. 다섯 장수는 졸개 귀신 따위에는 신경 쓰지 않고 일제히 안으로 달려 들어갔다.

잠시 후 그들은 다시 어느 장소에 도착했다. 그곳에는 성벽도 성문도 없고 그저 화려한 누각과 궁전이 끝없이 늘어서 있어서, 영락없이 무슨 제왕의 거처 같았다. 궁궐 대문 위에는 '영요지부'라고 적힌 패가 걸려 있었다. 그걸 보고 당영이 말했다.

"이번에는 염라대왕의 궁궐 대문에 도착한 모양이니, 다들 조심합시다."

두 유격대장도 고개를 끄덕였다.

"옳으신 말씀이십니다."

그 말이 끝나기도 전에 김천뢰가 펄쩍 뛰며 말했다.

"오늘은 무조건 진진만 있을 뿐인데, '조심'이라는 말이 필요하겠습니까?"

마침 낭아봉 장백도 울컥해서 말했다.

"세상사란 시작을 했으면 끝을 보아야 하는 법! 제아무리 염라대왕이라 한들 무서울 게 어디 있겠습니까!"

다섯 장수는 일제히 고함을 지르기 시작했다.

"판관을 잡아라! 염라대왕을 만나야겠다!"

바로 이런 이유로 여러 귀신 졸개들이 영요부에 보고하러 달려갔던 것이다.

한편 다섯 장수가 각기 다른 무기를 들고 각자 말을 타고 영요부로 들어왔다는 보고를 듣자 염라대왕도 당황했다. 그는 어찌 된 영문인지 몰라 최 판관을 불러 물었다.

"언제 문서를 잘못 보내서 저런 고약한 귀신들을 끌어들였는가?"

최 판관은 한참 생각해 보더니 이렇게 말했다.

"저는 어떤 문서를 보낸 적도, 못된 귀신을 끌어들인 적도 없습니다."

"그게 아니라면 왜 저들이 찾아와 소란을 피우는가?"

"오늘은 일진이 사나운 모양입니다. 조금 전에는 다섯 귀신이 한바탕 난리를 피우더니, 어떻게 또 다섯 장수가 찾아와 소란을 피우는지 모르겠습니다."

"설마 하늘나라에서 내려온 것은 아니겠지?"

"하늘나라에서 이렇게 흉악한 자들이 떨어져 내릴 리 있겠습니까?"

"그럼 땅에서 생겨났나?"

"이렇게 흉악한 자들이 생겨날 리 없습니다."

"물속에서 놀던 놈들일까?"

"이렇게 흉악한 자들이 있을 리 없습니다."

"그럼 지옥에서 도망쳐 나왔을까?"

"거기도 이렇게 흉악한 자들은 없습니다."

"조금 전에 고발한 자들이 데려온 걸까?"

"그럴 리가 없습니다."

그 말이 끝나기도 전에 다섯 장수가 일제히 무기를 든 채 말을 타고 영요부의 염라대왕전 아래까지 달려왔다. 염라대왕은 그들의 험악한 기세를 보고도 어쩔 도리가 없어 다급히 말했다.

"최각, 어서 내려가서 무슨 일로 찾아왔는지 물어보도록 하라. 절대 그들과 다투지 말고!"

말을 마치기도 전에 염라대왕은 얼른 돌아서서 후궁으로 들어가 버렸다. 홀로 대전에 남은 최 판관은 너무 놀라 온몸을 부들부들 떨어서 옷자락까지 떨릴 지경이었다. 게다가 두건도 찾지 못하고, 옷도 갈아입지 못한 데다가 장화조차 신고 있지 않고, 붓도 없고, 《죄악부》를 찾을 겨를도 없었다. 그때 대전 아래의 다섯 장수가 일제히 고함을 질렀다.

"거기 대전에 서 있는 너, 당장 내려와라. 물어볼 말이 있다. 조금이라도 머뭇거리면 우리가 올라가서 목숨을 모래에 묻어 버릴 테니, 그때 가서 후회하지 마라!"

최 판관은 감히 거역하지 못하고 대전 아래로 걸어 내려갔다.

그들이 무엇을 물을 것이며, 또 이 일의 결과가 어떻게 될지는 다음 회를 보시라.

제91회

염라대왕은 벽봉장로에게 서신을 보내고 다섯 장수에게 선물을 주다

閻羅王寄書國師 閻羅王相贈五將

朝進東門營	아침에 동문의 진영으로 들어가[1]
暮上河陽橋	저녁에 하양교[2]에 오른다.
落日照大旗	지는 해가 커다란 깃발 비추고
馬鳴風蕭蕭	말울음 속에 바람 소리 소슬하다.
平沙列萬幕	모래사막에 수많은 막사 늘어서 있고
部伍各見招	부대들은 각기 부름을 받았다.
借問大將誰	묻노니 대장은 누구인가?
恐是霍嫖姚	어쩌면 곽거병(霍去病)이 아닐까?

1 인용된 시는 당나라 때 두보의 〈후출새(後出塞)〉(총5수)의 제2수로서, 중간의 제8~10구가 빠져 있다. 빠진 부분의 원작은 다음과 같다. "중천에 밝은 달 걸려 있고, 군령이 엄하니 밤은 적막하기만 하다. 슬픈 피리 소리 몇 소절 울려, 사나이들은 애달픈 마음에 함부로 나서지 않는다.[中天懸明月, 令嚴夜寂寥. 悲笳數聲動, 壯士慘不驕.]"

2 《일통지(一統志)》에 따르면 하양교(河陽橋)는 문향현(閿鄕縣) 서남쪽 교외의 강가에 있다고 했다.

그러니까 최 판관은 억지로 허세를 부리며 대전에서 내려가 물었다.

"당신들은 강맹한 신들이오, 아니면 악귀들이오? 여기는 십제염군의 거처인데, 어찌 이리 소란을 피우며 창칼을 들고 말에 탄 채 설치는 것이오?"

십제염군의 거처라는 말에 당영도 예의를 갖춰서 말했다.

"놀라지 마시오. 우리는 오호장군인데, 낮에는 이승에서 싸우고 밤에는 저승에서 싸운다오."

"그렇다면 그대들은 이승의 사람들이오, 아니면 저승의 존재들이오?"

"여기는 이승이오, 아니면 저승이오?"

"그게 무슨 말씀이시오? 아까 말씀드렸듯이 여기는 십제염군의 거처인데, 저승이 아니면 어디겠소! 게다가 여러분은 오시는 도중에 귀문을 지나 풍도성, 금성을 거쳐서 이곳 영요부에 도착하시지 않았소? 이렇게 여러 곳을 지나오고서도 여기가 풍도귀국인 줄을 알아보지 못하셨다는 말씀이오?"

"공자 같은 위대한 성인도 묻고 살펴보기를 좋아하셨는데, 우리가 물어보는 것은 당연하지 않소?"

"그럼 여러분은 이승의 사람들이오?"

"그렇소."

"어느 나라 사람들이오?"

"위대한 명나라 황제 폐하의 어명을 받고 파견되었소."

"그런데 어쩌다가 이 귀신의 나라까지 오게 된 것이오?"

"오랑캐를 위무하고 보물을 찾으러 서양으로 원정하러 나왔다가 실수로 여기까지 오게 되었소."

"이곳은 서쪽 하늘의 끝에 있어서 오기 어려운 곳이오."

당영이 뭐라 말하기도 전에 장백이 불쑥 끼어들었다.

"말도 안 되는 소리! 끝이고 뭐고, 귀신 나라고 뭐고 상관없으니, 어서 당신네 그 얼굴 시커먼 나리한테 가서 항서를 한 장 쓰고, 몇 가지 보물 준비하라고 하시오. 그러지 않으면 우리들의 칼맛을 보게 될 거요!"

"그건 또 무슨 소리요? 당신네 명나라 황제는 이승의 천자이고, 우리 풍도귀국의 염라대왕은 저승의 천자요. 이승과 저승이 다르고, 지위도 차이가 없어서 위아래 예의를 구분할 수 없는데, 어째서 우리가 항서를 쓰고 보물을 내놓아야 한다는 거요!"

장백이 버럭 화를 냈다.

"닥쳐라! 우리가 서양에 와서 벌써 스무 개가 넘는 나라를 거쳤는데, 항서를 바치고 보물을 바치지 않은 나라가 어디 있는 줄 아느냐? 아무리 용맹한 대장군이 있고, 천선이며 지선, 인선 같은 존재가 있다 하더라도 모두 그렇게 순순히 복종했다. 그런데 하물며 이따위 역귀들이 감히 내 앞에서 주둥이를 나불거리면서 시비를 따지려 들어?"

이렇듯 험악한 소리를 듣고도 최 판관은 어쩔 수 없어서 슬쩍 말머리를 돌렸다.

"서양의 그 나라들을 거론하시니 드리는 말씀인데, 당신들은 우리한테 네 번 머리를 조아리고 여덟 번 절을 올려야 하는 상황이오."

이미 울컥해 있던 장백은 그 얘기를 듣자 속에서 불길이 치솟으며 간덩이가 한없이 커져서, 대뜸 낭아봉을 휘둘러 최 판관의 머리를 찍어 버리려고 했다. 장백도 정도를 지나쳤지만, 거기다가 경솔하고 행동이 거친 김천뢰까지 임군당을 휘두르려 했다. 더욱이 두 유격대장도 각기 간공편과 월아산을 휘두르며 달려들었다. 다행히 최 판관은 귀신처럼 피해서 전혀 다치지는 않았다. 하지만 마치 종규가 하급 귀신을 잡듯이 네 장수가 최 판관을 에워싸니, 그는 오도 가도 못 하는 상황이 되고 말았다. 그때 당영이 다급히 말했다.

"손을 멈추시오! 한 가지만 더 물어보고 손을 써도 늦지 않소."

그러자 최 판관이 말했다.

"맞소! 나도 한 가지만 물어봅시다. 그쪽 말하고 내 말 가운데 누가 옳소?"

당영이 다급히 소리쳐서 말렸기 때문에, 네 장수는 손을 멈출 수밖에 없었다. 최 판관이 말했다.

"그대들은 서양에 와서 무고한 사람들을 헤아릴 수 없이 많이 죽였소. 조금 전에도 서른두 무리가 당신들이 목숨으로 죄를 갚아야 한다고 고소장을 냈소. 그래서 내가 그들이 전생과 이생에서 어떤 선악을 행했고, 어떤 응보를 받아야 마땅한지 《죄악부》를 조사했소. 선한 자는 상을 주는 부서로 보내서 편히 복을 누리게 하고, 악한 자는 벌을 주는 부서로 보내 십팔 층 지옥을 두루 겪게 했소. 그리고 악행보다는 선행이 많은 자는 전륜왕께 보내서 내생에 사람으로 태어나게 했고, 그대들이 목숨으로 갚아야 한다는 판결을 내린 적은 없소. 이래도 내가 잘못했소? 오히려 그대들이 나한테 큰절을 올려야 하는 게 아니오?"

당영이 말했다.

"그대의 직책이 무엇이기에 그들을 재판할 수 있소?"

"나는 저승 판관인 최각이오. 염라대왕을 모시는 공평무사하기로 유명한 그 최각이라는 말이오!"

"그렇다면 왜 차림새가 그 모양이고 예의범절이 엉망인 거요?"

"이 얘기를 하면 그대들은 또 나한테 큰절을 올려야 하오."

장백이 다시 울컥했다.

"닥쳐라!"

당영이 그를 말리며 말했다.

"소리칠 필요 없으니, 일단 저쪽 얘기를 들어봅시다."

최 판관이 말했다.

"목숨으로 갚으라고 판결하지 않은 바람에 다섯 명의 사나운 귀신이 나하고 한바탕 시비가 붙었지요. 내가 사적인 감정으로 법을 왜곡해서 댁들을 비호했다는 것이었소. 내가 나무라니까 저들이 수적 우세를 믿고 오히려 내게 무례를 범했지요."

"어떻게 무례를 범했다는 거요?"

"얘기하기도 민망하지만 내 두건이며 도포, 허리띠, 장화까지 모조리 엉망으로 만들어 버리고, 심지어 붓하고 장부까지 빼앗았지요. 그래서 지금 옷차림이 이 모양인 게지요."

"그러니까 당신의 판결이 너무 공정해서 그놈들이 걸고넘어진 셈이구려."

그러자 장백이 다시 짜증을 냈다.

"누가 당신의 편파적인 말을 들어준다고 그래? 그냥 항서하고 상소문, 몇 가지 보물이나 조금 내놓으면 돼. 안 된다는 '안' 자만 꺼내도 이 낭아봉 맛을 보여주겠어! 자, 어쩔 테야?"

그는 즉시 낭아봉을 빙빙 돌리며 최 판관의 머리를 향해 빗발치듯 후려쳤다. 김천뢰도 임군당을 휘둘렀고, 두 유격대장도 각기 간공편과 임군당을 휘둘러 최 판관을 궁지로 몰았다. 하지만 당영이 다시 급하게 고함을 쳐서 그들을 저지했다.

한편 후궁에 앉아 앞에서 오가는 소리를 유심히 듣고 있던 염라대왕이 길게 탄식을 통했다.

"저들이 부처님의 무한한 불력을 믿고 우리를 무시하는구먼!"

그 말이 끝나기도 전에 내전에서 한 노인이 나왔다. 나이가 팔백 살이 넘고, 새하얀 머리카락에 아이처럼 발그레한 얼굴을 한 그는 한 손에 지팡이를, 다른 한 손에는 염주를 들고 다가와 물었다.

"어느 부처님 말씀이신가? 어디 계시고?"

염라대왕이 고개를 들어 살펴보니 외척이자 집안의 제일 큰 어른인 과천성(過天星)이었다. 그런데 염라대왕에게 어떻게 이런 외척이 있고, 또 그런 이름으로 불리는가? 사실 그는 하루 낮 동안 지옥을 두루 돌아보고 하룻밤 동안 천당을 두루 돌아보며 마치 유성처럼 걸음을 옮기기 때문에 과천성이라고 불렸는데, 그의 딸 정환성군(淨幻星君)이 염라대왕의 황후가 되었던 것이다. 어쨌든 그의 질문을 받은 염라대왕이 대답했다.

"저 다섯 장수는 명나라 황제가 보물을 찾으러 서양에 파견한 자들입니다. 그런데 저들의 함대에 연등고불의 화신인 스님이 계시거든요. 그래서 저들이 그분의 위세를 믿고 저렇게 우리를 무시하는 겁니다."

"그걸 어떻게 아시는가?"

"저번에 그분이 여기를 들르신 적이 있거든요."

"무슨 일로 오셨던가?"

"도중에 수많은 요괴와 마귀들을 만나서, 그것들의 내력을 조사하러 오셨지요."

"그나저나 지금 저들을 어떻게 할 셈이신가?"

"그게 참 난처하다 이겁니다. 왜냐? 여기 관리들을 불러서 유혼삭(遊魂索)과 저혼병(貯魂瓶), 추혼첩(錐魂鉆), 삭혼도(削魂刀) 같은 보물을 쓰면 저들이 어디로 도망치겠습니까? 하지만 그러면 부처님 체면을 깎는 일이 되겠지요. 그렇다고 저대로 두고 보자니, 저들이 사리 분별을 못 하고 경거망동하면서 말을 함부로 해대니, 이건 또 제 체면이 말이 아니지 않습니까? 이러니 난처할 수밖에요!"

"하나만 알고 둘은 모르시는구먼."

"아니, 그게 무슨 말씀입니까?"

"저 다섯 장수도 평범한 인간이 아니라는 걸 모르시니 말씀일세."

“그래요? 좀 더 자세히 말씀해 주시겠습니까?”

“저기 창을 들고 있는 이는 당영이라고 하는데 바로 무곡성(武曲星)[3]의 화신이고, 낭아봉을 든 저 장백은 흑살성(黑煞星),[4] 임군당을 휘두르는 저 김천뢰는 천봉성(天蓬星),[5] 월아산을 든 저 뇌응춘은 하고성(河鼓星),[6] 간공편을 든 저 호응봉은 괴강성(魁罡星)[7]의 화신이라네.”

“별신의 화신이라면 해를 입힐 수도 없겠군요. 게다가 함대에는 부처님이 계시니, 차라리 저들에게 인정을 베푸는 수밖에 없겠군요.”

---

3 무곡성(武曲星)은 북두칠성의 몸체에서부터 자루까지 이어지는 α성과 β성, γ성, δ성, ε성, ζ성, η성을 아울러 일컫는 명칭으로서, 전통적으로 중국에서는 이 별자리가 재무(財富)와 무용(武勇)을 관장한다고 여겼다.

4 흑살성(黑煞星)은 대개 중국의 민간 전설에서 죽음을 관장하는 별을 가리키며, 현대 천문학에서는 어느 별을 가리키는지 불분명하다.

5 《소문(素問)》 〈천원기대론(天元紀大論)〉에 대한 왕빙(王氷)의 주석에 따르면, 천봉성(天蓬星)과 천예성(天芮星), 천충성(天衝星), 천보성(天輔星), 천금성(天禽星), 천심성(天心星), 천임성(天任星), 천주성(天柱星), 천영성(天英星)을 아울러 구성(九星)이라고 한다고 했다. 이 별은 대개 기문둔갑(奇門遁甲)에서 사용하며, 현대 천문학에서는 어느 별을 가리키는지 불분명하다.

6 하고성(河鼓星)은 편담성(扁擔星)이라고도 하며, 우수(牛宿)에 속하는 세 개의 별 즉, 독수리자리의 β성과 α성, γ성을 가리킨다. 중국 전설에서는 이 세 개의 별이 견우와 두 아들의 화신이라고 여겼다.

7 괴강성(魁罡星)은 두괴성(斗魁星)과 천강성(天罡星)을 합쳐 부르는 것이다. 음양가에서는 매년 10월이면 북두괴성(北斗魁星)의 기운이 술(戌)의 자리에 있어서 괴강성이라고 불리는데, 이때는 건물을 수리하거나 짓는 데에 불리하다고 한다. 괴강(魁罡)은 괴강(魁岡) 또는 괴강(魁綱)이라고도 쓴다.

"직접 나가서 저들에게 분부하시는 게 좋겠네."

"저도 할 말이 많습니다."

염라대왕이 대전을 나오자 마침 네 장수가 최 판관을 둘러싸고 핍박하고 있었고, 저쪽에서 한 장수가 연신 "멈추시오! 멈춰!" 하고 소리치고 있었다. 염라대왕이 곧 수하들을 불렀다.

"여봐라, 다들 어디 있느냐?"

당상에서 호령이 떨어지면 계단 아래 모든 이들이 따를 수밖에 없는 법. 그 말이 떨어지기 무섭게 양쪽에서 수백 명의 귀신이 몰려나왔다. 이렇게 되자 대전 쪽의 위세도 제법 모양새를 갖추게 되었다. 이에 염라대왕이 물었다.

"거기 아래쪽에 있는 자들은 누구인가? 어찌 감히 무기를 들고 말을 몰아 우리 판관을 핍박하는가?"

이 틈에 최 판관은 재빨리 대전 위로 달려 올라갔다.

당영은 질문하는 자가 면류관을 쓰고 곤룡포를 입고 있어서 제왕의 분위기를 풍기는 것을 보고, 그가 곧 염라대왕이라는 것을 알아챘다. 이에 그는 말고삐를 잡고 큰소리로 대답했다.

"저는 장수인지라 말에서 내려 예의를 갖출 수 없사옵니다. 사실 저희는 명나라 황제 폐하의 어명을 받아 오랑캐를 위무하고 보물을 찾기 위해 파견되었사옵니다."

"그런데 어째서 우리 영요부에 함부로 들어왔는가?"

"옥새를 찾을 수 없어서 끝까지 찾아다니다 보니 여기까지 오게 되었사옵니다. 무례를 용서하시옵소서."

"그렇다면 어서 돌아갈 일이지, 왜 또 우리 판관을 핍박했는가?"

"핍박이 아니라, 판관의 말이 귀를 거슬러서 화가 치밀었던 것이옵니다."

그러자 최 판관이 말했다.

"이게 다 저 얼굴 시커먼 사내가 무슨 항서하고 상소문, 그리고 진상품을 바치라고 해서 벌어진 일입니다."

"그게 말이나 되는 소리인가! 나는 이승의 천자와 직위가 같고, 그저 이승과 저승의 차이만 있을 뿐이거늘! 내가 어찌 항서를 쓰고 진상품을 바칠 수 있겠는가?"

"이승과 저승이 다르다 해도 인사 예법은 마찬가지가 아니옵니까? 오늘 이렇게 어려운 기회를 만났으니, 서신이라도 한 통 받아가야, 나중에 돌아가서 저희 천자께 증거로 바칠 수 있지 않겠사옵니까?"

"방금 돌아간다고 했는가? 하지만 자네 함대는 돌아가기 어려울 걸세!"

당영은 깜짝 놀랐다.

"아니, 그게 무슨 말씀이시옵니까?"

"그대들이 서양으로 와서 수많은 인명을 함부로 죽이는 바람에, 그 영혼들이 모두 억울함을 호소하면서 그네들의 목숨으로 갚아야 한다고 고소했네. 비록 최 판관하고 내가 그대들을 위해 억지 판결을 내리기는 했지만, 어쨌든 원한의 기운이 하늘을 찌르니 그걸 풀 수 있는 길이 없네. 그러니 그대들 함대는 침몰의 위험이 있다는 얘기일세."

"그렇다면 왜 처분을 내리지 않으시는 것이옵니까? 차라리 여기서 해결책을 찾는 게 낫지 않겠사옵니까?"

"자네들 스스로 잘 생각해 보면 해결책이 나오지 않겠는가?"

"저희로서도 해결책이 없사옵니다."

"돌아가서 국사님께 가르침을 청하면 알게 될 걸세."

당영은 벽봉장로 얘기가 나오자 함대가 돌아가는 데에 틀림없이 무슨 재난을 당할 거라는 예감이 들어서 깜짝 놀랐다. 하지만 그럼에도 몇 마디 하지 않을 수 없었다.

"우리 황제께서는 이승의 천자이시고 대왕께서는 저승의 천자이시니, 안팎에서 협력하면 서로 구원할 수 있는 길이 나오지 않겠사옵니까?"

"돌아가서 국사님께 가르침을 청하시게. 나는 무엇이든 들어 드리겠네. 어쨌든 그대들이 여기를 들렀으니, 각자 성명을 밝히시게. 만난 기념으로 한 가지씩 선물을 주겠네."

"저는 무장원으로서 지금 정서후영대도독을 맡고 있는 당영이고, 여기 임군당을 든 사람은 정서우영대도독 김천뢰, 여기 낭아봉을 든 사람은 전초부도독 장백, 저기 간공편을 든 사람은 정서유격대장군 호응봉, 저기 월아산을 든 사람은 정서유격대장군 뇌응춘이라고 하옵니다."

"훌륭한 장수들이로고! 이승에서도 위세가 가장 뛰어날 뿐만 아니라, 이곳 저승에서도 당해 낼 자가 없겠구먼."

염라대왕은 즉시 수하들에게 문방사우를 가져오게 해서 짤막한 서찰을 썼다. 그리고 창고를 담당하는 이에게 보물을 하나 가져오라고 해서 주홍색 상자에 담게 하고, 최 판관에게 서찰은 벽봉장로에게, 주홍색 상자는 다섯 장수에게 주라고 했다. 당영은 감사 인사를 하고 말을 달려 밖으로 나왔다.

대문을 나오자 김천뢰가 말했다.

"저 얼굴 시커먼 작자가 제법이로군!"

그러자 장백이 말을 받았다.

"지금 내 욕을 하는 건가?"

"그게 아니라 조금 전의 그 염라대왕 말일세."

"어째서 내 얼굴이 시커멓다고 그래? 그보다는 푸른색이 더 많은데, 일종의 보호색이라고!"

그 말이 끝나기도 전에 그들은 어느새 함대가 있는 곳에 도착했다. 그들이 사령관을 찾아가자 마침 왕명이 거기서 생전에 자신의 아내였던 유씨가 죽어서 최 판관에게 시집갔고, 최 판관이 자신을 처남으로 오인해서 성으로 데리고 들어가 망향대와 창도산, 내하교, 고처경, 선한 이에세 상을 내리는 부서와 악한 이에게 벌을 내리는 부서를 둘러본 일들, 그리고 십팔 층 지옥에서 본 갖가지 형벌 등에 관해 얘기하고 있었다. 그렇게 이야기가 한창 재미있어지고 있던 차에 당영 등이 각기 말에 탄 채 무기를 들고 나는 듯이 돌아왔다. 그들은 사령관에게 인사하고 나서 모두 왕명에게 물었다.

"자네는 며칠 동안 어디 갔었다가 오늘에야 돌아온 겐가?"

“최각 판관이 오늘 두 차례 입씨름하지 않았더라면 여태 돌아오지 못했을 겁니다.”

당영이 물었다.

“최각 판관이라니?”

“염라전의 그 최각 판관 말씀입니다.”

“그럼, 입씨름은 뭐고?”

“오늘 하루 동안 다섯 귀신하고 대판 싸우고 나서, 또 다섯 별신하고 대판 붙었지요. 집에서 그 두 가지 흉보를 듣고 나니, 아무래도 무슨 문제가 생길까 싶어서 얼른 작별하고 돌아온 겁니다.”

당영이 자기도 모르게 껄껄 웃음을 터뜨리자 삼보태감이 물었다.

“왜 웃는 거요?”

“알고 보니 진짜 귀신 나라이고 저승인데, 우리가 저들하고 한판 붙었군요!”

“어쩌다가 그랬소?”

“왕명이 얘기했듯이 다섯 귀신이 판관하고 대판 붙었는데, 그것들은 바로 저희에게 죽은 귀신들입니다. 모두 서른두 무리가 저희가 목숨으로 갚아야 한다고 소송을 걸었답니다. 다섯 별신은 바로 저희가 영요부 염라대왕 궁전으로 쳐들어간 상황을 말하는 것입니다.”

“어째서 며칠 동안 그렇게 쳐들어갔소?”

“아침에 갔다가 저녁에 왔으니, 하루밖에 걸리지 않았습니다.”

"벌써 사흘이 지났소. 왕명은 열흘 만에 돌아온 것이오."

"신선 세계의 이레가 속세에서는 수천 년이라더니! 과연 음양은 차이가 있지만, 재앙과 복은 구별이 없군요."

"그 안의 풍경은 어떠했소?"

"음산한 바람이 휭휭 불고 싸늘한 안개가 자욱해서 너무나 처량했습니다."

"사는 모습은 어떻습디까?"

"이승처럼 거리도 있고 집들도 있습니다. 귀문관하고 풍도성, 금성을 거쳐서 영요부에 이르렀습니다. 그 안에 염라대왕의 궁전이 있는데, 붉은 대문이 크고 웅장했고, 누각들이 높이 솟아 있는 것이 영락없이 제왕의 거처다운 분위기를 풍겼습니다."

"염라대왕은 어떠했소?"

"면류관을 쓰고 곤룡포를 차려입었는데, 그야말로 제왕의 풍모를 지니고 있더군요."

"똑똑히 본 것이오?"

"직접 대면하고 자세한 대화까지 나누었습니다. 그분이 국사님께 드리라고 서찰도 한 통 써 주셨고, 저희에게는 신물을 하나 주셨습니다."

"허, 정말 신기한 일이로군요! 심지어 저승까지 가서 염라대왕에게 항서를 받아오고 보물까지 가져오다니 말이오. 오늘 일은 정말 천고에 보기 드문 기이한 일이오!"

그리고 즉시 벽봉장로와 장 천사를 모셔왔다. 당영이 서찰을 전해 주자 벽봉장로가 받아서 펼쳐 보니, 거기에는 다음과 같은 시[8]가 적혀 있었다.

身到川中數十年	사천 땅에 온 지 수십 년
曾在毗盧頂上眠	비로자나(毘盧舍那)[9]의 머리 위에서 잠든 적도 있었지
欲透趙州關捩子	조주화상(趙州和尙)[10]의 화두(話頭)를 이해하려면
好姻緣做惡姻緣	좋은 부부의 인연이 나쁘게 변한다네.

벽봉장로는 그걸 보고 기분이 별로 좋지 않았다. 그걸 보고 삼보태감이 물었다.

"국사님, 별로 좋지 않은 내용인가 보군요?"

"제 심사를 한마디로 말하기 어렵소이다. 그나저나 염라대왕이

8 이것은 풍몽룡(馮夢龍)의 《유세명언(喩世明言)》 권29 〈월명화상도류취(月明和尙度柳翠)〉에 들어 있는 것으로서, 법공선사(法空禪師)가 색계(色戒)를 범하고 스스로 입적한 옥통화상(玉通和尙)을 제도하기 위해 읊은 게송 가운데 전반부이다. 사건의 전말과 게송의 전문은 이 소설의 제92회에 다시 인용되어 있다.

9 비로자나(毘盧舍那, Vairocana)는 부처님의 진신(眞身)에 대한 존칭이나, 그 구체적인 의미는 천태종(天台宗)과 화엄종(華嚴宗), 법상종(法相宗), 밀종(密宗) 등 유파마다 각기 다르다.

10 조주화상(趙州和尙)은 당나라 때의 승려 종심(從諗: 778~897)을 가리킨다. 그는 육조 혜능(惠能)의 4대 전인(傳人)으로서 857년, 여든의 고령으로 조주(趙州) 관음원(觀音院)에 가서 40년 가까이 불법을 전파했다. 시호는 진제선사(眞際禪師)이다.

당 장군 일행에게 무슨 보물을 주었는지 궁금하구려."

이에 당영이 대답했다.

"붉은 옻칠이 된 상자입니다."

그가 상자를 바치면서 두 사령관 앞에서 열어 보니, 옥으로 만든 엎드린 사자 모양의 문진(文鎭)이었다. 그걸 보고 왕 상서가 말했다.

"무장에게 글 쓸 때 쓰는 물건을 주다니, 염라대왕도 실수하는군요."

그러자 벽봉장로가 말했다.

"거기엔 깊은 뜻이 담겨 있소. 그러니 어찌 실수로 치부할 수 있겠소이까?"

삼보태감이 물었다.

"좀 더 자세히 설명해 주십시오."

"문진은 원래 내력이 있으니, 그걸 준 데에는 글자마다 뜻이 담겨 있소. 그러니 깊은 뜻이 담긴 선물인 게지요."

"무슨 내력이 있다는 것입니까?"

"이것도 얘기하자면 길지요."

"염라대왕이 선물을 준 것은 대단히 신기한 일이니, 아무리 길더라도 자세히 듣고 싶습니다."

"이 문진은 당나라 서천절도사(西川節度使) 고변(高駢)[11]이 촉(蜀)

---

11 고변(高駢: 821~887, 자는 천리[千里])은 866년에 교지(交趾)를 수복하고 이후 다섯 지역의 절도사를 역임했다. 그러나 황소(黃巢)의 반란을 진압하는 데에 공을 세워 제도행영병마도통(諸道行營兵馬都統)에 임명된 후에는 오히려 황소의 군대가 장안을 함락하도록 방조하기도 했다. 훗날 그는 자

땅의 기녀 설도(薛濤)[12]에게 준 것인데, 우리 명나라에 이르러 홍무(洪武) 갑술년(甲戌, 1394) 진사에 급제한 전수(田洙)의 손에 들어갔지요. 그런데 그게 또 염라대왕에 의해 당 장군에게 전해졌다 이 말이오."

"그걸 고증할 방법이 있습니까?"

"당나라 때 설도는 경국지색을 지닌 기녀였는데 경학과 역사, 시사(詩詞), 부(賦)에도 아주 탁월한 대가였소. 당시 서천절도사 고변은 자가 천리(千里)인데, 그가 파촉(巴蜀) 땅을 다스리게 되었소. 그는 기녀들 가운데 설도를 가장 아껴서 아주 많은 선물을 주었소. 훗날 고변이 병으로 죽고, 설도도 곧 죽어서 성 외곽으로 삼 리 정도 떨어진 화촌(火村) 남쪽에 묻혔소. 그 무덤이 있는 곳은 산천 풍광이 그윽하고 아름다운 곳이었소. 나중에 정곡(鄭谷)[13]이 촉 땅에

신의 부하인 필사탁(畢師鐸)에게 피살되고, 그의 자식들과 조카 40여 명도 한 구덩이에 묻히는 참극을 당했다.

12 설도(薛濤: 768?~832, 자는 홍도[洪度])는 부친인 설운(薛鄖)이 촉(蜀) 땅에서 벼슬살이하다가 죽는 바람에 성도(成都)에 남게 되었으며, 그곳의 군정을 담당하는 검남서천절도사(劍南西川節度使)를 비롯한 문인들과 시를 주고받으며 교유했다. 특히 위고(韋皐: 746~805, 자는 성무[城武])가 검남서천절도사에 부임했을 때는 헌종(憲宗)에게 상소를 올려서 그녀에게 비서성 (秘書省) 교서랑(校書郎)의 관함(官銜)을 내려달라고 청했다가 거부당하기도 했다. 하지만 뛰어난 시인이었던 그를 사람들은 '여교서(女校書)'라고 불렀다.

13 정곡(鄭谷: 951?~910, 자는 수우[守愚])은 진사에 급제하여 도관랑중(都官郎中)을 지냈다. 풍경과 사물을 노래한 시로 당시 명성을 날리던 시인이었다.

와서 지은 시에 '작은 복사꽃 설도의 무덤을 두르고 있구나.[小桃花繞薛濤墳]'라는 구절이 있는데, 이 때문에 후세 사람들이 그 무덤 주위에 복숭아나무를 많이 심어서 봄이면 나들이 나온 여자들이 많이 모이는 명승지가 되었소.

그러다가 홍무 14년(1381)에 오양(五羊)[14] 땅의 전백록(田百祿)이라는 사람이 처자를 거느리고 성도(成都)의 교관(敎官)으로 부임했소.[15] 그 아들의 이름은 전수(田洙)이고 자는 맹기(孟沂)였는데, 어려서부터 총명하고 얼굴도 잘생긴 데다가 글씨와 그림, 거문고, 바둑에도 모두 뛰어났소. 그래서 선비들이 매일 그와 함께 어울리면서 형제보다 더 친하게 지냈소. 그들은 멀고 가까운 명산의 명승지들을 두루 돌아다니며 구경하고 시를 읊곤 했소. 이듬해에 부친인 전백록이 그를 고향으로 돌려보내려 하자, 모친이 차마 아들을 떼어놓을 수 없어서 이렇게 말했소.

'온 지 얼마 되지도 않은 아이를 어떻게 이리 갑자기 보낼 수 있겠어요? 게다가 당신이 청렴해서 여비를 마련해 주기도 어려우니까, 잠시 더 데리고 있다가 따로 돌려보낼 방법을 찾아보는 게 좋지 않을까요?'

이에 전백록이 한참 생각하다가 선비들 가운데 제일 친한 이와

---

14 오양(五羊)은 광저우[廣州]의 별칭이다.

15 이하 전수(田洙)와 설도(薛濤)의 이야기는 명나라 때 이창기(李昌祺: 1376~1451, 본명은 이정[李禎], 자는 창기, 별호는 교암[僑庵], 운벽거사[運甓居士])의 《전등여화(剪燈餘話)》 권2 〈전수우설도련구기(田洙遇薛濤聯句記)〉의 내용을 거의 그대로 옮겨 놓은 것이다.

상의해서 아들에게 따로 서당을 하나 차리게 했소. 공부도 할 겸 돈도 모아서 다음 해에 고향으로 돌아갈 여비를 만들게 하려는 것이었소. 선비들도 차마 전수를 보내고 싶지 않아 했소.

부친의 분부를 들은 전수는 순순히 성곽 밖으로 오리쯤 떨어진 곳에 있는, 그 지방의 유지로서 운사(運使)[16]를 지낸 장(張) 아무개의 집에 서당을 차리기로 했소. 그리고 이듬해 정월 보름이 지난 후에 길일을 택해 서당을 열자, 선비들이 그를 전송했소. 주인 장씨 역시 무척 기뻐하며 개관을 기념하여 잔치를 열어주고, 또 하루는 그의 부친 전백록을 위해 잔치를 열어주었소. 잔치가 끝나자 장씨가 전백록에게 말했소.

'왔다 갔다 다니기가 불편하니, 아드님더러 저녁에는 여기 서재에서 주무시라고 하는 게 어떻습니까?'

전백록도 감사했지요.

'이렇게까지 생각해 주셔서 감사합니다. 그렇게 합시다.'

그리고 꽃 피는 이월이 되자 전수는 재계(齋戒)를 풀고 부친의 관사로 돌아가다가, 도중에 화촌을 지나게 되었소. 그런데 시골 들판의 그윽한 풍경 속에서 작은 산발치를 둘러싼 무성한 복숭아나무 숲을 발견했소. 게다가 꽃이 만발해서 비단처럼 아름다웠지요. 전수

16 운사(運使)는 수륙(水陸運使), 전운사(轉運使), 염운사(鹽運使) 등의 벼슬을 줄여서 말한 것이다. 이들은 조세(租稅)와 진상품, 관염(官鹽) 등의 운수를 담당하던 직책으로 역대 왕조에서 모두 지방이나 중앙에 설치했는데, 대체적으로 상당히 고위 관직이었다.

는 그곳이 무척 마음에 들어서 이리저리 서성이며 떠날 생각을 하지 못했소. 그때 문득 복사꽃 숲 가운데서 별채를 하나 발견했는데, 대문 안에서 웬 여자가 하나 걸어 나왔소. 나이는 열여섯 살쯤 되어 보이는데, 동그란 눈썹과 버들 같은 허리, 복사꽃에 물든 발그레한 얼굴이 너무나 아름다운 아가씨였소. 전수는 감히 고개를 들지 못하고 대문 앞을 지나갔소. 이후로 매번 성으로 돌아갈 때는 꼭 그 집 앞을 지나갔고, 그때마다 대문 앞에 서 있는 그녀를 볼 수 있었소.

하루는 그가 그 집 앞을 지나가다가 수업료로 받은 돈을 잃어버렸는데, 마침 그걸 그 여자가 주웠소. 그리고 이튿날 그가 다시 그 집 앞을 지날 때 하녀를 시켜서 그 돈을 돌려주었소. 전수는 이렇게 아름답고 인덕을 갖춘 그 여자에게 감사 인사를 해야겠다고 생각하고, 먼저 그 하녀를 통해 그 뜻을 알렸소.

'돈을 잃어버린 선비님이 감사 인사를 하러 오시겠대요.'

전수가 찾아가자 안으로 모시더니, 잠시 후 그 여자가 나왔소. 서로 인사를 나누고 나자 여자가 먼저 입을 열었는데, 대화 내용은 이러했소.

'도련님께서는 혹시 장 운사 댁의 훈장님이 아니신가요?'

'그렇습니다.'

'훌륭한 주인에 훌륭한 빈객(賓客)이시로군요!'

'별로 하는 일도 없는데, 과찬이십니다. 자리에 앉으시지요. 제 돈을 돌려주신 데에 대해 감사 인사를 올리겠습니다.'

'장 운사 댁은 저희 집안과 사돈이시니, 그 댁의 훈장님이시라면

여기서도 마찬가지인데, 무슨 인사 같은 게 필요하겠어요!'

'낭자의 항렬과 성함은 어찌 되시는지요? 그리고 저희 댁 어르신과는 어떤 관계이신지요?'

'제 외숙은 성도 지역의 오랜 명문인 평(平)씨 가문 출신이고, 장 운사 어른과는 외조모가 같지요. 저는 성이 설(薛)씨이고 문효방(文孝坊) 사람인데, 평씨 집안의 아들 평강(平康)이라는 분과 어릴 때 혼인했지만, 불행히도 남편은 일찍 세상을 떠났고, 시부모님들도 얼마 후에 세상을 떠나셨어요. 그래서 저 혼자 이렇게 과부로 지내고 있답니다.'

그 말이 끝나기도 전에 차가 나왔는데, 한 주전자를 다 마시자 또 한 주전자가 나왔소. 이렇게 서너 주전자를 마시고 나서 전수가 작별인사를 하고 떠나려 하자, 그 여자가 이렇게 말했소.

'기왕 오셨으니 조금만 더 계시지요.'

'아닙니다. 폐가 많았습니다.'

'이렇게 보내 드리면 장 운사께서도 제가 그 댁의 귀빈을 소홀히 대접했다고 서운해하실 거예요. 그러면 제 입장이 곤란해지지 않겠어요?'

그 말이 끝나기도 전에 이미 술상이 차려져서 둘은 곧 주인과 손님의 자리로 나누어 앉아 이런저런 이야기를 나누었소. 전수는 상대가 장 운사의 사돈인지라 줄곧 예의를 지키며 차분하게 감사했소. 그러다가 술기운이 어느 정도 오르자 그 여자가 말했소.

'도련님은 평소 소탈하고 화통한 성격에다 시도 잘 읊는다고 하

시던데, 오늘처럼 특별한 날에 왜 이렇게 샌님 흉내를 내고 계시는지요?'

'그런 게 아닙니다! 오늘 처음 뵙기도 했고, 술기운을 이기지 못해서 그렇게 보였나 봅니다. 죄송합니다. 저는 이만 가보겠습니다.'

'무슨 말씀을! 제가 총명하지는 않아도 여자가 읽어야 하는 책은 몇 권 읽었기 때문에 짤막한 문장이나 시 같은 것들은 대충 알아들을 수 있어요. 이렇게 지음(知音)을 만났으니, 백아(伯牙)가 종자기(鍾子期)에게 거문고를 연주했듯이 품은 바를 얘기해 보는 것도 좋지 않겠어요?'

전수는 이미 그녀의 아름다움과 덕성에 감탄하고 있었는데, 이렇게 경서와 시에 관한 이야기까지 언급하자 이제 그녀가 재주와 미모까지 겸비했음을 알 수 있었지요. 그러니 미모에야 연연하지 않더라도 그 재능을 아끼지 않을 수 있었겠소? 그래서 이렇게 말했다오.

'포전인옥(抛磚引玉)[17]이라는 말도 있으니, 제가 먼저 시작해 보겠습니다.'

'먼저 시흥(詩興)을 불러일으킬 겸 유리잔에 한 잔 받으셔요.'

전수는 유리잔을 들고 이렇게 한 수를 읊조렸소.

路入桃源小洞天　　　길 가다 복사꽃 핀 작은 선경(仙境)으로 들

---

17 포전인옥(抛磚引玉)은 말 그대로 벽돌을 던져서 옥을 이끌어낸다는 뜻으로, 종종 자신의 미숙한 견해나 작품을 제시하여 다른 사람으로부터 더 좋은 의견이나 작품을 이끌어내는 것을 가리킨다.

	어와
亂紅飛去遇嬋娟	어지러이 날리는 꽃잎 속에서 미녀를 만났네.
襄王誤作高唐夢	양왕(襄王)은 고당(高唐)의 꿈 잘못 꾸었나니
不是陽臺雲雨仙	양대(陽臺)의 구름과 비가 된 선녀가 아니라네.

이렇게 읊고 나서 그가 술잔을 비우자, 여자가 말했소.

'시가 훌륭하기는 한데 너무 짧아서 감흥을 다 표현하기에는 부족하군요. 우리 함께 낙화(落花)를 주제로 연구(聯句)를 지어보는 게 어때요?'

'좋습니다.'

'먼저 하셔요.'

'아닙니다. 먼저 시작하십시오.'

'예로부터 남자가 여자보다 먼저라고 했으니, 도련님께서 먼저 시작하셔요.'

'그럼, 먼저 실례하겠습니다.'

이렇게 해서 둘은 각자 돌아가며 한 구절을 읊어서 이런 연구를 만들어 냈지요.

韶艷應難挽	아름다운 구절은 끌어내기 어렵고
芳華信易凋	고운 꽃은 쉬이 시들지.
綴階紅尙媚	계단 옆의 붉은 꽃 아직 아리땁고

委砌白仍嬌　섬돌 덮은 하얀 꽃 여전히 곱구나.
墮速如辭樹　빠르게 떨어짐은 나무와 작별하는 듯하고
飛遲似戀條　느리게 날아감은 나뭇가지 그리워하는 듯하지.
蘚鋪新蹙繡　이끼 자라나 새로이 수놓은 듯하고
草遞巧裁綃　풀들은 번갈아 고운 비단 솜씨 좋게 마름질하지.
麗質愁先殞　아리따운 몸 먼저 떨어질까 근심스럽고
香魂慟莫招　향기로운 영혼 불러가지 말라고 통곡하지.
燕銜歸故壘　제비는 풀잎 물고 옛 둥지로 돌아오고
蝶逐過危橋　나비는 높다란 다리 위를 줄지어 날아가지.
沾帙將晞露　책을 적신 이슬 햇볕에 말라가고
衝簾乍起飆　주렴을 치며 갑자기 회오리바람 일어나지.
遇晴猶有態　날이 개면 여전히 고운 자태 간직하고 있고
經雨倍無聊　비 지나면 더욱 쓸쓸해지지.
蜂趁低兼絮　벌들은 버들 솜 따라 낮게 날고
魚吞細雜潦　물고기는 가는 개울물 마시지.
輕盈珠履踐　사뿐하게 고운 신발 신고 걷나니
零落翠鈿飄　머리 장식 떨어져 마름에 나부끼지.
鳥過生愁觸　새가 날아가면 닿을까 걱정하고
兒嬉最怕搖　아이가 장난치면 흔들까 무섭구나.
褪時浮雨潤　시들 무렵 가랑비에 젖고
殘處漾風潮　물 위에 떨어져 바람에 일렁이지.

積徑交童掃	오솔길에 쌓이면 하인들 비질하고
沿流倩水漂	물길 따라 아름답게 흘러가지.
媚人沾錦瑟	미인은 고운 거문고에 실어 노래하고
瀹茗入詩瓢	차에 끓여져 시인의 잔에 들어가지.
玉貌樓前墜	옥 같은 모습 누대 앞에 떨어지고
氷容魂裏消	얼음 같은 얼굴 영혼 속에 스러지지.
芳園曾藉坐	향긋한 뜰에 자리 펴고 앉았고
長路解追鑣	먼 길 가는 나그네 만나기도 했지.
羅扇姬盛瓣	비단 부채에 미녀는 꽃잎 가득 채우고
筠籬僕護苗	대나무 울타리에서 하인은 싹을 보호하지.
折來隨手盡	손에 닿는 대로 꺾어 와서
帶處近鬢焦	갖고 다닐 때는 귀밑머리에 꽂고 다니지.
泥涴猶凄慘	진흙에 묻혀 그 모습 너무 처참하고
瓶空更寂寥	꽃병 비면 더욱 적막해지지.
葉濃蔭自厚	잎이 무성해지면 그늘도 절로 짙어지고
蔕密子偏饒	꼭지 무성해지며 열매가 많이 달리지.
豈必分茵溷	굳이 서로 다른 처지 나눌 필요 있으랴?
寧思上硏硝	차라리 화약에 올라 불타고 싶구나.
香餘何吝竊	남은 향기 어찌 훔쳐간다고 인색하게 굴까?
佩解不須邀	장식 풀고 나면 부르지 말아야지.
冶態宜宮額	아리따운 자태는 여자에게 어울리나니
癡情媚舞腰	가는 허리 흔들어 춤추는 모습에 빠져 버리지.

粧臺休亂拂	화장대 함부로 쓸지 말지니
留伴可終宵	붙들어두고 어울리며 한밤을 새울 수 있으리니!

이렇게 연구를 다 짓고 나니, 시간은 벌써 이경이 지나고 있었소. 여자는 전수를 침실로 안내하여 몸소 잠자리 시중을 들었는데, 술기운이 거나한 데다가 시흥에 젖어 있던 전수는 욕망을 억누르지 못하고 자기도 모르게 그녀와 사통하고 말았소.

이튿날 전수가 작별인사를 하자, 여자가 옥으로 만든 누운 사자 모양의 문진을 하나 주며 이렇게 말했소.

'무정한 사내 닮지 말고, 자주 오셔요!'

이렇게 여자와 지내는 게 습관이 되자 전수는 장 운사에게 이렇게 말했소.

'모친께서 걱정이 많으셔서 반드시 집에서 자라고 하시니, 여기 머물러 있을 수 없겠습니다.'

장 운사는 그 말을 믿었지요.

반년 뒤에 장 운사가 성도부(成都府)의 학교[泮宮]에 들러 전백록에게 말했소.

'아드님이 매일 댁에서 주무시고 오시느라 너무 힘든 것 같으니, 예전처럼 서재에서 주무시게 하는 게 좋지 않겠습니까?'

그러자 전백록이 깜짝 놀라며 말했소.

'그게 무슨 말씀이시오? 그 아이는 서당을 연 뒤로 계속 거기서

지내면서 집에 돌아온 적이 없소이다.'

장 운사는 의아한 생각이 들었으나 함부로 얘기하지 못하고, 집에 돌아가자 부인에게 얘기했소. 그러자 부인이 이렇게 말했소.

'틀림없이 어느 예쁜 아가씨를 만난 모양이지요.'

'이곳에는 기생집도 없는데, 어디서 그런 일을 할 수 있겠소?'

하지만 주변 사람들도 머뭇거리면서 정확한 내막을 파악하여 설명하지 못했소. 이에 장 운사는 제법 영리한 하인 하나를 시켜서 전수를 미행하게 했소. 그런데 그 하인의 말이 전수가 복숭아나무 숲으로 들어가더니 갑자기 모습이 사라져 버렸다고 했소. 이에 상황을 이해하게 된 장 운사는 전수의 숙소에 사람을 보내 밤새도록 지키게 했소. 그리고 이튿날 전수가 돌아오자 물었소.

'간밤에는 어디서 주무셨소이까?'

'숙소에서 잤지요.'

'조금 전에 하인이 숙소에서 왔는데, 선생을 보지 못했다고 하더이다.'

'길이 엇갈렸을 수도 있지 않습니까?'

'그 아이가 숙소에서 밤을 지냈는데, 그럴 리가 있소이까?'

전수는 더 숨기기 어렵게 되었다는 것을 알고 모든 사실을 털어놓았소. 그러자 장 운사가 말했소.

'우리 집에는 그런 친척이 없소이다. 틀림없이 무슨 도깨비놀음에 걸려든 모양이구려.'

그가 즉시 전백록을 불러서 모든 사실을 자세히 설명하자 전백록이 말했소.

'복숭아나무 숲에 요물이 있는 게 분명하구려.'

이에 세 사람이 함께 그곳으로 가서 보니, 수천 그루의 복숭아나무만 푸르게 자라고 있을 뿐, 무슨 저택 같은 것은 보이지 않았소. 그러자 장 운사가 전백록에게 말했소.

'요물은 아닌 것 같소이다. 이곳은 화촌이라는 곳인데, 당나라 때의 기생 설도의 무덤이 여기 있소이다. 그러니 분명 그녀의 혼령이 장난을 친 것으로 보입니다.'

'의심할 여지가 없구려. 자기가 평강(平康)에게 시집갔다고 했으니, 그건 바로 그녀가 살았던 평강항(平康巷)을 가리키오. 또 문효방(文孝坊) 사람이고 했다는데, 이 지역에는 그런 곳이 없소이다. 문(文)하고 효(孝)를 합치면 교(敎)자가 되지 않소? 그런데 기생은 교방사(敎坊司)에 살지 않소이까? 그러니 그게 설도의 영혼이 아니면 누구겠소!'

이에 전수가 말했소.

'그 여자한테 받은 문진이 하나 있습니다.'

장 운사가 받아서 살펴보니, 문신 아래쪽에 '고씨문방(高氏文房)'이라는 글귀가 새겨져 있었소이다. 그것을 보고 장 운사가 말했지요.

'이건 바로 서천절도사 고변이 설도에게 준 것입니다.'

이런 기이한 일을 겪고 나자 전백록은 즉시 장 운사에게 사과하고, 전수를 고향인 광주(廣州)로 돌려보냈지요.

전수는 이 문진을 아주 애지중지했는데, 나중에 홍무 갑술년 진사에 급제하여 산동(山東) 조현(曹縣)의 현령이 되었소이다. 그런데 그 문진이 희귀한 물건이라는 걸 알아본 어느 제자가 그걸 훔쳐서 달아나 버렸지요. 전수는 시중을 들던 하녀가 외부로 빼돌렸다고 생각하고 매질을 하여 다그치다가 결국 그 하녀가 죽고 말았소. 억울하게 죽은 그 하녀가 염라대왕에게 고소하자, 염라대왕은 그걸 훔쳐 간 제자의 목숨으로 갚게 하고, 그 문진을 염라대왕의 궁전에 가져다 놓았던 것이외다. 그러니 이 문진은 결국 당나라 서천절도사 고변에게서 설도에게, 우리 명나라의 전수에게 전해졌다가, 그 제자에게 도둑맞아 염라대왕을 거쳐서 당 장군에게 전해진 셈이오. 이 어찌 예사로운 내력이겠소이까?"

삼보태감이 말했다.

"이 문진에 정말 그런 글귀가 새겨져 있습니까?"

당영이 문진을 삼보태감에게 건네주었는데, 과연 그 아래쪽에 '고씨문방'이라고 새겨져 있었다. 두 사령관이 입을 모아 칭송했다.

"국사님, 고견을 잘 들었습니다. 정말 고금의 정통하실 뿐만 아니라, 이승과 저승의 일까지도 환히 알고 계시는군요!"

"우연히 들었을 뿐이외다."

"그런데 염라대왕께서 이걸 주신 데에는 글자마다 뜻이 있다고 하셨는데, 그에 대해서도 좀 더 자세하게 가르침을 주십시오."

그게 무슨 뜻인지는 다음 회를 보시라.

제92회

벽봉장로는 염라대왕의 뜻을 꿰뚫어 보고 도깨비 귀신들을 제도해 주다

國師勘透閻羅書　國師超度魍魎鬼

吾身不與世人同	이 몸은 세상 사람들과는 달라
曾向華池施大功	일찍이 화청지(華淸池)에 위대한 능력 펼쳐 보인 적 있지.
一粒丹成消萬劫	한 알의 단약 만들려면 만겁의 세월이 걸리나니
雙雙白鶴降仙宮	쌍쌍이 백학들이 신선 궁궐에 내려앉지.
海外三山一洞天	바다 밖 삼신산에 동천 하나 있는데
金樓玉室有神仙	황금 누각 옥으로 만든 방에 신선이 살지.
大丹煉就爐無火	큰 단약 연성이 끝나 화로엔 불도 없으니
桃在開花知幾年	복사꽃 피어 있을 날 몇 년이나 되랴?[1]

1 마지막 네 구절은 남송 백옥섬(白玉蟾: 1194~?, 본명은 갈장경[葛長庚]이나 백씨 집안의 양자로 들어감. 자는 여회[如晦], 자청[紫淸], 백수[白叟], 호는 해경자[海瓊子], 해남옹[海南翁], 무이산인[武夷散人], 신소산리[神霄散吏])의 〈두성원에게[贈杜省元]〉에서 뽑아 쓴 것이다. 원작은 다음과 같다. "바다 밖 삼신산에

그러니까 삼보태감이 벽봉장로에게 염라대왕이 문진을 선물한 것은 글자마다 뜻이 있다고 한 이유가 무엇이냐고 묻자, 벽봉장로가 말했다.

"그 문진의 이름은 와사옥진지(臥獅玉鎭紙)인데, 와(臥)는 악(握)과 발음이 같고, 사(獅)는 사(師)와 발음이 같지[2] 않소이까? 이 두 글자는 당 장군을 비롯한 다섯 장수가 무거운 무기를 손에 들고[握] 있음을 나타내오. 그리고 옥(玉)은 어(御)와 발음이 같으니[3] 이것은 당 장군 등이 칼을 들고 말에 탄 채 염라대왕의 어전에 나타났음을 의미하오. 그리고 진(鎭)은 진(震)과 발음이 같으니[4] 이것은 당 장군 일행이 저승을 위세로 뒤흔들었다는 뜻이오. 마지막으로 지(紙)는 지(止)와 발음이 같으니[5] 이것은 당 장군 등에게 군대가 여기까지 왔으니 스스로 멈추는 것이 좋겠다는 뜻이오. 그러니 모두 합쳐서 말하자면, '너희 다섯 장수가 무거운 무기를 손에 들고 나 염라대왕의 어전까지 왔으니 위세가 이미 저승을 뒤흔들었다. 그러니 이쯤

동천 하나 있는데, 황금 누각 옥으로 만든 방에 신선이 살지. 남가왕국의 가암 노인, 백마강 강가에 말은 자연스럽게 노닐지. 맛좋은 고래 육포 노광에게 바치고, 황마 밥 익으면 팽조(彭祖)에게 주지. 큰 단약 연성이 끝나 화로엔 불도 없으니, 복사꽃 다시 피려면 몇 년이 더 흘러야 할까? [海外三山一洞天, 金樓玉室有神仙. 南柯國裏柯巖叟, 白馬江邊馬自然. 鯨脯味甘供老廣, 黃麻飯熟飼彭鏗. 大丹煉就爐無火, 桃再開花經幾年.]"

2 각각 중국어 발음이 [wò]와 [shī]이다.

3 두 글자 모두 [yù]로 발음된다.

4 두 글자 모두 [zhèn]으로 발음된다.

5 두 글자 모두 [zhǐ]로 발음된다.

에서 그만둠이 어떠하냐?'라고 권유하는 뜻인 셈이오."

"정말 고명하신 해석이십니다! 그런데 국사님께 보낸 그 시는 무슨 뜻입니까?"

"조금 전에 얘기하기 곤란하다고 했는데, 그 뜻도 마찬가지외다. 다만 비유를 들어서 저를 풍자하는 내용인데, 너무 신랄하고 지독해서 저에게 마치 가시나무를 짊어진 듯한 아픔을 안겨다 주었소이다."

"그 시를 어떻게 해석해야 하는지요? 비유를 들어 풍자했다는 것은 또 무슨 말씀이신지요?"

"이 시는 원래 여덟 구로 된 것인데 네 구절만 썼으니, 제가 중도에 그만둔 것을 풍자하고 있지요. 원래 옥통화상(玉通和尙)이 음계(淫戒)를 범할 마음을 일으키게 된 사연을 서술한 것인데, 이것을 통해서 제가 살계(殺戒)를 일으켰다고 풍자하고 있으니, 너무 신랄하고 지독하지 않냐는 얘기외다!"

"옥통화상이 음계를 범했다는 것은 어찌 아십니까?"

"이 또한 얘기하자면 길지요."

"어렵사리 국사님께 가르침을 받을 기회가 생겼으니, 부디 말씀해 주십시오."

"송나라 소흥(紹興: 1131~1162) 연간에 임안부(臨安府)[6] 성 밖에 수월사(水月寺)라는 절이 있었는데, 그 절 안에 있는 죽림봉(竹林峰) 꼭

6 지금의 항저우시[杭州市]에 속한 곳으로서, 남송(南宋)의 도읍지이다.

대기에 옥통선사라는 분이 살고 계셨소.[7] 출가하기 전에 그는 사천(四川) 땅에 살았는데, 덕행을 많이 베풀어서 많은 승려가 의지하고 관청에서도 공경하여 그 절의 주지로 모셨소. 하지만 주지가 되어서도 계속 죽림봉 꼭대기에서 좌선하며 수행하여, 거의 삼십 년 가까이 바깥출입을 하지 않았소. 그 지역을 다스리는 장관을 맞이하고 보내는 행사가 있더라도 항상 그의 제자나 사손이 대신했지만, 누구도 그를 비난하지 않았지요.

그런데 어느 날 영가현(永嘉縣) 출신의 유선교(柳宣教)라는 이가 단번에 과거에 급제하여 황제께서 직접 영해군(寧海軍) 임안부 부윤(府尹)에 임명하셨소. 그가 부임하던 날 모든 소속 관리들과 교수, 학생, 지역 유지와 원로, 각 절의 주지, 승려, 도사 등이 멀리까지 나가 마중을 했소. 부임한 후에 유선교는 각자 남기고 간 명첩을 찾아서 하나하나 대조했소. 그러다가 수월암의 주지 옥통화상이 오지 않고 사손을 대신 보냈다는 사실을 알게 되었소. 이에 그가 버럭 화를 내었소.

'내가 새로 부임했는데, 일개 주지가 직접 오지 않고 사손을 대신 보내다니, 나를 너무 무시하는 처사가 아닌가!'

그래서 담당 관리에게 패를 발부하게 하여 옥통화상을 체포해 오라고 했소. 대죄를 추궁하여 장래에 또 이런 일이 없게 하겠다는 것이었지요. 그러자 그 자리에 있던 해당 지역 여러 절의 주지들이

---

7 이하의 이야기는 풍몽룡(馮夢龍)의 《유세명언(喩世明言)》 권29 〈월명화상도류취(月明和尙度柳翠)〉를 거의 그대로 옮겨 놓은 것이다.

일제히 무릎을 꿇고 이렇게 아뢰었소.

'나리, 이 옥통화상은 부처님의 화신으로서, 홀로 죽림봉 꼭대기에서 수행한 지 이미 삼십 년이 넘었건만 산문 밖을 나온 적이 한 번도 없습니다. 예전에도 모든 장관의 영접이나 환송 행사에 제자나 사손이 대신 나왔습니다.'

잠시 후 소속 관리들이 인사를 올리자, 부윤은 관리들에게도 그 얘기를 했소. 그러자 관리들이 일제히 이렇게 말했소.

'이 스님이 삼십 년 넘게 산문을 나오지 않은 것은 사실이오니, 부디 용서하십시오!'

또 지방 유지들이 인사할 때도 그 얘기를 하자, 그들도 일제히 이렇게 말했소.

'이 스님이 삼십 년 넘게 산문을 나오지 않은 것은 사실이오니, 부디 용서하십시오!'

하지만 새로 부임한 터라 기세가 등등했던 유 부윤은 승려가 자신을 경시했다는 생각에 더욱 기분이 나빠졌소. 그래서 다들 그 승려를 용서하라고 이구동성으로 말했지만, 그의 마음속에서는 도저히 용서할 수 없었소.

사흘 후, 관아에서 연회가 열릴 때 몇 명의 기생들이 흥을 도우러 왔는데, 개중에 버들가지처럼 가는 허리와 빼어난 용모를 가지고 있고 노래 솜씨도 훌륭한 열여섯 살쯤 되는 기생이 하나 있었소. 그걸 보고 유 부윤이 속으로 생각했소.

'이 기생이라면 옥통화상의 적수가 되겠구나!'

그래서 잔치가 끝나고 관리들이 해산하자, 그 기생을 불러다 놓고 좌우를 물리친 다음에 이렇게 물었소.

'이름이 무엇이냐?'

'오홍련(吳紅蓮)이라고 하옵니다.'

'원래 이곳에 살았느냐, 아니면 어려서 기루에 팔려왔느냐?'

'원래 이곳에 살면서 잔치 자리에서 손님을 접대해 왔사옵니다.'

'그럼 너도 사람을 유혹할 재주가 있겠구나?'

'제가 이 일에 소질이 있어서인지, 일부러 하지 않아도 스스로 제게 빠진 이들이 많사옵니다.'

'젊은 아이도 유혹할 수 있겠느냐?'

'젊어서 노력하지 않으면 늙어서 슬퍼해 봐야 아무 소용이 없지 않사옵니까? 그러니 젊은이를 유혹하기는 쉽지요.'

'늙은이는 어떠냐?'

'온 밭에 생강을 심어놓았어도 늙은 생강이 매운 법이지요. 노인도 쉽게 유혹할 수 있사옵니다.'

'도사는 어떠냐?'

'의관도 삐뚤어진 채 목을 빼고 달려오겠지요. 전혀 문제없사옵니다.'

'승려는 어떠냐?'

'부처님이 성스럽다 한들 그분도 사람이 아닙니까? 역시 문제없사옵니다.'

'그렇다면 너야말로 진정한 전문가로구나. 너에게 유혹해 달라

고 부탁하고 싶은 이가 하나 있는데, 괜찮겠느냐?'

'나리의 분부이신데, 제가 어찌 감히 거절하겠사옵니까? 끓는 물 속으로 들어가거나 타는 불길 속으로 들어가라고 하셔도 목숨을 아끼지 않겠사옵니다!'

그러자 유 부윤이 다시 그녀의 자존심을 건드렸소.

'오홍련, 내 지시를 받고 그대로 따르지 않으면 무슨 죄에 해당하는지 아느냐?'

'관리를 기만하고 법을 무시한 죄는 사형에 해당하옵니다.'

'오냐. 그럼 가서 그자를 유혹할 수 있으면 너에게 은 백 냥을 하사하고 기생의 신분에서 해방시켜서, 네가 마음을 준 사람하고 여생을 살게 해 주겠다. 하지만 실패하면 엄히 처벌할 것이니라!'

'알겠사옵니다. 분부만 내리시옵소서. 그런데 누구를 유혹해야 하옵니까? 도사입니까? 승려입니까?'

이에 유 부윤이 무척 기뻐하며 말했소.

'영리한 여자로고! 단번에 알아맞히다니 말이야. 바로 승려일세.'

'어느 승려이옵니까?'

'수월사 주지 옥통화상을 아느냐?'

'모르는 분입니다. 하지만 제가 몇 번 사정없이 함정을 파면 넘어오지 않고 배기겠사옵니까!'

그녀가 절을 하고 물러가려 하자, 유 부윤이 다시 당부했소.

'거짓말로 둘러댈 생각 하지 말고, 반드시 그자와 잠자리를 해서 증거를 가져오도록 해라!'

'알겠사옵니다.'

그녀는 밖으로 나와 길을 걸으며 줄곧 좋은 방법이 없을까 고민했소. 집에 돌아가서 그 일을 기생 어미에게 얘기하자, 기생 어미가 이렇게 말했소.

'다른 승려라면 모를까 옥통선사는 상당히 어렵겠구나!'

이에 오홍련은 한 가지 계책을 생각해 냈소.

'그까짓 게 뭐 어렵겠어요? 단칼에 해치우지요 뭐!'

그리고 한밤중이 되자 그녀는 건량(乾糧)을 챙기고 옷을 갈아입더니 밖으로 나갔소. 그리고 죽림봉 왼쪽 아래의 공동묘지로 가서 새로 생긴 무덤으로 가서 옆에 움막을 짓고 삼베옷으로 갈아입은 다음, 애절하게 통곡을 하기 시작했소. 이 무덤은 산봉우리에서 백 걸음밖에 떨어져 있지 않았소. 그런 상황에서 한없이 애통하고 처량하게 곡을 하니, 아무리 멀리서 듣더라도 애간장이 끊어지는 슬픔을 느낄 수밖에 없었소. 그러니 제아무리 옥통화상이라 할지라도 마음이 흔들리지 않았겠소이까? 이튿날 날이 밝자 과연 옥통화상이 물었소.

'누가 그리 곡을 하고 있는고?'

원래 수월암에 있던 제자는 오대산(五臺山)으로 갔고, 사손은 마을에 벼를 타작하는 일을 도우러 나갔기 때문에, 당시 그곳에는 옥통화상 혼자만 있었지요. 그 외에는 나이가 아흔 가까이 되어서 귀도 먹고, 말도 제대로 못 하고, 몸도 제대로 가누지 못하는 늙은 수행자만이 있었는데, 그가 이렇게 대답했소.

'봉우리 아래 새로 생긴 무덤에서 누가 곡하고 있는 모양이구먼유.'

'허, 곡소리가 정말 애절하구먼!'

이후로 그녀는 이른 아침부터 해질녘까지, 다시 해질녘에서 이튿날 날이 샐 때까지 계속 곡을 했소. 그렇게 하루, 이틀, 사흘 동안 계속 곡을 하여 일주일 가까이 이어졌지요. 자비로운 마음을 갖고 있던 옥통화상은 애간장이 끊어지는 듯한 그 곡소리에 가슴이 아팠소. 게다가 마침 십일월이라 날씨가 무척 추워서, 물방울 하나만 떨어뜨려도 금방 얼음으로 변할 지경이었소. 일주일째가 되던 날은 사방에서 음산한 바람이 일어나며 큰 눈이 펑펑 내렸소. 그걸 보고 오홍련은, '오늘 밤은 일을 마무리 지을 수 있겠구나!' 하고 생각했소. 그리고 삼경 무렵이 되자 다시 애절하게 곡을 하며 죽림봉 옥통화상이 좌선하는 창가로 찾아와 하소연했소.

'부처님, 큰 눈이 내리고 있으니 잠시 몸을 피하게 해 주셔요. 자비를 베풀어 주시지 않으면 이 천한 목숨은 얼어 죽게 될 것이옵니다.'

옥통화상은 그녀가 일주일 동안 곡을 하는 소리를 들었는지라, 절대 나쁜 사람은 아니라고 생각했소. 그러니 창가까지 찾아와 하소연한 것도 못된 의도가 담긴 짓이라고는 생각조차 하지 못했소. 원래 자비로운 데다가 눈보라까지 세차게 몰아치니, 조금이라도 늦어서 사람이 얼어 죽으면 관청의 법에도 저촉될까 염려스러웠소. 그래서 그는 별다른 의심도 하지 않고 좌선하던 걸상에서 내려와 문을 열어주었소. 유리등 아래에서 살펴보니 상복을 입고 있는 아낙이었소.

'알고 보니, 어느 댁 부인이셨구려.'

오홍련은 일부러 통곡하며 말했소.

'저는 성안 남신가(南新街)에 살고 있습니다. 결혼한 지 반년밖에 안 된 남편 오씨가 불행히도 세상을 떠났는데, 시부모도 안 계십니다. 당시에 저도 따라 죽으려 했지만, 남편의 장례를 치러줄 사람이 없어서 매일 밤낮으로 이 산 아래 공동묘지에 무덤을 만들고 있는데, 이 일이 끝난 뒤에는 저도 반드시 따라 죽으려고 했습니다. 이제 한 이틀만 더 하면 일이 마무리되는데, 뜻밖에 이렇게 큰 눈이 내리게 되었습니다. 제가 얼어 죽으면 이제까지 한 노력이 헛수고가 되는지라, 이렇게 무례하게 부처님을 찾아와 하룻밤 묵어가게 해 주십사 청하게 되었습니다.'

'훌륭한 아내의 덕이로고! 잠시 선당에 앉아 계시구려. 몸을 녹일 수 있도록 불을 좀 피워 드리리다.'

그러자 오홍련이 무릎을 꿇고 말했소.

'그저 이 안에 앉아만 있어도 충분하니, 불을 피우실 필요는 없사옵니다. 칼에 베인 듯한 아픔을 당하니 마음속에 불이 타오르고 있는 듯하옵니다.'

얼굴을 보지 못했을 때 이레 동안 그렇게 곡을 하고, 또 만났을 때 이렇게 애절하게 하소연하니 세상 누구인들 속이지 못했겠소? 옥통화상은 더욱 그녀를 의심하지 않고 줄곧 자비로운 마음으로 대하면서 어떻게든 도와주려고 했소. 그러니 그녀가 겉으로 약은

꾀를 쓰면서 은밀히 독수를 쓰려고 획책하는 줄 어찌 짐작이나 했겠소이까!

어쨌든 밝은 유리등 아래 옥통화상은 안타까운 마음으로 걸상에 앉아 좌선하고 있었고, 부들방석에 앉은 오홍련은 아직도 훌쩍훌쩍 울고 있었소. 그러다가 잠시 후 손으로 자기 배를 문지르더니, 곧이어 방바닥에 쓰러져 이리저리 뒹굴면서 이를 꽉 깨물고 일부러 도와달라고 사람을 부르지 않았소. 옥통화상은 속으로 생각했소.

'이 아낙은 고집이 좀 세구먼. 이레 동안 연이어 곡을 하고 오늘 또 하루 내내 눈을 맞았는데, 여기서 얼어 죽으면 어쩌지?'

그는 어쩔 수 없이 걸상에서 내려와서 물었소.

'혹시 무슨 병이 도진 건 아니오?'

오홍련은 일부러 말을 하지 못할 정도로 아픈 척하다가, 두어 번을 더 묻자 비로소 천천히 대답했소.

'원래 위통이 있는데, 남편이 죽는 바람에 의원에게 치료를 받지 못했어요.'

옥통화상은 정말이라고 생각하고 다시 물었소.

'남편은 어떻게 해 줍디까?'

그러자 오홍련이 일부러 이렇게 대답했소.

'이건 부처님께 말씀드리기 좀 곤란하군요.'

옥통화상은 그녀가 얘기하기를 꺼리자 더욱 진짜로 여기고 다시 물었소.

'보살님, 그래서는 안 되지요. 목숨이 경각 간에 달렸으니, 부끄

러워 마시고 어서 말씀해 보시구려.'

오홍련의 옥통화상의 진심을 알고 아주 느릿느릿 얘기했소.

'남편이 살아 계실 때는 따뜻하게 온기를 전해 주어서 한기를 흩어지게 해 주었어요.'

옥통화상은 그게 뱃살을 서로 맞대어 주었다는 뜻인 줄 알았지만, 대놓고 말하기에 곤란해서 말을 돌려서 물었소.

'그 위통이 가슴 쪽에 있소, 아니면 배 쪽으로 있소?'

'사실 제 위통은 명치와 배 사이로 옮겨 다녀요.'

오로지 그녀가 얼어 죽지 않을까 염려하던 옥통화상은 다른 생각은 전혀 하지 않고 물었소.

'보살님, 괜찮으시다면 제가 뱃살을 대서 따뜻하게 해 주겠소.'

오홍련을 그를 속이려고 일부러 이렇게 말했소.

'어떻게 그럴 수 있겠어요? 차라리 죽는 한이 있더라도, 어찌 부처님의 청정한 명성을 더럽힐 수 있겠어요!'

'보살님, 시부모께 효도하고 남편에게 의롭게 보답하는 이런 분이 세상에 몇이나 되겠소? 내 어찌 이런 보살님이 죽어가는 모습을 보고 앉아 있을 수 있겠소!'

오홍련은 일부러 방바닥을 구르며 마치 금방 죽을 듯이 신음을 흘렸소. 그러자 옥통화상은 그녀를 덥석 안아 좌선하는 걸상으로 올라가, 승복을 벗고 그녀의 상의를 풀어헤친 다음, 한참 동안 뱃살을 맞대고 있었소. 그런데 어찌 된 일인지 그녀의 하의까지 모조리 벗겨져 있는 것이었소. 게다가 그녀는 뱃살을 맞댄 채 발을 들어 이리저리 움직이더니, 옥통화상의 속옷까지 벗겨 버렸소. 그녀는 원래 옥통화상의 무심한 마음을 무너뜨리려고 작정하고 있었기 때문에, 뱃살을 맞댄다는 것을 핑계로 그의 불편한 곳을 계속 문질렀소. 옥통화상은 원래 정욕이 없는 무심한 상태로 그녀를 치료해 주려 했으나, 그렇게 자극을 받자 춘심이 일어나서 오해받기에 딱 좋은 상황이 되어 버렸소. 결국 석가여래의 계율을 생각할 겨를도, 부처님이 말씀을 지킬 겨를도 없이, 눈자위가 붉어지고 숨결이 거칠어져서 마치 앵무새가 버들가지 사이를 드나들 듯 빨라졌소. 게다가 그녀가 음란한 마음이 일으키고 나비가 꽃가루를 옮기듯이 요사한 말을 그의 귓가에 속삭이면서 영원히 사랑한다느니 어쩌느니 하고 유혹했소. 그러니 수월사 안이 금방 극락세계로 변하고, 옥통화상이 참선하는 걸상은 순식간에 쾌락의 도가니로 변해 버렸소.

상대의 처지를 고려하여 자비심을 발휘하려던 옥통화상의 호의는 결국 악의로 끝나 버렸던 것이오. 정사가 끝나자 오홍련은 삼베로 된 상복에 남은 정액을 닦으면서 연신 '고맙습니다! 정말 고맙습니다!' 하고는 뛸 듯이 기뻐하며 돌아가 버렸소. 그제야 상황을 파악하게 된 옥통화상은 목탁을 두드리며 중얼거렸소.

'잠깐 생각을 잘못하는 바람에 이런 마장(魔障)이 닥쳤구나. 다름 아니라 신임 부윤이 내가 영접하러 나오지 않았다고 색계(色戒)를 깨뜨려 지옥으로 떨어지게 만든 거겠지. 하지만 일이 이 지경이 됐으니, 후회해 본들 이미 늦었지!'

어느새 날이 밝아오고 있었는데, 갑자기 그의 사손이 앞에 서 있었다.

'어디서 오는 게냐?'

'마을에서 타작하는 것을 도와주고 왔습니다.'

'어느 문으로 왔더냐?'

'무림문(武林門)을 통해 왔습니다.'

'오다가 만난 사람은 없었느냐?'

'청파문(波門里)에서 베옷을 입고 길을 가는 사람을 만났습니다. 뒤쪽에 두 명의 관청 하인들이 따라오고 있었는데, 다들 큰 소리로 스님을 욕하고 있었습니다. 제대로 듣지는 못했지만, 부처님의 화신 좋아하시네! 뭐 이런 소리 같았습니다.'

이에 옥통화상이 한숨을 쉬며 말했소.

'더 얘기할 것 없다.'

그리고 수행자에게 분부했소.

'목욕물 좀 데워주게.'

그러면서 다시 사손에게 말했소.

'가서 문방사우 좀 가져오너라. 글씨 좀 써야겠구나.'

사손이 문방사우를 가져오자 옥통선사는 간단한 서신을 써서 잘 접어 향로 아래에 눌러 두었소. 그리고 목욕하고 승복을 갈아입은 다음, 사손에게 불당에 향을 사르라고 했소. 사손이 향을 피워 들고 불당에 들어가자, 옥통화상이 좌선하는 걸상에 앉아 이렇게 말했소.

'애야, 잠시 후 신임 부윤이 보낸 하인들이 올 것이니, 네가 나가서 무슨 일인지 물어봐라. 나를 데려가려고 왔다고 하거든, 나는 이미 입적했고 편지 한 통만 남겨두었는데, 바로 저기 향로 밑에 있다고 해라. 그리고 네가 그걸 가지고 부윤에게 가서 전하도록 해라.'

그 말을 마치기가 무섭게 원통화상은 눈을 감고 정신을 추스르더니, 주먹을 쥔 채 발이 싸늘해지면서 순식간에 영혼이 아득한 곳으로 떠나 버렸소. 입적이 뭔지 모르는 사손이 계속해서 물었소.

'스님, 입적이 무엇입니까?'

하지만 몇 번을 되물어도 대답이 없자 비로소 옥통화상이 스스로 목숨을 끊었음을 알았지요. 그는 즉시 수행자를 불러 후사를 논의하려 했소. 하지만 수행자가 오기도 전에 임안부의 승국(承局)[8]이 눈앞에 나타났소.

원래 옥통화상을 파계시키는 데에 성공한 오홍련이 아주 신이 나서 달려가는데, 이때는 벌써 날이 밝아오고 있었소. 그녀가 청파문에 들어서자 마침 두 명의 심부름꾼이 거기서 기다리고 있었소. 그녀는 즉시 임안부 관청으로 들어가 부윤에게 보고하러 왔다고 했소. 유 부윤이 좌우를 물리고 나자 오홍련은 그간의 일을 자세히 얘기하고 상복을 증거물로 바쳤소. 그러자 유 부윤이 무척 기뻐하며 말했소.

'흥! 부처님의 화신 좋아하시네!'

그는 즉시 그녀에게 은 백 냥을 상으로 내리고, 기생의 신분을

8 승국(承局)은 송나라 금군(禁軍)의 각 지휘영(指揮營) 아래에 있는 하급 장교로서, 주로 관청의 심부름을 수행했다.

없애 주면서 마음대로 하라고 했소. 그리고 그녀가 절을 하고 물러가자 즉시 승국 한 명을 불러 그 상복을 검은 옻칠이 된 상자에 넣어 두게 했소. 상자에는 딱지를 붙여 봉인했는데, 거기에는 증거를 담은 날짜가 아니라 다음과 같은 네 구절을 시를 적어 놓았소.

水月禪師號玉通	수월사의 옥통선사
多時不下竹林峰	죽림봉에서 오랫동안 내려오지 않았지.
可憐若許菩提水	불쌍하게도 수많은 보리의 물이
傾入紅蓮兩瓣中	순식간에 두 개의 붉은 연꽃잎 속으로 들어가 버렸지.

그런 다음 그는 승국에게 즉시 수월사로 가서 그걸 옥통화상에게 주고 답장을 받아오라고 했소. 부윤의 명이니 승국이 어찌 머뭇거릴 수 있었겠소? 그러니 옥통화상의 사손이 수도자를 불렀을 때 승국이 먼저 도착했던 게지요. 아무튼 그를 보자 사손이 물었소.

'혹시 우리 사조님을 모시러 오신 겁니까?'

'그렇소. 부윤께서 스님을 모셔오라고 하셨소. 그런데 그걸 어찌 아셨소?'

'사조께서 입적하실 때 미리 분부해 놓으셨습니다.'

승국은 깜짝 놀랐소.

'설마 스님께서 이미 입적하셨다는 말씀이오?'

'어찌 감히 거짓말을 하겠습니까? 지금 좌선하는 걸상에 계십니다.'

이에 승국이 가서 살펴보니 과연 사실이었소. 그래서 그가 다시 물었소.

'스님께서 참 오묘한 시점에서 입적하셨구려. 그나저나 부윤께 뭐라고 보고해야 할지 모르겠구려.'

'걱정하실 필요 없습니다. 사조님께서 서신을 한 장 써서 향로 밑에 눌러 놓으시고, 저더러 만약 부윤께서 나를 데리러 사람을 보내시거든 저 편지를 가져가서 보여 드리라고 분부하셨습니다.'

이에 승국은 더욱 놀라 수밖에 없었소.

'스님께서는 과연 부처님의 화신이셨구려! 이렇게 선견지명이 있으시다니, 정말 놀랍습니다!'

그들은 즉시 서찰을 가지고 임안부로 가서 부윤에게 바쳤소. 유부윤이 받아서 읽어보니, 거기에는 세상을 버리고 떠나는 다음과 같은 게송이 적혀 있었소.

自入禪門無罣碍	불문에 들어온 이래 마음의 장애 없어서
五十三歲心自在	오십삼 년 동안 평안하게 지냈다오.
只因一點念頭差	다만 한 가지 잘못된 생각으로 인해
犯了如來淫色戒	부처님의 색계를 범하고 말았구려.
你使紅蓮破我戒	그대는 홍련을 시켜 나를 파계하게 했고
我欠紅蓮一夜債	나는 홍련에게 하룻밤의 빚을 지고 말았구려.
我身德行被你虧	내 덕행이 그대에 의해 망가졌으니
你的門風還我壞	그대 가문의 위신은 내가 무너뜨려 주겠소.

그걸 읽고 유 부윤은 깜짝 놀랐소.

'이분은 진정한 스님이거늘 내가 그분의 덕행을 망쳤구나.'

그는 즉시 수하들에게 불상을 모시는 감실(龕室)[9]을 마련하라고 분부하고, 남산(南山) 정자선사(淨慈禪寺)의 법공선사(法空禪師)를 모셔 와서 화장 의식을 주관해 달라고 했소. 원래 법공선사 역시 덕행을 베풀던 승려였는데, 부윤의 분부를 받고 수월암에 갔다가 참선하는 걸상에 앉은 채 입적한 옥통화상을 모습을 보고 탄식을 금치 못했소.

'가련하도다, 진정한 승려여! 가련하도다! 순간의 잘못된 생각으로 과오를 저지르다니!'

그리고 즉시 감실에 밖으로 모셔서 절 뒤편의 공터로 갔소. 그리고 횃불을 들고 원상(圓相)[10]을 그리면서 이렇게 읊조렸소.

身到川中數十年	사천 땅에 온 지 수십 년
曾向毗盧頂上眠	비로자나의 머리 위에서 잠든 적도 있었지.
欲透趙州關捩子	조주화상의 화두를 이해하려다가
好姻緣做惡姻緣	좋은 부부의 인연을 악연으로 만들었구나.
桃紅柳綠還依舊	붉은 복사꽃 푸른 버들은 아직 그대로인데

9 여기서 감실(龕室)은 화장한 승려의 유해와 사리 등을 보관하는 일종의 관(棺)을 가리킨다.

10 원상(圓相)은 불교도들이 참선할 때 땅바닥이나 공중에 둥근 원을 하나 그리는 행위를 가리킨다.

石邊流水冷涓涓　　바위 가에는 차가운 물만 졸졸 흐르는구나.
今朝指引菩提路　　오늘 아침 깨달음의 길 인도해 주었으니
再休錯意怨紅蓮　　더는 홍련(紅蓮)을 원망하지 마시구려.

그런 다음 감실에 횃불을 던졌더니, 잠시 후 불꽃 속에서 한 줄기 금빛이 하늘로 치솟았다고 하오. 이게 바로 옥통화상이 색계를 범하게 된 사건의 전말이오.

그런데 지금 염라대왕이 보낸 네 구절은 바로 법공선사가 옥통화상을 제도하는 게송의 앞쪽 네 구절이니, 이야말로 색계를 범한 일로 제가 살계를 범했다고 비유하여 풍자한 것이 아니겠소이까? 게다가 네 구절뿐이니 제가 중도에 수행을 그만두게 되었다고 조롱하는 것이 아니고 무엇이겠소이까? 이러니 너무 신랄하고 지독한 편지가 아니냐 이 말이오!"

이에 당영이 말했다.

"국사님, 염라대왕은 또 우리가 서양에 왔을 때 수많은 인명을 함부로 살상해서 원한의 기운이 하늘을 찌르기 때문에, 함대가 모두 바다에 침몰할 재앙을 당할 거라고 했습니다. 그래서 제가 그걸 해소할 방법을 물었더니, 돌아가서 국사님께 가르침을 청하면 될 거라고 했습니다. 그러니까 이 문제도 국사님께서 해결해 주셔야 할 것 같습니다."

"아미타불! 염라대왕이 무슨 얘기를 하는지 알겠구먼. 나더러 그 죽은 자들의 영혼을 제도해 달라는 게지."

삼보태감이 물었다.

"그걸 어찌 아십니까?"

"모든 게 그 네 구절의 시 안에 들어 있소이다. 그 시는 원래 법공 선사가 옥통화상을 제도하기 위해 읊은 것이 아니오? 그런데 그 문제를 나한테 물으라고 했다면, 결국 그 네 구절의 시에게 물어보라는 얘기일 테고, 그건 결국 '제도'를 가리키는 게 아니겠소이까?"

"우리가 지금 풍도귀국에 왔으니 이미 하늘 끝, 바다 끝까지 온 셈입니다. 이야말로 이런 격이지요.

天涯海角有窮時	하늘 끝 바다 귀퉁이까지 다 왔으니
豈可此行無轉日	이 행차가 돌아갈 날 어찌 없으랴?

그러니 우리 함대도 돌아갈 수밖에 없습니다. 게다가 염라대왕도 '그만둠이 어떠하냐?'라고 했으니, 저승에서 보여준 이 이치를 깨닫지 못하면 어찌 되겠습니까! 다만 오는 도중에 무기를 쓰는 와중에 무고한 이들이 해를 당하지 않았으리라는 보장도 없으니, '제도'해 줘야 한다는 말씀이 가장 이치에 맞는 것 같습니다. 부디 국사님께서 잘 살피셔서 해결해 주십시오."

"그야 당연한 일이지요."

벽봉장로는 곧 수륙 양쪽에 제단을 마련하여 해를 가릴 듯 깃발을 꽂고, 하늘을 진동할 듯이 풍악을 울리게 했다. 그리고 낮에는 불경을 읽고 설법을 하고, 밤에는 음식을 보시하며 등불을 밝혀 물에 띄워 보냈다. 그리고 서른세 곳 하늘에 모두 문서를 보내고, 구환석장으로 십팔 층 지옥을 두드려 열고 곳곳을 두루 둘러보았다. 이렇게 칠칠 사십구 일 밤낮을 연이어 불공이 진행되었다. 불공이 끝나는 날 벽봉장로는 몸소 축문을 읽고 제단에 찻잔을 올렸다. 한 척의 채련선(採蓮船)에 수많은 금은 갑마(甲馬)를 실어 놓고 불을 살라 하늘에 바치니, 불길 속에서 한 줄기 하얀 연기가 공중으로 피어났다. 잠시 후 그것은 서른두 송이의 새하얀 연꽃 모양으로 뭉쳐서 표홀하게 공중에 떠다녔다. 다시 잠시 후 서른두 송이의 연꽃은 무게가 열 근 가까이 되는 하나의 커다란 연실(蓮室) 모양으로 뭉쳐서 유유히 떠다녔다. 그때 갑자기 한 줄기 바람이 일어나더니 그 연실을 다시 싣고 돌아왔다. 그리고 잠시 후 폭죽 소리와 함께 연실이 곧장 하늘로 올라가더니 "팍!" 퍼지면서 세 알의 연밥이 떨어져 내렸다. 다들 그쪽을 쳐다보니 땅에 떨어진 연밥은 온데간데없고, 그 자리에는 세 명의 도동이 서 있었다. 도동들은 일제히 벽봉장로를 향해 절을 올리고 말했다.

"부처님, 제자들이 인사 올립니다."

"너희는 누구냐?"

그러자 도동들이 각기 자기를 소개했다.

"저는 명월도동(明月道童)이옵니다."

"저는 야화행자(野花行者)이옵니다."

"저는 방초행자(芳草行者)이옵니다."

"너희는 어디 출신이더냐?"

명월도동이 대답했다.

"저희는 예전에 부처님의 제도를 받아 불문의 제자가 되었사옵니다."

"증거가 있느냐?"

"칠언절구 한 수로 충분히 입증할 수 있사옵니다."

"어디 읊어보아라."

"예."[11]

人牛不見杳無踪	사람도 소도 아득히 종적 사라져 보이지 않나니
明月光含萬象空	밝은 달빛에 싸인 만물은 공허하구나.
若問其中端的意	그 속에 담긴 참다운 의미가 무엇이냐고?
野花芳草自叢叢	들꽃과 향긋한 풀 저절로 무성하지.

벽봉장로가 고개를 끄덕이며 말했다.

"어디서 왔느냐?"

"부처님의 제도를 받은 후 자부(紫府)에서 하늘나라의 일을 돕고 있었사옵니다. 어제 부처님의 불공이 기한을 채우게 됨에 따라, 서른두 무리의 귀신이 모두 범속한 경지를 벗어나 정과를 이루게 되었사옵니다. 이에 옥황상제께서 저희 셋에게 인간 세상에 내려와

11 인용된 게송은 오대(五代) 시기 보명선사(普明禪師)가 지은 《목우도송(牧牛圖頌)》의 제10수인 〈쌍민(雙泯)〉으로서, 제84회에서 이미 인용된 바 있다.

공덕을 증명하라고 하셨사옵니다. 이제 저희는 상황에 맞춰서 편히 갈 수 있는 길을 열고 자허궁(紫虛宮)을 활짝 열었사옵니다."

"여기는 무엇 하러 왔느냐?"

"부처님의 함대가 돌아간다는 소식을 듣고 전송하러 왔사옵니다."

"수고 좀 해 주려무나."

"수고랄 게 뭐 있겠사옵니까? 저는 도호가 명월이고 자가 청풍이니, 낮에는 맑은 바람으로 전송해 드리고 밤이면 밝은 달빛으로 전송해 드리겠사옵니다. 그러면 이렇게 되지 않겠사옵니까?"

淸風明月無人管	청풍명월은 누구도 상관하지 않나니
直送仙舟返帝京	신선의 배 황제가 계신 경사로 곧장 보내 드리지.

"그래, 좋구나! 야화행자, 너도 수고 좀 해 주려무나."

"수고랄 게 뭐 있겠사옵니까? 저는 이렇게 해 드리겠사옵니다."

野花如錦鋪流水	비단처럼 펼쳐진 들꽃 사이로 강물 흐르나니
爲送仙舟上帝京	신선의 배 전송하러 황제가 계신 경사로 간다네.

"그래, 좋구나! 방초행자, 너도 수고 좀 해 주려무나."

"저는 이렇게 해 드리겠사옵니다."

多情芳草連天碧	다정한 풀들 푸른 하늘에 이어져
遠送仙舟進帝京	황제 계신 경사로 들어가는 신선의 배 멀리 전송하네.

벽봉장로는 전송하는 순서를 보고 나서 무척 기뻐하며 말했다.

"그래, 좋구나! 너희 셋이 이렇게 깊은 정성을 보여주니 정말 고맙구나. 경사에 도착하면 당연히 후한 보상을 내릴 게야. 자, 그럼 각자 편한 대로 하도록 해라!"

한 명의 도동과 두 명의 행자는 다시 절을 올리고 떠났다.

그러자 삼보태감이 말했다.

"국사님의 오묘한 능력은 너무 다양해서, 저로서는 전혀 짐작조차 하지 못하겠습니다."

"어떤 걸 모르겠다는 말씀이오?"

"그 서른두 송이의 연꽃은 어떤 묘용이 있는 것입니까?"

"그것은 서른두 무리의 귀신들을 가리키지요. 서른두 송이의 연꽃이 각자 해탈하여 극락으로 간 것이외다."

"그것들이 하나로 뭉쳐서 연실이 된 것은 무슨 모용입니까?"

"함께 정과를 이룬다는 의미지요."

"명월도동은 어떤 묘용이 있습니까?"

"그 도동은 은안국 인섬선사가 타고 다니던 푸른 소였지요."

"그 소가 어떻게 그런 복을 누리게 되었습니까?"

"제가 제도해 주어서 자부에 살면서 하늘나라 일을 돕게 된 것이지요. 오늘은 예전에 제도해 준 덕을 잊지 않고 전송해 주러 온 것이외다."

"불공도 다 끝났고 도동도 전송하러 왔으니, 길일을 택해 출항하도록 하시지요."

"세상사란 시작과 끝이 있고, 그 둘이 상생하며 순환하는 법이외다. 예전에 함대가 출발할 때 황제 폐하께서 문무백관에게 성대한 잔치를 베풀고 병사들에게 상을 내리셨기 때문에 서양에 와서도 장수는 용맹을 발휘하고, 병사들은 강한 기세를 유지하며 어떤 명령도 수행하여 전투를 승리로 이끌고 공을 세웠소이다. 이제 풍도귀국에까지 왔는데, 이곳은 사람이 올 수 있는 곳이 아니지요. 이것은 하늘을 지탱하고 땅을 덮는 공을 세우고 신성한 존재들이 보호해 주는 은덕을 입었기 때문에 가능했던 게지요. 그러니 이 중대한 일을 경솔하게 행해서는 안 되고, 당연히 심사숙고해야 하오이다."

"그게 바로 국사님께서 해 주실 일이지 않습니까?"

"제 생각에는 바다의 신들에게 정중하게 제사를 지내고, 여러 장수와 관료들에게 성대한 잔치를 베풀고, 병사들에게 대대적으로 상을 내리는 일을 먼저 하는 게 좋겠소이다. 그게 다 끝난 뒤에 돌아갔으면 하는데, 사령관께서는 어찌 생각하시는지요?"

"옳은 말씀이십니다. 당연히 그렇게 하겠습니다."

삼보태감은 즉시 제사를 준비하게 하고, 잔치를 마련하여 길일을 택해 시행하도록 했다. 길일이 되자 제단을 마련하고 기패관이 두 사령관을 청해서 절을 올렸고, 삼보태감은 장 천사와 벽봉장로를 청해 예를 올리게 했다. 장 천사와 벽봉장로는 서로 양보하다가 결국 벽봉장로가 예를 주관하기로 했다. 여러 장수와 관료들이 차례로 절을 올리고 나자, 벽봉장로가 게송을 읊었다.

維海之止	바다의 끝
維天之西	하늘의 서쪽 끝이로다!
海止天西	바다의 끝 하늘 서쪽에서
神豈我欺	신들이 어찌 우리를 기만하랴!

제사를 마친 당일 여러 장수와 관료들에게 성대한 잔치를 베풀고, 병사들에게 음식을 대접하고 상을 내렸다. 장수와 관료들은 사령부가 설치된 배에서, 병사들은 각기 소속된 군영과 부대에서 잔칫상을 받았다. 이날의 연회는 비록 바다의 끝에서 열렸지만, 사실상을 차리는 것도 법도에 맞았고 요리들도 풍성했다.

그런데 상을 어떻게 차렸고, 어떤 요리들이 나왔는지는 다음 회를 보시라.

제93회

진상품을 실은 함대는 풍도귀국을 출발하고 태백성은 야명주를 바치다

寶賚船離酆都國　太白星進夜明珠

路入酆都環鬼國	길 가다 풍도에 들어가 귀신의 나라 둘러보았으니[1]
此行天定豈人爲	이 여행은 하늘이 정한 것이지 어찌 사람이 한 것이랴?
徂征敢倚風雲陣	나아갈 때는 감히 풍운진에 기대고
所過須同時雨師	들르는 곳마다 때맞춰 비 내려 주는 신과 함께 했지.
尙喜遠人知向望	기쁘게도 먼 길 떠난 나그네 고국을 그리워할 줄 알지만
却慙無術撫瘡痍	부끄럽게도 백성의 재난 위무할 재주가 없구나.

1 인용된 시는 명나라 때 왕수인(王守仁)의 〈복파장군의 사당에 들러[謁伏波廟]〉라는 두 수의 연작시 가운데 제1수인데, 소설 내용에 맞춰서 제1구와 제7구 전체와 그 밖의 일부 글자들을 고쳐놓았다. 원작의 인용은 생략한다.

閻羅天子應收旆	염라대왕은 응당 군대를 철수해야 한다고 하니
寧直兵戈定四夷	전쟁을 종식시키고 사방 오랑캐를 평정했다네.

그러니까 이날 장수와 관료들에게 성대한 잔치를 베풀고, 병사들에게 음식을 대접하고 상을 내렸는데, 상을 차리는 것도 법도에 맞았고 요리들도 풍성했다. 상을 차리는 것이 법도에 맞았다는 것은 어떻게 알 수 있는가? 우선 모든 배에 다음과 같이 채루(彩樓)를 세웠다.

飛閣下臨陸海	나는 듯이 높은 누각 아래 물과 바다 펼쳐지고
重臺上接天潢	층층 누대 위에는 하늘의 별자리가 이어지네.
珠璣錦繡遍攢粧	갖가지 보석과 비단 두루 장식하고
絳繹流蘇彩幌	붉은 비단에 오색 수실 장식한 찬란한 휘장
闌檻玉鋪翡翠	난간에는 옥과 비취를 깔았고
榱楹金砌鴛鴦	금칠한 서까래와 기둥에는 원앙이 앉아 있지.
金猊寶篆噴天香	황금 사자 모양의 향로는 하늘의 향기 뿜어내고
時引蓬萊仙仗	이따금 봉래산의 신선 불러오지.

또 사령부의 당상에는 다음과 같이 잔칫상을 차렸다.

味集鼎珍佳美	진귀한 요리들 모여 맛도 훌륭한데
肴兼水陸精奇	안주는 물과 뭍의 좋은 것들 겸비했구나.
玉盤粧就易牙滋	옥쟁반에 담은 것은 역아(易牙)[2]의 요리라서
適口充腸莫比	입에 맞고 배도 부르니 비할 데 없구나.
竹葉秋傾銀瓮	가을이라 대나무 잎으로 담근 술 은 항아리에서 따르고
葡萄滿泛金厄	포도주는 금 술잔에 넘실거리지.
試將一度細詳之	시험 삼아 자세히 살펴보니
中戸百家產矣	중국의 여러 장인이 만든 것일세.

연회석 왼쪽에는 다음과 같이 악단을 두었다.

寶瑟銀箏細奏	보배로운 거문고 은 아쟁 소리도 섬세하고
鳳簫龍管徐吹	봉황 퉁소, 용 피리 느릿느릿 울리는구나.
秮琴禰鼓祭天齊	거문고와 북소리 하늘 높이 울려 퍼지고
節樂板敲象齒	박자 맞추며 상아를 두드린다.
戛玉鳴金遞響	장단의 음률 아름다운 울림 전하는데

2 역아(易牙)는 성적아(成狄牙)라고도 하며, 춘추시대 제(齊)나라 환공(桓公)의 요리를 전담하던 유명한 요리사이다.

一成九變交施	한 소절마다 아홉 번 번갈아 변하는구나.
霓裳羽服舞嬌姿	화려한 치마에 깃털 장식한 무희들은 아름다워서
不忝廣寒宮裏	광한궁의 선녀라 해도 모자라지 않겠구나.

연회석 오른쪽에는 다음과 같이 잡극을 공연했다.

傀儡千般巧制	갖가지 인형들 솜씨 좋게 만들어졌고
俳優百套新編	배우들은 새로 지은 연극 여러 편 보여주네.
番竿走索打空拳	장대 타고 줄 타고 권법을 보여주며
掣棒飛槍跳劍	봉 들고 창 날리며 칼춤을 추네.
放馬吹禽戲獸	말 풀어 놓고 금수를 시켜 재주 부리고
長敲院本秋千	장편의 긴 연극 오래도록 공연하지.
嬌兒弱女賽神仙	예쁘고 여린 아이와 여자들 신선에 비견할 만한데
承應今朝盛宴	오늘 아침 성대한 연회에 부름을 받았지.

연회가 끝나자 삼보태감이 벽봉장로에게 말했다.

"돌아갈 길일을 택해 주십시오."

"옛날 복파장군 마원(馬援)이 구리기둥을 세워 경계를 정했을 때도 중국을 벗어나지는 않았소이다. 그런데 지금 우리는 풍도귀국에 왔으니, 하늘의 끝이 아니오! 그런데 아무것도 남기지 않고 간다면 후세 사람들이 우리가 여기 왔다는 사실을 어찌 알 수 있겠소이까?"

"아주 좋은 생각입니다. 하지만 누런 풀 우거진 언덕은 경계를 나타낼 표식을 남기기가 곤란합니다."

"내 나름대로 방법이 있소이다."

벽봉장로가 즉시 뭐라고 중얼거리자 소매에서 한 자 두 치 길이의 작은 승려가 나와서 절을 올렸다.

"부처님, 무슨 일로 부르셨나이까?"

"수미산 북쪽 모퉁이에 가면 서른여섯 길의 작은 골짜기가 하나 있는데, 그걸 가져다가 여기 누런 풀 우거진 언덕에 놓아두도록 해라. 늦지 않도록 어서 서둘러라!"

"예!"

작은 승려는 곧 한 줄기 불빛으로 변해 날아가더니, 잠시 후 다시 한 줄기 불빛으로 날아와서 보고했다.

"옮겨 놓았느냐?"

"예. 벼랑 위에 갖다 놓았습니다."

"천주봉(天柱峰) 왼쪽에 세 길 여섯 자 길이의 작은 돌기둥이 있으니, 그걸 가져다가 저 산 위에 놓아두도록 해라. 늦지 않도록 어서 서둘러라!"

"예!"

작은 승려는 곧 한 줄기 불빛으로 변해 날아가더니, 잠시 후 다시 한 줄기 불빛으로 날아와서 보고했다.

"옮겨 놓았느냐?"

"예. 산 위에 갖다 놓았습니다."

"너 글자를 아느냐?"

"아직 어려서 글자는 모릅니다."

"그럼 너는 이만 가봐라."

작은 승려는 한 줄기 빛이 되어 떠났다. 벽봉장로 다시 뭐라고 중얼거리자 한 줄기 불빛 속에서 호법 위타천존이 내려와 절을 올렸다.

"부처님, 무슨 일로 부르셨사옵니까?"

"저기 벼랑 위에 작은 산이 하나 있고, 그 위에 작은 돌기둥이 하나 있네. 가서 항마저로 몇 글자를 새겨 놓도록 하게."

"무슨 글자를 몇 줄로 쓰라는 말씀입니까?"

"돌기둥은 팔각형으로 되어 있으니, 정확히 남쪽을 향한 면에다가 '위대한 명나라 황제께서 파견하신 정서대원수가 세우다.'라고 새기게. 나머지 일곱 면에는 '나무아미타불'이라고 새기되, 크기는 자네의 항마저에 맞춰 알아서 정하도록 하게."

위타천존은 "예, 예!" 하고 구름을 타고 떠나더니, 잠시 후 돌아와 보고했다.

"다 새겼는가?"

"예."

"그럼 돌아가시게."

위타천존은 절을 올리고 떠나갔다.

산을 옮기고 돌기둥을 가져와서 글자를 새기는 벽봉장로의 이처럼 현묘한 생각은 훌륭하기는 했지만, 장수들과 관료들은 미덥지 않은 눈치였다. 그뿐 아니라 두 사령관마저도 속으로는 약간 미심쩍어했다. 하지만 벽봉장로가 평소 허튼소리를 하지 않기 때문에 감히 물어보지 못했다. 그런데 하필 운곡이 이렇게 물었다.

"항마저로 새긴 글자가 정교하지 못하면 나중에 염라대왕이 비웃지 않겠습니까?"

그러자 벽봉장로가 무심히 대답했다.

"네가 가서 보고 와서 보고하도록 해라."

다들 의아해하던 차에 마침 벽봉장로가 운곡에게 가서 보고 오라고 하자, 다들 운곡을 따라 우르르 몰려갔다. 누런 풀 우거진 벼랑에 가서 보니, 높이 서른 길 남짓한 작은 산이 나타났다. 그 산을 올라가 보니 과연 높이가 세 길 정도 되는 돌기둥이 서 있었는데, 거기에는 과연 벽봉장로가 위타천존에게 지시했던 것처럼 여덟 면에 각기 글자들이 새겨져 있었다. 자세히 보니 그 글자들은 대단히 정교하게 잘 쓴 것이어서 글자를 만든 창힐(倉頡)이라 할지라도, 왕희지(王羲之)나 왕헌지(王獻之)라 해도 이렇게 잘 쓸 수 없을 것 같았다. 두 사령관은 감탄을 금치 못했다.

"과연 국사님은 대단하시구먼!"

그러자 나머지 사람들도 모두 따라 감탄했다.

"과연 국사님은 대단하시구먼!"

"과연 국사님은 대단하시구먼!"

사람들은 순간의 감흥 때문에 이렇게 감탄했지만, 그들 가운데 장 천사도 들어 있다는 사실을 깜박 잊고 있었다. 한쪽을 칭찬하면 결국 다른 한쪽을 깎아내리는 셈이 되어서, 마치 서시(西施)를 칭찬하면 동시(東施)를 무안하게 되는 것과 마찬가지가 되는 것이다. 이렇게 되자 장 천사가 속으로 생각했다.

'김벽봉도 이런 것을 하는데, 대대로 천사의 직위를 물려받은 내가 수수방관만 하고 아무것도 해 놓은 게 없으면 곤란하지!'

그는 한 가지 계책을 떠올리고 이렇게 말했다.

"두 분 사령관님, 국사께서 오묘한 능력으로 여기에 산과 돌기둥을 세우셨으니, 그야말로 두 가지 훌륭함을 모두 갖췄다고 하겠습니다. 하지만 돌비석을 하나 더 세워서 명문(銘文)을 한 편 새겨 놓는다면 더욱 훌륭하지 않겠습니까?"

삼보태감이 말했다.

"비문까지 새겨 놓을 필요 있겠습니까?"

"훌륭한 공을 세우면 비석에 새겨 놓는다는 얘기도 있지 않습니까?"

그러자 왕 상서가 말했다.

"그럴 수 없어서 문제이지, 할 수만 있다면 얼마나 좋겠습니까!"

장 천사가 그 틈을 이용해서 말했다.

"상서님, 그럴 수 없다는 게 비석을 세울 수 없다는 것입니까, 아니면 명문을 새길 수 없다는 것입니까?"

"명문이야 제가 쓰면 되니 쉬운 일이지요. 하지만 비석을 어디서 구해서 세웁니까?"

"그럼 명문은 상서께서 담당하시고, 비석은 제가 책임지고 세우겠습니다."

"그럼 제가 먼저 명문부터 써 드리겠습니다."

"명문이 완성되면 제가 비석을 세우겠습니다."

왕 상서는 수하들에게 문방사우를 가져오라고 해서 곧 붓을 들고 이렇게 썼다.

爰告酆都　　풍도귀국에 고하노니
我大明國　　위대한 우리 명나라가
爰勒山石　　이에 산 위의 바위에 새기노라.
於昭赫赫　　아, 찬란히 빛나도다,
文武聖神　　성스러운 문무의 신들이여!
率土之濱　　온 천하의 땅에서
凡有血氣　　피를 가지고 숨 쉬는 모든 것들은
莫不尊親　　누구나 어버이처럼 모시도록 하라!

장 천사가 칭송을 늘어놓았다.

"훌륭합니다! 이처럼 웅장한 문장이 아니면 염라대왕을 누르기에 부족하지요."

"너무 과찬이십니다! 어쨌든 이제 천사께서 비석을 세워 주십시오."

그 말이 끝나기도 전에 장 천사는 두 손을 모으고 숨을 훅 불더니 손바닥을 위로 펼쳤다. 그 순간 "휙!" 하는 순간 커다란 벼락신이 그의 앞에 내려와 두 날개를 펼친 채 물었다.

"천사님, 무슨 일로 부르셨습니까?"

"이 산에 비석을 세워 명문을 새기고자 하니, 글자가 적히지 않은 비석을 하나 가져다주시오."

"예!"

벼락신은 "팟!" 하고 사라졌다가 다시 "팟!" 하고 나타났는데, 어느새 돌기둥 앞에 글자가 적히지 않고 높이가 돌기둥보다 다섯 자 정도 낮은 비석이 하나 세워져 있었다.

"이 정도면 되겠습니까?"

"좋소."

"이제 가도 되겠습니까?"

"손님은 두 주인을 번거롭게 하지 않는 법이니, 번거로우시더라도 저기에 여덟 구의 명문을 새겨주시구려."

그러자 다시 "팟!" 하는 소리와 함께 어느새 비석에 글자가 새겨져 있었다.

"글씨가 괜찮습니까?"

"아주 훌륭하오!"

"이제 가도 됩니까?"

"뒤쪽에 몇 줄 낙관(落款)을 새겨야 하지 않겠소이까?"

"뭐라고 새길까요?"

"왕 상서께서 글을 짓고[撰文], 정 원수께서 상단의 전서체(篆書體) 글씨를 쓰시고[篆額], 내가 주묵으로 비석에 글을 쓰고[書丹],

그대가 비석을 세웠다[立石]고 새겨 주시오.”

“예!”

다시 “팟!” 하는 소리와 함께 어느새 낙관이 새겨져 있었다. 그리고 성격 급한 벼락신은 작별인사도 하지 않고 그대로 떠나 버렸다.

장 천사의 이번 조치는 분명히 벽봉장로의 신경을 긁으려는 의도였지만, 그래도 벼락신을 부린 것은 상당히 재미가 있어서 벽봉장로에 못지않았다. 장수들과 관료들이 이번에는 너도나도 장 천사를 칭송했다.

“천사님, 대단하십니다!”

그러자 장 천사가 말했다.

“빈말로 칭찬하실 필요 없이, 제가 읽어 드릴 테니까 정말 좋은지 판단해 주시기 바랍니다.”

두 사령관이 말했다.

“뒷면의 낙관을 뭐라고 썼습니까?”

“위대한 명나라 왕 원수가 글을 짓고, 정 원수가 상단의 전서체 글씨를 쓰고, 장 천사가 주묵으로 비석에 글을 쓰고, 구천응원뢰공보화천존(九天應元雷公普化天尊)이 비석을 세웠다.”

그러자 모두 폭소를 터뜨리며 말했다.

“벼락신이 비석을 세웠다니, 정말 대단합니다!”

그러자 운곡이 비석 앞에 서서 말했다.

“상서께서 문장을 쓰신 것도 순서에 맞고, 천사께서 주묵으로 비석에 쓴 글씨도 순서에 맞고, 벼락신이 비석을 세운 것도 순서에 맞는데, 정 원수께서 상단에 쓰신 전서는 약간 왼쪽으로 치우쳐 있군요."

그러자 삼보태감이 말했다.

"그게 바로 관 원수께서 즐겨 쓰시던 방법이지."

"그게 무슨 말씀이신지요?"

"관우는 달빛 아래《춘추》를 읽었는데, 그건 바로《좌전(左傳)》이 아니겠소?"

그러자 왕 상서가 말했다.

"이건 '전(篆)'이고 그건 '전(傳)'이니 쓰는 법이 그래도 조금 다르지요."

그 말이 끝나기도 전에 벽봉장로가 사령관들에게 출항을 명령하라고 전해왔다. 운곡이 배에 올라 벽봉장로에게 물었다.

"장 천사가 돌기둥 앞에 비석을 세운 것은 무슨 의도입니까?"

"마침 그 비석이 부족하던 차에 잘되었구나. 그게 바로 '군자는 다른 사람의 좋은 일을 빨리 이루도록 도와준다.'[3]는 것이 아니겠느냐?"

"비석이 돌기둥보다 다섯 자 남짓 낮은 것은 무슨 뜻입니까?"

"자신이 아래에 있으니, 군자는 남들의 위에 있으려는 마음을 갖지 않는다는 뜻이 아니겠느냐?"

3《논어》〈안연(顏淵)〉: "군자는 타인의 좋은 일을 빨리 이루도록 도와주고, 타인의 잘못된 일은 돕지 않지만, 소인은 이와 반대로 한다.[君子成人之美, 不成人之惡, 小人反是.]"

"벼락신을 부린 것은 무슨 뜻입니까?"

"벼락신은 신 중에서 가장 사나우니, 군자는 남들의 악행을 도와주지 않는다는 뜻이 아니겠느냐?"

그 말이 끝나기도 전에 호위병이 와서 보고했다.

"출항했습니다."

함대는 출항한 후 매일 낮에는 순풍을 받고 밤에는 밝은 달빛을 받으며 항해했다. 보름 정도 항해하여 달빛이 없어지자, 이번에는 달빛에 못지않게 밝은 별 하나가 가까이 따라다녔다. 그걸 보고 운곡이 벽봉장로에게 물었다.

"사부님, 연일 이렇게 순풍이 부는 것은 어찌 된 일입니까?"

"명월동자가 전송한다고 하지 않더냐?"

"저녁에 밝은 달빛이 비추는 것은 어찌 된 일입니까?"

"명월동자의 자가 청풍이라고 하지 않더냐? 그 동자가 아침에는 맑은 바람으로, 저녁에는 밝은 달빛으로 전송한다는 것이 설마 빈 말이었겠느냐?"

"이후로도 이 맑은 바람과 밝은 달빛이 계속 있을까요?"

"야화행자하고 방초행자도 전송해 준다고 하지 않더냐?"

"알고 보니 그 도동하고 두 행자가 저희를 전송해 주는 것이었군요. 그럼 언제까지 그렇게 해 줄까요?"

"백룡강 입구에 들어가면 알아서 돌아갈 게야."

"아직도 까마득히 먼 길을 가야겠군요!"

그 말이 끝나기도 전에 바깥에서 두 사령관이 찾아왔다는 보고가 들어왔다. 그런데 그들이 자리에 앉기도 전에 또 장 천사가 인사하러 찾아왔다는 보고가 들어왔다. 서로 인사를 나누고 자리에 앉게 되자, 왕 상서가 말했다.

"몇 달을 연이어 순풍이 아주 잘 불어 주고 있습니다."

장 천사가 벽봉장로를 보며 말했다.

"국사님께 감사해야지요."

"황제 폐하의 홍복과 여러분의 인연이 있어서 그런 것이지, 제가 무슨 감사 받을 일을 했겠소이까?"

"그 명월동자가 그러지 않았습니까?"

淸風明月無人管	청풍명월은 누구도 상관하지 않나니
直送仙舟返帝京	신선의 배 황제가 계신 경사로 곧장 보내드리지.

"허허, 감당할 수 없소이다!"

그런데 다들 즐거운 표정으로 이야기를 나누는데, 유독 삼보태감만은 눈살을 찌푸린 채 입을 꾹 다물고 있었다. 벽봉장로가 물었다.

"사령관께서는 왜 아무 말씀이 없으시오?"

"간밤에 꿈을 꾸었는데 그게 길몽인지 흉몽인지 모르겠습니다. 그 때문에 기분이 싱숭생숭해서 그랬나 봅니다."

"무슨 꿈을 꾸셨기에 그러시오?"

"한밤중 꿈에 웬 노인이 나타나 제게 절을 하면서 이러더군요.

'저한테 달빛과도 빛을 다툰다는 새월명(賽月明)이 두 개 있는데, 번거로우시더라도 중국으로 가져가셔서 주인께 전해 주시구려.'

그래서 제가 성명을 물었더니 '김태백(金太白)이외다.' 하더군요. 다시 어디 사느냐고 물었더니, '중악(中嶽) 숭산(嵩山)에 삽니다.' 이러더군요. 제가 그 주인이 누구냐고 물었더니, '산 위의 주인이 바로 그분이니, 굳이 성명을 말씀드리지 않아도 되오이다.'라고 했습니다. 그러면 새월명은 어디 있느냐고 물었더니 '이미 배로 보내드렸소이다.' 하더군요. 누구에게 주었느냐고 물었더니 이렇게 대답하더군요.

'하나는 지(支)씨 성을 가진 난쟁이한테 주었고, 하나는 이(李)씨 성을 가진 털보에게 주었소이다.'

그런데 그 순간 시각을 알리는 종소리와 북소리가 들리는 바람에 퍼뜩 정신을 차리고 보니, 한바탕 꿈이었지 뭡니까? 제 생각에는 아무래도 조금 불길한 꿈인 것 같습니다."

"왜 그리 생각하시는 게요?"

"우선 새월명은 저녁에 쓰는 물건이니 광명정대한 것 같지 않고, 또 새월명이라는 이름을 가진 실제 보물은 본 적이 없으니 이번 원정이 유명무실(有名無實)한 것으로 끝나지 않을까 염려스럽습니다. 그리고 지씨 성을 가진 난쟁이와 이씨 성을 가진 털보라는 말에 무슨 숨은 뜻이 들어 있는 것 같습니다. 이렇게 여러 가지 의문이 있지만, 길몽인지 흉몽인지 알 수 없어서 마음이 놓이지 않습니다."

"천기를 누설할 수 없는지라, 굳이 해몽해 드릴 수 없구려."

그러자 장 천사가 말했다.

"꿈에 흉조는 없는 것 같은데, 사령관께서 염려가 지나치신 거 아닌지요?"

왕 상서가 말했다.

"달이 밝으면 명(明)이고 여기에 '새(賽)' 자를 덧붙였으니 대명(大明)이 아니겠습니까? 중국에 부쳐서 주인에게 돌려준다고 했으니, 주상 폐하를 가리키는 것이 아니겠습니까? 제 생각에는 우리가 명나라도 돌아간다는 뜻 같습니다. 게다가 노인이 자칭 김태백이라고 했으니, 태백금성(太白金星)이 사령관께 이런 사실을 알려주신 게 아닐까요?"

장 천사가 말했다.

"상서님의 해몽이 아주 훌륭하십니다."

벽봉장로가 말했다.

"이 또한 이치에 맞게 얘기해야지, 억지로 꿰맞춰서는 안 되지요."

삼보태감이 말했다.

"아무튼 백(白)자가 너무 많습니다. 새명월도 밝고[白], 그 실체가 보이지 않으니 공허하고[白], 태백이라는 이름에도 백자가 있지 않습니까? '길한 일에는 검은색 옷을 주로 하고, 상례(喪禮)에는 흰색을 주로 한다.'[4]고 했으니, 결국 불길한 꿈인 게지요."

4 《논어》〈향당(鄕黨)〉의 "고구현관불이조(羔裘玄冠不以弔)"에 대한 공안국(孔安國)의 주석에서 "상례에는 흰옷을, 길한 일에는 검은 옷을 주로 하여, 길흉에 따라 옷의 색깔을 다르게 한다.[喪主素, 吉主玄, 吉凶異服]"라고 했다.

장 천사는 삼보태감이 계속 의혹을 풀지 못하자 이렇게 말했다.

"사령관, 염려 마십시오. 제가 소매점을 한 번 쳐볼까요?"

"감사합니다."

잠시 후 장 천사가 점을 쳐 보더니 연달아 소리쳤다.

"아주 길합니다! 아주 길해요!"

삼보태감이 물었다.

"자세히 좀 말씀해 주십시오."

"봉황이 쌍으로 해를 향한다는 쌍봉조양(雙鳳朝陽)의 점괘가 나왔습니다. 봉황은 신령한 새이고, 태양은 복을 주는 별이 아닙니까? 그러니 당연히 아주 길한 꿈이지요."

삼보태감은 그래도 여전히 의심이 풀리지 않았다. 애초에 그 자신도 의심스러웠던 데다가 벽봉장로가 천기를 누설할 수 없어서 굳이 해몽해 줄 수 없다고 한 말이 마음에 걸렸던 것이다. 그는 벽봉장로가 한 말이 좋은 뜻이 아니라고 여겼는데, 벽봉장로에 대한 그의 믿음이 너무 강해서 왕 상서의 좋은 말도 장 천사의 좋은 점괘도 믿기지 않았던 것이다. 그때 후 태감이 말했다.

"꿈보다 해몽이 중요한데, 애석하게도 우리 배에 해몽가가 없군요."

장 천사가 말했다.

"백만 명의 정예병과 천 명의 장수들 가운데 해몽가 하나 없겠소이까?"

삼보태감이 말했다.

"시비를 따지는 사람이 바로 문제를 해결해야 하는 법이니, 얘기를 꺼낸 후 태감이 해몽을 해 보게."

후 태감이 히죽 웃으며 말했다.

"시비야 말만 많아지게 할 뿐이고, 번뇌는 모두 스스로 억지스럽게 만들어 내는 법이 아닙니까? 아무래도 제가 해몽가를 하나 찾아와야겠습니다."

후 태감은 곧 함대를 향해 큰소리로 외쳤다.

"우리 영감님께서 해몽할 사람을 찾는다! 해몽을 잘하는 사람 없는가!"

그렇게 소리를 지르며 함대 곳곳을 돌아다녔으나, 아무도 나서는 사람이 없었다.

'이거 큰소리를 쳐 놓고 왔는데, 아무 소득도 없이 돌아갈 수는 없잖아? 내가 괜히 우리 영감님이라고 해서 아무도 나오지 않는 건 아닐까? 그래. 아랫사람들을 예의로 대하면 반드시 구하는 바를 이룰 수 있을 테니, 표현을 바꿔서 말해 보자.'

그리고 그는 다시 이렇게 소리쳤다.

"우리 아들의 꿈을 해몽해 줄 사람 없는가? 우리 아들의 꿈을 해몽해 줄 사람 없는가?"

그렇게 소리를 지르며 여기저기를 돌아다니는데, 어느 배에 이르렀을 때 수염과 눈썹이 반백이 되고 위아래가 하나로 연결된 장삼을 입고 두건을 두른 늙수그레한 사람이 보였다. 그런데 후 태감이 서쪽으로 가고 있던 차에 그는 마침 동쪽으로 오고 있다가, 그만

둘이 정면으로 탁 부딪치고 말았다. 그 와중에도 후 태감은 고래고래 소리를 질렀다.

"우리 아들의 꿈을 해몽해 줄 사람 없는가?"

그러자 그 사내가 말했다.

"아이 꿈을 해몽하실 거라면 제가 해 드리지요."

그 말이 끝나기도 전에 후 태감은 그의 팔을 덥석 잡아끌고 천엽연화대로 왔다.

"이분은 우리 영감님이신데, 해몽을 잘합니다."

삼보태감은 화가 나기도 하고 우습기도 했다.

"왜 너희 영감이야?"

"남의 영감이라고 하면 오지 않을 거 아닙니까?"

그 사내도 제법 연륜이 있어서 네 어른에게 각기 예를 갖춰서 인사를 올렸다. 삼보태감이 물었다.

"자네 성은 무엇이고, 고향은 어디인가? 지금 직책은 무엇인가?"

"저는 마환(馬歡)[5]이라 하옵고, 고향은 절강(浙江) 회계현(會稽縣)입니다. 지금 번역을 맡고 있습니다."

"지금 해몽가를 찾고 있는 중인데, 자네도 해몽할 줄 아는가?"

"조금은 할 줄 압니다."

"설마 엉터리로 지어내는 것은 아니겠지?"

"가르쳐 준 스승과 벗은 각기 연원이 있는 게 아니겠습니까?"

5 마환에 대해서는 제9회의 각주 39)를 참조할 것.

"자네 스승은 누구인가?"

"제 스승님은 추성(鄒星) 선생이신데, 이상한 꿈을 잘 풀이하시고 하늘의 조화에 담긴 깊은 뜻을 잘 꿰뚫어 보셨습니다."

"그냥 추성 선생이라고만 하면, 제대로 해몽할 수 있을지 어찌 알겠느냐?"

"성함이 추성이고 글자를 쪼개서 해몽하시는데, 전혀 틀림이 없습니다."

"성은 추씨지만 사람은 틀림이 없다니, 유명무실한 인물은 아니구먼."

"사부님도 유명무실한 분이 아닐뿐더러 저도 올해 팔팔 예순네 살인데, 부귀한 사람부터 가난하고 신분이 낮은 사람, 현명한 사람, 어리석은 사람, 잘난 사람, 못난 사람들의 수많은 꿈을 풀어 준 적이 있습니다. 그러니 저도 유명무실한 사람은 아니지 않겠습니까?"

"네 말대로라면 꿈이라는 게 인지상정(人之常情)이라는 것이냐?"

"제아무리 부귀한 사람이나 가난하고 천한 사람이라 할지라도 각자 꿈을 꾸기 마련입니다. 성인과 어리석은 사람, 잘난 사람과 못난 사람은 서로 다를지라도 그들 역시 각자의 꿈을 꾸기 마련입니다."

"부귀한 집안에서 봉양 받는 이가 어찌 쓸데없는 꿈을 꾸겠느냐?"

"석숭(石崇)은 어려서 용을 타는 꿈을 꾸었는데, 이게 바로 부유한 사람의 꿈이 아니겠습니까?"

"그렇다면 어떤 전고(典故)가 있는 꿈이라면 그게 바로 귀인의 꿈이라는 것이냐?"

"한나라 고조(高祖)께서는 꿈속에서 반도회(蟠桃會)에 가셨으니, 이게 바로 귀인의 꿈이 아니겠습니까?"

"그렇다면 가난뱅이의 꿈은 무엇이냐?"

"범단(范丹)[6]이 밤에 꿈속에서 황금을 주웠으니, 이게 바로 가난뱅이의 꿈이겠지요."

"그렇다면 비천한 사람의 꿈은 무엇이냐?"

"못된 중이 꿈속에서 꽃뱀으로 변했다면, 이런 게 비천한 사람의 꿈이 아니겠습니까?"

"그렇다면 성인의 꿈은 어떤 것이냐?"

"공자께서 꿈에 주공을 보셨으니, 이런 게 성인의 꿈이 아니겠습니까?"

"그렇다면 어리석은 사람의 꿈은?"

"동준회(董遵誨)[7]는 흑룡과 황룡을 구분하지 못했으니, 이게 바로 어리석은 사람의 꿈이겠지요."

---

6 범단(范丹: 112~185)은 범염(范冉)이라고도 하며 자는 사운(史雲)이다. 그는 고대의 대표적인 청렴한 관리로서, 당고지화(黨錮之禍)가 일어난 후 남방으로 피신해서 점을 쳐서 근근이 생계를 유지하면서도 유유자적했고, 이후 조정의 부름에도 벼슬을 고사했다고 한다. 훗날 영제(靈帝)가 그에게 징절선생(貞節先生)이라는 시호를 내려 주었다.

7 동준회(董遵誨: 926~981)는 송나라 초기의 명장으로서 나주자사(羅州刺史), 영주로순검(靈州路巡檢) 등을 지낸 인물이다. 그는 태조 조광윤(趙匡胤)이 아직 황제가 되지 않았을 때 자신의 꿈에 대해 그에게 얘기한 적이 있는데, 그 내용은 이러했다고 한다. 성 위에 자줏빛 구름이 덮여 있고, 높은 누대에 올랐을 때 백 자가 넘는 커다란 검은 뱀이 용이 되어 동북쪽으로 날아가는데 우레와 번개가 뒤따랐다는 것이다.

"그렇다면 현명한 사람의 꿈은?"

"장주(莊周)가 나비 꿈을 꾼 것이 바로 현명한 사람의 꿈이 아니겠습니까?"

"그럼 못난 사람의 꿈은?"

"단주(丹朱)[8]가 꿈에 치수(治水)한 것이야말로 못난 사람의 꿈이 아니겠습니까?"

삼보태감은 마환의 응대가 물 흐르듯이 유창한 것을 보고 마음속으로는 무척 공경했지만, 일부러 이렇게 물었다.

"지금까지 꿈을 꾼 사람들에 관해 얘기했는데, 혹시 꿈이 없는 사람도 있는가?"

"있음이 있으면 없음도 있는 것이 사리에 맞지 않겠습니까? 그러니 이렇게 꿈을 꾼 이들이 있다면 꿈이 없는 이들도 있겠지요."

"그런 자들에 관해 얘기해 본 적이 있는가?"

"예."

---

8 단주(丹朱: ?~?)는 요(堯) 임금의 아들로서 단수(丹水) 지역에 봉해져서 삼묘(三苗)와 전쟁을 치렀다는 인물이다. 하지만 일설에는 그가 요 임금의 계승자였으나, 요 임금은 그가 어리석고 고집스러워서 분쟁을 좋아하는 못난 자라고 생각해서 순(舜)에게 제위를 물려주었다고 한다. 하지만 오히려 그가 대단히 총명하고 지혜로운 인물이었으나, 순이 요를 억압하여 제위를 찬탈한 후에 그를 어리석은 인물로 묘사하는 글들이 생겨났다는 설도 있다. 이 외에 단주는 치수와는 아무 관련이 없고, 우(禹) 임금에게서 제위를 물려받아 3년 동안 그 자리에 있었던 동이족(東夷族)의 치수 영웅인 단저(丹渚)라는 별도의 인물이 있는데, 후세의 역사에서 이를 혼동하는 바람에 여러 가지 오류가 발생했다는 주장도 있다.

"그럼 처음부터 자세히 얘기해 보게."

"아주(牙籌)[9]를 던지며 밤새 주령(酒令) 놀이에 빠져 있는 이들은 부유하면서 꿈이 없는 자들입니다. 밤새 잠 못 드는데 피리 소리가 들린다면[10] 이것은 신분 높은 귀인에게 꿈이 없는 경우가 아니겠습니까? 장안에 눈 내릴 때 원안(袁安)[11]은 방 안에 뻣뻣이 누워 있었으니, 이는 가난한 이에게 꿈이 없는 경우겠지요. 훈롱(熏籠)에 비스듬히 기대어 날 밝을 때까지 앉아 있다면[12] 이것은 비천한 사람

---

9 아주(牙籌)는 계산을 할 때나 주령(酒令) 놀이를 할 때 쓰는 막대로서, 상아나 동물의 뼈, 뿔 등으로 만든 것이다.

10 이것은 당나라 때 두보의 시 〈봄에 문하성에서 숙직하다[春宿左省]〉에 들어 있는 구절이다. 전문은 다음과 같다. "문하성에 저녁이 되어 꽃이 어둑한데, 짹짹 울며 둥지로 돌아가는 새 지나가는구나. 별들은 수많은 인가 위에서 움직이고, 달빛은 하늘 높은 곳에 더 많이 비추겠지. 밤새 잠 못 드는데 피리 소리 들리고, 바람 소리에 조회하는 신하의 방울 소리 떠올린다. 내일 아침에는 상소문 올리게 되니, 밤 시간이 어찌 되었나 자꾸 묻게 되지.[花隱掖垣暮, 啾啾棲鳥過. 星臨萬戶動, 月傍九霄多. 不寢聽金鑰, 因風想玉珂. 明朝有封事, 數問夜如何.]" '금약(金鑰)'은 금을 상감(象嵌)해 장식한 관악기의 일종이다.

11 원안(袁安: ?~92, 자는 소공[邵公])은 동한 때의 대신이다. 《후한서》〈원안전(袁安傳)〉에 따르면 낙양(洛陽)에 큰 눈이 내려서 현령이 몸소 나가 백성들을 살펴보니, 집집마다 대문 앞의 눈을 치웠고 길거리에서 먹을 것을 구걸하는 사람들도 있었다. 그러나 원안의 집에는 대문 밖에 눈이 치워지지 않아서 죽었나 보다 생각하고 사람을 시켜 눈을 치우고 들어가 보게 했는데, 원안이 시체처럼 뻣뻣이 방 안에 누워 있었다. 이에 왜 바깥출입을 하지 않느냐고 묻자 원안은 "큰 눈이 내려 다들 배를 곯고 있으니, 남들에게 구걸하기가 마땅치 않거든요."라고 대답했다고 한다.

12 이것은 당나라 때 백거이(白居易)가 총애를 잃고 홀로 쓸쓸히 밤새는 후궁

에게 꿈이 없는 경우겠지요. 주공(周公)은 앉은 채로 날이 새기를 기다렸다고 하니, 이것은 성인에게 꿈이 없는 경우이겠지요. 나무 그루터기를 지키며 토끼를 기다리는 것은 어리석은 사람에게 꿈이 없는 경우이겠지요. 잠 깨고 보니 어느새 동창에 햇빛이 붉은 것은[13] 현명한 이에게 꿈이 없는 경우이겠지요. 저는 밤이면 코를 골며 깊이 잠들어 새벽까지 깨지 않으니, 이것은 못난 사람에게 꿈이 없는 경우가 아니겠습니까?"

"자신을 깎아내리다니, 마무리가 아주 훌륭하구먼!"

"세상사는 결국 봄날 꿈이 깨는 것처럼 짧고 허무할 뿐이니, 그저 세 치 혀에 의존해서 풀이할 따름입니다."

"세 치 혀로 풀이한다는 말이 아주 훌륭하구먼! 간밤에 내가 꿈

의 신세를 노래한 〈후궁사(後宮詞)〉에 들어 있는 구절을 이용한 표현이다. 원작은 다음과 같다, "비단 수건에 눈물 적시며 꿈도 꾸지 못하나니, 깊은 밤 앞쪽 대전에서는 노랫소리 들려오네. 고운 얼굴 늙기도 전에 사랑이 먼저 끊어졌으니, 훈롱에 비스듬히 기댄 채 날 밝을 때까지 앉아 있네.[淚濕羅巾夢不成, 夜深前殿按歌聲. 紅顏未老恩先斷, 斜倚熏籠坐到明.]"

13 이것은 송나라 때 정이(程頤: 1033~1107)의 〈가을에 우연히 짓다[秋日偶成]〉에 들어 있는 구절을 이용한 표현이다. 원작은 다음과 같다, "한가로이 아무 일 없으니 만사가 차분하고, 잠 깨고 보니 어느새 동창에 햇빛이 붉어졌구나. 만물을 고요히 성찰하니 모든 것이 편안하고, 사계절의 아름다운 흥취 남들과 함께 즐기지. 도는 천지를 관통하여 형상 밖까지 미치고, 생각은 바람과 구름의 변화 속으로 들어가지. 부귀해도 지나치지 않고 빈천해도 즐거워하나니, 사나이가 이런 경지에 이르면 호걸이 아니겠는가![閒來無事不從容, 睡覺東窗日已紅. 萬物靜觀皆自得, 四時佳興與人同. 道通天地有形外, 思入風雲變態中. 富貴不淫貧賤樂, 男兒到此是豪雄.]"

을 꾸었는데, 자세히 풀어 주면 좋겠구먼."

"어떤 꿈을 꾸셨는지 말씀해 주시겠습니까?"

"자칭 김태백이라는 노인이 나한테 새월명 한 쌍을 맡기면서 중악 숭산으로 갖고 돌아가라고 하더구먼. 그런데 그의 손에는 새월명이 없고, 이미 하나는 우리 함대의 지 아무개라는 난쟁이에게, 다른 하나는 이 아무개라는 털보에게 주었다는 걸세. 그런데 얘기를 마치기도 전에 잠이 깼는데, 이게 길몽인지 흉몽인지 모르겠네. 자네가 좀 해몽해 주게."

"사령관님, 이건 아주 대단한 길몽입니다."

"왜 그렇다는 겐가?"

"김태백이라는 그 노인은 태백금성입니다."

그러자 왕 상서가 끼어들었다.

"나도 그렇게 풀이했네."

"달은 밤에 나오는 것이니, 새월명은 야명주(夜明珠)를 가리킵니다."

삼보태감이 말했다.

"그걸 내가 어떻게 얻겠는가?"

"한 알이 지 아무개라는 난생이한테 있다고 했는데, 무릎을 굽히면 키가 작아지니 무릎을 꿇고 받으라는 뜻이 아니겠습니까? 그러니 며칠 안에 나타날 것이라는 징조입니다. 다른 한 알은 이 아무개라는 털보에게 있다고 했는데, 수염은 입 주위에 나지 않습니까? 그런데 말로만 해서는 믿을 수 없으니, 이건 여러 날이 지난 뒤에야 나타날 것이라는 징조입니다. 가지고 돌아가라는 말은 조정으로 돌아가라는 뜻입니다. 중악은 우리 명나라 황제를 가리킵니다. 그분은 천지의 중심이자 중원과 오랑캐의 주인이 아닙니까? 그리고 숭산은 '산호만세(山呼萬歲)'를 의미합니다. 그러니 제가 보기에 사령관님의 이 꿈은 두 개의 야명주 가운데 하나를 먼저 얻고, 다른 하나는 나중에 얻게 된다는 뜻인 것 같습니다. 그리고 조정으로 돌아가서 황제 폐하를 알현할 때 만세삼창을 하면서 이 두 알의 진귀한 보물을 바치시면 관직이 지극히 높아져서 나라와 함께 그 복을 길이 누리게 될 테니, 이야말로 엄청난 길몽이 아니겠습니까!"

"뒤쪽 부분은 나도 헤아릴 수 없었던 것인데, 자네는 정말 해몽하는 재주가 뛰어나구먼."

"제 해몽이 맞는지는 며칠이 지나면 알 수 있을 것입니다."

삼보태감은 그 해몽을 듣고 기분이 조금 좋아져서 마환에게 후한 상을 주고 돌려보냈다. 사령부가 설치된 배로 돌아온 뒤에도 그의 뇌리에는 줄곧 그 두 알의 야명주가 떠나지 않았다. 함대는 무사히 항해하고 있어서 그는 백만 명의 명단을 하나씩 자세히 조사해 보라고 명령을 내렸지만, 지 아무개라는 난쟁이는 없었다. 털보이 아무개라는 인물은 있었지만, 그는 전혀 야명주를 받은 일이 없었다.

시간은 빠르게 흘러 계절이 차례로 바뀌고, 어느새 귀로에 오른 항해를 시작한 지 한 달이 넘어서 있었다. 매일 낮이면 순풍을 받고 밤이면 별빛과 달빛이 대낮처럼 밝아 함대의 모든 이들은 무척 기뻐했다. 그런데 어느 날 서북쪽에서 구름이 피어나고 동남쪽에

안개가 자욱해지더니, 갑자기 바람이 불어 닥쳤다.[14]

曉來江門失大木	새벽이 되니 강가 대문 앞 큰 나무가 사라지고
猛風中夜吹白屋	거센 바람이 밤새 초가집에 불어 닥쳤지.
天兵斬斷青海戎	천자의 군대가 청해 도적들[15]의 목을 베어
殺氣南行動坤軸	살기가 남쪽으로 와서 지축을 뒤흔들었나 보다.

그런데 바람이야 그렇다 치고, 마선(馬船)에 타고 있던 병사 하나가 바다에 빠져 버리는 사고가 발생했다. 보고를 받은 삼보태감은 그 병사의 관적(貫籍)과 성명을 알아보게 하는 한편, 신속하게 구해낼 방법을 찾아보라고 분부했다. 잠시 후 수하들이 보고했다.

"그 병사는 유곡현(劉谷賢)이라고 하는데, 호광(湖廣) 황주부(黃州府) 사람으로서 남경호분좌위군(南京虎賁左衛軍) 소속입니다. 뜸[篷] 아래쪽에 서 있다가 발을 헛디뎌 물에 빠졌는데, 바람을 안은 배가 빨리 항해해서 구하기가 어렵습니다."

---

14 인용된 시는 당나라 때 두보의 두 수로 된 연작시인 〈후고한행(後苦寒行)〉의 제2수 가운데 전반부이다. 후반부의 원작은 다음과 같다. "그게 아니라면 어찌 이리 모진 추위가 닥쳤으랴! 무협(巫峽)의 강물에 얼음이 얼었는데, 저 하늘의 기후 변화를 사람이 어찌 알랴?[不爾苦寒何太酷, 巴東之峽生淩澌, 彼蒼迴斡人得知.]"

15 대력(大曆) 2년(767)에 토번(吐蕃)이 빈주(邠州)와 영주(靈州) 지역을 침략한 일이 있다.

삼보태감은 그 배에 타고 있던 이들에게 물었다.

"그 병사의 모습이 보이는가?"

"수면에 뜬 채로 배를 따라오고 있습니다."

"허, 기이한 일이로다! 야명주는 나타나지 않고 병사만 물에 빠지다니, 마환의 해몽이 아주 엉터리였구먼."

그러자 왕 상서가 말했다.

"병사가 조심하지 않아서 그런 것이지 꿈하고 무슨 상관이겠습니까? 그나저나 바람이 너무 세서 항해가 불편한데, 이를 어쩌지요?"

"국사님께서 '청풍명월은 아무도 상관하지 않아도, 신선의 배를 곧장 황제 계신 경사까지 데려다준다.'라고 하셨는데, 왜 갑자기 이렇게 거센 바람이 부는 건지 모르겠군요. 아무래도 그분께 가서 한번 여쭤봐야겠습니다."

두 사령관은 벽봉장로를 찾아가서 유곡현이 바다에 떨어진 일과 거센 바람 때문에 항해가 불편하다는 이야기를 자세히 들려주었다. 그러자 벽봉장로가 말했다.

"나도 여기서 생각해 보고 있었는데, 출항할 때 다행히 그 도동하고 두 행자가 찾아와 전송해 주겠다고 해서 한 달 동안은 순풍이 불었지요. 그런데 오늘은 왜 이런 거센 바람이 부는지 모르겠구려."

삼보태감이 말했다.

"바람이 조금 고약합니다."

"하늘의 뜻이니 잠시 멈추었다가 가라는 것인지도 모르지요."

왕 상서가 말했다.

"바다의 폭풍은 정오에 시작했다가 자정쯤에 그치게 마련인데, 이 바람은 어제 황혼 무렵에 시작되었습니다. 오늘도 시간이 벌써 미시(未時: 오후 1~3시)가 되고 있는데 아직 그치지 않고 있군요. 아무래도 밤이 되면 더 거세질 것 같습니다."

삼보태감이 말했다.

"낮에는 그래도 방향을 분간할 수 있는데, 밤이 되면 더 곤란해지겠군요."

그 말이 끝나기도 전에 운곡이 들어와서 보고했다.

"뱃머리에 두 사람이 서 있는데, 하나는 머리하고 수염이 덥수룩하고 커다란 원숭이 한 마리를 데리고 있습니다. 다른 하나는 대머리에 수염도 없는데, 커다랗고 하얀 개를 한 마리 데리고 있습니다. 둘은 일제히 사령관님을 뵙겠다고 합니다."

"혹시 야명주를 가져온 것인가?"

벽봉장로가 문밖으로 나가서 직접 두 사람의 내력을 알아보기로 했다. 두 사람이 그를 보고 황급히 무릎을 꿇자 벽봉장로가 물었다.

"그대들은 누구인가?"

털북숭이가 말했다.

"저는 홍라산 산신이옵니다."

"그럼 옛날의 그 녹피대선이 아닌가? 그래, 무슨 일로 나를 찾아왔는가?”

“부처님께 제도를 받은 은덕에 보답하고자, 함대를 호위하러 왔사옵니다.”

“손에 들고 있는 것은 무엇인가?”

“풍파낭(風婆娘)이옵니다.”

“왜 그리 부르는 것인가?”

“이놈은 원래 여자였는데, 구덕현(九德縣) 흑련산(黑連山) 전즉동(顚喞洞)에 살고 있었사옵니다. 바람의 신 비렴(飛廉)의 부하로서 하늘의 바람을 관장했사옵니다. 입으로 바람을 불고, 두 손으로 바람을 흔들고, 두 발로 바람을 쫓아가며, 취했을 때는 술 바람[酒風][16]을 일으킬 수 있어서 주파낭이라는 별명으로 불리옵니다.”

“왜 그런 모습을 하고 있는가?”

“생김새가 원숭이 같은데, 사람을 보면 부끄러운 표정을 지으며 고개를 들려고 하지 않사옵니다. 아무리 때리고, 몇 번을 죽여도, 바람을 맞으면 바로 살아나는지라, 영원히 죽지 않사옵니다.”

“그건 무엇 하러 데려왔는가?”

“부처님의 함대가 돌아가는데 이미 명월도동 야화행자, 방초행자가 순풍을 불어 전송했사옵니다. 그런데 앞뒤를 분간하지 못하는 이 풍파낭이 오늘 내내 이렇게 거센 바람을 일으켰사옵니다. 하

16 주풍(酒風)은 온몸에 열과 땀이 나는 증세를 보이는, 술로 인한 병을 가리키기도 한다. 또 이것은 주풍(酒瘋) 즉, 술에 취해 발광하며 주정을 부리는 것을 의미하기도 한다.

지만 도동과 두 행자는 모두 연약해서 이 녀석을 굴복시키지 못했사옵니다. 그래서 제가 이놈이 또 무슨 괴이한 바람을 일으켜 함대의 항해를 방해할까 염려스러워 도동을 도와 이놈을 붙잡았는데, 제 마음대로 처분할 수 없어서 이렇게 부처님께 보고하러 왔사옵니다."

"이제부터는 바람을 일으키지 못하게 하고, 놓아 보내도록 해라."

그러자 풍파낭이 말했다.

"오늘 일은 제가 잘못했사옵니다. 부처님께서 용서해 주셨으니, 다시는 바람을 일으키지 않겠사옵니다."

이에 산신이 말했다.

"말로만 해서는 믿을 수 없으니, 진술서를 써 놓고 가도록 해라."

벽봉장로가 말했다.

"그럴 필요 없다."

"이 못된 녀석이 돌아서면 다시 바람을 일으킬는지도 모르지 않습니까?"

"그러면 다시 잡아 오면 되지, 그게 뭐 어려울 게 있겠느냐?"

풍파낭이 말했다.

"부처님의 편지 한 장이면 저는 꼼짝 없이 죽은 목숨인데, 또 죄를 지을까 걱정하시지 않아도 되옵니다!"

산신이 말했다.

"함대가 바다를 항해하는 내내 절대 바람을 일으키지 말라고 다

짐을 받아야 합니다."

벽봉장로가 말했다.

"대략 일 년쯤 걸릴 것이니라."

풍파낭이 말했다.

"일 년 동안은 절대 바람을 일으키지 않겠사옵니다."

"알았다. 놓아주도록 해라."

그 말이 끝나기 무섭게 풍파낭은 "휙!" 하고 바람 속으로 사라졌다.

"거기 그대는 누구인가?"

그가 누구인지는 다음 회를 보시라.

제94회

벽수어는 유곡현을 구해 주고 봉황의 알에 갇힌 살발국 사람들을 풀어주다

碧水魚救劉谷賢　鳳凰蛋放撒髮國

高風應爽節	높은 바람 가을에 응하니[1]
搖落漸疏林	낙엽 흔들어 숲이 점차 성글어지네.
吹霜旅雁斷	서리를 불어 기러기 행렬 끊기고
臨谷曉松吟	골짜기 옆 소나무 새벽에 읊조리네.
屢棄凉秋扇	가을 부채 여러 번 버리고
恒飄清夜琴	맑은 밤 거문고 소리 늘 떠다니지.
泠泠隨列子	시원하게 열자(列子)를 따라 다니며
彌諧逸豫心	편안하고 즐거운 마음 한껏 함께하지.

그러니까 벽봉장로가 물었다.

"거기 그대는 누구인가?"

1 인용된 시는 완탁(阮卓: 531~589)의 〈부득풍(賦得風)〉이다.

그러자 대머리가 대답했다.

"저는 동주대왕(銅柱大王)이옵니다."

"그렇다면 원래 다라존자가 아닌가? 그대는 무슨 일로 찾아왔는가?"

"부처님께 제도를 받은 은덕에 보답하고자, 함대를 호위하러 왔사옵니다."

"손에 들고 있는 것은 무엇인가?"

"신풍동(信風童)이옵니다."

"왜 그런 이름으로 불리는가?"

"여남(汝南) 임여현(臨汝縣) 공동산(崆峒山) 옥촉봉(玉燭峰)의 동굴에 살던 자인데, 바람처럼 빠른 발로 편지를 전하는 일을 하다가 비렴의 부하로 거두어져서 하늘나라의 바람 소식을 전하고 있었사옵니다. 삼월에는 새가 오는 소식을, 오월에는 보리가 피어나는 소식을, 칠팔월에는 비 소식을, 바다에서는 폭풍우 소식을, 강과 호수에서는 배가 다닐 수 있는 바람의 소식을, 노동문(魯東門)에서는 해조(海鳥)인 원거(爰居)의 소식을,[2] 다섯 왕의 궁정(宮庭)에서는 금 방울[金鈴] 소식을,[3] 기왕(岐王)의 궁궐에서는 옥 조각 부딪치는 소식

2 춘추 시기에 좌구명(左丘明)이 썼다고 알려진 〈전금론사원거(展禽論祀爰居)〉에 따르면, 바다새[海鳥] 가운데 원거(爰居)라는 것이 있는데, 노(魯)나라 대부(大夫) 장문중(臧文仲: ?~기원전 167)이 백성더러 그 새에게 제사를 지내게 했다가 전금(展禽) 즉 유하혜(柳下惠: 기원전 720~기원전 621, 자는 계금[季禽]) 에게서 비판을 받았다고 한다.

3 오대(五代) 때 왕인유(王仁裕: 880~958, 자는 덕련[德輦])가 편찬한《개원천보유사(開元天寶遺事)》〈상풍정(相風旌)〉에 따르면, 다섯 왕의 궁정에 각기 긴 막대를 세우고 그 꼭대기에 오색의 깃발을 걸었는데, 깃발의 네 귀퉁이에는

을,[4] 곤륜산에서는 속세의 때를 씻어내는 소식을,[5] 둥지를 받치는 나뭇가지에는 까막까치가 오는 소식을 전하고, 화가 날 때는 땅의 소식을, 기쁠 때는 나뭇가지에 스치는 바람 소리의 소식을 전하기 때문에 그렇게 불리는 것이옵니다."

"생김새는 왜 저러한가?"

"겉모습이 하얀 개처럼 생겼는데, 요임금 때 사람에게 붙들려서 칼질을 당해 살이 저며지는 바람에 파리 날개처럼 얇은 살만 남았사옵니다. 하지만 바람을 맞으면 그 살이 먼저 움직이고, 그 살이 움직이면 저절로 바람이 일어나옵니다. 그 후에 바람을 맞고 다시 살아나서, 비렴의 부하로 들어갔사옵니다."

"그건 왜 데려왔는가?"

"이놈이 바다에서 폭풍의 소식을 전하는 바람에 명월동자가 이놈과 싸우자, 이놈이 명월동자를 때려눕혔사옵니다. 게다가 두 행자도 이놈의 발길질에 당해서, 셋 모두 힘을 합쳐도 이놈을 당해 내지 못했사옵니다. 이에 제가 화가 나서 이놈을 붙잡아 데려왔사오

삭은 금 방울을 달았다. 그리하여 방울 소리가 들리면 시종에서 깃발의 방향을 살펴보게 함으로써 사방의 바람이 부는 양상을 알 수 있었다고 한다.

4 《개원천보유사》〈점풍탁(占風鐸)〉에 따르면 기왕(岐王)의 궁중에 있는 대숲에 옥 조각들이 걸려 있어서 밤마다 그것들이 부딪치는 소리가 들리면 바람이 부는 줄 알았다고 해서 '바람을 예고하는 풍경[占風鐸]'이라고 불렀다고 한다.

5 진(晉)나라 때 왕가(王嘉)의 《습유기(拾遺記)》〈곤륜산(崑崙山)〉에 따르면, 그것에는 속세의 때를 씻어내는 바람[祛塵風]이 있어서, 의복에 때가 묻은 사람이 그 바람에 쐬면 옷이 세탁한 것처럼 깨끗해진다고 했다.

니, 엄히 벌을 내려 주시옵소서."

"바람을 불게 한 것은 조금 전의 그 풍파낭이었거늘, 소식을 전한 게 무슨 상관이라고?"

"소식을 전하지 않았으면 풍파낭도 바람을 일으키지 않았을 게 아니옵니까? 바람의 세기와 부는 시간은 모두 소식을 전하는 자의 말에 달렸사옵니다."

"그렇다면 이후로는 소식을 전하지 말도록 하면 그만이 아닌가? 놓아주게."

그 말을 들은 신풍동이 기뻐 어쩔 줄 몰라 하며 말했다.

"부처님이야말로 천지와 부모의 마음을 갖고 계십니다. 이후로 다시는 바람 소식을 전하지 않겠사옵니다."

"이후로 다시는 바람 소식을 전하지 않는다면 곤란하지. 그냥 일 년 동안만 전하지 않도록 해라. 그러면 충분하다!"

"예. 알겠사옵니다."

"그만 가 봐라."

신풍동은 "예!" 하는 말이 끝나기 무섭게 바람 속으로 사라져 버렸다. 그러자 동주대왕이 말했다.

"부처님께서는 그저 선악을 가리지 않고 자비만 베푸시는군요. 아직 젖비린내도 가시지 않은 저런 꼬마 놈이 약속을 지킬 리 있겠사옵니까? 아마 돌아서면 바로 바람 소식을 전할 것이옵니다."

"허허, 그런 꼬마를 잡아들이는 것쯤이야 뭐가 어렵겠는가?"

그 말이 끝나기도 전에 벽봉장로가 구환석장을 들어 허공을 가리키자, 풍신동이 그의 앞쪽 땅바닥에 툭 떨어져 내려서 고래고래 소리를 질렀다.

"다시는 그러지 않겠다고 말씀드렸는데, 왜 다시 잡아 오시는 겁니까?"

"그래, 가 봐라."

신풍동이 다시 "휙!" 하고 바람 속으로 사라져 버리자, 동주대왕이 말했다.

"이제 알겠사옵니다."

"자, 이제 자네들 둘도 돌아가도록 하게."

그러자 홍라산의 산신과 동주대왕이 다투어 말했다.

"제가 호송해 드리고 싶사옵니다."

"우리는 바다에서 일 년을 더 항해해야 하는데, 자네들이 어떻게 그럴 수 있겠는가?"

"저희는 부처님의 제도를 받아 영원히 죽지 않는 몸이 되었사온데, 이까짓 일 년쯤이야 숨 한 번 쉬는 정도밖에 되지 않습니다! 게다가 명월동자 일행과 함께하니 괜찮지 않겠사옵니까?"

"그렇다면 자네들 둘은 경대산(鏡臺山)에 머물면서, 앞쪽에 무엇이 나타나거든 내게 보고하도록 하게."

그들은 일제히 "예!" 하고 경대산으로 갔다.

벽봉장로가 다시 두 사령관을 천엽연화대로 부르자, 두 사령관이 말했다.

"국사님의 오묘한 능력은 사람으로서는 도저히 헤아릴 수 없군요. 예전에는 괜히 녹피대선을 살려주었다고 생각했는데, 오늘 그가 풍파낭을 붙잡아 재앙을 없애 줄지 어찌 알았겠습니까? 또 다라존자 역시 괜히 그냥 살려 보내나 싶었는데, 뜻밖에도 오늘 신풍동을 붙잡아서 또 재앙을 없애 주지 않았습니까?"

"재앙을 없앴다는 얘기는 하지 마시구려. 그나저나 지금은 바람이 어떻소이까?"

삼보태감이 대답했다.

"곧 멈출 것 같습니다."

즉시 기패관을 불러 바람을 살펴보라고 하자, 곧 이렇게 보고했다.

"세력이 점점 잦아들고 있습니다."

"다행이로구먼! 정말 다행이야!"

그러자 기패관이 말했다.

"기쁜 소식이 한 가지 더 있는데, 아시는지 모르겠습니다."

"기쁜 소식? 혹시 야명주 얘기인가?"

"아침에 물에 빠진 병사를 어떤 커다란 물고기가 무사히 배 위로 보내주었습니다."

"그 병사는 지금 어디 있는가?"

"마선(馬船)에 있습니다."

"가서 불러오게. 어찌 된 일인지 물어봐야겠네."

잠시 후 병사가 와서 무릎을 꿇자, 삼보태감이 물었다.

"그대는 누구인가?"

"호분좌위 소속의 병사 유곡현이라고 하옵니다."

"아침에 물어 떨어진 자가 네가 맞더냐?"

"예."

"어떻게 다시 배로 올라올 수 있었느냐?"

"커다란 물고기가 올려주었사옵니다."

"어떻게 생긴 물고기이더냐?"

"길이는 열 길 가까이 되고 몸통은 새파란 색인데, 새까만 지느러미가 달려 있었사옵니다. 제가 물에 떨어졌을 때 그 물고기가 등에 태워 주었는데, 풍랑이 아무리 세게 몰아쳐도 능숙하게 헤엄을 쳐서, 제게는 전혀 피해가 없게 해 주었사옵니다."

"아침부터 지금까지 바람이 세차게 불어서 함대가 얼마나 멀리까지 왔는지 모르는데, 어떻게 쫓아왔더냐?"

"저는 그저 물고기 등에 타고 있어서 얼마나 멀리 왔는지 모르겠사옵니다."

"어떻게 올라왔느냐?"

"그 물고기가 저더러 '가시게!' 하고 말했는데, 어찌 된 영문인지 제가 어느새 배 위에 있었사옵니다. 떠나면서 또 '부처님께 인사 전해 주시게!' 하고 말했사옵니다."

그러자 벽봉장로가 고개를 끄덕이며 말했다.

"무엇인지 알겠구먼."

삼보태감이 물었다.

"국사님, 아시겠다는 게 용입니까? 혹시 야명주를 갖다 주러 왔을까요?"

"용은 용인데 야명주는 없지요!"

"그걸 어떻게 아시는지요?"

"믿기지 않거든 제가 그를 불러보겠소이다."

"물속에 사는 것이 어떻게 사람 말을 알아듣겠습니까? 게다가 이미 떠나 버렸다는데, 어떻게 다시 불러올 수 있습니까?"

"그야 별거 아니지요."

그러면서 벽봉장로가 구환석장을 들어 가리키자 한 사내가 나타났다. 그는 파란 얼굴에 까만 지느러미가 달려 있고, 머리에는 한 쌍의 뿔이 나 있으며, 목 아래에는 모두 비늘로 덮여 있었다. 그가 벽봉장로에게 절을 올리며 물었다.

"부처님, 무슨 일로 부르셨사옵니까?"

"유곡현이 구해 줘서 고맙다고 하는구먼."

"부처님께서 제도해 주신 은혜를 갚을 길이 없는데, 오늘 겨우 그 사람 목숨 하나를 구한 것쯤이야 언급할 만한 것도 아니옵니다."

"어째서 용궁에서 일을 맡아 하지 않고 아직 바깥을 돌아다니고 있는고?"

"제가 운이 나빠서 옛날 알고 지내던 무뢰한을 만나 한동안 붙들려 있는 바람에 허송세월만 했사옵니다."

"어떤 친구를 말하는 겐가?"

"관음보살의 광주리에 있던 그 못된 녀석[6]이옵니다."

---

6 《서유기》 제47~49회에 등장하는 통천하(通天河)의 영감대왕(靈感大王)을 가리킨다. 원래 관음보살의 연못에 살던 금붕어인 그는 연못물이 불었을

"광주리에 있던 녀석이라니?"

"원래 금붕어였다가 요괴가 되었던 그놈 말씀이옵니다."

"자네는 어떻게 그와 알게 되었는가?"

"솔직히 제가 왜 벽수신어라고 불리게 되었는지 아십니까? 저는 원래 남선부주 동경성(東京城) 북쪽의 벽유담(碧油潭)에 살던 드렁허리였사옵니다. 그 연못은 깊이가 만 길이나 되는 푸른 물이 차 있었는데, 저는 그 안에서 수만 년을 살았기 때문에 벽수신어라고 불리게 되었사옵니다."

"그렇다면 그 금붕어는 어디 있었는가?"

"그놈도 거기 함께 살았사옵니다."

"그런데 그가 어떻게 요괴가 되었는고?"

"송나라 인종(仁宗) 황우(皇佑) 3년(1051) 정월 원소절(元宵節)에 동경성(東京城)[7]에서 황제의 어명을 받들어 등불을 물에 띄우는 성대한 행사를 거행했사옵니다. 그때 그 금붕어가 그걸 구경하려고 뭍으로 뛰어올라 여자로 변신한 다음, 분신술을 써서 하녀를 만들어 내고, 구슬을 하나 토해내서 등롱을 만들었사옵니다. 그리고 하녀에게 등롱을 들려 앞세우고 큰길과 골목을 마음대로 돌아다니며

때 도망쳐 나와서 통천하의 요괴로 변해 동남동녀를 잡아먹다가, 나중에 강물을 얼려 함정을 만들고 삼장법사를 납치한다. 이후 그의 정체를 알게 된 손오공은 관음보살을 모셔오고, 관음보살은 그를 거둬들여 대나무 광주리에 담아서 돌아간다. 다만 여기서는 이야기를 약간 바꿔서 등장시키고 있다.

7 오늘날의 허난성[河南省] 카이펑시[開封市]를 가리킨다.

구경했사옵니다. 바로 이런 모습이었지요.[8]

가녀린 천 가닥 실, 만 번을 꿰매어 가벼운 공 만들었지.

뜰에는 연꽃 피어 높고 큰 산 위의 별처럼 찬란하게 빛나지.

마을을 둘러싼 커다란 대숲에는 점점이 대나무 궁전의 화톳불 타오르지.

운모(雲母) 휘장 앞에 반짝반짝, 많으면 수만 가지가 넘게 유리처럼 매끄럽게 빛나고

밤을 밝히며 주렴 바깥에 찬란히 빛나는데, 적어도 만 개의 등잔 가볍고 청량하게 빗줄기처럼 드리웠구나.

반짝반짝 어지러이 흔들리는 빛들 녹함초(鹿銜草)[9]와 오색 영지로 장식했구나.

짐승 모양의 석탄 천천히 타오르며 강아지 놀라 짖을 온갖 꽃 모양 만들어 내지.

물고기들 오르내려 동소궁(洞霄宮)[10] 안에 은은히 노닐며 비단 위에 파도 일으키는 듯하고

---

8 인용된 부는 명나라 때 탕현조(湯顯祖)의 희곡《자소기(紫簫記)》 제17착(齣)〈습소(拾簫)〉에 들어 있는 것에서 몇 구절을 고치거나 더하고, 일부 글자를 바꾼 것이다. 본 번역에서는 인용된 글의 문리(文理)가 통하지 않는 부분은 원작에 맞춰 글자를 바꿔서 해석했다.

9 사슴이 병이 생겼을 때 물고 있으면 낫는다는 풀로서, 오풍초(吳風草)라고도 한다.

10 동소궁(洞霄宮)은 지금의 저장성[浙江省] 위항현[餘杭縣] 남쪽의 대척산(大滌山)과 천주산(天柱山) 사이에 있는 도관(道觀)이다.

종횡으로 치달리는 말들은 마치 불길 토하는 화산 앞에 방울 소리 짤랑거리며 마노 병풍 속 절경을 보여주는 듯하지.

보라, 수많은 인가 위로 별들이 지나가며 빨갛게 반짝이는 구슬을 땅에 뿌릴 듯하니

집집마다 달빛 비치면 파리한 은 촛불 허공에서 떨어져 내릴 테지.

신령한 배 낮게 떠 있는데, 통하대(通霞臺)[11] 위에 노을 자욱하여 갑자기 화려한 배 나타나 성숙해(星宿海)[12]에 붉은 안개 백 리를 흐르고

불의 거울 높이 타올라 망일관(望日觀) 앞을 환히 비추더니, 잠시 후 하늘에 부채처럼 둥근 해가 나오니, 여러 개의 등불 매단 장대들이 천단(天壇)[13]에 빽빽이 모인 듯하지.

밝고 환하게 궁궐을 덮어 신선의 궁궐에 온통 향긋한 첨복(檐卜)[14]을 장식한 듯하고

빽빽이 모여 하늘하늘 돌아가는 화려한 양산들은 나풀거리는 자줏빛 포도 넝쿨보다 아름답지.

---

11 통하대(通霞臺)는 전국시대 연(燕)나라 소왕(昭王)이 지어놓고 서왕모와 함께 노닐었다는 누대로서, 통운대(通雲臺)라고도 한다.

12 성숙해(星宿海)는 황하의 원류라고 일컬어지는 곳으로, 해발 4,000m 고지에 자리한 분지이다.

13 천단(天壇)은 고대 제왕들이 하늘에 제사를 지내던 높은 단(壇)으로서, 명·청 시대의 황제들이 썼던 베이징의 건물이 유명하다.

14 첨복(檐卜)은 첨복(簷蔔)이라고도 쓰며, 서역에서 나는 향기로운 꽃을 피우는 식물이다.

파릇파릇 아름답게 높이 걸려 밝은 옥처럼 아름답게 돌고 있으니, 그 모두 얇은 방공사(方空紗)[15]와 하얀 명주[縠]로 만들었고

울긋불긋한 그 화격(花格)[16]과 그물망 자세히 보면 운교산(員嶠山)[17]에서 난 가벼운 명주를 잘라 만들었음을 알 수 있지.

또한 〈용음성(龍吟聲)〉와, 〈표후성(彪吼聲)〉, 〈원린합라(元驎合邏)〉, 〈원린타고야(元驎他固夜)〉, 〈원린발지려(元驎跋至慮)〉의 곡조[18]에 맞춰 명주 묶은 북채로 둥둥 당당 궁궐 남문의 북을 울려

---

15 방공사(方空紗)는 방공사(方孔紗) 또는 방목사(方目紗)라고도 부르는 아주 얇고 네모난 구멍이 있게 짠 견직물이다.

16 화격(花格)은 대나무로 만든 가구의 장식 공예 가운데 하나로서 대나무 뿌리나 가지, 껍질을 가늘게 잘라 각종 도안을 만들어 가구의 특정한 부위에 박아 넣어 장식하는 것이다. 여기서는 등롱의 면을 장식한 것을 가리킨다.

17 운교산(員嶠山)은 《열자》〈탕문(湯問)〉에 언급된 신선의 산 가운데 하나이다. 즉 발해(渤海) 동쪽 수억만 리 떨어진 귀허(歸墟)라는 깊은 골짝에 대여산(岱輿山)과 운교산, 방호산(方壺山), 영주산(瀛洲山), 봉래산(蓬萊山)이 있는데, 꼭대기에 금과 옥으로 지어진 신선의 거처가 있는 이 산들은 서로 칠만 리 떨어져 있고, 산이 뿌리가 바닥에 닿아 있지 않아서 물결을 따라 떠다니기 때문에, 상제(上帝)가 이 산들이 서쪽 끝[西極]으로 떠내려가지 않도록 열다섯 마리의 거대한 자라[鰲]들에게 머리를 들고 있게 했다고 했다. 하지만 용백국(龍伯國)의 거인이 그곳에서 낚시질하여 여섯 마리 자라를 잡아가는 바람에 대여산과 운교산은 북극으로 흘러가서 바다 밑으로 가라앉아 버렸다고 한다.

18 이것들은 모두 당나라 때의 악곡(樂曲) 명칭이다. 이 가운데 〈용음성(龍吟聲)〉과 〈표후성(彪吼聲)〉은 〈하성(河聲)〉과 함께 고취부(鼓吹部)의 장명곡(長鳴曲) 삼성(三聲)에 해당하고, 〈원린합라(元驎合邏)〉와 〈원린타고야(元驎他固夜)〉, 〈원린발지려(元驎跋至慮)〉는 고취부의 대고(大鼓) 15곡(曲) 가운데 엄용(嚴用) 삼곡(三曲)이다. 자세한 내용은 《신당서(新唐書)》 권24 〈지(志)〉 제13하(下) 〈의위하(儀衛下)〉를 참조할 것.

온 거리가 깜짝 놀라도록 소리 퍼지니, 아향거(阿香車)[19]에서 우레를 치는 듯하구나.

또한 알운사(遏雲社)와 비록사(飛盝社)[20] 등의 극단에서 〈교택권(喬宅眷)〉과 〈교영주(喬迎酒)〉, 〈교악신(喬樂神)〉 등의 악곡[21]을 연주하는데, 화려하게 분장한 배우들 회랑에 높이 세운 천막 안에 시끌벅적하고, 수많은 악대 모여 요란하게 연주하니 미녀들 창가에서 하얀 이 드러내고 웃지.[22]

향긋한 신록 속에 이삭이 고개 숙일 때 생황소리 하늘의 별까지 울리며 높고 아름답게 퍼지는데, 반쯤 굽은 초는 승로반(承露

---

19 아향(阿香)은 전설에서 우레의 수레를 미는 여신의 이름이니, 아향거(阿香車)는 벼락신[雷神]의 수레를 가리킨다.

20 알운사(遏雲社)와 비록사(飛盝社)는 송나라 때 창극(唱劇)을 공연하는 예인(藝人)들의 항회(行會) 조직이다. 송나라 때 주밀(周密: 1232~1298, 자는 공근[公謹], 호는 초창[草窗], 소재[霄齋], 평주[苹洲], 사수잠부[四水潛夫]. 변양노인[弁陽老人], 화부주산인[華不注山人] 등을 씀)의 《무림구사(武林舊事)》〈사회(社會)〉에 따르면 잡극(雜劇)으로 유명한 비록사(緋綠社)와 축구(蹴毬)로 유명한 제운사(齊雲社), 창잠(唱賺)으로 유명한 알운사(遏雲社)가 있다고 했다. 그러므로 비록사(飛盝社)는 비록사(緋綠社)를 잘못 쓴 것인 듯하다.

21 이것들은 모두 악곡 이름들이다. 남송 때 서호노인(西湖老人)의 《번승록(繁勝錄)》에 따르면 정월 8일과 12일, 13일에 전악(田樂)을 공연하는데 거기에는 〈교사신(喬謝神)〉, 〈교방친(喬仿親)〉, 〈교영주(喬迎酒)〉, 〈교교학(喬教學)〉, 〈교착사(喬捉蛇)〉, 〈교초추(喬焦鎚)〉, 〈교매약(喬賣藥)〉, 〈교상생(喬像生)〉, 〈교교상(喬教象)〉, 〈습대조(習待詔)〉, 〈청과사(青果社)〉, 교택권(喬宅眷)〉 등이 있다고 했다.

22 본문의 '소전(笑電)'은 원래 마른번개 즉, 비는 내리지 않고 번개만 치는 것을 가리키는 말이지만, 여기서는 미녀들이 하얀 이를 드러내고 웃는 모양을 형용한 것으로 풀이하는 게 옳을 듯하다.

盤) 위에서 맑게 갠 하늘의 햇빛처럼 비추고

수놓은 이불 같은 꽃구름 장막처럼 사방을 둘러 비추고, 영롱한 얼음 기둥들 같은 초는 옥담병(玉膽甁) 안에서 녹아 가지.

수정 등잔걸이 찬란하여 눈처럼 하얀 봉황 같으니, 어느 곳이나 광한궁(廣寒宮)처럼 맑고 투명하지.

산호 장식한 받침대 아름답게 빛나니, 흑룡이 불을 토한 듯이 풍요로운 나라 만 리 밖까지 모두 환하구나.

옥설고(玉消膏)[23]와 호박당(琥珀餳)[24]은 모양도 정교하고, 꽃 장식한 관우(灌藕)[25]도 붉은 쟁반에 담고, 틀 없은 수레에는 종이로 오린 나방이 가득 꽂혀 있지.[26]

---

23 옥설고(玉消膏)는 송나라 때 유행한 원소절(原宵節)의 음식이다.

24 호박당(琥珀餳)은 엿의 일종으로서, 남송 때 장작(莊綽: ?~?, 자는 계유[季裕])이 편찬한 《계륵편(鷄肋編)》에 따르면, 새해에 이것을 씹어서 이가 튼튼한지 시험하는 풍속이 있다고 했다.

25 관우(灌藕)는 장에 조린 연뿌리의 구멍에 찹쌀이나 기타 곡식 따위를 채워 넣고 찐 음식이다.

26 주밀(周密), 《건순세시기(乾淳歲時記)》 "원석(元夕)"에 따르면 원소절에 유행하는 음식으로 유당원자(乳糖圓子), 반반(半辦), 과두분(科斗粉), 고탕(豉湯), 수정회(水晶膾), 구병(韭餠), 남북의 진귀한 과일과 조아고(皂兒糕), 의리소(宜利少), 징사단자(澄沙團子), 적소포라(滴酥鮑螺), 낙면(酪麵), 옥설고(玉消膏), 호박당(琥珀餳), 경당(輕餳), 생숙관우(生熟灌藕), 그리고 갖가지 용전(龍纏, 또는 농반[瓏絆]), 밀전(蜜煎), 밀과(蜜果, 또는 밀과[蜜裹]), 당과위전(糖瓜蔞煎), 칠보강고(七寶姜豉) 및 각종 사탕[糖]들이 있는데, 이것들은 모두 꽃무늬를 새겨 장식한 놋쇠 쟁반[鏤鍮裝花盤]에 얹어서 내놓는다. 또 틀을 없은 수레에 종이로 만든 나방[飛蛾]과 홍등(紅燈), 오색 상자[彩盝]를 가득 장식하여 요란하게 노래를 부르며 거리를 돌아다닌다고 했다.

수실 달린 허리띠 매고 향긋한 화초 우거진 제방에서 여유롭게 거닐며 볶은 양매 먹을 때, 하얀 적삼 입은 이들 다투어 도장 찍힌 부적을 전해 주지.

다른 장치와 기묘하기 그지없는 활동들 이루어지고, 높다란 채루에는 신선들 사는 삼신산 높이 만들었지.

여러 가지 이야기 또렷한 그림으로 그려 옥 울짱에 늘여놓고, 황제 폐하 만세의 모양을 만들지.

弱骨千絲, 輕球萬眼.

庭開菡萏, 熒熒華嶽明星.

洞遶篔簹, 點點竹宮權火.

雲母帳前瀲灔, 多則過十千枝, 光溜溜露影琉璃.

夜明簾外輝煌, 少也有一萬盞, 脆泠泠雨絲纓絡.

急閃閃瑤光亂散, 粧成鹿銜五色靈芝.

慢騰騰獸炭雄噴, 做出犬吠三花寶葉.

遊魚上下, 似洞霄宮裏, 隱隱約約, 魚遊錦上生波.

走馬縱橫, 像吐火山前, 璁璁瓏瓏, 瑪瑙屏中絶影.

怎見得星移萬戶, 赤溜溜的珠球滾地拋來.

可知他月到千門, 碧團團銀燭半空丢下.

靈船低泛, 通霞臺上沉沉靄靄, 平白地透出霞舟, 百里丹烟流宿海.

火鏡高燃, 望日觀前雄雄魄魄, 半更天推出日扇, 九枝紅艶簇天壇.

的的攢攢晃舡棱, 盡點綴了丹房檐卜.

霏霏梟梟旋華蓋, 鎮飄搖的紫蔓葡萄.

綠綠夭夭, 高掛着明璚宛轉, 都來是方空素轂黏成.

紅紅白白, 細看他花格綸連, 好不過員嶠輕蠶剪就.

又不是龍吟聲, 彪吼聲, 驎合邏, 驎他夜, 驎跋至, 蠶發擂了冬冬瞳瞳端門禁鼓, 六街驚摻, 阿香車裏行雷.

且道個遏雲社, 飛盞社, 喬宅眷, 喬迎酒, 喬樂神, 旋扮將來嘈嘈雜雜復道危棚, 百隊喧攢, 玉女窗前笑電.

綠香沉穗, 吹笙送度九微, 峨峨艷艷, 半層圈絡, 金莖盤上映初晴.

繡袄雲花, 夾仗繞開四照, 玲玲瓏瓏, 幾柱氷條, 玉膽瓶中看欲化.

水晶檠璀璀璨璨, 白鳳凝酥, 到處廣寒宮一般淸澈.

珊瑚座瑀瑀璘璘, 玄龍吐燭, 咫尺融臯國萬里通明.

玉消膏, 琥珀餳, 屑屑霁霁, 粧花灌藕, 朱盤架簇插飛蛾.

流蘇帶, 芳堤葉, 閑閑淡淡, 糅火楊梅, 縞衣衫爭傳帖璽.

別樣的機關, 活動得奇奇怪怪, 彩樓高處, 削成仙子三山.

諸般故事, 渲畫得分分明明, 玉棚鋪時, 簇成皇帝萬歲.

이야말로 이런 격이지.

黃道宮羅瑞錦香	하늘길에 미녀들 상서로운 비단옷 입고 향기 풍기며
雲霞冉冉度霓裳	자욱한 구름과 노을 속에서 선녀들 건너가네.
龍輿鳳管經行處	용무늬 수레에 봉황 장식 피리 불며 지나갈 때

萬點明星簇紫星　수많은 밝은 별들 자미성(紫微星) 곁으로 모여드네.

경사는 거리도 넓고 등화도 아주 많아서 그 요괴는 한참 동안 구경했사옵니다. 그런데 돌아오려던 차에 벌써 닭이 울고 날이 밝아오자 요괴는 본색이 드러날까 무서워 벽유담으로 돌아가지 못하고, 황급히 김(金) 승상 댁의 뒤뜰 연못 속에 숨었사옵니다. 그 정원에는 모란 화분이 몇 개 있었는데, 그 요괴가 매일 밤 기를 불어넣자 모란의 색깔이 아주 아름답고 선명해져서, 붉은 것은 피처럼 붉고 흰 것은 눈처럼 새하얀색이라 너무나 사랑스러웠사옵니다.

어느 날 과거를 보러 온 유(劉) 아무개라는 수재가 김 승상의 집에서 머물다가 정원에 아름다운 모란이 활짝 피었다는 소식을 듣고, 승상에게 술상을 준비해 정원에서 꽃놀이하자고 했사옵니다. 술이 거나해지고 사람들이 자리를 뜨자, 그 요괴가 뭍으로 나와서 김 승상의 딸로 변신해 유 수재를 유혹했사옵니다. 누구라도 여색을 좋아하는 마음을 갖고 있으니, 그 유혹에 빠진 유 수재는 날마다 그곳을 오가며 점점 깊이 빠져들었는데, 그만 그 댁의 하녀에게 발각되고 말았사옵니다. 하녀는 낌새를 눈치챘으나 옥처럼 순결한 아가씨가 이런 음란한 짓을 할 리 없다고 생각했사옵니다. 하지만 유 수재의 방에는 분명히 어떤 미녀가 있었지요. 하녀는 한참 고민하다가 아가씨의 방으로 들어가 보니, 방 안에 아가씨가 있었사옵니다. 그래서 유 수재의 방으로 가서 보니 거기에도 그 댁 아가씨가 있는 것이 아니겠사옵니까? 깜짝 놀란 하녀는 황급히 김 승상에게 알렸지요.

영문을 알 수 없었던 김 승상은 이 일을 포 염라(包閻羅)[27]에게 알렸사옵니다. 포염라는 두 아가씨를 한꺼번에 잡아들여 심문했지만, 그 역시 영문을 알 수 없었사옵니다. 이에 즉시 장룡(張龍)과 조호(趙虎)에게 분부하여 조요경(照妖鏡)을 가져와 비춰보게 하여, 개중의 하나가 금붕어라는 것을 알게 되었사옵니다. 정체가 드러난 그 요괴는 그제야 당황하여 검은 연기를 내뿜고 김 승상의 천금 아가씨와 함께 사라져 버렸사옵니다.

이런 요괴를 포 염라가 어찌 가만두려 했겠사옵니까? 그가 즉시 성황보살에게 문서를 보내니, 성황보살은 저승의 병사들을 파견하여 사방을 수색하게 했사옵니다. 그러다가 벽유담 왼쪽의 사웅산(四雄山)에 있는 석실 안에서 김 승상 댁 아가씨를 발견하고 포 염라에게 알렸사옵니다. 이에 김 승상이 직접 그곳으로 가서 아가씨를 데려왔지요. 그리고 그 금붕어가 벽유담에 산다는 사실을 알고 저승 병사를 파견하여 잡아들이려고 하자, 그놈은 즉시 남해로 도망쳐 버렸사옵니다. 그리고 저승 병사들이 들이닥치자 저도 거기 있

27 포 염라(包閻羅)는 석옥곤(石玉崑: 1790?~1882, 자는 진지[振之], 호는 문죽주인[問竹主人])의 장편소설 《삼협오의(三俠五義)》를 바탕으로 만들어진 《칠협오의(七俠五義)》에 등장하는 포청천(包青天) 즉 포증(包拯: 999~1062, 자는 희인[希仁])을 가리킨다. 장용(張龍)과 조호(趙虎)는 이 소설에 등장하는 개봉부(開封府)의 무사이다. 조선의 목계수(鶩溪叟)가 《삼협오의》를 바탕으로 《포염라연의(包閻羅演義)》(2권 23회)를 지은 바 있다.

기가 불안해서 거처를 옮겼사옵니다. 하지만 그 뒤에 포 염라가 계속 성황보살을 다그치자, 성황보살도 어쩔 수 없이 사해용왕에게 서신을 보내 바다의 대문을 잠그고 그놈을 체포하라고 했사옵니다. 하지만 그놈이 다시 신통력을 부려서 하늘나라로 도망쳤는데, 공교롭게도 관음보살과 맞닥뜨리고 말았사옵니다. 결국은 관음보살이 그놈을 굴복시켜 광주리에 담음으로써 재앙 하나를 없앨 수 있었사옵니다. 성황보살의 보고를 받은 포 염라는 무척 기뻐했고, 김 승상도 감사했으며, 유 수재도 목숨을 건질 수 있게 되었사옵니다. 사정이 이렇게 된 것이옵니다."

"그놈이 그리 못됐는데, 어떻게 자네를 끌어들였는가?"

"부처님께 제도를 받고 저는 이미 물고기의 탈을 벗고 용이 되었사옵니다. 용궁에 가서 용왕을 뵙고, 관례대로 관음보살께 인사를 올리러 갔사옵니다. 그리고 남해에 갔더니 광주리 속의 그놈이 팔짝 뛰면서, 저도 예전에 요괴가 되어 사람을 미혹한 적이 있으니 이렇게 정과를 이루어서는 안 된다며 저를 끌어들였사옵니다. 보살께서는 중간에 혹시 숨겨진 비밀이 있지 않을까 염려하셔서 즉시 용궁의 창고를 조사하게 하셨는데, 다행히 부처님께서 저를 제도하시면서 써 주신 '불(佛)' 자가 제 거처에 있어서 그걸로 증거를 댈 수 있었사옵니다. 용왕의 보고를 받으신 보살께서는 그제야 제 정과를 이루게 해 주셨사옵니다. 그놈이 무고한 저를 끌어들이는 바람에 시간이 늦어져서, 용궁에서 직책을 받지 못하고 아직 이렇게 한가히 지내고 있사옵니다."

"언제까지 그렇게 지내야 하는가?"

"이미 일곱 번째 대열에 명단이 올라갔기 때문에, 늦어도 일 년 안에는 일을 맡을 수 있을 것이옵니다."

"그런데 유곡현이 물에 빠진 것은 어찌 알게 되었는가?"

"제가 부처님이 타신 함대를 호송하러 왔다가 알게 되었사옵니다."

"한 사람의 목숨을 구하는 것이 칠층 탑을 쌓는 것보다 나은 법일세. 어서 가보시게. 아마 자네가 그 대열의 수장이 되어야 할 걸세."

사내는 즉시 본래 모습을 드러냈다. 머리에 뿔이 우뚝 솟아 있고 온몸에 비늘이 덮인 채 붉은 구름에 탄 흑룡으로 변신한 그는 그대로 하늘로 날아올랐다.

그 모습을 보고 두 사령관은 무척 기뻐했다.

"알고 보니 그 사내는 바로 벽수신어였으며, 이렇게 훌륭한 흑룡으로 변해 있었군요. 지난날 괜히 그 벽수신어를 살려 보냈다고 생각했는데, 오늘 또 그의 도움을 받게 될 줄이야! 국사님의 오묘한 능력은 미치지 않는 곳이 없군요!"

그리고 삼보태감이 다시 말했다.

"용은 용인데 야명주가 없어서 아쉽군요!"

"제가 어찌 빈말하겠소이까? 물고기가 아니라 용이 맞지 않소이까?"

"마환이 아무래도 거짓말을 한 모양입니다. 어째서 여태 야명주가 나타나지 않을까요?"

왕 상서가 말했다.

"갖게 될 운명이라면 결국 갖게 될 테고, 갖지 못할 운명이라면 끝내 갖지 못하겠지요. 왜 이리 조급해하십니까?"

잠시 후 그들은 각자의 거처로 갔다.

시간은 화살처럼 빨리 흘러서 어느 날 기패관이 보고할 게 있다고 중군 막사로 찾아왔다.

"무슨 일인가?"

"제가 거미를 지키는데 오륙 년 동안 전혀 이상이 없었습니다. 그런데 오늘 갑자기 거미가 어디 갔는지 보이지 않습니다. 조롱 안에는 어디서 나타났는지 동글동글하고 매끈한 하얀 돌멩이 하나만 남겨져 있는데, 대충 달걀만 한 크기입니다."

"그 돌은 어디 있는가?"

"거미를 기르던 조롱 안에 있습니다."

"가서 가져와 보게."

기패관이 즉시 가져오자 삼보태감이 받아서 살펴보니, 예사롭지 않은 돌이었다. 둥글고 새하얀 빛이 나는 그것은 쳐다볼수록 더욱 반짝였다. 한참 살펴보고 나서 다시 한참 생각해 보니, 그제가 그게 무엇인지 알 수 있었다. 그는 껄껄 웃음을 터뜨리며 즉시 왕 상서를 불렀다. 왕 상서가 그의 기뻐하는 모습을 보고 물었다.

"무슨 일로 그리 기뻐하십니까?"

삼보태감이 그 하얀 돌을 손에 쥐고 말했다.

"어디 알아맞혀 보시구려."

"혹시 야명주를 얻으셨습니까?"

왕 상서가 단번에 알아맞히자 삼보태감이 껄껄 웃으며 말했다.

"정말 세상사가 이렇게 잘 맞아떨어질 줄이야!"

"그게 무슨 말씀이신지요?"

"저번에 꿈에서 새월명을 보고 저는 그저 불길한 꿈이라고 생각했지요. 장 천사께서 봉황이 쌍으로 해를 향한다고 말씀하셔도 별로 영험한 말로 들리지 않았고, 마환이 야명주 얘기를 할 때도 해몽이 잘못되었다고 생각하고 쓸데없이 이런저런 생각만 많았습니다. 그런데 장 천사의 점괘와 마환의 해몽이 이리 신기하게 들어맞을 어찌 알았겠습니까!"

"정말 야명주 하나를 얻으셨습니까?"

삼보태감이 두 손으로 야명주를 받쳐 들고 보여주는데, 과연 아주 둥글고 커다랗고 밝은 빛이 나는 것이 세상에 드문, 값어치를 매기기 힘든 보물이었다.

"축하합니다! 정말 축하합니다! 그런데 그 지 아무개라는 난쟁이는 누구였습니까?"

"어디 알아맞혀 보시구려."

"아는 건 안다고 하고 모르는 건 모른다고 해야지요. 저는 도저히 모르겠습니다."

"천사님과 국사님을 청해서 알아맞혀 보라고 해 봅시다. 어디 누가 맞히는지 봅시다."

그 즉시 장 천사와 벽봉장로를 모셔왔는데, 그들을 맞이하는 삼보태감의 얼굴에 희색이 만연한 것을 보고 장 천사가 말했다.

"드디어 야명주를 얻으셨군요. 축하합니다!"

벽봉장로도 말했다.

"아미타불! 축하합니다!"

"제가 야명주를 얻은 사실을 두 분이 어떻게 아셨습니까?"

장 천사가 말했다.

"남의 집에 가거든 흥망성쇠를 이야기하지 말지니, 주인의 얼굴만 보면 알 수 있기 때문이라고 하지 않았습니까? 사령관께서 이리도 기뻐하시니 야명주를 얻으신 게 분명하지요."

"구슬인 것은 맞습니다."

그리고 그걸 꺼내서 장 천사와 벽봉장로에게 살펴보게 하자, 둘 다 이렇게 말했다.

"아주 훌륭한 야명주로군요. 값어치를 매길 수 없는 보물입니다."

"그럼 지 아무개라는 난쟁이가 누구였을까요? 천사님, 알아맞혀 보시겠습니까?"

장 천사가 잠시 생각하다가 말했다.

"아무래도 모르겠군요."

삼보태감이 또 벽봉장로에게도 맞혀보라고 하자, 벽봉장로는 짐짓 모른 체하며 이렇게 말했다.

"선재로다! 장 천사도 모르는데 제가 어찌 알겠소이까?"

"그 지 아무개라는 난쟁이는 국사님 거처에서 나왔는데 모르신다니요?"

"그렇다면 모를 리가 있겠소이까? 단지 바람처럼 잠깐 스쳐 지나서 기억이 나지 않을 뿐이겠지요."

그 '바람처럼'이라는 말에 삼보태감은 깜짝 놀라서 연신 감탄했다.

"과연 국사님께서는 신령한 안목을 지니셨습니다!"

왕 상서가 물었다.

"아니 그게 무슨 말씀입니까?"

장 천사가 말했다.

"저도 이제 알겠습니다."

왕 상서가 다시 물었다.

"무얼 아시겠다는 것입니까?"

"우리가 당초 바다로 와서 자바 왕국에 도착했을 때 소식을 알리는 바람이 지나가자, 국사님께서 '생김새는 원숭이를 닮았고 크기는 됫박 열 개를 모아 놓은 것만 한데, 머리카락이 치렁치렁하고 달리기를 아주 잘합니다. 처음에는 조금 놀라겠지만, 나중에는 경사가 있을 것이외다.' 하고 말씀하셨지요? 오늘 얻은 야명주가 바로 그 경사인 게지요."

"허! 알고 보니 그 지 아무개라는 난쟁이가 바로 거미[28]였군요! 국사님의 말씀이 몇 년이 지난 지금에야 이렇게 영험하게 들어맞는군요."

삼보태감이 말했다.

---

28 지(支, zhī)는 거미를 가리키는 '지(蜘, zhī)'와 발음이 통한다.

"마환의 해몽도 아주 재미있었습니다."

장 천사가 말했다.

"제 점괘도 제대로 나온 셈이지요."

벽봉장로가 말했다.

"장 천사의 점괘는 이걸 말한 게 아닐세."

삼보태감이 말했다.

"그럼 그건 털보 이 아무개를 가리키는 것인가 보군요."

"털보 이 아무개가 또 하나의 야명주를 가져올 테니, 장 천사의 점괘도 그걸 맞힌 셈이 되겠지요."

"그건 언제가 될까요?"

"금방 나타날 거외다."

벽봉장로는 즉시 음양관을 불러서 배가 항해를 시작한 지 얼마나 되었느냐고 물었다.

"벌써 다섯 달하고 여드레가 지났습니다."

"그렇구먼."

그는 다시 비환을 불러서 천반성(天盤星)에서 봉황 알을 하나 가져오라고 하고, 운곡에게는 기패관이 보관하고 있는 봉황 알을 가져오라고 했다. 잠시 후 두 개의 봉황 알이 모두 갖춰지자 그는 두 손으로 그것들을 쥐고 중얼중얼 몇 마디 주문을 외었다. 그러자 봉황 알에서 각기 한 줄기씩 하얀 기운이 하늘로 치솟더니, 그 속에서 한 쌍의 봉황이 날아왔다. 그들은 두 개의 알껍데기를 입에 물고 유유히 하늘로 날아 올라갔다. 그 모습을 본 두 사령관과 장 천사,

네 명의 환관, 여러 장수와 관료들, 함대의 병사들이 모두 이구동성으로 감탄했다.

“이야말로 장 천사님의 점괘에서 말했듯이 ‘한 쌍의 봉황이 해를 향하는 것’이 아닌가? 정말 국사님의 오묘한 능력은 놀랍기 그지없구먼!”

그러자 삼보태감이 물었다.

“저번에 봉황 알에 살발국을 담아 놓았는데, 오늘 보니 봉황만 날아갔군요. 그럼 그 사람들은 어디 있는 것입니까?”

“이미 풀어주었소이다.”

“백성들이 다치지는 않았습니까?”

“제가 어찌 빈말하겠소이까? 이미 말씀드린 것처럼, 삼 년에서 하루가 지나면 하루 동안의 복을 받고, 하루가 모자라면 그만큼 고난을 겪어야 했지요. 그런데 이제 오 년이 넘게 지났으니, 다들 무한한 복을 받고 경사를 누리게 될 것이외다.”

“저희도 그걸 볼 수 있습니까?”

“그야 어렵지 않지요!”

“상앗대로 미는 배로 갈 수 있습니까?”

“항해를 시작한 지 다섯 달 남짓 돛을 내려 본 적이 한 번도 없는데, 살발국을 보려고 그런 배까지 쓸 필요 있겠소이까?”

“그럼 어떻게 가시겠다는 말씀이신지요?”

“보기만 하면 되지 않소이까?”

“그러니까 어떻게 보느냐 이겁니다.”

"제 나름대로 방법이 있지요. 그런데 보고 싶은 사람이 누구누구인지 알아야 할 테니, 각자 말씀해 보십시오."

"저야 당연하고, 또 보고 싶은 사람이 있소이까?"

그러자 네 명의 태감이 일제히 대답했다.

"저희도 보고 싶습니다."

왕 상서가 말했다.

"저는 괜찮습니다."

장 천사도 가고 싶지 않다고 했다. 그러자 벽봉장로가 말했다.

"싫다면 어쩔 수 없지."

삼보태감이 말했다.

"장수들 가운데는 보고 싶은 사람이 없소이까?"

낭아봉 장백과 유격장군 마여룡이 보고 싶다고 나서자, 왕 상서가 말했다.

"두 분이면 충분하니, 더 나서지 마시오."

이러니 장수들 가운데는 가보고 싶은 이들이 있어도 감히 입을 열 수 없었다. 그러자 벽봉장로가 말했다.

"보고 싶은 분들은 이리 올라와서 차례대로 앉으시구려."

삼보태감이 윗자리에 앉고 네 태감은 좌측, 두 장수는 우측에 앉았다. 벽봉장로가 말했다.

"가실 때는 걸어가시면 되는데, 방울 소리가 울리면 모두 돌아와야 하오. 아시겠소이까?"

"예!"

"아미타불! 모두 눈을 감으시오."

모두 눈을 감자 벽봉장로가 또 "아미타불!" 하고 염불을 하며 손을 뻗어서 각자의 눈 위에 열 십(十) 자를 그렸다. 그러자 모두 잠이 들어 조용해졌다. 벽봉장로는 자리에 앉아 운곡에게 신선한 차를 끓여서 이들이 깨어나면 주라고 했다. 운곡은 "예!" 하고 즉시 차를 끓이려고 준비했다.

잠시 후 벽봉장로가 방울을 들고 흔들자 삼보태감 등이 일제히 눈을 떴다. 이어서 삼보태감이 두 발을 구르고 손뼉을 치며 껄껄 웃으며 말했다.

"이런 신기한 일이! 정말 신기합니다!"

벽봉장로가 운곡에게 차를 가져오라고 하자 운곡이 대답했다.

"아직 덜 끓었습니다."

왕 상서가 삼보태감에게 말했다.

"아직 차도 끓지 않았는데, 정말 빨리 다녀오셨군요!"

"이런 신기한 경험을 했는데, 차까지 마실 필요가 있겠습니까!"

"어떤 신기한 경험을 하셨기에 그러십니까?"

"너무나 신기한 경험이지만 한 마디로 얘기하기 어렵습니다."

"그게 무슨 말씀입니까?"

"너무 오묘해서 말로는 도저히 다 설명하지 못하겠다는 겁니다."

"대충이라도 얘기해 주십시오."

"평소 다섯 가지 몸을 숨기는 방법과 세 가지 탈출하는 술법을 보면서 사실 속으로는 조금 의아하게 생각했습니다. 그런데 오늘에야 깊이 승복하게 되었습니다. 조금 전에 눈을 감자, 어찌 된 일인지 갑자기 혼령이 빠져나와 어느새 살발국에 도착해 있었습니다. 성곽이며 궁궐, 거기 사는 백성들, 사령관의 부서, 옛날 티무르와 싸웠던 전쟁터, 금모도장의 흔적도 모두 그대로였소이다. 그때 마침 바둑을 두고 있는 두 노인이 있어서 제가 '여긴 어느 나라입니까?' 하고 물어보니, '살발국입니다.'라고 하더군요. 그래서 '이 나라는 평안합니까?' 하고 물었더니 이렇게 대답하더군요.

'우리나라는 규모도 작고 백성들도 가난해서 어느 책에서 언급되지 않았지만, 옛날부터 지금까지 아무 일 없이 평안하게 지내왔습니다. 그런데 사오 년 전에 한바탕 전쟁을 겪었지요. 그 뒤로 한동안 혼란을 겪다가 최근 대엿새 사이에야 비로소 하늘의 해가 나타나서, 이 태평한 시절이 온 것을 축하하려고 이렇게 바둑을 두고 있습니다.'

그래서 제가 '어떤 전쟁을 겪으셨습니까?' 하고 물으니, 그 노인들이 이러더군요.

'명나라 황제가 파견한 두 사령관과 도사 한 명, 까까머리 승려 한 분이 정말 무시무시한 분들이어서 우리 사령관을 죽이고, 금모도장을 없애 버렸습니다.'

저더러 사령관이라 하고 스님더러 까까머리라고 하니 정말 우습더군요. 그래서 다시 '어떻게 혼란을 겪었습니까?' 하고 물었더니 이러더군요.

'두 사령관에게 항서를 바치지 않고 항거하다가, 이 나라 전체가 곤욕을 치르고 무슨 이상한 부적과 술법에 당해 버렸습니다. 그러는 바람에 사오 년 동안 하늘에는 온통 안개가 자욱하고 동서남북을 구별하기 어려울 정도로 어두웠고, 해와 달은 물론 별들도 보이지 않았습니다. 장사꾼들의 배도 찾아오지 않았고, 우리도 아무도 감히 밖으로 나가지 못했습니다.'

그래서 '어쨌든 살아갈 만하기는 했습니까?' 하고 물으니까, 이렇게 대답하더군요.

'그저 사방이 어둑하기만 했을 뿐이지 고기 잡고, 나무하고, 농사짓고, 가축을 기르는 것은 예전과 똑같아서 그런대로 살아갈 수 있었습니다. 게다가 다행인 것은 사오 년 동안 한 사람도 죽지 않고 병든 사람도 없어서, 예전의 평안했던 시절과 똑같았다는 사실입니다.'

제가 '언제부터 날이 개었습니까?' 하고 묻자, '이제 겨우 대엿새 정도 되었습니다.'라고 하더군요. 그래서 뭔가 더 물어보려고 하는데 갑자기 방울 소리가 들려서 돌아와 보니 바로 여기였습니다. 꿈인 듯하지만 꿈이 아니었으니, 이 얼마나 신기한 일입니까!"

왕 상서가 다른 이들에게 물었다.

"여러분은 무얼 보셨소?"

"우리는 각자 다른 길로 갔으니 만난 사람도 다를 겁니다."

"여러분은 누굴 만났소? 하나만 말씀해 보시구려."

그러자 마 태감이 말했다.

"저는 술을 마시고 있는 하얀 수염의 노인을 만났습니다."

홍 태감이 말했다.

"저는 양을 치고 있는 까까머리 아이를 만났습니다."

후 태감이 말했다.

"저는 밭을 일구고 있는 이들을 만나 스물네 가지 좁쌀밥을 얻어 먹었습니다."

왕 태감이 말했다.

"제가 만난 여자들은 모두 스물네 가지 푸른 치마를 입고 있었습니다."

장백이 말했다.

"제가 성문으로 들어갔을 때 네 명을 만났습니다. 그들은 각기 칼과 비파, 양산, 허리띠를 들고 있었습니다."

마여룡이 말했다.

"제가 성문을 나설 때도 네 명을 만났는데 그들은 각기 쌀겨 한 줌과 동악 태산, 등롱, 머리 벗겨진 말[禿馬]을 들고 있었습니다."

그러자 왕 상서가 벽봉장로에게 물었다.

"이 사람들은 뭡니까?"

"저도 잘 모르겠소이다."

그러자 장 천사가 말했다.

"저는 더욱 모르겠습니다."

그러면서 장 천사가 씩 웃었다.

장 천사가 왜 웃었는지는 다음 회를 보시라.

제95회

다섯 쥐의 정령이 맞이하러 나오고 다섯 글자로 다섯 정령을 제도하다

五鼠精光前迎接　五個字度化五精

圓不圓兮方不方	원은 둥글지 않고 사각형은 모나지 않나니
須知造化總包藏	조물주가 모든 것을 포함하고 있음을 알아야 할지라.
玉爲外面三分白	옥은 표면이 되어 세 푼 정도 희고
金作中央一點黃	금이 중심이 되어 조금 노랗구나.
天地未出猶混沌	천지가 생겨나기 전에는 아직 혼돈 상태였다가
陰陽才判始淸光	음양이 비로소 나뉘면서 맑은 빛이 생겨났다네.
贏於撒髮君民樂	살발국 군주와 백성 즐거운 삶 얻게 하니
勝上天宮覲玉皇	하늘 궁전에 올라가 옥황상제를 뵈었다네.

그러니까 살발국은 봉황 알에 갇히면서 더욱 복과 장수를 얻게 되어서 평안하게 되었다. 그런데 네 태감은 네 가지 인물을, 두 장

수는 두 무리의 인물을 만났지만 모두 그들이 어떤 사람인지 몰랐다. 다만 장 천사 혼자 웃음을 짓자 왕 상서가 물었다.

"천사님, 웃으시는 걸 보니 뭔가 고견을 갖고 계시는 모양입니다. 저희에게도 좀 설명해 주십시오."

"괜히 웃은 게 아니라, 국사님의 헤아릴 수 없이 크나큰 공덕을 축하하는 뜻에서 웃었습니다."

"그게 무슨 말씀이신지요? 좀 자세히 설명해 주십시오."

"술을 마시던 흰 수염의 노인들을 보십시오. 흰 수염은 늙었다[老]는 뜻이고 술을 마시려면 큰 술잔[鍾]이 필요하니, 이는 '천수를 누리며 살다가 편히 죽는다.[老有所終]'라는 뜻이 됩니다. 양을 치던 까까머리 아이들을 보십시오. 아이는 어리고[幼] 양(羊)을 친다는 것은 기른다[養]는 뜻이니, 이는 '어린이를 보살피는 사람이 있다.[幼有所養]'라는 뜻이 됩니다. 밭을 매던 이들이 스물네 가지 좁쌀 죽을 먹었다고 했는데, 밭을 매는 이는 농부이고 스물네 가지 밥을 먹었다는 것은 쌀이 풍성하다는 뜻이니, 이는 '농사지어 곡식이 풍성하다.[農有餘粟]'라는 뜻이 됩니다. 여자들이 푸른 치마를 입었다고 했는데, 스물네 가지 치마라는 것은 옷 지어 입을 천이 남아돈다는 뜻이니, 이는 '여자들에게 천이 풍족하다.[女有餘布]'라는 뜻이 됩니다. 장 장군이 만난 네 명 가운데 한 사람은 칼을 들었다고 했으니 그것은 칼바람[鋒風]을 뜻합니다. 그리고 비파는 곡조[調]를, 양산은 비[雨]를, 허리띠는 순조로움[順]을 의미합니다. 그런데 그들을 성문을 들어갔을 때 만났으니, 이는 이후로 '바람과 비가 순조로울[風調雨順]' 것이라는 뜻이 됩니다. 마 장군이 만난 네 명 가운데 한 사람은 쌀겨 한 줌을 들었다고 했으니 그것은 곡식의 나라[穀國][1]를 의미합니다. 그리고 동악 태산은 크다[泰]는 것을, 등롱은 밝음[明]을, 머리 벗겨진 말은 안장 없는 말 즉 편안함[安]을 의미합니다. 그런데 이들은 성문을 나서면서 만나게 되었으니, 이후로 이곳은 '나라가 태평하고 백성[2]이 평안할[國泰民安]' 것이라는 뜻이 됩니다. 그러니까 결국 살발국의 군주와 백성들이 봉황 알에 거둬져서 사오 년을 지냄으로써 노인은 천수를 누리다가 편히 죽고, 아이들은 부양해 주는 이가 있고, 농사는 풍년이 들어 곡식이 남아돌고, 여자들에게는 천이 남아돌며, 이후로는 비바람도 순조롭고 나라는 태평하여 백성들은 평안해질 거라 이겁니다. 그러니 이게 바로 국사님의 헤아릴 수 없이 크나큰 공덕이 아니겠습니까? 그래서 제가 축하하는 마음에 저도 모르게 웃음을 지었던 것이지요."

"알고 보니 그런 이유가 있었군요! 정말 경사가 아닐 수 없습니다!"

그러자 그 자리에 있던 모든 이들이 "부처님!" 하고 부르며 "아미타불!" 하고 염불을 했다. 이후 각자 자기 거처로 돌아갔다.

---

1 곡국(穀國)은 황제(黃帝)의 후예 가운데 하나로 순임금 때에 영성(嬴姓)을 받은 일족의 후손이 주(周)나라 때에 제후에 봉해져서 세운 나라의 이름이기도 하다. 지금의 후베이성 영역에 속해 있던 이 나라는 기원전 8세기 말엽에 초(楚)나라에 의해 멸망했다.

2 이는 밝을 명(明, míng)과 백성 민(民, mín)의 발음이 유사한 점을 이용한 해석이다.

시간이 하염없이 흘러 어느새 다시 석 달 남짓 지나갔다. 그때 벽봉장로가 천엽연화대에 앉아 음양관을 불러 물었다.

"출항한 이후 모두 몇 달을 왔는가?"

"여덟 달하고 보름이 되었습니다."

"그렇다면 곧 말라카 왕국에 도착하겠구먼."

"길이 너무 멀어서 날짜를 계산하기 힘듭니다."

"그렇다 해도 이렇게 순풍을 받아 밤낮으로 항해한 지 거의 반년이 되었으니, 당연히 곧 도착하지 않겠는가?"

그 말이 끝나기도 전에 홍라산 산신과 동주대왕이 보고하러 와서 일제히 무릎을 꿇었다. 벽봉장로가 말했다.

"함대를 호위하느라 고생이 많구먼."

"저희야 뭐 고생이랄 게 있습니까? 명월도동과 두 행자는 매일 밤낮으로 이렇게 순풍을 불어 주느라 고생하고 있지만요."

"다들 고생하는 건 마찬가지지. 그런데 자네들은 무슨 할 말이 있는가?"

"조금 전에 부처님께서 말라카 왕국에 대해 말씀하셨는데, 여기서 거기까지는 사흘 밤낮만 항해하면 도착할 것입니다. 그리 멀지 않은 길이기에 이렇게 말씀드리러 왔습니다."

"그러면 다행히지. 자네들도 편히 할 일을 하게."

과연 사흘 밤낮이 지나자 호위병이 삼보태감에게 보고했다.

"앞쪽에 한 나라가 있는데, 어느 나라인지 모르겠습니다. 함대를 정박해도 될까요?"

두 사령관이 즉시 장 천사와 벽봉장로를 청해 와서 논의하자, 장천사가 말했다.

"배를 정박하고 정찰병을 시켜 탐문해 보면 알겠지요."

벽봉장로가 말했다.

"그럴 필요 없소이다. 지금 도착한 곳은 말라카 왕국이외다."

삼보태감이 물었다.

"국사님, 그걸 어찌 아셨습니까?"

"사흘 전에 동주대왕 등이 미리 알려주었소이다."

두 사령관이 무척 기뻐하며 칭송했다.

"천사님 문하에 일치신장이 대기하고 있는데, 국사님 문하에는 또 산신과 대왕이 있군요. 삼교가 흐름을 같이 하고 공덕도 함께 하고 있으니, 정말 훌륭합니다!"

그 말이 끝나기도 전에 삼보태감은 즉시 배를 정박하라는 명령을 내렸다. 그리고 함대가 모두 정박하기도 전에 호위병이 보고했다.

"뱃머리에 다섯 명의 장수가 영접하러 나왔습니다."

삼보태감은 그들을 중군 막사로 안내하라 하여 인사를 나누었다. 그들은 모두 키가 한 길쯤 되는 장신들이었지만, 머리가 조금 뾰족하고 눈도 조금 작고, 이빨도 몇 개 없으며, 수염도 몇 가닥밖에 없었다. 삼보태감이 물었다.

"그대들은 누구인가?"

"저희는 말라카 왕국의 대전을 지키는 장수입니다."

"다들 성명이 어찌 되는가?"

"저희는 '풍진저위(馮陳褚衛)'의 저(褚)씨 성을 가진 친형제이기 때문에 서열대로 저일(褚一)과 저이(褚二), 저삼(褚三), 저사(褚四), 저오(褚五)라고 하옵니다."

"그런데 무슨 일로 찾아왔는가?"

그러자 저일이 대답했다.

"저희 형제는 국왕의 명령에 따라 사령관님의 창고를 지켜왔는데, 이제 기한이 다 되어서 이렇게 영접하러 왔사옵니다."

"창고 안에 혹시 손상된 것이 있던가?"

"모두 옛날 그대로입니다. 다만 문 뒤쪽에 '황봉선'이라는 커다란 글씨가 새로 적혀 있사옵니다."

"그게 어찌 된 일인가?"

"몇 년 전에 어느 여장군이 창고로 들어와서 보물을 훔치려 하기에 저희가 쫓아갔더니, 그 여장군이 도독을 보고는 이 글자를 써 놓고 나중에 증거로 삼겠다고 했사옵니다."

"그건 사실이다. 알겠으니, 그만 가보도록 해라."

다섯 장수는 또 벽봉장로를 향해 절을 올리고 스물네 번 머리를 조아렸다. 벽봉장로가 물었다.

"너희는 어째서 또 여기 있는 것이냐?"

저일이 대답했다.

"동경(東京, 낙양[洛陽])에서 큰 재난을 겪은 후 천여 년을 수행하고 나서 겨우 이곳에서 모이게 되었사옵니다. 말라카 왕국의 국왕께서 저희에게 궁궐 호위장군의 직책을 주셨기에 여기서 부처님의 보물창고를 지키고 있었는데, 다행히 삼사 년 동안 아무 손실도 생기지 않았사옵니다. 부처님께서 저희의 이 공을 기록하고 제도해 주셨기에, 저희도 큰 발전을 이루게 되었사옵니다."

"마음을 고치고 수행하였으니 자연히 불가에 입문한 것이라고 할 수 있구나. 게다가 이런 공까지 세웠으니, 내 당연히 마땅히 조치해 주겠다. 가서 할 일을 하도록 해라."

다섯 장수가 일제히 큰절을 올리고 물러나자 벽봉장로가 말했다.

"아미타불! 만물이 잘 수행하면 모두 뜻을 이루나니, 사람이 어디에선들 만나지 못하랴!"

그 말이 끝나기도 전에 중영대도독 왕당이 영접하러 나와서 각자 인사를 나누고 그간의 회포를 풀었다. 또 잠시 후에는 말라카 국왕도 영접하러 나와서 인사를 나누었다. 삼보태감은 창고의 물자들을 배에 실으라 하고 즉시 출항을 명령했다. 국왕이 잠시 머물렀다가 가라고 붙들었지만 삼보태감이 거절하자, 국왕은 다시 함대를 따라 명나라로 가서 황제를 알현하고 싶다고 했다. 삼보태감은 이를 허락하고 따로 마선 한 척을 비워서 국왕의 거처로 삼게 했다. 국왕은 처자식과 신하들, 그리고 수행원까지 거느려서 총인원이 오륙십 명이나 되었다. 그들은 마선에 올라 '진공(進貢)'이라는 글자가 적힌 깃발을 내걸었다. 그리고 그로부터 사흘 안에 함대가 출발했다.

다섯 명의 궁궐을 지키는 호위장군이 작별인사를 하러 오자, 벽봉장로가 말했다.

"그대들은 창고를 지키는 공을 세웠으니, 모두 손을 하나씩 내밀어 보게. 각자에게 글자를 하나씩 적어 주겠네."

다섯 장수가 손을 하나씩 내밀자 벽봉장로는 각자에게 '불(佛)' 자를 하나씩 써 주었다. 이에 그들은 큰절을 올리고 물러갔다.

출항한 뒤에 한담을 나누다가 삼보태감이 말했다.

"일 년 가까이 왔는데 털보 이 아무개는 나타나지 않는군요. 나머지 한 알의 야명주는 얻지 못하려나 봅니다."

벽봉장로가 말했다.

"당연히 때가 있는 법이니 걱정할 필요가 있겠소이까!"

"그런데 어제 그 다섯 명의 궁궐을 지키는 호위장군에게는 어떤 내력이 있기에 국사님께서 각자에게 글자를 하나씩 써 주셨습니까?"

왕 상서가 말했다.

"저번에 벽수신어에게도 '불' 자를 써 주셔서 머리에 뿔이 생기고 용궁에서 관직을 맡을 수 있게 해 주시지 않았습니까? 국사님의 그 글자는 절대 가벼이 볼 수 있는 것이 아닙니다. 그런데 어째서 그들에게 그리 쉽게 주셨는지요?"

벽봉장로가 말했다.

"그건 두 분 사령관께서 모르시는 말씀이시오. 이 다섯 장수는 원래 영산의 모임에서 나온 이들인데, 동경 왕조에 내려와서 재난을 일으켰다가 최근에 개과천선했소이다. 게다가 이번에 창고를 지키는 공을 세웠기 때문에, 그들에게 본원으로 돌아가 정과를 얻도록 그 글자를 써 주던 것이외다."

"영산의 모임에서 나온 이들이라니요?"

"이것도 얘기하자면 길지요."

"그래도 듣고 싶습니다."

"그 다섯 장수의 아비는 원래 영산 모임의 하늘 창고에 있던 금성천일서(金星天一鼠)인데, 천창좌대사(天倉左大使)라는 직책을 맡아 수천 년 동안 전혀 실수를 저지르지 않았소이다. 이에 영소보전의 옥황상제가 그의 공을 높이 쳐서 천주태을성군(天厨太乙星君)에 임명했지요. 그의 다섯 아들도 각자 독립해서 신통력을 갖게 되어서, 아비의 직책을 세습하지 않고 금범산(錦帆山) 아래 감해암(瞰海巖)으로 거처를 옮겨 살았소이다. 그리고 쥐 서(鼠) 자를 기피해서 솜옷 저(褚)로 성을 바꾸고, 서열에 따라 이름을 지었소이다. 그래서 저일, 저이, 저삼, 저사, 저오라고 하게 된 것이지요."

삼보태감이 물었다.

"그런데 동경성의 재난이라는 것은 무엇입니까?"

"이들 오형제가 서천을 떠나 동경의 감해암으로 와서 신통력으로 변화를 부렸는데, 노인으로 변해 남의 재물을 갈취하기도 하고, 젊은 수재로 변해서 남의 여자를 희롱하기도 하고, 젊은 미녀로 변신해서 남의 집 자제를 유혹하기도 했소. 그런데 서경(西京, 서안[西安])으로 가는 길에 산세가 육백 리에 걸쳐서 이어져 있고, 숲과 계곡이 깊은 데다가 벼랑이 까마득히 높아서 사람의 발자취가 거의 닿지 않는 금범산이 있었소이다. 그래서 요괴나 정령들이 그곳에서 온갖 수작을 부리곤 했지요.

그런데 청하현(淸河縣)[3]의 시(施) 아무개라는 수재가 과거를 보러 소이(小二)라는 하인 하나를 거느린 채 경사로 가던 도중에 이곳 금범산 아래를 지나게 되었소이다. 이야말로 이런 격이었지요.

一心指望天邊月	오로지 하늘가 달만 바라보며
不憚披星戴月行	달빛 별빛 마다하지 않고 밤길을 걷노라.

이들이 산발치에 이르렀을 때는 날이 벌써 상당히 어두워져 있었고, 근처에 인가는 보이지 않았소이다. 그러자 소이가 말했지요.

'밤이 깊어가니 여관을 찾아가서 쉬는 게 좋겠습니다.'

그래서 시 수재는 곧 어느 여관에 투숙했소이다. 주인이 나와서 고향이며 성명을 묻다가 과거 보러 가는 수재라는 것을 알고, 아주 공손하게 대하면서 술과 안주를 마련해서 자리를 함께했소이다. 술을 마시다가 고금의 역사와 유가 경전, 제자백가 등에 관한 얘기가 나왔는네, 여관 주인이 전혀 막힘없이 유창하게 응대했소이다. 그래서 시 수재는 속으로 생각했지요.

'이런 여관 주인이 고금의 일에 대해 이리 박식하다니! 내가 십 년 동안 그렇게 공부했는데도 아직 기억하지 못하는 것은 많은데

3 청하현(淸河縣)은 지금의 허베이성[河北省] 싱타이시[邢台市]에 속한 곳이다.

말이야.'

그래서 이렇게 물었지요.

'주인장께서도 예전에 공부하신 적이 있는 모양이군요?'

그러자 주인이 이랬다지요.

'사실 저도 과거에 몇 번 응시했지만, 팔자가 사나워서 그런지 인연이 없었습니다. 또 집에 노모가 계신지라 공부를 때려치우고 작은 여관을 열어서 몇 푼이나마 벌어 노모를 봉양하는 것으로 만족하고 살고 있습니다. 뭐 별다른 큰돈을 벌자고 하는 것도 아니지요. 그러니 그저 구차하게 하루하루를 사는 것이지, 군자의 도리를 다하고 있다고는 할 수 없지요.'

주인이 노모를 언급하자 시 수재도 마음이 움직여서 이렇게 말했소이다.

'하늘을 나는 기러기도 이르지 못하는 곳, 사람은 이익과 명예 때문에 끌려 오는구나! 그대는 노모가 계셔서 모실 수 있으니 그래도 소원을 이루어 마음이 즐거우시겠지만, 저는 성공과 명예에 얽매여 젊은 아내도 제대로 먹여 살리지 못하고 있으니 사람의 도리조차 제대로 못 하고 있습니다. 이런 얘기가 나오니 가슴이 찢어지는 듯합니다!'

시 수재는 진심으로 지기에게 자신의 마음을 알아 달라는 뜻에서 이렇게 얘기했지만, 결국 그것은 아무에게나 진심을 터놓지 말아야 한다는 것을 잊은 경솔한 짓이었소이다. 왜냐하면 그 여관 주인은 바로 사람이 아니라 천주태을성군의 다섯째 아들로서 이곳 금범산 아래에서 요괴 노릇을 하던 저오였기 때문이외다. 그는 날이 저물어서 시 수재가 오는 것을 보고 술법으로 여관을 차려 놓고 주인 행세를 하면서, 역시 술법으로 많은 안주와 술을 장만해 놓고 그를 꾀어서 독수를 쓸 속셈이었던 게지요. 그러다가 시 수재의 집에 젊은 아내가 있다는 얘기를 듣자 즉시 못된 마음이 생겨났지요. 그래서 술잔에 독 기운을 불어넣어 시 수재에게 건넸소이다. 시 수재는 아무 생각 없이 그걸 마셨는데, 술이 목으로 넘어가는 순간 팔다리에 맥이 탁 풀리면서 정신을 잃어버렸소이다. 그러자 저오가 일부러 이렇게 소리쳤지요.

'손님, 먼 길 오시느라 피곤하신 데에다가 술기운을 이기지 못해 졸리시는 모양이군요. 여보시오, 집사님, 어서 잠자리를 봐 드리시오!'

소이는 정말인 줄 알고 시 수재를 부축해서 침대에 눕혔소이다. 그리고 소이도 술을 한 잔 마시고 똑같이 기절해 버렸지요.

이들을 기절시켜 놓은 저오는 구름을 타고 안개를 몰아 청하현의 시 수재 집으로 가서, 시 수재의 모습으로 변신한 후 방으로 들어가며 시 수재의 아내를 불렀소이다.

'여보, 나 돌아왔소.'

시 수재의 부인 하씨(何氏)는 막 세수를 하고 있었는데, 붉은 입술과 새하얀 이, 풍성한 머리카락과 발그레한 얼굴이 너무 아름다웠소이다. 그녀는 남편이 돌아온 걸 보고 무척 기뻐하며 물었소이다.

'여보, 떠나신 지 스무날밖에 안 됐는데 왜 이리 급히 돌아오셨어요?'

그러자 저오가 짐짓 이렇게 말했소이다.

'말하기가 좀 그렇소. 아마 내가 팔자가 사나워서 그런지 동경에 도착하기도 전에 과거가 이미 끝나서 사방에 고향으로 돌아가는 이들뿐이라는 소식을 듣고, 아예 동경에는 가지도 않고 바로 돌아와 버렸소.'

그러니까 하씨가 다시 물었지요.

'저번에 소이를 데리고 가셨는데, 왜 혼자 돌아오셨어요?'

저오는 다시 거짓말을 했소이다.

'소이는 걸음이 느리고 짐도 무거워서 뒤처졌는데, 며칠 뒤에나 도착할 거요.'

하씨는 그러려니 생각하고 들보를 오가는 제비, 물 가운데서 붙어 지내는 갈매기처럼 남편에게 살갑게 대했지요. 진짜 남편이 도중에 말도 못 하게 고생하고 있는 줄은 꿈에도 몰랐던 게지요.

한편 저오의 독주를 마신 시 수재는 새벽까지 잠이 들었다가 배가 너무 아파서 이리저리 뒹굴며 연신 소이를 불러댔소. 하지만 소이도 배가 아픈 것은 마찬가지여서 연신 '아부지! 엄니!' 하면서 소리를 질러 대고 있었소이다. 그렇게 날이 새도록 한 사람은 뒹굴고 한 사람은 고함을 질러 대다가 보니, 여관이며 주인은 온데간데없고 사방에 풀만 무성한 게 아니겠소? 이걸 보고 시 수재가 말했지요.

'귀신에게 홀려서 이 지경이 돼 버렸구나!'

그러자 소이가 이렇게 말했지요.

'산 밑에 사는 이들은 원래 심보가 고약해서 지나는 사람에게 독약을 먹이곤 하지요.'

그렇게 주인과 하인이 위급한 상황을 맞았지만, 다행히 하늘이 그들을 버리지 않아서 마침 나무꾼 하나가 짐을 지고 다가왔소이다. 시 수재가 그를 붙들고 사정을 얘기하자 나무꾼이 이렇게 말했지요.

'여기는 요괴가 아주 많은데, 밤중에 요괴의 독기를 쐰 모양이구려.'

시 수재가 해독할 방법을 알려 달라고 하자, 나무꾼이 이렇게 말했지요.

'여기서 백 걸음 떨어진 곳에 쉬어 갈 만한 여관이 하나 있소이다. 그리고 여기서 육십 리 떨어진 곳에 모산(茅山) 동(董) 진군(眞君)이라는 분이 계시는데, 그분에게서 귀신이나 도깨비의 음독(陰毒)을 치료하는 약을 얻어먹으면 나을 거외다.'

그러자 시 수재가 다시 간청했지요.

'이렇게 주인과 하인이 모두 중독되었는데, 어떻게 거기까지 갈 수 있겠소이까?'

나무꾼이 그의 상태를 다시 살펴보더니 이렇게 말했지요.

'댁은 너무 심하게 중독돼서 사나흘 뒤면 목숨을 잃게 생겼구려. 그래도 댁의 하인은 그리 심하지 않아서, 열흘 뒤에나 증세가 심해

지겠소이다.'

시 수재가 다시 간청했소이다.

'하인의 상태가 조금 낫다고는 하지만, 지금 저렇게 꼼짝도 못 하고 있으니 어쩌면 좋겠소이까?'

그러니까 나무꾼이 다시 말했지요.

'하인은 흙을 서너 덩어리 집어 먹으면 한 이틀 정도는 발작을 늦출 수 있겠구려. 그 정도면 모산 동 진군에게 가서 약을 가져올 수 있지 않겠소이까?'

그 말이 끝나기도 전에 나무꾼의 모습이 사라져 버렸지요. 그걸 보고 소이가 중얼거렸지요.

'정말 괴상한 일일세! 밤에 귀신을 본 거야 그렇다 치고, 어떻게 낮에도 귀신이 나타나지?'

그러자 시 수재가 꾸짖었지요.

'바보야! 밤에 나타난 것은 귀신이고, 낮에 나타난 분은 신선이 아니겠어? 이건 분명히 신선께서 우리를 구해 주러 나타나신 거야!'

그래서 소이에게 흙을 서너 덩어리 먹어 보라고 했는데, 과연 복통이 즉시 멈추면서 정신이 돌아왔소이다. 소이는 즉시 여관을 찾아 주인을 투숙시키고 나서, 봇짐을 지고 모산의 동진군을 찾아가 신령한 알약 두 개를 얻어서 주인과 하나씩 먹었지요. 약을 삼키자마자 둘은 몇 대야나 될 만큼 뱃속의 것들을 토해냈는데, 어쨌든 독기는 해소할 수 있었소이다. 그렇게 며칠이 지나서 몸이 완쾌되어 동경으로 가려고 하는데, 알고 보니 과거가 이미 끝났다는 것이 아니겠소? 시 수재는 어쩔 수 없이 여관 주인에게 작별인사를 하고 소이와 함께 청하현의 집으로 돌아와서, 소이더러 먼저 들어가 소식을 알리라고 했소이다. 잠시 후 하씨가 소이를 맞이하며 물었지요.

'서방님을 따라 경사에 보냈더니 왜 게으름을 피우고 이리 늦었어?'

소이가 깜짝 놀라서 되물었지요.

'마님, 그게 무슨 말씀이셔요? 왜 제가 게으름을 피웠다는 겁니까?'

'아직도 발뺌해? 스무날 전에 서방님이 집에 오셨는데, 너는 이제야 도착했으니 이게 게으름을 피운 게 아니고 뭐란 말이냐?'

'마님 갈수록 이상한 말씀만 하시는군요. 저는 서방님하고 낮이면 함께 길을 가고 밤이면 함께 자면서 늘 한 치도 떨어지지 않고 시중을 들었거든요? 그런데 어떻게 서방님께서 스무날이나 먼저 돌아오실 수 있겠습니까?'

'못 믿겠거든 뒤채에 가봐. 거기 누가 있나 보라 이 말이야!'

소이가 뒤채로 가보니 과연 시 수재가 앉아 있었지요. 깜짝 놀라 황급히 대문 밖으로 나오니, 거기도 시 수재가 서 있는 게 아니겠소? 그러자 소이가 투덜거렸지요.

'올해는 팔자가 왜 이리 사나운지 모르겠구먼! 맨날 귀신만 보다니 말이야. 길을 가다가도 귀신을 보고 집에 돌아오니 또 귀신을 보게 되니, 이게 어찌 된 일이냐고!'

그 말이 끝나기도 전에 시 수재가 대문 안으로 들어가며 하씨를 불렀소이다.

'부인, 어디 계시오?'

하씨가 미처 대답하기도 전에 저오가 냉큼 문밖으로 나오며 호통을 쳤소이다.

'이놈! 너는 누군데 감히 내 모습으로 변장해서 아내를 희롱하려 하느냐?'

그러면서 다짜고짜 주먹을 날려 시 수재의 얼을 빼놓아, 감히 대문 안으로 들어서지 못하게 만들어 놓았지요. 그리고 오히려 하씨에게 이렇게 말했소이다.

'소이가 오다가 조심하지 않아서 무슨 귀신을 데려온 모양이로구먼. 그놈이 내 모습으로 변장해서 희롱하러 왔지 뭐요. 아무래도 내일 관청에서 사람을 불러 저놈을 처벌해야겠소!'

그러니 하씨는 여전히 그놈이 가짜라는 걸 알아채지 못했소이다.

대문 밖으로 쫓겨난 시 수재는 이웃들을 찾아가 산속에서 겪은 일들을 죽 설명했고, 소이가 증인이 되어 주었소이다. 그러자 이웃들이 이렇게 말했지요.

'그렇다면 그 여관 주인이 요괴인 게 분명하오. 댁의 아내를 탐하려고 먼저 독을 쓰고 나서 집에 돌아온 척했던 게지요. 이 일은 관청에 고발해서 밝혀내는 수밖에 없겠소이다.'

시 수재는 그 일을 현청에 고발했는데, 현령도 어쩔 방도가 없어서 상급 기관인 부(府)에 보고했소이다. 하지만 부에서도 진상을 밝히지 못하고 결국 왕 승상에게 보고했지요. 왕 승상이 먼저 시 수재를 심문하자, 시 수재는 겪은 일을 자세히 진술했소이다. 소이를 불러서 물어보니 시 수재의 진술과 똑같이 말했지요. 그리고 시 수재가 나중에 묵었던 여관 주인을 소환해서 물어보니 역시 시 수재의 진술과 같이 대답했지요. 왕 승상은 비로소 모든 진상을 파악하고 속으로 생각했지요.

'이런 요괴가 있다니, 정말 보통 일이 아니로구나!'

그리고 즉시 문서를 보내 가짜 시 수재와 하씨를 잡아 오게 해서 대질 심문했소이다. 두 명의 시 수재는 생김새가 너무 똑같아 하씨도, 소이도, 왕 승상도 도저히 구별해낼 수 없었지요. 그래서 왕 승상은 한 가지 계책을 생각해 내고, 그들을 모조리 옥에 가두라고 분부했소이다. 그리고 밤에 하씨를 불러내서 진짜 시 수재의 몸에 무슨 구별할 만한 특징이 있는지 물으니, 하씨가 이렇게 대답했소이다.

'서방님 오른팔에 두 개의 검은 사마귀가 있사옵니다.'

왕 승상은 그 말을 새겨두고, 이튿날 다시 모든 이들을 불러냈소이다. 그리고 미리 수하들에게, '가짜 수재는 오른팔에 검은 사마귀가 없으니, 내가 분부하면 즉시 그놈에게 족쇄와 형틀을 채워라. 절대 놓치면 안 된다.'하고 분부를 내려놓았소이다. 그리고 두 수재가 나오자 왕 승상은 다짜고짜 수하들을 시켜서 두 수재 모두 상의를 벗기고 족쇄와 형틀을 채우라고 했소이다. 그들이 상의를 벗자 수하들은 재빨리 검은 사마귀가 없는 수재에게 족쇄와 형틀을 채웠지요. 그런데 그 가짜 수재도 정말 영리한 놈인지라, 자기 오른팔에 사마귀가 없다는 것을 눈치채고, 다급하게 소리쳤소이다.

'억울하오! 천지신명과 귀신들이시여, 이 몸을 불쌍히 여겨주십시오!'

왕 승상이 진노하여 꾸짖었소이다.

'못된 요괴 놈! 아직도 주둥이를 놀리느냐? 진짜 시 수재는 오른팔에 검은 사마귀가 있는데 네놈에게는 없지 않으냐? 이런데도 발뺌하겠느냐!'

그러자 가짜 수재가 신통력을 부려놓고 말했지요.

'그렇다면 여기 관병들이 실수한 겁니다. 제 오른팔에 검은 사마귀가 없다니요? 나리, 못 믿으시겠거든 직접 보십시오!'

왕 승상은 억울한 사람을 처벌하게 될까 염려하여 직접 살펴보았더니, 과연 그의 오른팔에 검은 사마귀가 하나 있는 것이 아니겠소? 이렇게 되니 다시 진짜와 가짜를 구별하기 어려워져서, 누구에게 족쇄와 형틀을 채워야 할지 모르게 되고 말았지요. 어쩔 수 없이 그들을 다시 옥에 가둬 두는 수밖에 없었소이다.

옥으로 돌아온 가짜 수재는 속으로 생각했소이다.

'하마터면 오늘 정체가 탄로 날 뻔했군. 아무래도 형님 한 분을 불러서 왕 승상으로 변신하게 해야겠어. 그러면 왕 승상이 어찌 나오는지 볼까?'

저오는 즉시 소식을 알리는 향기를 일으켰지요. 감해암 아래 있던 저사는 저오가 승상의 관청에 감금되어 있다는 소식을 듣고, 즉시 그곳으로 잠입하여 몸을 흔들어 왕 승상과 똑같은 모습으로 변신했소이다. 그리고 날이 밝자마자 북을 울리고 당상에 오르자, 소속 관리들이 차례로 인사를 올렸지요. 그런 다음 두 수재를 끌어내서 심문하면서, 몇 마디 말로 진짜 시 수재를 가짜로 만들어 버리고, 곤장 스무 대를 치게 했소이다. 진짜 시 수재만 억울하게 곤장을 맞은 것이지요. 그가 연신 비명을 질러 대고 있을 때 진짜 왕 승상이 청사로 나왔소이다. 그런데 당상에 가짜 자기가 앉아 있는 게 아니겠소? 게다가 그 가짜가 오히려 버럭 소리를 질렀소이다.

'이놈! 너는 누구이기에 감히 내 모습을 하고 청사로 들어오느냐? 여봐라, 당장 저놈을 잡아 족쳐라!'

하지만 진짜 왕 승상이 순순히 승복할 리 없었겠지요. 당연히 그도 맞고함을 쳤소이다.

'닥쳐라! 누가 감히 나를 체포한다는 말이냐?'

이렇게 되자 승상부의 관리 가운데 누구도 감히 손을 쓰지 못하고 이상한 일이라는 생각밖에 하지 못하게 되었지요. 도무지 생김새며 말투, 체격이며 행동거지까지 둘이 똑같으니 그럴 수밖에 없지 않았겠소? 이렇게 되자 진짜 왕 승상은 가짜 왕 승상을 이끌고 송나라 인종(仁宗) 황제를 찾아갔소이다. 하지만 저사가 신통력으로 요사한 기운을 훅 불자 인종 황제마저 눈이 어두워져서 앞이 제대로 보이지 않게 되니, 당연히 진짜와 가짜를 구별할 수 없게 되었지요. 이에 황제는 어명을 내려서 일단 두 승상을 모두 통천뢰(通天牢)에 가둬 두라고 했소이다. 왜 그랬느냐? 원래 인종 황제는 바로 적각대선(赤脚大仙)이 인간의 몸으로 태어난 분이셨기 때문에, 한밤중에 북두성이 떠오를 때 곧장 하늘 궁전으로 가니 어떤 요괴도 도망칠 수 없게 되었소이다.

이미 낌새를 눈치챈 저사는 북두성이 떠오르면 자기 정체가 탄로 날까 싶어서 즉시 소식을 알리는 향기를 풍겨서 저삼을 불러와 상의했소이다. 그래서 저삼도 신통력을 부려서 금란전으로 숨어들어 인종 황제의 모습으로 변신했지요. 그리고 오경이 되기도 전에 조정에 나가 문무백관을 모아 놓고 왕 승상의 일을 논의했소이다. 그리고 통천뢰를 열어 두 승상을 불러내려 하는데, 마침 진짜 인종 황제가 대전에 나왔지요. 이렇게 되자 문무백관은 감히 아무 말도 하지 못하고 서로 얼굴만 쳐다볼 뿐이었소이다. 그들은 어쩔 수 없이 황후에게 이 사실을 알렸지요. 황후가 옥새를 들고 대전에 나가 살펴보니 생김새며 말투, 목소리까지 똑같은 두 명의 황제가 있는지라 깜짝 놀랐지요. 황후는 잠시 생각하다가 이렇게 말했소이다.

'문무백관은 당황하지 마시오. 진짜 폐하는 두 손만 살펴보면 바로 알 수 있소. 왼손에는 산천의 문양이 있고 오른손에는 사직의 문양이 있지요.'

하지만 문무백관이 일제히 살펴보니 두 황제 모두 산천과 사직의 문양이 있는 것이 아니겠소? 그러자 황후가 다시 말했소이다.

'요괴가 신통력이 대단하니, 그대들은 옥새를 전해서 두 폐하에게 모두 하나씩 찍어 보시게 하시오. 이렇게 해서 진짜와 가짜가 판명되면 진짜 폐하는 후궁으로 모시고, 가짜는 통천뢰에 가둬 두었다가 내일 죄를 다스리도록 하시오.'

그런데 그 말이 끝나기도 전에 또 한 명의 황후가 대전으로 들어왔소이다. 알고 보니 사태가 심상치 않게 돌아가는 것을 간파한 저삼이 향기를 날려서 저이를 불러온 것이었소이다. 그 저이가 황후로 변신해서 들어오니, 문무백관은 전혀 구별하지 못하고 혼란에 빠져 버렸지요. 진짜 황제와 황후는 어쩔 수 없이 후궁으로 물러가 버렸소이다. 하지만 가짜 황제와 가짜 황후는 여전히 대전에서 문무백관과 이런저런 논의를 했는데, 문무백관은 그저 "예, 예!" 할 수밖에 없었지요.

그렇게 한창 논의하고 있는데, 후궁에서 환관이 와서 조서를 한 장 전했소이다. 문무백관은 영문을 몰라 당황했지만, 저이는 이미 상황을 분명히 파악하고 있었소이다. 왜냐? 이 조서는 바로 포(包) 대제(待制)[4]를 불러와서 사건을 처리하라는 것이었기 때문이었지요. 저이는 신통력이 뛰어나서 과거와 미래를 알 수 있었기 때문에 진즉 그것을 눈치챘던 것이외다. 그래서 그는 재빨리 저일에게 향기를 보내 위급한 현재 상황을 알렸소이다. 그래서 포 대제가 집에서 나오기도 전에 저일이 궁궐 대문 밖에서 포 대제의 모습으로 변신한 후, 스무 명의 집행관에게 서른여섯 가지 형구(刑具)를 준비하게 하고 조정으로 들어가 호통을 쳤소이다.

4 포 대제는 바로 포증(包拯)을 가리킨다. 대제는 5품 이상의 관료로서 황제의 고문 역할을 수행했는데, 특히 송나라 때는 궁중의 전(殿)과 각(閣)에서 문물을 관리하던 일을 맡았다. 그 지위는 학사(學士)나 직학사(直學士)의 바로 아래에 해당하는 고위 관료였다.

'모두 꼼짝 마라! 내 이미 성황보살에게 문서를 보내고 알리고, 옥황상제께도 보고해 놓았다. 감히 남의 자리를 함부로 차지하려는 자를 절대 용서하지 않겠다!'

그는 즉시 통천뢰에서 두 명의 왕 승상과 두 명의 시 수재를 끌어오라고 분부했소이다. 두 명의 진짜들은 모두 포 대제가 진짜와 가짜를 판결하면 절대 억울한 일이 없을 거라고만 생각했지, 설마 그 포 대제까지 가짜인 줄은 생각지도 못했던 것이외다. 그런데 그 순간 진짜 포 대제가 들어왔소이다. 그가 들어오자마자 가짜 포 대제가 즉시 고함을 질렀지요.

'대담한 요괴로구나! 감히 나를 사칭해서 조정에 들어와 사기를 치려고 하느냐?'

사람들은 다시 혼란에 빠져 버렸소이다. 상황을 짐작한 포 대제는 말을 해 봐야 곤란하다는 것을 알고 속으로 생각했소이다.

'세상에 이런 요괴들이 있다니! 감히 조정에 들어와 수작을 피우고, 나를 사칭하기까지 해?'

그는 아무리 생각할수록 화가 나서 참을 수 없었소이다.

'내 이놈들을!'

그는 버럭 소리를 지르며 섬돌 위에 쓰러져 버렸소이다. 다들 가짜 포 대제가 당한 줄로만 알았지요. 이미 다섯 쥐의 정체를 알아낸 진짜 포 대제의 영혼은 그 틈에 서천 뇌음사의 석가세존의 대전으로 가서 금정옥면신묘(金睛玉面神猫)를 빌려왔소이다. 그리고 잠시 후에 깨어나 몸을 일으키며 호통을 쳤소이다.

'이 못된 짐승들, 모두 꼼짝 마라!'

그러면서 소매에서 금정옥면신묘를 풀어놓자, 그 신령한 고양이가 단번에 하나씩 다섯 쥐를 때려잡았소이다. 그렇게 해서 포 대제로 변신한 저일과 황후로 변신한 저이, 인종 황제로 변신한 저삼, 왕 승상으로 변신한 저사, 시 수재로 변신한 저오의 정체가 드러나게 되었지요. 저씨 오형제는 알고 보니 다섯 마리 쥐였는데, 그들이 바로 조금 전에 보았던 그 왕궁을 지키던 호위장군이 되었던 것이오."

이야기를 듣고 난 삼보태감이 물었다.

"그렇다면 조금 전에 왜 그들을 제도해 주셨습니까?"

"동경에서 그렇게 재앙을 일으킨 후에 저들은 개과천선하여 염불을 열심히 외고 경전을 읽으면서 천 년이 넘게 수행하여 이미 신선의 몸을 갖게 되었소이다. 게다가 지난날 저들이 창고를 지키지 않았더라면 생쥐들이나 요괴들에게 해를 입었을 게 아닙니까? 그렇게 큰 공을 세웠으니 큰 상을 내리지 않을 수 없었소이다."

"국사님께서 중생의 사정을 감안하여 제도하시는 자비를 베푸셔서 요괴들도 정과를 이루게 하셨으니, 이 얼마나 큰 공덕인지요!"

"공덕이랄 게 뭐 있겠소이까? 옛날에 삼조(三祖)[5]께서는 죄로써

5 선종(禪宗)의 3대조사(三代祖師)인 승찬(僧璨: 510~606)을 가리킨다. 그는 북주(北周)의 무제(武帝)가 불교를 탄압하자 태호현(太湖縣) 사공산(司空山)을 오가며 불법을 전파했고, 수나라 개황(開皇) 12년(592)에 사대조사 도신(道信)에게 의발을 전수한 후 나부산(羅浮山)을 유랑하다가, 원래의 은거지인 서주(舒州) 환공산(皖公山)으로 돌아가서 포교 활동을 계속했다. 시호는 감

죄를 참회하셨고, 이조(二祖)[6]께서는 잘못으로 잘못을 다스리지 않으셨소이까?

一陣淸風劈面來	한 줄기 맑은 바람 얼굴에 불어오니
罪花業果俱零落	죄의 꽃과 업의 열매 모두 시들어 떨어지도다!

우리 불가에서는 원래 그러했지요."

"그렇군요. 그나저나 털보 이 아무개는 어째서 아직 그림자도 보이지 않는 걸까요?"

"때가 되면 나타날 테지요."

"밤이 되면 또 흡철령을 지나야 하는데, 어찌 될지 모르겠습니다."

"틀림없이 흡철령을 지나면 털보 이 아무개가 나타날 거외다."

벽봉장로가 빈말을 하지 않는다는 사실을 아는 삼보태감은 그 말을 듣게 되자 밤이고 낮이고 흡철령에 도착하기만을 목을 빼고 고대했다. 그리고 시간이 쏜살처럼 흘러 어느새 또 몇 달이 지나서, 벽봉장로가 음양관에게 물었더니 벌써 항해를 시작한 지 열한

지선사(鑒智禪師)이다.

6 선종의 2대 조사인 혜가(慧可: 487~593)를 가리킨다. 그는 일명 승가(僧可) 또는 신광(神光)이라고도 불리며, 마흔 살 무렵에 보리달마(菩提達摩)가 숭산(嵩山)과 낙양(洛陽) 일대를 다니며 불법을 전파할 때 그의 제자가 되어 6년 동안 공부했다. 이후 북주의 무제가 불교를 탄압하자 경전과 불상을 보호하기 위해 노력했고, 나중에 서주 환공산에 은거하여 3대 조사 승찬에게 의발을 전수했다.

달이 넘었다고 했다.

"그럼 곧 흡철령에 도착하겠구먼."

그 말이 끝나기도 전에 동주대왕이 보고했다.

"하루 정도만 더 가면 흡철령에 도착하게 됩니다."

자, 이번에는 어떻게 흡철령을 지나게 될까? 이에 대해서는 다음 회를 보시라.

제96회

마가어왕은 입을 쩍 벌리고 장 천사는 검을 날려 마가어왕을 베다

摩伽魚王大張口　天師飛劍斬摩伽

大漠寒山黑	사막의 추운 산은 검고[1]
孤城夜月黃	외로운 성은 달밤에 노랗게 보이는구나.
十年依蓐食	십년 동안 침대에 누운 채 아침을 먹으며
萬里帶金瘡	만리타향에서 창칼에 상처 입은 채 지내지.
拂露陳師祭	이슬 털며 군중에서 제사 지내고
衝風立教場	바람 무릅쓰고 훈련장에 서 있지.
箭飛瓊羽合	날아다니는 화살에는 하얀 깃털 달려 있고
旗動火雲張	깃발 펄럭일 때 무더운 여름의 붉은 구름 펼쳐지지.
虎翼分營勢	호익진(虎翼陣) 펼쳐 진영의 세력을 나누고

1 인용된 시는 당나라 때 양거원(楊巨源)의 〈이웃집 늙은 장수에게[贈鄰家老將]〉에서 일부를 발췌하고, 마지막 두 구절은 나무등이 지어 덧붙인 것이다. 이 시는 제86회의 첫머리에서도 인용된 바 있다.

魚鱗擁陣行	어린진(魚鱗陣) 펼치며 무리 지어 행군하지.
功成西海外	서해 밖에서 공을 세웠으니
此日報吾皇	오늘에야 우리 황제께 보은할 수 있으리라!

그러니까 동주대왕이 벽봉장로에게 이렇게 보고했다.

"하루 정도만 더 가면 흡철령에 도착하게 됩니다."

벽봉장로는 즉시 운곡에게 삼보태감에게 알리게 했다. 두 사령관이 장 천사를 청하여 정찰선을 보내 살펴볼지 상의하자, 장 천사가 말했다.

"애초에 국사님의 힘으로 지나왔으니, 이번에도 국사님께 가르침을 청해야 하지 않겠습니까?"

이에 벽봉장로를 청하여 묻자, 벽봉장로가 말했다.

"저번에 올 때 너무 고생했는데, 이번에는 어떨지 모르겠소이다. 아무래도 그에게 물어보는 게 좋겠구려."

삼보태감이 물었다.

"이 넓은 바다 한가운데에서 누구에게 물어본다는 말씀입니까?"

"물어볼 데가 있지요."

그러면서 벽봉장로가 고개를 끄덕이자, 곧 아주 키 작은 노인이 나타나 벽봉장로에게 절을 올리며 물었다.

"부처님, 무슨 일로 부르셨사옵니까?"

"그대는 누구인가?"

"흡철령의 토지신이옵니다."

"요즘은 그곳에 배가 지나는 게 어떠한가?"

"예전에는 오백 리에 걸쳐서 바다 밑이 모두 흡철석이 깔려 있어서 배들이 지나다닐 수 없었사옵니다."

"예로부터 지금까지 몇 척이나 지나갔는가? 설마 아무도 지나지 못한 것은 아닐 테지?"

"지나간 배들은 있지만 모두 대나무 못을 박아 만든 배였고, 그나마 간혹 못이 빠져서 가라앉기도 했사옵니다. 그런데 저번에 부처님께서 지나가신 뒤로 흡철석이 모조리 황금으로 변해서, 이제는 어떤 배든지 침몰할까 걱정 없이 마음대로 지나다닐 수 있사옵니다."

"그 황금은 건질 수 있는가?"

"황금에 관해 얘기하자면 좀 괴상하옵니다."

"그게 무슨 말인가?"

"그게 가난한 사람에게만 건져지고 부자에게는 보이지 않사옵니다. 찢어지게 가난한 사람은 서른 근이나 쉰 근이 나가는 커다란 덩어리를 주울 수 있고, 조금 덜 가난한 사람은 세 근이나 다섯 근쯤 되는 작은 덩어리를 주울 수 있사옵니다. 하지만 부유한 상인이나 지체 높은 사람에게는 좁쌀만 한 것도 보이지 않고, 황금이려니 하고 주워서 보면 그저 돌멩이에 지나지 않사옵니다."

그러자 왕 상서가 말했다.

"그러니까 '군자는 가난한 사람을 구제해 주지, 부유한 사람은 도와주지 않는다.'[2]고 하지 않았습니까? 아무래도 이 고개는 나중에 군자령(君子嶺)으로 이름을 바꿔야겠군요."

벽봉장로가 말했다.

"그 말씀대로 군자령으로 바꾸도록 합시다."

그리고 토지신을 불러 군자령이라는 단어를 잘 간수해서 후세 사람들에게 전해질 수 있도록 하라고 분부했다.

"글자를 새기지도 않았는데 어떻게 간수하라는 말씀이시옵니까?"

"가보게. 이미 해남제일봉(海南第一峰)에 글씨가 새겨져 있을 걸세."

토지신이 "예!" 하고 물러가자, 두 사령관이 물었다.

"국사님, 어떻게 금방 그렇게 글씨가 새겨졌습니까?"

"사실 왕 상서께서 그 말씀을 하셨을 때 제가 위타천존을 시켜서 거기에 커다랗게 세 글자를 새겨 놓으라고 했소이다."

삼보태감이 감탄했다.

"국사님의 오묘한 능력은 귀신도 예측하지 못하겠군요!"

그 말이 끝나기도 전에 호위병이 보고했다.

"함대가 고개를 지나는데 혹시 흡철령이 아닙니까? 여기를 지나면 배를 정박해도 되겠습니까?"

"바람 부는 대로 가면 되니까 정박할 필요 없다."

2 《논어》 〈옹야(雍也)〉: "君子周急不繼富."

그렇게 순풍이 불고 물결도 잔잔하고 하늘도 맑아서, 오백 리를 마치 평지처럼 지났다. 그런데 이튿날은 또 연수양에 도착하게 되었다. 두 사령관이 벽봉장로를 청하자, 그가 말했다.

"이번에도 토지신을 불러서 물어봐야겠구려."

잠시 후 토지신 하나가 대령하자 벽봉장로가 물었다.

"그대는 어느 신인가?"

"연수양의 토지신이옵니다."

"요즘 연수양에는 배가 지나다닐 수 있는가?"

"원래는 어려웠습니다만, 요즘은 괜찮아졌사옵니다."

"옛날에 어려웠다면 지나간 배가 없었다는 것인가?"

"그럴 리 있사옵니까? 천하에 부드러운 물이 있는 곳은 세 곳인데, 각기 다른 특징이 있사옵니다. 이 지역에 있는 이 물은 연약하기는 하지만 어느 정도 한계는 있사옵니다."

"그걸 어찌 아는가?"

"반고가 천지를 나눈 후부터 이곳은 매일 한 시진하고 삼각[3] 동안은 배가 지나갈 수 있었사옵니다. 하지만 그 정확한 시각이 언제인지는 모르옵니다. 그러니까 운 좋은 사람은 제때 지나갈 수 있지만, 그렇지 않은 경우면 배가 가라앉고 맙니다. 손오공 행자가 삼장법사를 호위하여 이곳을 지날 때는 바다 용왕에게 문서를 보내서 단단한 물을 돌게 해서 배가 지나갈 수 있었사옵니다. 그 뒤로

3 두 시간 사십오 분에 해당한다.

매일 두 차례는 배가 지나갈 수 있게 되었으니, 아침 밀물 때의 네 시간 남짓하고 저녁 썰물 때의 네 시간 남짓이 바로 그 시각이옵니다. 뱃사람들이 시간을 제대로 맞추면 물살을 따라 지나갈 수 있사옵니다. 이 시각이 지나면 물살도 멈추어서 통행할 수 없사옵니다. 저번에 부처님께서 지나가신 뒤로 단단한 물이 더 많아지고 부드러운 물은 더 줄어들어서, 매일 한 시진하고 삼각 동안만 부드러운 물이 채워져 있사옵니다. 그나마 자정 무렵이 돼야 그렇게 되니, 낮에는 어떤 배든 전혀 막힘없이 통행할 수 있사옵니다."

"예전에 용왕의 말로는 굉장히 어렵다고 하던데?"

"그 말을 곧이곧대로 믿기는 어렵사옵니다. 오이 장수가 오이 맛이 쓰다고 말할 리 없지 않사옵니까?"

"고생했네. 가보게."

"한 가지 더 아뢸 일이 있사옵니다."

"무슨 일인가?"

"앞쪽으로 가다 보면 바다 입구에 두 명이 마왕이 있사오니, 조심하셔야 하옵니다."

"무슨 마왕인가?"

"하나는 길이가 백 리 가까이 되고, 몸통 높이가 십 리나 되며, 주둥이도 몸통만큼이나 커다란 물고기 왕이옵니다. 이빨이 마치 화산 산봉우리가 늘어선 것처럼 나 있고, 두 눈은 마치 두 개의 해처럼 번쩍입니다. 주둥이를 벌리면 바닷물이 그 안으로 흘러 들어가는데, 지나가는 배들이 모두 봉변을 당하곤 하옵니다. 물살도 세게 흐르고 배가 빨리 달려서 곧장 그 주둥이를 거쳐 뱃속으로 들어가 버리니, 사람은 물론 배까지 흔적도 없이 사라져 버리옵니다."

"그런 고약한 일이 있나!"

"제가 어찌 부처님 앞에서 허튼소리를 늘어놓겠사옵니까? 아주 오래전에 서양의 배 오백 척이 보물을 찾으러 왔다가 그 주둥이에 들어가는 바람에 오백 개의 떡처럼 삼켜진 적도 있사옵니다!"

"그놈에게 이름이 있는가?"

"마가라(摩伽羅) 어왕(魚王)[4]이라고 하옵니다."

벽봉장로가 고개를 끄덕이며 말했다.

"알고 보니 그 못된 짐승이었구먼?"

삼보태감이 끼어들었다.

"국사님께서야 쉽게 말씀하시지만, 듣는 저희는 아주 골치가 아픕니다."

"그놈이 뭐가 그리 무섭다는 겁니까?"

"떠나온 지 여러 해 동안 수많은 오랑캐 나라를 정벌하여 많은

4 마가라(摩伽羅)는 마갈(摩羯, Capricorn)이라고도 하며 본래 갠지스강의 여신 바루나(伐樓那, Varuna)가 타고 다니는 것이다. 그 생김새는 악어에서 비롯되었다는 설도 있고, 악어와 돌고래가 결합된 모습이라는 설도 있다. 어쨌든 이것은 머리는 영양(羚羊)처럼 생겼고, 몸뚱이와 그 아래쪽은 물고기 모양이라고 했다. 현장(玄奘)의 《대당서역기(大唐西域記)》 권8에도 마갈(摩竭)에 대해 기록하고 있는데, 크기가 산처럼 크고, 높은 벼랑과 고개는 그 물고기의 수염과 갈기이며, 두 개의 해처럼 밝게 빛나는 눈을 갖고 있다고 묘사되어 있다. 훗날 불교의 성물(聖物)이 되었다. 동진(東晉) 때 고개지(顧愷之)가 그렸다는 〈낙신부도(洛神賦圖)〉에도 그 모습이 보인다.

보물을 얻으면서, 오늘날 부처님의 공대한 힘 덕분에 여기까지 올 수 있었습니다. 그런데 또 예측할 수 없는 위험 속으로 빠져들게 되었으니 걱정하는 게 당연하지 않습니까?"

"예측할 수 없는 위험이라니요?"

토지신이 말했다.

"아무래도 사나운 놈이니 길흉을 알 수 없사옵니다."

벽봉장로가 토지신에게 물었다.

"그나저나 다른 하나는 또 무슨 마왕인가?"

"다른 하나는 미꾸라지 왕[鰍王]이옵니다."

"미꾸라지 왕이라니?"

"중국에도 있는 그 미꾸라지 말씀이옵니다. 그런데 그게 몸뚱이가 장대해지고 오랜 세월을 살면서 정령으로 변했사옵니다."

"생김새는 어떠한가?"

"몸길이는 그다지 길지 않아서 대략 사오 리쯤 되고, 몸통 높이는 예닐곱 길쯤 되고, 등에는 날카로운 지느러미가 한 줄로 나 있고, 색깔은 피처럼 붉습니다. 멀리 붉은 깃발이 보이면 그놈이 쫓아오는 것이옵니다."

"그놈은 어떻게 해를 끼치는가?"

"미꾸라지 왕은 뾰족한 날이 달린 써레처럼 생긴 긴 혀로 배를 감아 그대로 가라앉혀 버리는데, 한 번 걸리면 절대 빠져나갈 수 없사옵니다."

"수고했네. 가보시게."

"한 가지 더 드릴 말씀이 있사옵니다."

"또 무슨 일인가?"

"바다 입구에 봉이산(封姨山)이라고 하는 높은 산이 하나 있는데, 거기에 천 년 묵은 원숭이가 요괴 노릇을 하며 살고 있사옵니다. 오륙 년 전에는 서천에서 또 무슨 이(李) 천왕(天王)인가 하는 자가 와서 그 원숭이와 부부로 살고 있사옵니다. 그 이 천왕에게 모슨 보물이 있는데, 천지를 환히 비춘다고 하옵니다. 그러니 원숭이 요괴와 이 천왕은 호랑이가 날개를 단 듯이 바다 입구에서 풍랑을 일으키고, 구름과 안개를 몰고 다니면서 사람들이 오가는 것을 방해하며 배들을 망가뜨리고 있사옵니다. 부처님께서도 그곳을 통해 들어가실 수밖에 없으니, 그곳 역시 조심하셔야 하옵니다."

"그건 더 얘기할 필요 없으니, 그만 가보시게."

토지신이 작별인사를 하고 떠나자 삼보태감이 말했다.

"그 천왕이라는 자가 성이 이씨이니 혹시 털보 이씨가 아닐까요? 그리고 그 보물이라는 것도 혹시 야명주가 아닐까요? 그렇다면 제 꿈이 여기서 이루어지겠군요."

장 천사가 말했다.

"함대에 있던 이해라는 자가 거기서 바다에 떨어졌는데, 혹시 그가 아닐까 싶습니다. 목숨을 건져서 원숭이에게 몸을 맡기고 살면서 이 천왕이니 뭐니 하고 있을지도 모르지요."

왕 상서가 말했다.

"그럴 리가 있습니까? 창고 안의 쌀이라면 죽었다가 다시 살아날 수 있겠지만!"

"득도해서 신이 되었는지도 모르지요."

"사람이 죽으면 혼이 흩어지는데, 개중에 신이 된 이가 몇이나 되겠습니까?"

그 말이 끝나기도 전에 호위병이 보고했다.

"앞쪽으로 멀리 수많은 배가 보이는데, 모두 붉은 깃발을 세운 채 줄지어 오고 있습니다. 행렬이 너무 길어서 끝이 보이지 않습니다. 해적이나 외국의 군대일지도 모르겠는데, 제가 함부로 판단할 수 없어서 이렇게 급히 보고하는 바입니다. 사령관님, 어떻게 할지 분부를 내려 주십시오!"

삼보태감이 말했다.

"이상한 일이로군! 이건 필시 추왕일 게야. 토지신이 미리 알려 주지 않았더라면 그놈의 독수에 당할 뻔했구먼."

그는 즉시 함대 전체에 명령을 내렸다.

"앞에 보이는 것은 배가 아니라 미꾸라지 왕이라는 괴물이다. 혀로 배를 감아서 침몰시킨다고 하니, 이제부터는 모두 정숙하도록 하라! 조타수는 키를 고정하고, 잡부들은 뜸 위의 물건들을 노끈으로 단단히 고정하라. 망대의 인원들은 방향을 잘 살피고, 병사들은 모두 단검을 하나씩 준비하고 있다가, 미꾸라지 왕의 혀를 발견하면 벗겨질 때까지 베도록 하라!"

사령관의 명이 떨어지자 모든 배에서 준비를 마쳤다. 두 사령관과 장 천사가 모두 벽봉장로의 천엽연화대로 가서 함께 살펴보니,

과연 붉은 깃발들이 대열을 이루어 다가오고 있었다. 가까이 다가올 때 살펴보니 수백 마리의 미꾸라지들이었다. 생김새는 중국의 미꾸라지와 똑같은데 다만 길이가 사오 리쯤 되고, 몸통 높이가 네다섯 길이나 되었다. 병사들은 모두 단검을 들고 대기하고 있었지만, 사실 속으로는 잔뜩 겁을 먹고 있었다. 그런데 어찌 된 영문인지 미꾸라지 왕들은 배 곁을 스쳐 지나면서도 혀를 내미는 놈이 없었다. 삼보태감이 그걸 보고 기뻐하며 말했다.

"이번에도 부처님의 광대한 힘 덕분에 추왕들이 해를 끼치지 않고 그냥 지나가는군요!"

"내가 무슨 힘을 썼다는 것이오?"

"그게 아니라면 저놈들이 왜 혀를 내밀지 않았겠습니까?"

그 순간 미꾸라지 왕의 무리가 절반쯤 지나가고 있었는데, 붉은 구름이 은은하고 자줏빛 안개가 자욱한 미꾸라지 왕의 등에 붉은 도포를 입고, 옥 허리띠를 차고, 높다란 모자를 쓰고 있어서 마치 지난 왕조의 승상 같은 차림새를 한 어느 벼슬아치가 앉아 있었다. 그가 천엽연화대를 향해 두 손을 모아 인사하며 말했다.

"여러분, 축하합니다!"

두 사령관과 장 천사, 벽봉장로는 모두 어찌 된 영문인지 모른 채 깜짝 놀랐지만, 어쩔 수 없이 이렇게 응대했다.

"어서 오십시오. 그나저나 저희는 고생만 하고 공을 세우지 못했는데, 무얼 축하한다는 말씀입니까?"

"사방에 사신으로 나가서 군주를 욕되게 하지 않았으니, 그야말로 진정한 대장부라고 할 수 있지 않소이까? 그러니 당연히 축하해야지요!"

삼보태감이 말했다.

"칭찬해 주셔서 감사합니다. 그런데 존함과 직위가 어찌 되시는지요?"

"저는 송나라의 승상 조정(趙鼎)[5]입니다."

이에 이쪽의 네 사람도 그에게 더욱 공손하게 대했다. 왕 상서가 말했다.

"알고 보니 충간공(忠簡公)이셨군요. 실례했습니다. 그런데 어쩐 일로 바다 위에 계시는지요?"

"이 못된 짐승들이 귀 함대에 해를 끼칠까 염려스러워서, 제가 이놈들을 줄을 세워서 함대를 보호해 주려고 왔소이다."

"그 짐승들이 우리 함대를 해칠지 어떻게 아셨습니까?"

"허허, 저도 이놈들에게 해를 당했으니 알게 된 것이지요."

"아니, 승상께서 어쩌다가 그런 일을 당하셨습니까?"

"생전에 제가 조정에 죄를 지어 멀리 폄적되었는데, 뇌주(雷州)[6]에서 배를 티고 남하하다가 사흘쯤 지나서 이놈들을 만났소이다. 당시 제가 탄 것은 작은 배여서 하마터면 배가 부서져 침몰할 뻔했

---

5 조정(趙鼎: 1085~1147, 자는 원진[元鎭], 호는 득전거사[得全居士])은 1106년 진사에 급제하여 어사중승(御史中丞), 첨서추밀원사(簽書樞密院事) 등을 역임했으나, 간신 진회(秦檜)가 자신을 죽이려 하는 것을 알고 스스로 단식하다가 죽었다. 시호는 충간(忠簡)이다.

6 뇌주(雷州)는 지금의 광둥성[廣東省] 서남쪽에 있는 반도이다.

소이다.”

“이렇게 수고해 주셔서 송구스럽습니다!”

“성스러운 천자께서 계시니 모든 신이 보우하고 있소이다. 하물며 신하의 몸으로 후손들로부터 무궁한 제사를 받고 있으니, 이렇게 풍파를 무릅쓰고 호위하러 온 것이지요.”

왕 상서는 몇 가지 더 물어보려 했지만, 미꾸라지가 멀리 떠나서 붉은 구름이 점차 흩어지고 자줏빛 안개도 스러지면서 조 승상은 대화를 마저 끝내지 못하고 사라져 버렸다. 삼보태감이 감탄했다.

“정말 영험한 토지신이로구먼!”

왕 상서가 말했다.

“토지신이야 국사님께서 부르셔서 온 것이지만, 조 승상께서 저 놈들을 제압하여 도와주실 줄은 짐작조차 못 했습니다. 과연 우리 황제 폐하의 홍복이 하늘만큼 크시니 신들도 이렇게 도와주시는군요.”

그 말이 끝나기도 전에 호위병이 보고했다.

“앞쪽 산 위에서 두 개의 해가 번쩍이는데, 길한 일인지 흉한 일인지 모르겠습니다. 사령관님, 분부를 내려 주십시오!”

“그게 어느 쪽에 있더냐?”

“서남쪽입니다.”

“이런! 마가라 어왕이 왔구나!”

그는 즉시 명령을 내려서 조사수들에게 동북쪽으로 방향을 잡으라고 분부했다. 이제 조타수들이 일제히 힘을 써서 뱃머리를 동북쪽으로 돌렸다. 삼보태감은 원래 마가라 어왕을 피해서 돌아갈 생각이었는데, 뜻밖에도 마가라 어왕이 함대를 향해 다가오기 시작했다. 이렇게 쫓고 쫓기다가 보니 함대는 어느새 연안까지 밀려갔다. 호위병이 보고했다.

"함대가 모두 연안에 접근했습니다. 사령관님, 분부를 내려 주십시오!"

"그렇다면 돛을 내리고 닻을 내려서 잠시 쉬도록 하라."

그런데 돛을 다 내리기도 전에 마가라 어왕이 함대에 바짝 다가왔다. 배 위의 사람들은 그저 깎아지른 듯이 높은 산에 일자로 뻗어 있는 커다란 뱀밖에 보이지 않았다. 하지만 길이가 얼마나 긴지도, 몸통 높이가 몇백 길이나 되는지도 알 수 없었고, 산발치의 뻥 뚫린 동굴로 바닷물이 세차게 흘러 들어가고 있었다. 양쪽 벼랑 아래에는 기괴하게 생긴 하얀 바위들이 삐죽삐죽 높다랗게 솟아 있었다. 산의 좌우에는 해가 하나씩 있어서 하늘의 해와 밝기를 다툴 정도였다. 병사들은 누구도 말을 못 하고 그저 속으로 이렇게들 생각하고 있었다.

'어떻게 갑자기 해수면에 산이 떠다니는 거지?'

장수들은 이런 생각을 하고 있었다.

'이 산은 어쩐지 용아문산(龍牙門山)[7]처럼 보이는걸? 그런데 산 좌우에 어떻게 두 개의 해가 있지?'

---

7 제26회의 각주1) 참조.

그들은 이렇게 길고 큰 마가라 어왕의 존재를 전혀 몰랐던 것이다.

한편 삼보태감은 즉시 모든 함대에 명령을 내렸다.

"수면에 떠 있는 것은 산이 아니라 마가라 어왕이라는 요괴가 수작을 부린 것이다. 각 전함에서는 화살과 총, 대포를 쏘아 어왕을 물리치도록 하라!"

이에 오영과 사초, 유격대와 수군의 장수들은 휘하의 전함을 배치하고, 피리 소리를 신호로 일제히 화살을 발사하여 거의 두 시간 넘게 쏘아 댔다. 하지만 어왕은 끄떡도 하지 않았다. 이어서 조총과 천뢰총(天雷銃)을 연달아 두 시간 넘게 쏘아 대서 얼마나 많은 화약을 썼는지 모르지만, 어왕은 여전히 끄떡도 하지 않았다. 이어서 장군포(將軍炮)와 양양대포(襄陽大炮)를 연달아 쏘아 댔지만 결과는 마찬가지였다. 장수들이 어쩔 수 없이 삼보태감에게 보고하자, 삼보태감이 장 천사와 벽봉장로를 모셔서 의논했다. 그러자 장 천사가 말했다.

"고국 입구까지 왔는데 어찌 이런 못된 짐승이 설치도록 내버려 둘 수 있겠습니까! 제가 당장 나가보겠습니다."

장 천사는 옥황각에 서서 주문을 외며 칠성검을 날렸다. 그 검은 그대로 날아가 마가라 어왕의 정수리에 푹 꽂혔다. 그제야 아픔을 느낀 어왕이 머리를 두어 번 흔들어 댔다. 그 바람에 산이 흔들리고 땅이 진동하면서 거대한 파도가 일어나는 바람에 함대의 배들은 예닐곱 번이나 뒤흔들리고도 안정을 찾지 못했다. 그걸 보자 장 천사는 즉시 영패를 울려 칠성검을 회수하고, 칼끝에 네 장의 부적을 살랐다. 순식간에 마 원수와 조 원수, 온 원수, 관 원수가 내려와 일제히 포권하며 분부를 기다렸다.

"이곳에서 어왕이라는 놈이 바다 어귀를 막고 있으니, 저놈을 쫓아 주시오."

네 명의 하늘 장수는 구름을 타고 올라가 각자 솜씨를 발휘했다. 마 원수는 벽돌을, 조 원수는 채찍을, 온 원수는 방망이를, 관 원수는 청룡언월도를 사납게 휘둘렀다. 그제야 조금 견디기 어려워진 어왕은 물밑으로 몸을 피했다. 그런데 그 몸뚱이가 바닥에 닿는 바람에 바다 밑바닥이 물이 수천 길이나 높이 치솟아서, 함대의 배들은 침몰하지 않도록 황급히 닻을 고정해야 했다. 장 천사는 일이 틀어질까 염려하여 즉시 네 원수를 돌려보내야 했다.

이때 왕 상서가 삼보대감에게 말했다.

"저놈이 예사롭지 않으니, 이를 어쩌지요? 뭔가 대책을 세우지 않으면 돌아갈 길이 막혀 버리고, 또 공격하자니 바다가 뒤흔들려서 함대가 위험하니 정말 진퇴양난입니다."

"국사님께 도움을 청하는 게 어떻습니까?"

"국사님은 그저 자비로운 마음으로 사정을 봐 주기만 하시는데, 이 물고기는 사람의 마음을 모르니 국사님도 어쩌지 못하실 겁니다."

"국사님께서 저번에 '알고 보니 그 못된 짐승이었구먼?' 하고 중얼거리셨으니, 틀림없이 저놈의 내력을 알고 계실 겁니다."

"그렇다면 쑥스럽지만 국사님을 찾아가 말씀드리는 수밖에 없겠군요.”

두 사령관은 벽봉장로를 찾아가 화살과 총, 대포를 쏜 일들과 장 천사가 하늘 신장을 시켜 공격한 일들을 자세히 얘기했다.

“아미타불! 제가 있다는 것을 모르는 모양이구려.”

정말인 것도 같고 아닌 것도 같고, 가볍지도 않고 심각하지도 않은 그 말을 듣고 왕 상서가 속으로 생각했다.

‘또 병이 도지셨구먼! 멍청한 물고기가 뭘 안다고 저러시는 게지?’

그때 삼보태감이 말했다.

“저놈이 국사님께서 여기 계신다는 걸 알면 어떻게 되는 겁니까?”

“그렇다면 이런 무례를 저지르지 않겠지요.”

“사람을 시켜서 알려줄까요?”

“그것도 괜찮겠구려.”

“누구를 보낼까요?”

“아무래도 장 천사를 시키는 게 좋겠지요.”

삼보태감은 즉시 장 천사를 모셔서 어왕에게 벽봉장로가 여기 있다고 알려주라고 부탁했다. 그러자 장 천사가 말했다.

“저금 전에 하늘 신장에게 부탁했는데도 꿈쩍도 하지 않았는데, 그냥 알려만 주면 괜찮을지 모르겠군요.”

벽봉장로가 말했다.

“일단 알려주기나 하시게. 그래도 비키지 않는다면 내가 달리 조치하겠네.”

“어떻게 알려주라는 것입니까?”

"그대의 칠성검에 글자를 하나 써 줄 테니, 그걸 날려 보내시게. 대신 정수리를 겨냥하지 말고 눈을 겨냥하면 그놈도 볼 수 있을 걸세."

장 천사가 즉시 칠성검을 꺼내자 벽봉장로가 손가락으로 칼날 위에 부처 '불(佛)' 자를 썼다. 장 천사는 주문을 외며 어왕의 눈을 향해 칼을 날렸다. 어왕은 눈을 부릅뜨고 있다가 그 글자를 발견하더니, 즉시 눈을 감고 고개를 숙이고 입을 다물었다. 그리고 몸뚱이가 점점 작아지더니 순식간에 한 마리 드렁허리로 변해서 함대 주위를 세 바퀴 돌더니 유유히 떠나 버렸다. 장 천사는 칼을 쥐고 벽봉장로에게 그 글자를 돌려주며, 그 어왕에게 무슨 내력이 있는지 물었다.

"그건 한 마디로 얘기하기 곤란하네."

"그래도 들려주십시오."

"그 어왕은 전생에 중천축 지방의 사람으로 태어났네. 그곳에는 마가다(摩伽陁, Magadha) 왕국이 있었지. 국왕에게는 세 명의 왕자가 있었는데, 어왕은 그 가운데 큰아들로서, 이름이 마가라(摩伽羅, Makara)라고 했네. 그 아이는 태어날 때 사흘 동안 울음을 그치지 않았다고 하지. 그리고 두 발로 땅을 밟으면 작은 구멍이 생기면서 거기서 맑고 향기로운 물이 나왔다고 하네. 하지만 국왕의 가족은 그가 왜 사흘 동안 우는지, 구멍이 생겨서 물이 나오는 이유가 무엇인지 알 수 없었네. 그러던 어느 날 어느 노승이 그곳을 지나다가 마가라를 보고 깜짝 놀라며 중얼거렸다네."

'그대가 인간 세상에 태어났다는 것인가?'

이에 국왕이 사연을 물으니 노승이 이렇게 대답했다네.

'이 왕자님은 본래 뇌음사의 여의동자(如意童子)였는데, 반도회에서 관음보살께 무례를 범하고 신선의 병을 떨어뜨려 깨는 바람에 부처님의 노여움을 사서 속세로 쫓겨났소이다. 육십 년 뒤에야 다시 윤회할 수 있을 것이외다.'

그래서 국왕이 또 물었다네.

'태어났을 때 울음을 멈추지 않았고, 두 발로 땅을 밟으면 맑은 샘물이 솟아났는데, 이것은 또 무슨 인과(因果) 때문입니까?'

그러자 노승이 이렇게 대답했네.

'울음을 멈추지 않은 것은 속세에 떨어진 고난의 인과[苦因] 때문이고, 땅바닥의 그 맑은 샘물은 그의 즐거운 과복[樂果]이니 가벼이 여기시면 안 됩니다.'

그래서 국왕이 이유를 묻자 노승이 이렇게 말했지.

'이 샘은 성수(聖水)라서 풍랑을 멈추게 할 수 있소이다. 혹시 하늘에서 거센 바람이 불면 이 물 몇 방울만 뿌려도 즉시 바람이 멈추지요. 또 바다에서 거센 파도를 만났을 때도 몇 방울만 뿌리면 즉시 잠잠해집니다.'

그러더니 곧 노승의 모습이 사라져 버렸네. 국왕은 그 노승이 평범한 인간이 아니었음을, 그러니 그 말도 허황한 거짓이 아니었음을 알았지.

마가라가 자라날수록 성수도 점점 영험해졌네. 그래서 해상을 오가는 모든 서양의 배는 유리병에 그 물을 담아서 갔는데, 풍랑을 만날 때마다 늘 효험이 있었지. 마가라는 자라서도 생업에는 신경 쓰지 않고 늘 노는 것만 배우고, 귀신들과도 이야기를 나누었네. 나중에 국왕이 병으로 세상을 떠나자 그가 왕위를 이어야 했지. 하지만 불과 반년 동안 왕 노릇을 하면서 남의 유부녀를 탐하고, 살인도 죄로 여기지 않았네. 참다못한 백성이 사방에서 반란을 일으키고, 이웃 나라들도 전쟁을 일으켰지. 사태가 심상치 않게 돌아가자 그는 남천축으로 피신했는데, 그곳 국왕이 예우해 주지 않았지. 그래서 마가라는 자신이 신선술을 아는데, 사람을 불로장생하게 할 수 있고 흰머리도 검게 만들 수 있다고 했지. 국왕이 믿지 않자 그가 이렇게 말했네.

'못 믿으시겠거든 시험해 보시지요.'

국왕이 '정말 효과가 있다면 사실로 믿겠소.'라고 하자, 마가라는 즉시 탁자 위에 모래를 갈아 밭 모양으로 만들더니, 종이에 소와 농부를 그려놓고 호통을 쳤네.

'소야, 일어나서 밭을 갈아라!'

그러자 소가 벌떡 일어섰지. 그가 또 소리쳤네.

'농부는 밭을 갈아라!'

그러자 그림 속의 농부가 일어나서 채찍이며 농기구를 모두 갖추더니, 금방 밭을 갈고 참외를 심었네. 그 참외도 금방 싹이 나더니 또 금방 넝쿨이 우거지고, 꽃이 피고, 열매가 맺혔네. 소는 밭두렁에 누워 자고, 농부도 마찬가지였지. 그러자 마가라가 호통을 쳤네.

'거름도 많이 주고 힘써 일해야 훌륭한 농부이거늘, 이놈의 농부는 왜 이리 잠만 자는 게야? 저 참외밭 주위에 대추나무를 심어라. 대추가 나거든 술상을 차려야지.'

그러자 농부가 정말 일어나서 대추나무를 심었네. 잠시 후 나무가 자라서 꽃이 피고 열매가 맺혔네. 그때 마가라가 물었지.

'여보게 농부, 참외가 익었는가? 대추는 익었고?'

그러자 농부가 대답했지.

'둘 다 익었습니다.'

'그렇다면 익은 것들을 골라 따 오게.'

농부가 "예, 예!" 하면서 참외 네 개하고 대추 몇 되를 바쳤네. 마가라가 그걸 받아서 남천축 국왕에게 바쳤는데, 국왕이 쪼개 먹어보니 참외도 대추도 모두 진짜와 같은 맛이 났지. 게다가 보통 참외나 대추보다 훨씬 신선하고 맛도 좋았거든. 국왕이 의아해서 물었네.

'이 참외하고 대추는 어디서 훔쳐 온 거요?'

그러자 마가라가 대답했지.

'이 엄동설한에 어디서 그걸 훔쳐 오겠소이까?'

'그것도 말이 되는구려.'

이후로 국왕은 그를 예우했지만, 그래도 끝내 극진히 공경하지는 않았네.

어느 날 마가라가 국왕에게 말했지.

'대왕께 재물이 부족한 것 같으니, 제가 채워 드리겠소이다.'

'특별히 쓸 일도 없지만, 요 이틀 사이에 돈이 조금 부족한 것은 사실이오.'

마가라는 국왕을 모시도 정원의 유리 난간을 두른 샘으로 가더니, 난간에 손가락으로 무언가를 그리면서 '돈!' 하고 소리쳤네. 그러자 우물 속에서 은화들이 줄줄이 솟아 나와서 순식간에 수백 말[斗]이 쌓였네. 국왕은 그가 정말 신선술을 하는 줄 알고 무척 기뻐하며 정말로 그를 공경했네. 그리고 그에게 장수하는 비결을 물어보기도 하고, 따로 수련할 장소를 마련해 주기도 했네.

한편 국왕이 아끼는 왕비가 후궁 깊숙한 곳에 살고 있었지. 그런데 갑자기 나비 한 쌍이 날아 들어와서 왕비의 귀에 대고 이렇게 말했네.

'마가라는 부처님의 화신이니, 그에게 하룻밤 은총을 입는다면 지옥에 떨어지지 않고 승천할 수 있어요.'

왕비는 깜짝 놀라서 국왕에게 그 이야기를 들려주었네. 국왕은 그제야 마가라가 신선술을 부려서 왕비를 희롱하려 했다는 사실을 눈치채고, 즉시 병사들을 시켜서 그를 나라 밖으로 내쫓아 버렸지. 못된 짓을 하려다 들킨 마가라는 쥐구멍을 찾듯이 도망쳐 버렸네.

이후 그는 마자려(摩眦黎)[8] 왕국으로 갔는데, 그 나라 백성은 모

8 이것은 작자가 지어낸 나라 이름인 듯하다. 옛 인도의 대표적인 16개 왕국 가운데 이와 발음이 비교적 가까운 것으로는 말라(馬喇, Malla) 왕국과 마차(馬差, Maccha) 왕국이 있는데, 이들 중 하나를 가리키는 것일 수도 있으나,

두 그의 출신과 불량한 소행을 들어서 알고 있었는지라 아무도 그를 예우하지 않았네. 자세한 내막을 아는 국왕도 그를 만나 주려 하지 않았지. 그는 기분이 언짢아서 여관에 살면서 매일 아침부터 나가 저녁이면 술이 잔뜩 취한 채 돌아왔네. 그리고 소매에서 금은보화를 꺼내 여관 주인에게 주면서 거스름돈도 받지 않았네. 여관 주인이 이상하게 생각하고 사람을 시켜서 미행하게 했는데, 그는 매일 술만 마시고 한가하게 돌아다닐 뿐 아무 일도 하지 않는다는 것이었네. 그래서 혹시 봇짐 안에 재물이 많이 들어 있나 싶어서 훔쳐 살펴보았지만, 뭐 특별한 것도 들어 있지 않았지. 반년 남짓 거기서 지내면서 늘 이런 식이었지.

그래서 여관 주인은 한 가지 계책을 생각해 냈네. 밤이 이슥할 때 창틈으로 그의 동정을 엿보는 것이었지. 그런데 삼경 무렵이 되자 그가 여러 장의 종이를 꺼내 쥐 모양으로 오리더니, 거기에 물을 한 모금 뿌렸네. 그러자 쥐들이 일제히 살아 움직이기 시작했지. 그가 '가라!' 하고 소리치자 쥐들은 일제히 어디론가 우르르 몰려갔네. 그리고 얼마 후 그가 '돌아와라!' 하고 소리치자 쥐들이 일제히 돌아왔는데, 다들 입에 금이며 은, 돈이며 보석 따위를 물고 와서 방바닥에 떨어뜨려 놓았네. 그는 쥐들에게 과일이며 먹을 것을 주

확실하지는 않다. 한편 글자 모양으로 보건대 가비리(伽毗黎) 왕국 즉 석가모니의 고향인 카필라바스투(Kapilavastu)를 잘못 쓴 것일 수도 있겠다. 이곳은 문헌에 따라 가비라위(迦毗羅衛) 또는 겁비라벌솔도(劫比羅伐窣堵)라고도 표기하며, 갠지스강의 지류인 가그라(Gagra) 강과 간다크(Gandak) 강 상류 일대에 있었던 왕국이다.

고 나서, 다시 물을 한 모금 뿜었네. 그러자 쥐들은 다시 종이로 변했지. 주인은 깜짝 놀랐지.

'알고 보니 이 자는 쥐를 이용해 도둑질하고 있었구나. 어쩐지 반 년 사이에 우리나라에 쥐들에게 해를 입은 일이 많더라니! 내일은 이 일을 까발려서 국경 밖으로 내쫓아 버려야겠어.'

마가라는 또 이런 못된 짓을 하다가 들통이 나서 쥐구멍을 찾듯이 도망쳐야 했네.

그는 다시 카스[伽尸][9] 왕국으로 갔지만 받아들여지지 않아서 소말리[蘇摩黎][10] 왕국으로, 진타리[斤施利][11] 왕국으로, 바라(婆羅)[12]

---

9 카스(伽尸, Kashi)는 중인도에 있었던 옛 왕국으로서, 석가모니가 생존해 있을 당시 인도의 대표적인 16개 왕국 가운데 하나이며, 수도는 불교와 바라문교의 성지인 지금의 바라나시(Varanasi)에 있었다. 카스라는 것은 서역의 대나무 이름인데, 이 나라에 그 대나무가 많아서 그런 명칭이 붙었다고 한다. 문헌에 따라 가시(伽翅), 가이(迦夷), 가사(迦赦), 가사(伽奢)라고도 표기하며 의역(意譯)하여 광유체국(光有體國) 또는 노위국(蘆葦國)이라고도 한다.

10 소말리[蘇摩黎] 왕국은 지금의 인도네시아 수마트라 북부 해안의 사말랑카(Samarlangka)를 가리킨다.

11 진타리[斤施利, 또는 斤陀利] 왕국은 문헌에 따라 간타리(干陀利)라고도 표기하며, 지금의 인도네시아 수마트라 혹은 말레이 반도에 있었다고 여겨지는 왕조이다.

12 바라(婆羅)에 대해서는 대표적으로 두 가지 설이 있다. 하나는 바리(婆利) 또는 바려(婆黎), 마례(馬禮) 등으로도 표기하는 곳인데, 그나마 구체적인 위치에 대해서도 이견이 많다. 대체로 지금의 인도네시아 발리(Bali) 섬이나 수마트라의 잠비(Jambi) 일대를 가리킨다고 여겨지고 있다. 다른 하나는 명나라 때의 《일통지(一統志)》에서 언급한 바라국(婆羅國)인데, 이것은 오늘날의 보르네오(Borneo) 또는 브루나이(Brunei) 일대에 있었던 왕조라

왕국으로 갔지만 모두 받아들여지지 않았네. 어쩔 수 없이 아주 멀리 떨어진 서인도의 나라로 갔지만 거기서도 받아들여지지 않았고, 다시 코펜[罽賓][13] 왕국으로 갔지만 거기서도 받아들여지지 않아서, 결국 페르시아[波斯] 왕국으로 가서 성명을 바꾸고 구차하게 목숨을 이어갔네. 하지만 그 자신은 그런 생활에 만족하지 않았지.

어느 날은 페르시아 왕이 제단에 보물을 바치는데 그가 종이를 오려 두 마리 까마귀를 만들어서 날려 보냈더니, 개중에 한 마리가 보물을 물어다 주었네. 국왕은 그의 짓인 줄은 모르고 고약한 까마귀가 있다고만 생각했지. 또 어느 날은 국왕이 아름다운 꽃이 만발한 궁정 화원에서 꽃을 감상하고 있었네. 그런데 마가라가 밥을 한 숟가락 입에 넣고 씹다가 뱉고, 두 숟가락 입에 넣고 씹다가 뱉어내서 결국 밥 한 공기를 모두 그렇게 하여 하늘을 가득 덮을 만큼 많은 벌을 만들어 냈네. 그리고 그 벌들을 궁정 화원으로 날려 보내서 국왕의 흥을 깨 버리기도 했지. 그래도 국왕은 그의 짓인 줄은 모르고, 그저 벌들이 정말 무례하기 짝이 없다고 짜증을 내기만 했지. 또 한 번은 국왕이 후궁에서 잔치를 열어 무희들이 춤추고 노래하며 음식들이 잘 차려져 있었지. 마가라도 서너 명의 친구를 불

고 여겨지고 있다.

13 코펜[罽賓] 왕국은 문헌에 따라 늠빈(凜賓), 겁빈(劫賓), 갈빈(羯賓) 등으로 표기하기도 했다. 이곳은 고대 중앙아시아 지역, 고대 그리스에서 코펜(Kophen)이라고 불리던 지역에 있었던 왕조인데, 전성기 때는 카슈미르(Kashmir) 지역까지 포괄하기도 했다고 한다.

러 술판을 벌이고 서로 주거니 받거니 마셨지. 그런데 그가 별로 기분이 좋아 보이지 않자, 친구 하나가 물었네.

'오늘 술자리에 여자가 빠져서 기분이 별로인가 보구먼?'

그러자 그가 이렇게 말했네.

'여자가 뭐 별거라고? 국왕의 무희라 하더라도 마음대로 부르고 보낼 수 있는데 말이야.'

그러니까 그 친구가 '그건 어렵지 않을까?' 했더니, 그가 이렇게 말했지.

'못 믿겠는가? 그럼 지금 당장 불러오지.'

그러면서 그가 '와라!' 하고 소리치자 과연 국왕의 무희들이 눈앞에 나타났네. 순식간에 십여 명의 미인이 나타났는데, 모두 궁장(宮粧)을 차려입고 교태를 부리며 시중을 들었지. 마가라가 춤을 춰 보라고 하자 미녀들은 버들 같은 허리를 가볍게 흔들고 온갖 교태를 부리며 한밤중까지 노래하고 춤을 추었네. 그러다가 그가 그녀들에게 가라고 하자 다시 방 안에서 그녀들의 모습이 사라져 버렸지. 친구들은 무척 즐거워하며 거나하게 취해 자리를 파했네.

한편 국왕이 잔치하는 도중에, 갑자기 무희들이 일제히 땅바닥에 털썩 쓰러지더니 정신을 잃어버리는 것이었네. 국왕이 깜짝 놀라서 소리쳤지.

'어서 깨워라! 머뭇거리다가 목숨을 잃을 수도 있겠다.'

신하들이 황급히 무희들을 부축하며 이름을 불렀지만 아무도 깨어나지 않았네. 그러자 국왕이 말했네.

'사람 목숨은 하늘에 달렸지만, 어서 어의를 불러 살펴보게 하라.'

어의가 와서 어떤 진단을 내리는지는 다음 회를 보시라.

제97회

이해는 야명주에 관해 이야기하고 백선왕은 제사를 지내 달라고 요구하다

李海訴說夜明珠　白鱔王要求祭祀

細敲檀板囀鶯喉	박달나무 판자 가볍게 두드리며 꾀꼬리처럼 노래하니
響遏行雲邁莫愁	그 소리에 구름까지 멈추고 시름도 아득히 사라지네.
多少飛觴閑醉月	술잔 날리며 달빛 아래 한가로이 취하나니
千金不惜買凉州	양주의 명마 살 만한 거금도 아깝지 않구나!
長安兒女踏春陽	장안의 아녀자들 봄나들이 가는데[1]
無處春陽不斷腸	봄볕 따스한 곳마다 그리움에 애간장 끊어지네.

1 제5~8구는 당나라 때 단성식(段成式: 803~863, 자는 가고[柯古])의 《유양잡조(酉陽雜俎)》에서 오래된 병풍 속의 아낙들이 불렀다고 기록한 노래이다.

舞袖弓腰渾忘却	소매 휘저으며 활처럼 허리 굽히던 일[2] 모두 잊어버리나니
峨眉空帶九秋霜	아리따운 미녀는 부질없이 가을 서리처럼 흰머리만 생겼구나!

"그러니까 무희들이 쓰러지자 국왕이 말했지.

'사람 목숨은 하늘에 달렸지만, 어서 어의를 불러 살펴보게 하라.'

잠시 후 어의들이 일제히 달려와 맥을 짚어보더니 이렇게 말했네.

'이건 병이 아니니 죽지 않을 것이옵니다.'

그래서 국왕이 물었네.

'병이 아니라면 어찌 이리 인사불성이 되어 있는가?'

'틀림없이 귀신에게 홀린 모양인데, 내일 아침이면 깨어날 것이옵니다.'

과연 이튿날이 되자 무희들이 일제히 깨어났네. 국왕이 어찌 된 일인지 묻자 그들은 모두 이렇게 대답했지.

'마가 법사(法師)의 분부를 받아 술 시중을 들었사옵니다.'

국왕은 무슨 소리인지 알 수 없어서 관병들에게 온 도성 안을 조사하게 하여 결국 마가라를 찾아냈네. 그를 심문해 보고 나서 그가 이제껏 지질러온 일들을 알게 되자, 즉시 체포하여 비파골에 쇠사

2 본문의 궁요(弓腰)는 허리를 뒤로 굽혀서 머리가 땅에 닿게 하여 활처럼 만드는 것을 가리킨다.

슬을 꿰어 국왕에게 끌고 갔지. 국왕이 곤장을 치라고 했지만, 그를 땅바닥에 엎어놓고 아무리 곤장을 휘둘러도 곤장은 그의 살에 닿지 않았네. 그래서 다리 사이에 몽둥이를 끼우고 조이라고 했더니, 몽둥이만 부러질 뿐 그의 다리에는 전혀 영향을 주지 못했네. 그래서 아예 목을 쳐 버리라고 했는데, 목을 치고 나자 수급이며 몸뚱이까지 한꺼번에 사라져 버렸네. 그 대신 그의 목소리가 들려왔지.

'나를 죽여도 좋다만, 귀신이 되어서라도 용서하지 않겠다!'

이렇게 되니 국왕도 어쩔 수 없이 천자재(天自在)라는 이를 모셔왔네. 그런데 이 천자재는 어디서 왔는지 아시는가? 원래 페르시아에는 떠돌이 승려[蹦躋僧人] 하나가 있었는데, 머리를 깎지 않아도 머리카락은 늘 반 치 정도밖에 되지 않았고, 세수하지 않아서 얼굴엔 늘 때가 끼어 있고, 옷차림도 대충대충 해서 사철 내내 위아래로 얇은 천 조각만 두르고 걸친 채 다녔네. 그는 누구를 만나면 그저 '하늘나라는 느긋하게 살기 좋은 곳[天上好自在]'이라는 말만 했기 때문에 다들 그를 천자재라고 불렀네. 하지만 그는 상당히 신통력이 대단해서, 크게는 천지의 이치에 통달하고 작게는 귀신을 부리는 등 못 하는 일이 없었네. 그래서 국왕이 그를 모셔 와서 마가라에 관한 이야기를 들려주었지. 그러자 천자재가 말했네.

'이 못된 짐승이 사방에서 사람에게 해악을 끼쳐서 죄악이 넘치니, 오늘은 결국 내 손에 걸리고 말았군요.'

그리고 즉시 칠칠 사십구, 마흔아홉 자의 높은 대를 쌓고 그 위에 앉아 부적을 사르며 영패를 쳐서 하늘의 신장들에게 당장 마가라를 잡아 오라고 했네. 하지만 마가라가 감히 그 앞에 나타날 수 있겠는가? 당장 도망쳐 버렸지. 그가 북천축으로 도망치자 천자재는 북천축의 성황신에게 알렸네. 그래서 그곳에서도 몸 둘 곳이 없어진 마가라는 다시 동천축으로 도망쳤지만, 천자재가 그곳 성황신에게 알리니 역시 거기서도 몸 둘 곳이 없었지. 다시 다른 곳으로 도망치려 했지만, 천자재가 다섯 천축의 다섯 성황신에게 모두 알리는 바람에 어디에도 몸 둘 곳이 없어져 버렸네. 어쩔 수 없이 하늘나라로 도망치려 했지만 이미 거기도 천자재가 하늘 그물을 빌려서 겹겹으로 빈틈없이 쳐 놓고 있었고, 땅으로 내려오려 해도 역시 천자재가 땅의 그물을 빌려서 겹겹으로 빈틈없이 쳐 놓고 있었지. 그는 결국 서해로 풍덩 뛰어들어 물고기로 변신해서 이리저리 헤엄쳐 다니며 잠시 머물 수 있었네. 그런데 그 사실을 알게 된 천자재가 사해 용왕에게 문서를 보내서 바다의 관문을 잠그고 그를 잡아들이라고 했네. 사람이 급하면 들보에 매달리고, 개는 다급하면 담장을 따라 돌기 마련이듯이, 숨을 곳이 없어진 마가라는 자신의 모든 재주를 다 발휘해서 몸길이가 수백 리나 되고 몸통 높이가 이삼십 리나 되는 거대한 물고기로 변신했네. 그리고 엄청난 힘을 발휘하여 물속의 신병(神兵)들과 격전을 벌였네. 결과적으로 물속의 신병들도 모두 그에게 죽임을 당하거나 패주해 버렸지.

이렇게 되자 천자재는 도저히 적수가 안 되겠다고 생각하고 부처님께 문서를 올려 보고했네. 부처님은 탁탑천왕에게 분부하여 긴고아(緊箍兒)의 주문을 써서 그를 굴복시켰네. 하지만 부처님은 그를 해치지 않고 풀어주지도 않으면서 그에게 진술서를 쓰게 했네. 또 그에게 사람으로 태어나지도 못하고, 변신술도 쓰지 못하고, 그저 몸길이 한 자에 몸통 높이는 세 치가 넘지 않는 물고기로 살라고 했네. 이를 어기면 즉시 참수형에 처하겠다고 했지.[3] 그래서 방금 그놈이 부처 '불' 자를 보자마자 고개를 숙이고 떠나간 걸세. 어떤가, 정말 긴 이야기였지 않은가?"

장 천사가 말했다.

"먼 앞을 내다보시는 국사님의 능력이 아니었다면, 고국의 대문 앞에서 또 한바탕 난리가 벌어질 뻔했군요."

삼보태감이 그에게 물었다.

"대문 앞이 어디입니까?"

"어왕이 떠났으니 함대를 출발해서 한나절만 가면 백룡강 입구이고, 뱃머리를 돌려 강으로 들어가면 바다에서 벗어나게 됩니다. 그러니 대문 앞이 아니겠소이까?"

"그렇다면 뱃머리를 돌려야지요."

그는 즉시 명령을 내려서 조타수들에게 소심해서 강이귀로 들어가라고 했다. 잠시 후 호위병이 보고했다.

"앞쪽에 안개가 자욱해서 강어귀가 어디인지 보이지 않는지라, 조타수들이 함부로 키의 방향을 잡지 못하고 있습니다."

---

3 이상의 마가라에 대한 이야기는 불경 《대지도론(大智度論)》 권7의 이야기를 약간 변형한 것이다.

"바다 어귀에 봉이산이라는 곳이 있으니, 그 산만 찾으면 될 게야."

"산도 보이지 않습니다."

"그렇다면 토지신이 말한 그놈이 온 모양이로구나."

그러자 마 태감이 물었다.

"토지신이 말한 그놈이라니요?"

"연수양의 토지신이 그러지 않더냐? 봉이산에 천 년 묵은 원숭이가 있어서 바다 어귀에 풍랑을 일으키고 안개와 구름을 몰고 다니며 항로를 방해한다고 말이다. 그러니 지금 바로 그놈이 온 게 아니겠느냐?"

왕 상서가 말했다.

"물 위의 일이란 이렇게 어렵군요. 예전에 바다로 나올 때는 그저 가는 길만 험하고 돌아오기는 쉬우리라 생각했는데, 돌아오는 길에도 이리 어려움이 많을 줄이야!"

장 천사는 왕 상서가 자꾸 어렵다는 얘기를 반복하자 화가 치밀어 칠성검을 움켜쥐었다. 하지만 그가 막 검을 잡는 순간 벽봉장로가 말했다.

"장 천사, 잠깐 고정하시게. 호송하는 이들을 먼저 보내고 나서 자네가 나서도 되지 않는가?"

장 천사는 그저 "예, 예!" 하는 수밖에 없었다. 벽봉장로는 나직이 "아미타불!" 하더니 명월동자와 야화행자, 방초행자를 불렀다. 그들이 나타나 부처님 주위를 세 바퀴 돌고 여덟 번 절을 올리자,

벽봉장로가 말했다.

"함대가 이미 백룡강에 도착했으니, 이만 가보게. 그간 고생 많았네."

"조금 더 전송해 드리겠사옵니다."

"그럴 필요 없네."

셋이 절을 올리고 떠나려 하자 벽봉장로가 말했다.

"내년 우란분회 때 사례하겠네."

"아니옵니다. 사례라니요!"

그들이 바람을 타고 떠나자 벽봉장로는 동주대왕과 홍라산의 산신을 불렀다. 둘이 나타나 부처님 주위를 세 바퀴 돌고 여덟 번 절을 올리자, 벽봉장로가 말했다.

"함대가 이미 백룡강에 도착했으니, 이만 가보게. 그간 고생 많았네."

"조금 더 전송해 드리겠사옵니다."

"그럴 필요 없네."

셋이 절을 올리고 떠나려 하자 벽봉장로가 말했다.

"삼년 뒤에 문서를 보내 자네들을 부르겠네."

"알겠사옵니다. 기다리고 있겠사옵니다!"

그들이 바람을 타고 떠나자 벽봉장로가 장 천사를 불렀다.

"상의할 일이 있네."

그 말이 끝나기도 전에 머리카락과 수염이 덥수룩하고 눈이 움푹 들어가 있고 허리가 잘록한 원숭이가 "휙!" 하고 앞에 나타났다.

원래 벽봉장로가 호송하는 이들을 보내는 사이에 장 천사가 부적을 살라 하늘 신장에게 원숭이를 잡아 오게 했는데, 벽봉장로의 일이 끝나자마자 그놈을 떨어뜨렸던 것이다. 벽봉장로가 말했다.

"아미타불! 이놈은 뭔가?"

장 천사가 말했다.

"이놈이 바로 구름과 안개를 몰아 우리 항로를 방해한 봉이산의 원숭이 정령입니다. 그래서 제가 하늘 신장을 시켜서 잡아 왔습니다."

"아미타불! 선재로다! 네가 구름과 안개를 몰아왔다면 어서 거두도록 해라. 장 천사, 저놈을 해치지 말게."

그러자 원숭이가 소리쳤다.

"부처님, 자비를 베풀어 주십시오! 저는 호의로 이런 건데, 천사께서 오해하셨나 봅니다!"

삼보태감은 '호의'라는 말을 듣자 갑자기 새월명이 떠올라서 다급히 말했다.

"너의 호의라는 것이 혹시 이 천왕에게 야명주를 갖다 주게 하려는 것이었더냐?"

"나리, 과연 선견지명을 갖고 계시는군요. 정말 이 장군과 야명주가 있사옵니다."

삼보태감이 무척 기뻐하며 말했다.

"이 장군은 어디 있느냐?"

"제 산에 있사옵니다."

"그런데 왜 진즉 와서 알리지 않고, 구름과 안개로 길을 막았느냐?"

"어부의 안내를 받지 않으면 파도를 볼 수 없는 법이지요. 제가 구름과 안개를 몰지 않았더라면 어떻게 천사님께 붙잡혔겠사옵니까? 또 천사님께 붙잡히지 않았더라면, 어떻게 이 장군을 이 함대로 데려올 수 있겠사옵니까?"

"그래, 그런 뜻이었구나. 일어나서 차를 마시도록 해라."

"어찌 감히 차를 마시겠사옵니까? 지금 가서 이 장군을 모셔오겠사옵니다."

원숭이는 그 말이 떨어지기 무섭게 금방 사라졌다가 이 장군을 데리고 다시 나타났다. 두 사령관과 장 천사, 벽봉장로, 네 태감, 장수들과 관료들이 자세히 살펴보니 그는 바로 옛날에 물에 빠졌던 이해가 아닌가! 그는 생김새는 예전 그대로였지만 입가에 수염이 덥수룩하게 자라 있었다. 삼보태감이 손바닥을 비비며 웃었다.

"허, 기이한 일이로고! 내 길몽을 마환이 제대로 해몽했구먼!"

장 천사가 말했다.

"꿈 이야기는 잠깐 접어두시고, 이해더러 원숭이에게 감사 인사를 하고 돌려보내게 하십시오."

벽봉장로가 말했다.

"한 사람의 목숨을 구하는 일이 칠층 탑을 쌓는 것보다 낫다고 했지. 이 중생이 우리 배의 병사 한 명을 구해 주었고 또 이렇게 여러 해 동안 먹여 살렸으니, 더없이 큰 공을 세웠다고 할 수 있어. 장 천사, 자네 도가에서 문서를 한 장 발행해서 저 원숭이를 봉이산 산신으로 봉해서 만 년 동안 제사를 받고, 천지와 더불어 복을 누리도록 해 주게."

장 천사는 즉시 문서를 쓰고 도장을 찍어 원숭이에게 주었다. 원숭이는 큰절을 올리고 나서 바람을 타고 떠났다. 그 순간 하늘이 맑아지면서 온 하늘에 구름이 사라져 사방이 또렷하게 보였다. 그리하여 백룡강 어귀에서 함대는 뱃머리를 돌려 일제히 강으로 진입하여 무사히 운항했다.

이해가 와서 절을 올리자 삼보태감이 물었다.

"자네는 물에 빠졌는데 어떻게 이 산에 오게 되었는가?"

"물결을 따라 떠밀리다가 산발치에 이르렀는데, 죽지 않아서 벼랑으로 올라가 바위 동굴에서 하룻밤을 묵었습니다. 이튿날 아침에 아무리 생각해도 슬프고 가슴 아파서 목 놓아 통곡했는데, 그 바람에 행운이 찾아왔습니다. 벼랑 위가 바로 봉이산이라고 불리는 산이었는데, 여기에 원숭이 한 마리가 새끼 세 마리와 함께 살고 있었습니다. 어미 원숭이가 제 통곡을 듣고 새끼들을 시켜서 묻기에 제가 사실대로 얘기했더니, 새끼들의 얘기를 전해 들은 어미 원숭이가 새끼들에게 사람의 목숨은 하늘에 달린 것이니 칡넝쿨을 내려서 구해 오라고 했습니다. 그렇게 산 위로 올라가서 어미 원숭이와 만나 다시 이제까지의 사연을 얘기했습니다. 그런데 어미 원숭이는 운명을 점칠 줄 알아서, 제가 나중에 높은 벼슬살이를 할 운명이고, 자기와 제가 전생의 인연이 있다고 하면서 제게 정중하게 대해 주었습니다. 그래서 이 산에 살게 되었는데, 어느새 몇 년이 지나 버렸습니다."

"원숭이 얘기로는 자네한테 야명주가 있다고 하던데, 지금 어디 있는가? 그리고 그건 어디서 났는가?"

"그 얘기를 하자면 조금 복잡한 사연이 있습니다."

"얘기해 보게."

"그 산에 길이가 천 자나 되는 커다란 뱀이 살았는데, 날씨가 흐리든 밝든 간에 사흘에 한 번씩 내려와 바닷물을 마셨습니다. 그놈이 바다로 내려올 때는 비늘이 크고 두꺼워서 꼬리를 흔들면 산 위의 바위들이 우레가 치는 듯한 소리를 내며 굴러떨어졌습니다. 그 소리를 듣고 어미 원숭이에게 물어보니 그놈의 내력을 얘기해 주었습니다. 그래서 제가 가서 훔쳐보니 그놈 목 아래에 아주 환하게 빛나는 등롱이 하나 달려 있었습니다. 다시 어미 원숭이에게 물어보니 그게 등롱이 아니라 야명주라는 것이었습니다.

그때 제가 계책을 하나 생각해 내서 산 위의 대나무를 잘라 끝이 날카로운 화살을 만들어 햇볕과 이슬을 번갈아 쐬며 말렸더니, 그 대나무 화살이 쇠못보다 더 단단해졌습니다. 그걸 가져다가 그놈이 늘 다니는 길에 몰래 설치해 두었습니다. 그놈은 그 길을 수천 년 동안 아무 장애 없이 오르내렸는데, 그만 제 계략에 걸려들고 말았습니다. 저도 세상사의 성패란 운수에 달렸다고 생각했는데, 그놈의 운수의 다했는지 그만 대나무 화살에 목숨을 잃고 말았습니다. 그놈의 운수가 다하지 않았더라면 대나무 화살이 아니라 금이나 은, 구리, 쇠, 주석 등등 무엇으로 화살을 만들었더라도 아무 문제가 없었겠지요. 하지만 하필 그놈의 운수가 다하는 바람에 산에서 내려오다가 대나무 화살에 죽고 만 것입니다.

저는 즉시 야명주를 가져와서 어미 원숭이에게 얘기했습니다. 그러자 어미 원숭이가 다시 운수를 점쳐 보더니, 그놈의 운수는 다하고 제 운수는 홍성할 것이라고 하더군요. 이렇게 해서 이 야명주를 얻게 되었습니다."

"정말 절묘한 사연이로구먼. 그래, 야명주는 어디 있는가?"

"제가 그걸 얻었을 때 손에 들고 있으니까, 어미 원숭이가 보더니 앞쪽에 또 다른 커다란 뱀이 저를 죽이러 온다고 속였습니다. 제가 깜짝 놀라 돌아보는 사이에 원숭이가 그걸 낚아채더니, 한 손으로 제 허벅지를 붙잡아 찢고 단번에 야명주를 거기에 넣어 버렸습니다."

"그럼 지금도 거기 있는 것인가?"

"예. 아직 제 살 속에 들어 있습니다. 겉으로는 멀쩡해 보입니다."

"어디, 바지하고 양말을 벗어보게."

이해가 즉시 바지와 양말을 벗자 다들 살펴보니, 과연 그쪽 허벅지에 등롱이 들어 있는 것처럼 밝은 빛이 나는 것이었다. 삼보태감이 말했다.

"그건 언제 꺼낼 수 있는가?"

"그 원숭이의 말에 따르면 조정으로 돌아갔을 때 황제 폐하 앞에서 꺼내야 한다고 했습니다."

"그보다 빨리 꺼내거나 더 늦으면 어찌 된다고 하던가?"

"저는 그릇이 작아서 이 야명주의 기운을 누를 수 없으니, 황제 폐하 앞에서만 꺼낼 수 있다고 했습니다. 그보다 늦거나 빨리 꺼내면 제가 해를 입을 거라고 했습니다."

"그렇다면 지금 꺼낼 필요 없겠구먼."

그러자 왕 상서가 말했다.

"비록 이해가 갖고 있기는 하지만 이 또한 태백금성의 뜻이니, 마찬가지가 아니겠습니까?"

장 천사가 말했다.

"이제 여기 도착했으니 만사가 다 갖춰졌소이다. 이제 얘기는 그만하고, 조정에 들어가 황제 폐하를 알현할 때까지 다들 좀 쉬도록 합시다."

그러자 다들 옳은 말이라고 동의했다. 그렇게 다들 쉬고 있는데, 사흘이 채 지나지 않아서 호위병이 보고했다.

"어디서 왔는지 수염과 머리가 모조리 새하얀 늙은 도사 하나가 목탁을 두드리고 염불을 외며 함대 곳곳을 돌아다니고 있습니다. 대체 어디서 온 누구일까요? 저희가 함부로 대처할 수 없어서 이렇게 보고하는 바입니다."

"동냥이나 하러 왔을 텐데 뭘 물어볼 게 있겠나! 군정사에 얘기해서 적당한 걸 내주고 더는 귀찮게 하지 못하게 해라!"

이에 기패관이 도사에게 달려가 물었다.

"동냥하러 오신 분이오?"

도사가 아무 말 하지 않자 기패관이 물었다.

"옷을 얻으러 오셨소?"

도사가 아무 말 하지 않자 기패관이 다시 물었다.

"밥을 얻으러 오셨소?"

"두건을 얻으러 오셨소?"

"신발을 얻으러 오셨소?"

하지만 아무리 물어도 대답하지 않자 기패관은 짜증이 나서 그를 상대하지 않고 마음대로 하라고 내버려 두었다. 하지만 그 도사는 낮이라면 또 모를까 밤이 되어서도 여전히 그렇게 목탁을 치고 다녔다.

중군 막사에 있던 두 사령관도 그 소리를 듣고, 이튿날 아침 기패관을 불러 물었다.

"어제 그 동냥하러 온 도사한테 왜 동냥을 주지 않았느냐?"

"뭘 바라느냐고 물어도 도무지 대답하지 않았습니다."

"그런데 왜 배 위에서 목탁을 치고 돌아다닌 게냐? 다행히 지금은 함대가 돌아오는 길이지만, 나가는 길이었다면 이 낯설고 의심스러운 자를 군법으로 다스리지 않았겠느냐?"

기패관은 삼보태감의 말투가 심상치 않은 걸 보자 곧 밖으로 나가서 도사를 붙들어 끌고 달려왔다.

"이 도사는 낯설고 의심스러우니, 사령관께서 깊이 살피시어 처분해 주시기 바랍니다!"

이에 삼보태감이 도사에게 물었다.

"여보시오, 어디서 오신 도사이시오?"

"저는 홍강(紅江) 어귀에서 왔습니다."

"성씨가 어찌 되시오?"

"일, 십, 백, 천의 백(百)씨입니다."

"함자는 어찌 되시오?"

"그저 백 도인이라고만 불릴 뿐, 이름은 없습니다."

"그런데 우리 배에는 무슨 일로 오셨소?"

"일없이 오지는 않았습니다."

"그러니까 그게 무슨 일인지 말씀해 보시오."

"사령관께서도 짐작하고 계실 것입니다."

"그게 무슨 소리요? 그대는 동냥이나 하러 온 게 아니오? 어제 기패관에게 무엇이든 바라는 대로 군정사에서 내주라고 분부해 두었는데, 기패관 얘기로는 아무리 물어도 대답하지 않았다고 하더이다. 동냥하러 왔다면 뭘 그리 쑥스러워서 말도 하지 않았던 게요?"

"제가 말을 하지 않은 게 아니라, 기패관의 말이 모두 틀렸기 때문에 대답하지 않았던 것입니다."

"그렇다면 그대가 분명히 얘기했어야 할 거 아니오?"

"제 얘기는 기패관에게 할 수 있는 게 아닙니다."

"그럼 나한테 해 보시오."

"사령관께도 말씀드릴 수 없습니다."

"그럼 여긴 뭐하러 오셨소?"

"사령관께서도 짐작하실 겁니다."

"무슨 헛소리요? 내가 어찌 알겠소?"

이에 몇 차례나 다시 물어도 항상 "사령관께서도 짐작하실 겁니다."라고만 하는 것이었다. 다시 서너 번을 되묻자 도사는 아예 입을 다물어 버렸다. 이에 화가 치민 삼보태감이 호통을 쳤다.

"기패관, 이놈을 끌고 나가라!"

기패관들이 우르르 달려와서 잡아끌었으나 도사는 꿈쩍도 하지 않았다. 이에 두 사람, 세 사람, 네 사람, 심지어 열 명, 스무 명이 달려들어도 마찬가지였다. 이에 삼보태감이 말했다.

"오라, 대단한 도사로구먼! 감히 무례하게 굴겠다는 것인가?"

"그럴 리가 있습니까! 저는 알아서 갈 텐데, 왜 끌어내려고 하십니까?"

"그렇다면 스스로 가시오."

도사는 옷자락을 털고 나가면서 또 이전과 마찬가지로 목탁을 치면서 염불을 외었다. 삼보태감이 호통을 쳤다.

"저런 고약한 도사가 있나! 여봐라, 기패관, 저놈을 강물에 떠밀어 버려라!"

사령관의 군령을 누가 감히 어길 수 있겠는가? 일단의 기패관들이 우르르 달려들어 도사를 그대로 강물로 떠밀어 버리고 삼보태감에게 보고했다.

"강으로 떠밀어 버렸습니다."

하지만 그 말이 끝나기도 전에 기패관의 뒤쪽에 그 도사가 서 있는 것이었다. 삼보태감이 기패관을 다그쳤다.

"네가 감히 거짓말을 하는 것이냐?"

"어찌 감히! 분명히 떠밀었는데, 어떻게 다시 올라왔는지 모르겠습니다."

"그렇다면 분명히 무슨 변신술을 쓰는 모양이로구나."

그러자 왕 상서가 말했다.

"이런 요사한 작자는 장 천사를 모셔 와서 처리하는 게 상책입니다."

"하찮은 부스러기 같은 작자한테 무슨 신경을 쓰겠습니까? 기패관들더러 다시 강물로 떠밀어 버리라고 하면 그만이지요!"

군중에서는 농담하지 않는 법. 도사를 강물에 떠밀어 버리라고 했으니, 누가 감히 그를 뭍으로 끌어올리겠는가? 잠시 후 일단의 기패관들이 다시 그 도사를 강물로 떠밀려고 달려들었다. 하지만 이상하게도 그 도사는 마치 못이 박힌 것처럼 도무지 꿈쩍도 하지 않는 것이 아닌가! 삼보태감이 격노하여 꾸짖었다.

"이런 못돼먹은 도사 놈! 얘기도 똑바로 하지 않고, 가라고 해도 가지 않으니, 우리가 너를 어쩔 수 없으리라 생각하는 모양이로구나!"

"사령관님, 고정하십시오. 제가 아무 이유 없이 온 것이 아닌데, 아마 사령관께서 잠시 생각이 나지 않으시는 모양입니다."

"입만 열면 이런 헛소리를 늘어놓는구나. 내가 너를 안다면 어찌 생각이 나지 않겠느냐?"

"가라고 하시면 잠시 가겠습니다. 강물에 빠지라고 하시면 그렇게 하겠습니다. 하지만 그래도 생각해 내지 못하신다면, 다시 찾아와 간청하겠습니다."

"헛소리! 일단 가기나 해라!"

"예, 그럼!"

그 말을 마치기 무섭게 도사는 정말 떠나 버렸다. 그리고 밖으로 나오자 기패관들에게 말했다.

"여러분한테 떠밀리느니 차라리 제가 알아서 물속으로 들어가겠소이다."

"그러시오."

도사는 풍덩 물에 빠졌다가 다시 쑥 튀어 올라와 뱃머리에 서 있었다. 기패관들이 달려들어 떠밀어 봐도 꿈쩍도 하지 않았다. 한 명이 아니라 열 명, 백 명이 달려들어도 마찬가지였다. 그러다가 아무도 떠미는 사람이 없으면 도사는 자기 스스로 풍덩 물에 빠졌다가 다시 쑥 튀어 올라왔다. 기패관들은 감히 그를 우습게 보지 못하고 사령관에게 상황을 보고했다.

"달리 방법이 없다면, 그자가 다시 나를 만나러 왔을 때 내 명령이 떨어지는 즉시 너희들이 일제히 달려들어, 이것저것 따질 것 없이 사정없이 칼을 휘둘러라. 그자가 어찌 나오는지 보자!"

그 말이 끝나기도 전에 그 도사가 다시 달려 들어와서 말했다.

"사령관님, 기억이 나셨습니까?"

그러자 삼보태감이 "쳐라!" 하고 소리쳤고, 일단의 병사들이 일제히 달려들어 사정없이 칼을 휘둘렀다. 하지만 도사의 모습이 순식간에 사라져 버리니, 어디에다 칼질한단 말인가? 그러다가 삼보태감이 칼질을 멈추라고 하자 도사가 다시 막사 아래에 모습을 드러냈다. 삼보태감이 다시 "쳐라!" 하고 소리치자, 일단의 병사들이 일제히 달려들어 사정없이 칼을 휘둘렀다. 하지만 도사의 모습은 이번에도 순식간에 사라져 버렸고, 칼질을 멈추라고 하자 다시 눈앞에 모습을 드러냈다.

"이런 괴이한 일이! 이놈의 도사가 물에 빠뜨려도 죽지 않고 칼질에도 죽지 않으니, 무슨 신통력을 부리는 것이냐?"

"사령관께서도 짐작하고 계실 것입니다."

"왜 그렇게 계속 헛소리만 늘어놓고 분명하게 얘기하지 않는 것이냐?"

"그저 잠시만 잘 생각해 보시면 됩니다."

"도저히 생각나는 게 없단 말이다!"

그러자 왕 상서가 나섰다.

"아무래도 이렇게 해서는 끝이 나지 않을 것 같으니, 장 천사를 청해 오는 게 낫겠습니다."

삼보태감도 어쩔 수 없이 장 천사를 찾아가 전후 사정을 자세히 설명했다. 그러자 장 천사가 도사를 불러 물었다.

"어디서 오신 분이오?"

"홍강 어귀에서 왔습니다."

"성씨가 어찌 되시오?"

"일, 십, 백, 천의 백씨입니다."

"함자는 어찌 되시오?"

"그저 백 도인이라고만 불릴 뿐, 이름은 없습니다."

"손에 들고 두드리는 것은 무엇이오?"

"목탁입니다."

"중얼거리는 것은 무엇이오?"

"염불하고 있습니다."

장 천사가 고개를 끄덕이며 물었다.

"누군지 알겠구먼. 그런데 왜 분명하게 얘기하지 않고, 사령관께서도 짐작하고 계실 거라고만 말씀하셨소?"

"이건 원래 입으로 말할 수 있는 게 아니라 마음에서 비롯되어야 하는 것이기 때문입니다."

"그냥 나를 찾아올 일이지 왜 사령관을 찾아갔소?"

"당시에는 천사님께서 허락해 주셨지만, 지금 실행하는 것은 사령관께 달렸기 때문입니다."

삼보태감이 물었다.

"천사님, 무얼 허락했고 무얼 실행한다는 것인지 좀 설명해 주십시오."

장 천사가 "허허!" 웃으며 말했다.

"이건 제가 끝내지 못한 일인데, 이제 사령관님의 힘을 빌려야겠군요."

"무슨 말씀이신지요?"

“예전에 우리 군대가 홍강 어귀를 지날 때 철선도 지나가기 어렵지 않았소이까? 그래서 강 돌고래와 바다제비, 까마귀가 달려들고, 새우 요정이 집게발을 벌리고 달려들고, 상어가 하얀 지느러미로 파도를 가르며 달려들고, 배를 삼킬 듯이 큰 물고기들이 머리를 내밀고 입을 벌리고 하지 않았습니까? 낮에는 교룡이 싸우고 밤에는 창룡이 울부짖었지요. 창룡이 울부짖을 때 저파룡(猪婆龍)이 강변을 지키고 있었고, 또 그때 정령이 된 하얀 드렁허리[白鱔]가 나타나지 않았소이까? 그런데 이 도사는 성이 백씨이고 손에 목탁을 든 채 염불을 외고 있지요. 그러니 백씨는 바로 흰 백(白) 자를 가리키지요. 또 목탁은 물고기 어(魚) 자를, 염불은 착할 선(善) 자를 가리키니, 이 둘을 합치면 드렁허리를 가리키는 선(鱔) 자가 되지 않습니까? 거기에 흰 백자를 더하면 하얀 드렁허리가 되지요.”

“알고 보니 이 도사가 바로 그 하얀 드렁허리의 정령이었군요! 당시 강물을 나설 때 이미 예를 다해 제사를 지냈는데, 어째서 천사님께서는 일을 끝내지 못했다고 하시는지요?”

“사령관께서도 잊어버리신 모양이군요. 당시 제가 제사를 지낼 때 다른 강물의 신들은 모두 만족하고 돌아갔지만, 오직 저 자만이 계속 신위를 떨치며 괴이한 기운을 뿜어내고 있었지요. 그래서 제가 너한테는 따로 제사를 지내 달라는 것이냐 하고 물었더니, 저 자가 고개를 저으며 아니라고 했지요. 그럼 우리를 따라 바다로 가겠느냐고 물어도 아니라도 했지요. 그래서 그럼 관직에 봉해 달라는 것이냐고 물었더니, 고개를 끄덕이며 그렇다고 하지 않았습니까? 당시 제가 칙서를 하나 써서 임시로 홍강 어귀의 백선대왕(白鱔大王)에 봉해 주면서, 함대가 돌아올 때 황제 폐하께 아뢰어서 정식으로 칙서를 내려 주고, 사당을 세워서 영원히 제사를 받을 수 있게 해 주겠다고 약속하지 않았습니까? 남아일언중천금이니, 제가 아직 일을 마무리하지 못한 게 맞지요."

"그랬군요. 제가 그만 잊고 있었습니다. 천사님, 그럼 폐하께 상주하겠다고 하면 되는 거 아닙니까?"

"이제 돌아가면 모든 일은 사령관께 달려 있으니 제가 함부로 나설 수 없지요. 그러니 사령관께서 아뢰어야 한다 이 말씀입니다."

"그렇게 하겠습니다. 조정에 돌아가거든 황제 폐하께 상주하여 저자에게 봉호를 내리는 칙서를 준비하고, 사당을 만들어 영원히 제사를 받을 수 있게 해 주겠습니다."

그 말이 끝나기도 전에 백선대왕의 모습은 이미 사라져 버렸다. 하지만 함대의 모든 이들은 그가 떠나면서 중얼거린 말을 똑똑히 들었다.

"비바람이 순조롭고, 나라가 태평하고, 백성들이 평안할 것입니다!"

삼보태감이 말했다.

"그거 아주 훌륭한 말이로군요. 나라를 보우하고 백성에게 복을 내린다니, 총명하고 정직한 신이 되겠습니다. 그렇게 되면 천사님의 바람을 저버리지 않는 게 아니겠습니까?"

왕 상서는 조용히 쉬고 있다가 조정에 들어가게 되리라 생각하고 있다가, 뜻밖에 백선대왕 때문에 또 한바탕 난리를 겪고 나자 이렇게 말했다.

"이제부터는 진짜 대문 앞이니 아무 일 일어나지 않겠지요?"

장 천사가 말했다.

"조정에 들어가서 황제 폐하를 알현했을 때 용안에 기쁜 표정이 떠올라야 비로소 아무 일 없는 것이 아니겠습니까? 그리고 지금도 강이고 여전히 물 위에 있으니, 아무 일 없으리라고 보장할 수도 없습니다."

삼보태감이 말했다.

"제게 아무 일 없도록 할 묘책이 있습니다."

"그게 무엇인지요?"

"폐하의 홍복이 하늘만큼 높으셔서 호흡 하나에도 모든 신이 암중에 호응하고, 움직임 하나에도 모든 신이 보우해 주고 있습니다. 그러니 제가 성지(聖旨)가 적힌 패를 꺼내 와서 뱃머리에 안치해 놓으면 다시는 어떤 요괴나 마귀도 소란을 피우지 못하지 않겠습니까!"

"그것도 일리 있는 말씀이십니다만, 요괴나 마귀는 소란을 피우지 않더라도 온 강의 신들이 모두 패를 알현하러 오지 않겠습니까?"

"그야 좋은 일인데, 설마 그것도 거절해야 합니까?"

"신들이 알현하게 된다면 그것도 괜찮겠군요."

삼보태감은 즉시 수하들에게 성지가 적힌 패를 꺼내 와서 뱃머리에 안치하게 했다. 그 일이 끝나자 장 천사가 말했다.

"두 분 사령관께서는 강물의 여러 신을 만나실 준비를 하셔야 하겠습니다."

두 사령관은 약간 미심쩍은 생각이 들긴 했지만 아무 말도 하지 않았다. 그런데 잠시 후 기패관이 와서 보고했다.

"뱃머리 아래쪽에서 한 줄기 붉은빛이 하늘 높이 치솟았는데, 그 안에서 세 분의 신이 나타났습니다."

이들이 어떤 신인지는 다음 회를 보시라.

제98회

물속의 여러 신이 참배하러 오고 종가의 삼형제는 성덕을 드러내다

水族各神聖來參　宗家三兄弟發聖

岸上花根總倒垂	벼랑의 꽃 뿌리들 모두 거꾸로 드리웠고[1]
水中花影幾千枝	물속의 꽃 그림자 수천 가지.
一枝一影寒山裏	한 가지 한 그림자 추운 산속에 있고
野水野花淸露時	들판 강물과 들꽃 맑은 이슬에 젖어 있을 때
故國幾年仍縉笏	고국에서 몇 년 동안 거듭 벼슬살이하다가
異鄕終日見旌旗	타향에서 종일 군대의 깃발만 보았지.
凱歌聲息連雲起	개선가 그치고 연이어 구름 일어나는데
水族諸神知未知	물속의 신들은 미래를 알고 있지.

1 인용된 시는 당나라 때 한악(韓偓: 842~923, 자는 치광[致光], 호는 치요[致堯], 옥산초인[玉山樵人])의 〈상란(傷亂)〉이다. 다만 인용문 제5구의 '잉진홀(仍縉笏)'을 원작에서는 '유전투(猶戰鬪)'라고 했고, 제7~8구는 원작에서 "벗들은 뿔뿔이 헤어지고 나는 병들어 수척하니, 누가 죽고 누가 살았는지 서로 모르고 있지.[交親流落身羸病, 誰在誰亡兩不知]"라고 했다.

그러니까 기패관이 이렇게 보고했다.

"뱃머리 아래쪽에서 한 줄기 붉은빛이 하늘 높이 치솟았는데, 그 안에서 세 분의 신이 나타났습니다. 모두 붉은 옷에 상아로 만든 홀(笏)을 들고 있는데, 위엄 있는 얼굴에 수염이 풍성합니다. 다들 만세삼창을 하는데, 저희는 무슨 신인지 몰라서 이렇게 사령관님께 보고하는 바입니다."

삼보태감이 원래 성지가 적힌 패를 꺼내 놓은 것은 귀신이나 요괴가 와서 소란을 피우지 못하게 하려는 것이었는데, 뜻밖에 이것 때문에 이런 유명한 신들을 놀라게 한 것이었다. 이 흉보(凶報)를 들은 두 사령관은 어쩔 수 없이 장 천사를 찾아가 그들을 돌려보낼 방도를 물어봤다. 아무래도 이런 일에 익숙한 장 천사는 곧바로 이렇게 말했다.

"놀라실 필요 없습니다. 일단 지휘대에 앉아서 저들이 어떻게 왔는지 보고 나서 그대로 돌려보내면 됩니다."

두 사령관과 장 천사가 지휘대에 앉아 있노라니, 붉은 옷에 상아 홀을 들고 있는 그들 위엄 있는 얼굴에 수염이 풍성한 세 명의 신이 소리 높여 외치고 있었다.

"만세! 만세!"

장 천사가 물었다.

"성상(聖上)의 패를 알현하러 오신 세 분 신께서는 성함이 어찌 되시는지요?"

그러자 첫 번째 신이 대답했다.

“저는 양자강(洋子江)[2] 용궁의 현령지성충좌제강왕(顯靈至聖忠佐濟江王)입니다.”

두 번째 신이 대답했다.

“저는 양자강 용궁의 현령순성충좌평강왕(顯靈順聖忠佐平江王)입니다.”

세 번째 신이 대답했다.

“저는 양자강 용궁의 현령대성충좌통강왕(顯靈大聖忠佐通江王)입니다.”

장 천사가 물었다.

“세 분께서는 무슨 일로 여기 오셨습니까?”

“성지가 여기 계셔서 알현하러 왔습니다.”

“알현을 마치셨으면 이제 돌아가시지요.”

이에 세 명의 신들은 “예!” 하고 일제히 떠났다.

그런데 그 순간 또 뱃머리 아래에서 한 줄기 붉은빛이 하늘로 치솟더니, 그 안에서 역시 붉은 옷에 상아홀을 들고 있고 위엄 있는 얼굴에 수염이 풍성한 신이 하나 나타나 “만세! 만세!” 하고 외쳤다. 장 천사가 그에게 물었다.

“어느 신께서 오셨는지요?”

“저는 강독광원순제왕(江瀆廣源順濟王)에 봉해진 초(楚)나라 때의 대부(大夫) 굴원(屈原)입니다.”

---

2 양자강(洋子江)은 양쯔 강[揚子江] 즉, 장강(長江)을 가리킨다.

"귀하의 사당은 어디 있습니까?"

"양자강은 민아산(岷峨山)[3]에서 발원(發源)하기 때문에, 제 사당은 성도부(成都府) 안에 있습니다."

"사당의 규모는 웅장합니까?"

"예전에는 아주 초라했지만, 송나라 때 문(文) 노공(潞公)[4]께서 중수(重修)해 주신 덕분에 면모가 확 달라졌습니다."

"문 노공께서 무슨 일로 여기에 오셨습니까?"

"그분께서 젊었을 때 촉주(蜀州)의 막료(幕僚)로 부임하시는 부친을 따라와서 도중에 성도를 들렀다가 제 사당을 찾아왔습니다. 제가 전날 밤에 미리 제사를 담당하는 관리들에게 사당을 청소하고 내부를 정돈하여 그분이 왕림하실 때를 기다리게 했습니다. 그 관리는 제 말을 새겨듣고 모두 준비해 놓아서, 이튿날 문 노공께서 오셨을 때 아주 정성스럽게 접대하면서 사당의 벽화에 대해 자세히 설명해 드리고, 또 사당이 이렇듯 초라해지기까지의 역사에 대해서도 말씀드렸습니다. 그랬더니 그분께서 깜짝 놀라시며 그에게

---

3 민아산(岷峨山)은 민산(岷山)과 아미산(峨眉山)을 합쳐 부르는 말인데, 종종 민산의 남쪽에 있는 아미산을 가리키는 뜻으로도 쓰인다. 일설에는 여기서 말하는 민산은 바로 청성산(青城山)을 가리킨다고도 한다.

4 문언박(文彦博: 1006~1097)은 자가 관부(寬夫), 호는 이수(伊叟)로서 송나라 초기에 네 황제를 연이어 모시면서 50년 가까이 장수와 재상을 번갈아 지냈다. 특히 서하(西夏)의 침입을 억제하고, 재상으로 있을 때 군인 8만 명을 감축하고 정예병을 양성해야 한다는 주장을 펼치기도 했다. 송나라 제일의 재상으로 칭송받는 그는 노국공(潞國公)에 봉해졌으며, 사후에 태사(太師)의 직위와 함께 충렬(忠烈)이라는 시호를 받았다.

물으셨습니다.

'그대는 어떻게 이리 정성스럽게 접대를 준비했는가?'

그러자 그가 이렇게 대답했습니다.

'간밤에 강독령신(江瀆靈神)이 오늘 재상께서 왕림하실 거라고 하셨습니다. 나리께서는 훗날 재상이 되실 분이시니 당연히 공경해야 하지 않겠습니까?'

그러자 그분이 "허허!" 웃으시며 이렇게 말씀하셨습니다.

'재상을 바라는 것은 아니지만, 성도에서 벼슬살이하게 되면 당연히 이 사당의 면모를 새롭게 바꿔야겠소이다. 이렇게 초라하게 내버려 둬서는 안 될 일이지요!'

그리고 경력(慶曆: 1041~1048) 연간에 문 노공께서는 과연 추밀부사(樞密副使)의 신분으로 익주(益州)[5]를 다스리게 되셨는데, 부임한 지 사흘 만에 제 사당을 찾아오셔서 초라한 모습에 슬퍼하고 계셨습니다. 그때 제사를 담당하던 이전의 관리가 절을 올리자, 그분께서 탄식하시며 이렇게 말씀하셨습니다.

'사물이 흥성하고 쇠퇴하는 것에는 모두 정해진 운수가 있는 법이니, 사람으로 태어나 살면서 어디에시인들 만나지 못하랴? 예전에 그대가 그렇게 정성스럽게 접대해 주셨는데, 과연 오늘날 내가 이곳에 벼슬을 얻어 오게 되었구려.'

---

5 익주(益州)는 지금의 쓰촨성[四川省] 일대, 즉 삼국시대 촉한(蜀漢)의 영토를 가리킨다.

이에 그 관리가 '어찌 우리 성도에서만 벼슬살이하시겠습니까? 훗날 틀림없이 재상이 되실 것입니다.'하고 말씀드리자, 그분께서 이렇게 말씀하셨습니다.

'그때도 말했듯이, 재상을 바라는 것은 아니지만 성도에서 벼슬살이하게 되었으니, 당연히 이 사당의 면모를 새롭게 바꿔야겠소이다. 대장부가 식언(食言)할 수는 없지 않겠소?'

그리고 즉시 자금을 모아 공사를 시작하라고 분부하셨습니다. 그렇게 명령을 내린 이튿날 강물이 크게 불어 산과 고개를 넘실거리며 밀려왔는데, 그 물결에 열 아름이나 되는 나무 수만 개가 떠밀려 와서 제 사당의 자리에 쌓였습니다. 얼마 후 물결이 물러가자 문 노공께서 무척 기뻐하시며 이렇게 말씀하셨지요.

'지성이면 감천이라더니, 틀린 말이 아니었구나!'

그리고 그 목재들을 가져다가 사당을 짓는 데에 쓰라고 분부하셨습니다. 이렇게 해서 물자가 충분히 갖춰지고 사람들이 최대한 능력을 발휘하게 되니, 제 사당은 천하에서 제일 웅장한 모습으로 다시 태어났습니다. 이 모두 문 노공 덕분이지요!"

"그런데 오늘 무슨 일로 오셨소이까?"

"성지가 여기 계셔서 알현하러 왔습니다."

"알현을 마치셨으면 이제 돌아가시지요."

이에 그 신은 "예!" 하고 떠났다.

그런데 그 순간 뱃머리 아래에서 또 한 줄기 붉은빛이 하늘로 치솟더니, 그 안에서 한 명의 신이 나타났다. 짙은 눈썹과 새하얀 머리카락, 어린아이 같은 얼굴에 아름다운 수염을 기른 채 널따란 허리띠를 두르고 높은 모자를 쓴 그 신이 연달아 "만세! 만세! 만만세!" 하고 외치자, 장 천사가 물었다.

"그대는 어떤 신이시오? 성명을 밝혀 주십시오."

"저는 천하의 모든 강물을 다스리는 영통광제현응영우후(靈通廣濟顯應英佑侯)인 소백헌(蕭伯軒)[6]입니다."

"알고 보니 대양주(大洋洲)[7]의 소 선생이셨구려. 그런데 뒤에 계신 분은 누구신지요?"

"제 아들 소상숙(蕭祥叔)입니다."

---

6 소백헌(蕭伯軒: ?~?)은 송나라 함순(咸淳: 1265~1274) 연간의 진사로서 길주자사(吉州刺史)를 지낸 소음방(蕭蔭芳)의 아들인데, 임강부(臨江府)의 도사사(謝) 진인을 만나러 갔다가 공강(贛江)의 산수에 반해 대양주(大洋洲)로 거처를 옮겨 덕을 베풀며 살았다. 만년에 신기(神氣)가 들어 미래를 예측하기도 했던 그는 죽은 후 수부(水府)의 신이 되었다고 한다. 원나라 지대(至大) 2년(1309)에 조정에서는 그를 오호현응진인(五湖顯應眞人)에 봉해 주었다. 또 《신감현지(新淦縣志)》 〈대양주소공묘기(大洋洲蕭公廟記)〉에 따르면, 그의 아들 소상숙(蕭祥叔)은 부친보다 더 신령한 능력을 갖고 있어서 여러 차례 수해(水害)를 막아 주는 공을 세움으로써, 원나라 지정(至正) 5년(1345)에 조정에서 그를 영녕신화보제현덕사인(永寧神化普濟顯德舍人)에 봉해 주었다. 또 소상숙의 둘째 아들 소천임(蕭天任) 역시 태어날 때부터 지극히 총명하고 미래를 예측하는 능력이 있었다고 한다. 특히 이들 셋은 해상에서 갑작스러운 풍랑을 만나 위험에 처한 정화(鄭和)의 함대를 구해 준 공로로 영락제에 의해 영우후(英佑侯)에 봉해졌고, 그들의 고향인 장시성[江西省] 신간현[新干縣] 다양저우[大洋洲]에 소후묘(蕭侯廟)를 짓게 했는데, 이 사당은 경태(景泰) 7년(1456)에 완공되었다.

7 원문에는 태양주(太洋洲)라고 되어 있으나, 바로잡았다.

"또 그 뒤에 계신 분은 누구신지요?"

"제 손자인 소천임(蕭天任)입니다."

"세 분 모두 같은 때 득도하셨습니까?"

"저는 송나라 때 태어나서 함순(咸淳: 1265~1274) 초기에 득도했습니다."

"선생에 대해서는 여러 말이 필요 없지요. 평생 강직하고 올곧게 사시면서 자잘한 예법에 구애되지 않고 마음껏 말씀하셨지요. 그리고 선한 이를 칭찬하고 악한 이를 미워하여 고을에서 모범이 되셔서, 함순 연간에 신이 되셨지요. 또 어느 아이에게 빙의(憑依)하여 길흉화복을 미리 예언하시기도 하셨지요. 그래서 고을 사람들이 다투어 신주를 모시고, 신감(新淦) 땅 대양주에 사당을 세웠지요. 그렇게 한 고을에 복을 베푸셔서 만 대에 이르도록 후손들이 우러르고 있지 않습니까? 제가 사는 용호산 근처에서도 그런 사정이 널리 알려져 있습니다. 그나저나 아드님은 언제 득도하셨는지요?"

"제 아들은 원나라 지정(至正: 1341~1368) 연간에 영양주부(靈陽主簿)를 지냈습니다. 그곳에 도적 떼가 현청의 창고를 약탈하고 관리들을 위협하자, 제 아들은 절개를 굽히지 않고 버티다가 죽었습니다. 옥황상제께서 제 아들이 생전에 충직했고 죽은 후에도 강직한 점을 높이 사셔서 고향의 신으로 임명하시니, 고향 사람들이 제 사당에 함께 신위를 모셨습니다."

"손자께서는 언제 득도하셨습니까?"

"제 손자는 홍무(洪武: 1368~1398) 연간에 백구하순검사(白溝河巡檢司)의 순검(巡檢)으로 있다가 죽었습니다. 옥황상제께서 그 아이가 비록 요절했지만 총명하고 정직해서 신이 될 만하다고 여기셔서 신으로 삼아 주셨는데, 아직 그다지 이름이 널리 알려지지는 않았습니다."

"삼대가 올곧은 도리를 지켜서 신이 되었으니, 정말 축하합니다!"

"과찬이십니다."

"그런데 여기는 어쩐 일로 오셨습니까?"

"성지가 여기 계셔서 알현하러 왔습니다."

"알현을 마치셨으면 이제 돌아가시지요."

이에 그 신은 "예!" 하고는 아들, 손자와 함께 떠났다.

그 순간 뱃머리 아래에서 또 한 줄기 붉은빛이 하늘로 치솟더니, 그 안에서 한 명의 신이 나타났다. 짙은 눈썹과 덥수룩한 수염을 길렀으며, 옻칠한 듯 검은 얼굴을 한 그가 사모(紗帽)를 쓰고, 깃이 둥근 옷을 입고, 검은 가죽장화와 무소뿔로 만든 허리띠를 찬 채 연달아 "만세! 만세! 만만세!" 하고 외치자, 장 천사가 물었다.

"그대는 어떤 신이시오? 성명을 밝혀 주십시오."

"저는 평랑후(平浪侯)를 지낸 안술자(晏戌仔)[8]라고 하는데, 본관은

8 안술자(晏戌仔: ?~?)는 원나라 때 문금국(文錦局) 당장(堂長)을 지내다가 훗날 우화등선한 인물로 알려져 있다. 특히 그는 주원장(朱元璋)이 장사성(張士誠)과 패권을 다툴 때 여러 차례 위기에서 신령함을 드러내 도와줌으로

임강부(臨江府) 청강진(淸江鎭)입니다."

"알고 보니 안공도독대원수(晏公都督大元帥)이셨군요."

"제가 비록 천사님과 같은 고향 출신이지만 신분 차이가 현격하니, 공대(恭待)를 받을 처지가 아닙니다."

"귀하는 평생 악을 몹시 싫어하셔서, 조금이라도 선하지 못한 행위를 보면 반드시 면전에서 꾸짖으셨지요. 이에 고향 사람들이 경외하여 늘 '안공께서 모르실 줄 아느냐?' 하고 말하곤 했지요. 저도 평소에 공경하는 마음을 갖고 있었습니다. 그런데 처음에 무슨 벼슬을 하셨는지요?"

"원나라 초기에 인재로 선발되어 문금국(文錦局) 당장(堂長)이 되었는데, 원나라 사람들이 포학하여 세금을 지나치게 거둬들였습니다. 제 관청에서는 궁궐에서 쓰는 비단을 관장했는데, 복이(濮二)라는 방직공이 염색을 잘못하는 바람에 두 딸과 아들을 팔아 상관에게 배상해야 했습니다. 그가 무고하다는 것을 알고 불쌍하게 생각한 저는 대신 돈을 내주려 했지만 부족해서, 결국 아내의 비녀와 귀걸이 등을 팔아서 충당했습니다. 이에 가정 파탄을 면하게 된 복이가 밤낮으로 향을 사르며 하늘에 기도했고, 옥황상제께서도 저의 청렴하고 강직함을 높이 사셔서 저를 신으로 임명하셨습니다.

하지만 벼슬을 하는 도중에 갑자기 그 명을 받고 세상을 떠났기

써, 훗날 평랑후신소옥부안공도독대원수(平浪侯神霄玉府晏公都督大元帥)에 봉해졌다고 한다. 본문에서는 그의 이름을 안성자(晏成仔)라고 표기했는데, 이는 오류이기 때문에 바로잡았다.

때문에, 제 가족들도 처음에는 그 사실을 몰랐습니다. 그래서 세상을 떠나는 날 제가 미리 고향 교외에서 높다란 모자와 관복을 차려입고 수많은 호위를 거느린 채 행차하니, 마을 사람들이 모두 보고 놀라며, '안씨 댁 아드님이 금의환향했구나. 저렇게 영예로운 벼슬에 오르다니!' 하면서 감탄했습니다. 그러다가 한 달 남짓 지나서 제 상여가 고향으로 돌아오자 마을 사람들이 모두 놀라며 의아하게 생각했습니다. 그러면서 서로 얘기해 보니, 그들이 제 행차를 본 날이 바로 제가 관사에서 세상을 떠난 날이었는지라, 마을 사람들도 비로소 깜짝 놀라며 기이하게 생각했습니다.

가족들이 제 관을 열어보니 속에 아무것도 없는지라, 이에 제가 육신을 벗어나 신이 된 줄 알고 사당을 세워 제사를 지내게 되었습니다. 그 후 저는 여러 강에서 조금도 실수 없이 맡은 임무를 수행하고 있습니다."

"저도 오래전부터 뵙고 싶었습니다. 그런데 오늘 무슨 일로 여기에 오셨는지요?"

"성지가 여기 계셔서 알현하러 왔습니다."

"알현을 마치셨으면 이제 돌아가시지요."

이에 그 신은 "예!" 하고 떠났다.

그 순간 뱃머리 아래에서 또 한 줄기 붉은빛이 하늘로 치솟더니, 그 안에서 한 명의 신이 나타났다. 황금 투구와 갑옷을 입고 두 눈에서 빛이 번쩍이며, 게다가 체격도 아주 크고 목소리도 우레처럼 울리는 그가 연달아 "만세! 만세! 만만세!" 하고 외치자, 장 천사가 물었다.

"그대는 어떤 신이시오? 성명을 밝혀 주십시오."

"저는 연강유혁신(沿江遊奕神)인 풍천거(風天車)입니다."

"어디 출신이시오?"

"저는 촉(蜀) 땅의 풍도(酆都)에서 태어났는데, 날 때부터 세 개의 눈이 있어서 하나로는 하늘을 살펴서 폭풍우를 미리 알 수 있고, 또 하나로는 땅을 살펴서 세상의 변천을 미리 알 수 있고, 다른 하나로는 사람을 살펴서 길흉화복을 미리 알 수 있었습니다. 제가 하늘과 땅과 사람을 살펴서 미래를 미리 알 수 있었기 때문에, 옥황상제께서 연강유혁신의 직책을 주시면서 하늘의 풍운과 강의 변천, 인간 세상의 재앙과 복을 전담하여 보고하도록 하셨습니다."

"예전에 어떤 영험함을 드러내신 적이 있소?"

"송나라 때의 승상 진요자(陳堯咨)[9]가 출세하기 전에 멀리 여행을 다니다가 삼산기(三山磯)[10]에 배를 정박한 적이 있는데, 제가 하루 전날 미리 찾아가서 이튿날 오시(午時: 오전 11시~오후 1시)에 거센 돌풍이 불어서 배들이 침몰할 것이니 피하라고 했더니, 그러겠노라고 하며 감사했습니다. 이튿날 아침부터 정오까지는 날씨가 맑고 온 하늘에 구름 한 점 없어서, 사공이 배를 띄우려 하자 그분이

9 진요자(陳堯咨: 970?~1034?, 자는 가모[嘉謨])는 함평(咸平) 3년(1000) 진사에 급제하여 상서공부시랑(尙書工部侍郞), 한림학사(翰林學士), 무신군절도사(武信軍節度使) 등을 역임했다. 시호는 강숙(康肅)이다.

10 삼산기(三山磯)라는 지명으로 대표적인 것은 남경(南京)과 무호(蕪湖) 두 군데에 있는데, 여기서는 남경에 있는 곳을 가리키는 듯하다.

허락하지 않았습니다. 사공이 재삼 재촉하자, 그분이 이렇게 말씀하셨습니다.

'서둘러 가든 천천히 가든, 먼저 가든 간에 갈 길이 머니 더 기다렸다가 함께 가세.'

그렇게 순식간에 배들이 모두 출발하여 돛에 가득 바람을 안고 유유히 떠가니, 사공은 그걸 보고 한숨만 한없이 내쉬었습니다. 그런데 정오가 되자 갑자기 서북쪽에서 먹구름이 점점 일어나더니, 그것이 머리 위에 이를 때쯤 갑자기 거센 바람이 불면서 나무가 부러지고 모래가 날리면서 산처럼 높은 파도가 일어났습니다. 함께 가던 배들은 미처 수습하지 못하고 침몰을 면치 못했지만, 그분의 배는 무사했습니다. 사공이 그제야 그분의 말씀을 믿고 무릎을 꿇고 감사했습니다. 그분도 마음속으로 저의 신묘한 예측에 감탄하며 한없이 감사했습니다.

나중에 초산(焦山) 아래에서 또 저를 만났는데, 그분이 제게 절을 하며 저에 관해 물으셨습니다. 그래서 제가 연강유혁신임을 알리고, 그분이 훗날 재상이 되실 분이라서 그런 소식을 알려드렸다고 말씀드렸습니다. 그리고 그분이 어떻게 보답하면 좋겠느냐고 물으시기에, 이렇게 대답했습니다.

'귀인께서 가시는 곳에는 당연히 모든 신이 보우해 드려야 하거늘, 어찌 감히 보답을 바라겠습니까? 그저 《금광명경(金光明經)》[11]

11 《금광명경(金光明經)》은 정식 명칭이 《금광명최승왕경(金光明最勝王經, Suvarṇaprabhāsottama-sūtra)》이며, 《법화경(法華經)》, 《인왕경(仁王經)》과 더

을 한 부 써 주시면, 그 힘을 빌려 조금이라도 제 직급을 올릴 수 있겠습니다.'

그러자 그분께서 기꺼이 그러겠노라고 하셨습니다. 정말 남아 일언중천금이라고 하듯이, 훗날 그분은 사람을 보내서 세 부의《금광명경》을 삼산기에 던져 주셨고, 그 덕에 제 직급은 무려 세 등급이나 올라갔습니다. 목숨을 한 번 구해 준 것으로 그분과 비슷한 직급으로 승진한 것이지요. 이게 바로 제가 영험함을 드러낸 사연입니다."

"그런데 오늘 여기는 무슨 일로 오셨소?"

"뱃머리에 성지가 적힌 패가 나와 있어서 알현하러 왔습니다."

"알현을 마치셨으면 이제 돌아가시지요."

이에 그 신이 "예!" 하고 떠나려 하자, 장 천사가 다시 붙들었다.

"잠깐만! 한 가지 더 여쭤볼 게 있소이다."

"무슨 일입니까?"

"유혁신의 직위를 맡고 계시니, 혹시 우리 황제 폐하를 알고 계신지요?"

"황제 폐하의 모든 동정을 귀신들이 보우하고, 모든 말씀이나 숨소리 하나까지 귀신들이 받들어 모시는데, 당연히 알고 있지요."

"그렇다면 지금 황제 폐하는 남경에 계시오?"

"그렇습니다."

불어 호국삼경(護國三經)으로 불린다.

"저번에 듣기로는 북경을 건설하여 그곳으로 천도하신다고 하던데, 그게 사실이오?"

"예. 그렇습니다. 황제께서는 이미 몸소 북경성에 가셨다가 지금은 남경에 와 계십니다. 천도하실 뜻은 이미 굳혔지만, 아직 출발하지는 않고 계십니다."

"그렇다면 아직 우리하고 인연이 있구먼."

유혁신이 절하고 물러가자, 삼보태감이 물었다.

"아직 출발하지 않으셔서 우리와 인연이 있다는 것은 무슨 말씀입니까?"

"보고하기 편하니 인연이 있는 게 아니겠습니까?"

그 순간 뱃머리 아래에서 또 한 줄기 검은 연기가 하늘로 치솟았다. 그걸 보고 삼보태감이 장 천사에게 물었다.

"검은 연기가 치솟는 걸 보니, 또 어떤 신이 찾아온 모양이군요?"

"사령관께서 오늘 성지가 적힌 패를 내놓으신 바람에 하루 내내 강 속의 유명한 신들을 접대하게 되었습니다. 하지만 이번에는 신이 아니라는 게 거의 확실합니다."

"그걸 어찌 아십니까?"

"이전에 온 신들은 모두 붉은빛과 상서로운 안개를 몰고 왔지, 검은 기운은 없었지 않습니까? 지금은 검은 기운이 하늘로 치솟는 걸 보니 분명히 요괴가 왔을 겁니다."

그 말이 끝나기도 전에 "휙!" 하는 소리와 한 줄기 기이한 냄새가 풍기면서 반쪽은 푸르고 반쪽은 붉으며, 위로는 머리가 하늘에 닿을 듯하고 두 다리는 대지를 받치고 선 듯한 존재가 뱃머리 아래에서 솟아났다. 삼보태감이 깜짝 놀라 물었다.

"이건 무엇입니까?"

"정말 이상하군요. 이건 무지개인데요?"

"이건 어디서 나온 것입니까?"

"무지개[虹]는 바로 체동(螮蝀)으로서 음양이 교차하는 기운에 형상과 색깔이 더해진 것입니다."

"옛날에 무지개를 미인홍(美人虹)이라고 했는데, 그건 어디서 나온 말입니까?"

"《이원(異苑)》[12]에서 나온 말입니다. 옛날에 살림살이가 가난한 부부가 기근이 들어서 나물을 캐 먹다가 죽어서 모두 푸른색과 붉은색의 기운으로 변해 하늘의 별자리까지 올라갔다고 해서 미인홍이라는 이름이 생겼다고 합니다.[13] 소미도(蘇味道)가 이를 증명하는 다음과 같은 시를 지었습니다."[14]

紆餘帶星渚	구불구불 길게 은하수의 섬을 두르고
窈窕架天潯	아름답게 하늘 끝에 걸쳐 있구나.

12 《이원(異苑)》은 남조 송(宋)나라의 유경숙(劉敬叔: ?~468?)이 편찬한 지괴(志怪) 모음집이다.

13 이 이야기는 《이원》 권1의 첫머리에 수록된 〈미인홍(美人虹)〉을 소개한 것이다.

14 인용된 시는 당나라 때 소미도(蘇味道: 648~705)의 〈영홍(詠虹)〉이다.

空因壯士見	부질없이 사나이 때문에 나타나고[15]
還共美人沉	또 미녀와 함께 가라앉았지.[16]
逸照含良玉	아름다운 빛 속에 하얀 옥을 품고 있고[17]
神花藻瑞金	신령한 꽃[18]은 상서로운 황금처럼 아름답구나.
獨留長劍彩	홀로 장검의 색채 간직하고 있다가
終負昔賢心	결국 옛 현인의 마음 저버렸구나.[19]

"무지개라면 좋은 것이니 천사님께서 저걸 거둬들이시지요."

"당연히 분부대로 해야지요!"

장 천사는 그 말이 끝나기 무섭게 벌써 손가락으로 결을 맺고 무

---

15 사나이는 섭정(聶政)과 형가(荊軻)를 가리킨다. 《전국책(戰國策)》 〈위책사(魏策四)〉에는 섭정이 한괴(韓傀)를 암살하려 할 때 하얀 무지개가 해를 관통했다고 했다. 또 《사기》 〈추양열전(鄒陽列傳)〉에 따르면, 형가가 연(燕)나라 태자 단(丹)의 의기(義氣)를 흠모하여 하얀 무지개가 해를 관통하니, 태자가 그걸 보고 그를 두려워했다고 한다.

16 이것은 《이원》의 이야기를 가리키는 것이다.

17 하얀 옥은 하얀 무지개를 비유한 것이다. 《예기》 〈빙의(聘義)〉에 따르면 옛날에 군자의 덕을 옥에 비유했는데, 그 기운이 하얀 무지개 같아서 하늘[天]이라고 한다고 했다. 이에 대한 공영달(孔穎達)의 주석에 따르면 옥의 하얀 기운이 하늘의 하얀 기운과 같아서 하늘[天]이라고 한다고 했다.

18 '신령한 꽃[神花]'는 무지개를 비유한 것이다. 인용문에서는 이를 '신광(神光)'이라고 했으나, 원작에 따라 고쳐서 번역했다.

19 본문의 '종(終)'과 '현(賢)'은 판본에 따라 각각 '공(空)'과 '시(時)'로 쓰기도 한다. 일반적으로 여기서 말하는 옛날의 현인은 섭정과 형가를 가리킨다고 풀이한다.

지개를 가리켰다. 그의 곁은 하늘 신과 신장들이 벌 떼처럼 몰려간 것과 같은 효과를 가지는 것이었다. 이 때문에 "팟!" 하는 소리와 함께 그 무지개는 어느새 흩어져서 짙은 안개로 변했는데, 그러는 바람에 손을 펴도 손바닥이 보이지 않고, 바로 앞에 있는 사람의 얼굴도 보이지 않게 되어 버렸다. 삼보태감이 말했다.

"이 안개는 또 어디서 온 것입니까?"

"안개는 산속에서 나는 것이고, 배는 물에서 신는 신발과 같을 뿐, 특별히 무슨 출처가 있겠습니까?"

그러자 왕 상서가 말했다.

"출처가 없다는 것입니까? 옛날 황제(黃帝)가 치우(蚩尤)와 아홉 번 전투에서도 승리하지 못하자 태산(泰山)으로 돌아갔는데, 사흘 밤낮 동안 하늘에 안개가 자욱했습니다. 이때 사람의 머리에 새의 몸뚱이를 한 어느 부인이 있었습니다. 황제는 그 부인이 비범한 인물이라는 걸 알아보고 고개를 조아려 두 번 절을 올리며, 그 앞에 엎드렸습니다. 그러자 그 부인이 이렇게 말했습니다.

'저는 구천현녀(九天玄女)[20]입니다. 무엇이든 질문하시면 분명히 대답해 드리겠습니다.'

이에 황제가 '제가 만 번의 전투에서 모두 승리하고 만 번을 숨어도 완벽하게 숨고 싶은데, 어떻게 하면 그게 가능하겠습니까?' 하고 물으니, 구천현녀가 이렇게 대답했습니다.

20 구천현녀(九天玄女)에 대해서는 제19회의 각주 5)를 참조할 것.

'안개를 따라 전투하면 만 번의 전투에서 모두 승리하고, 안개를 따라 숨으면 만 번을 숨어도 완벽하게 숨을 수 있지요.'

자, 이러니 이에 그 출처가 아니겠습니까? 게다가 양(梁)나라 때 복정(伏挺)이 아침 안개를 노래한 시가 이를 증명합니다.[21]

水霧雜山烟　　물안개가 산안개와 뒤섞이니
冥冥不見天　　어둑하여 하늘이 보이지 않네.[22]
聽猿方忖岫　　원숭이 울음소리 들리니 산에 굴이 있음을 짐작하겠고
聞瀨始知川　　여울 소리에 비로소 시내가 있음을 알겠네.
漁人惑澳浦　　어부는 배를 댈 만한 곳이 어디인지 모르고
行舟迷泝沿　　지나는 배들은 길을 잃고 거꾸로 올라가네.
日中氛靄盡　　한낮이 되어 자욱한 기운 사라지니
空水共澄鮮　　하늘도 물도 모두 맑고 아름답기만 하네.

그러자 삼보태감이 다시 장 천사에게 물었다.

"무지개가 흩어져 짙은 안개가 되었으니 이 또한 아주 이상한 일이군요. 이를 어쩌지요?"

21 인용된 시는 양(梁)나라 때 복정(伏挺: 484~548, 자는 사조[士操] 또는 사표[士標])의 〈배를 타고 가다가 아침 안개를 만나다[行舟値早霧]〉이다. 본문에서는 복정의 이름을 복정(伏梃)이라고 잘못 표기했으나 바로잡았다.

22 원문의 '불견천(不見天)'을 인용문에서는 '견효천(見曉天)'으로 썼으나, 원작에 따라 고쳐서 번역했다.

"그래도 제가 그의 적수가 되어야겠지요."

장 천사는 '적수'라는 말을 마치기 무섭게 다시 손가락으로 결을 맺었다. 그 순간 "팟!" 하는 소리와 함께 그 짙은 안개가 순식간에 사라지고 맑은 하늘이 나타났다. 그런데 뱃머리에 공교롭게도 오래된 소나무가 한 그루 서 있었다. 위에는 가지도 없고, 아래에는 뿌리도 없으며, 높이가 높지도 낮지도 않고 줄기가 굵지도 가늘지도 않은 그것은 사령부가 설치된 배의 뱃머리 아래쪽에 반듯하게 서 있었다. 그걸 보고 삼보태감이 말했다.

"이번에는 또 소나무로 변신했군요. 정말 짜증스럽군요!"

왕 상서가 말했다.

"소나무는 귀한 것인데 어떻게 오히려 사람을 짜증스럽게 하는 것인지!"

그러자 장 천사가 왕 상서에게 물었다.

"설마 소나무라고 해서 다 귀한 것일까요?"

"귀하지 않은 것도 있습니까?"

"방산(方山)[23]에 사는 어느 야인이 나들이갔다가 구레나룻이 덥수룩하고 특이한 옷을 입은 사자(使者)가 백 마리의 개를 몰고 바삐 달려가는 것을 보고 그에게 물었습니다.

'어디 사시는 누구시오? 어딜 그리 바삐 가시는 게요?'

그러자 그 사자가 말했습니다.

---

23 여기서 말하는 방산(方山)은 오늘날 장쑤성 난징시 장닝구[江寧區]에 있는 산을 가리킨다.

'제 집은 언개산(偃蓋山)[24]에 있는데, 이 개들이 집이 그리워 밖에 오래 있으려 하지 않아서 바삐 돌아가는 길입니다.'

야인이 그를 뒤따라 가보니, 사자는 어느 오래된 소나무 아래에서 모습이 사라져 버렸습니다. 소나무를 올려다보니 과연 양산처럼 생겼는데, 그 하얀 개들은 어찌 된 영문인지 알 수 없었습니다. 그런데 갑자기 어느 노인이 앞에 나타나기에 그에게 물었더니, 노인이 소나무를 가리키며 이렇게 말했답니다.

'이 소나무가 바로 그 구레나룻 덥수룩한 사자가 아니오? 하얀 개는 바로 복령(茯笭)이지요.'

이에 그 야인은 그 사자가 바로 소나무의 정령이었음을 깨달았다고 하더이다. 이렇게 정령으로 변하는 소나무가 어찌 귀한 것이겠소이까?"

"당나라 때 현종(玄宗) 황제가 안녹산(安祿山)의 반란이 일어났을 때 서쪽으로 피난 갔으니 당시 사정을 알 만하지요! 그런데 궁중의 말라 죽었던 소나무가 다시 살아나 가지와 잎이 무성하며 마치 새로 심은 것 같았답니다. 그 후 숙종(肅宗) 황제가 과연 반란을 평정하여 당나라는 다시 부흥했습니다. 이렇게 말라 죽은 소나무가 상

---

24 언개산(偃蓋山)은 소나무의 별칭이다. 장 천사의 이 이야기는 당나라 때 풍지(馮贄: ?~?)가 편찬한 《운선잡기(雲仙雜記)》〈송정성사자(松精成使者)〉의 이야기를 변형한 것이다. 원작에서는 모산(茅山)에 사는 야인이 하얀 양 백 마리를 몰고 가는 특이한 사자를 만났는데, 그가 바로 소나무의 정령이었고, 그가 몰고 다니던 하얀 양들은 바로 복령(茯笭)이었다고 되어 있다.

서로운 징조를 보여주었으니 귀한 것이 아니겠습니까?"

"천태산(天台山)에 괴상한 소나무가 바위 동굴 안에 뿌리를 틀고 구불구불 자라 있었는데, 줄기가 몇 아름이나 되는 데에 비해 높이는 네다섯 자쯤 되었답니다. 무성하면서도 잔뜩 움츠린 모습이어서 줄기에는 가지가 없고, 가지에는 잎이 나지 않아서 마치 용이 매달려 있거나 호랑이가 비스듬히 기대 있는 것 같기도 하고, 사나이가 포승줄에 묶여 있는 것 같기도 했답니다.[25] 이런 게 어찌 귀한 것이겠습니까?"

"유의(庾顗)[26]가 화교(和嶠)[27]에게 이렇게 감탄했다고 합니다.

'화교는 천 자 높이의 소나무처럼 가지와 잎이 무성하여, 비록 구불구불 마디가 많지만 큰 건물을 지을 때 동량(棟梁)으로 쓸 수 있는 사람이다!'

이러니 소나무가 귀한 것이 아니겠습니까? 이를 증명하는 이덕

---

25 이것은 당나라 때 육구몽(陸龜蒙: ?~881, 자는 노망[魯望], 별호는 천수자[天隨子], 강호산인[江湖散人], 포리선생[甫里先生])의 《괴송도찬(怪松圖贊)》〈서(序)〉에 들어 있는 묘사를 그대로 따온 것이다. 원문은 다음과 같다. "身大數圍而高不四五尺, 礧碕然, 蹙縮然, 幹不暇枝, 枝不暇葉, 有老龍攣虎跛, 壯士囚縛之狀."

26 유의(庾顗: ?~?)는 자가 자숭(子嵩)이며 진(晉)나라 때 태부종사랑중(太傅從事郎中)을 지낸 인물이다. 그는 집안은 부유했으나 무척 검소했던 인물로 알려져 있다.

27 화교(和嶠: ?~292)는 자가 장여(長輿)이며, 진나라 때 태자소부(太子少傅) 겸 산기상시(散騎常侍)를 거쳐 광록대부(光祿大夫)를 지냈다. 사후에 금자광록대부(金紫光祿大夫)에 추증되고, 간(簡)이라는 시호를 하사받았다.

림(李德林)의 시도 있습니다."[28]

結根生上苑	황궁 뜰에 뿌리 얽혀 자라나니
擢秀邇華池	빼어난 자태 아름다운 못 가까이 서 있구나.
歲寒無改色	날이 추워져도 색깔 바뀌지 않고
年長有倒枝	나이 많이 들어도 오히려 가지 늘어뜨리지.
露自金盤灑	이슬은 황금 쟁반에서 뿌려지고
風從玉樹吹	바람은 옥 같은 나무에서 불어오지.
寄言謝霜雪	눈 서리에게 감사 인사 전하나니
眞心自不移	진심은 자연히 변하지 않는다네!

그러자 삼보태감이 말했다.

"두 분, 말씨름은 이제 그만하시지요. 그나저나 오늘 큰 무지개가 흩어져 짙은 안개가 되고, 그 안개가 걷히자 오래된 소나무 한 그루가 나타났으니, 이건 분명히 요괴가 중간에서 수작을 부린 것입니다. 이런 상황에서 함대가 어찌 운항할 수 있겠으며, 황제 폐하께 보고는 어떻게 하겠습니까?"

장 천사가 말했다.

"지당하신 말씀이십니다. 제가 저것을 심문해 보면 사연을 알게 되겠지요."

---

28 인용된 시는 수나라 때 이덕림(李德林: 530~590, 자는 공보[公輔], 시호는 문[文])의 〈소나무 찬가[詠松樹]〉이다.

장 천사는 즉시 칠성검을 뽑아 들고 별자리를 따라 걸음을 옮기며 주문을 외었다. 그러더니 검을 치켜들며 호통을 쳤다.

"너는 어떤 요괴이기에 감히 우리 길을 막는 것이냐? 당장 성명을 밝히고 죗값을 치르도록 하라! 조금이라도 머뭇거리면 이 검을 날려 두 동강 내버릴 테니, 그때 가서 후회해 봐야 이미 늦을 것이야!"

과연 그 소나무는 신령한 것이어서 "슥!" 하는 소리와 함께 높이가 수천 길로 늘어났다. 장 천사가 다시 호통을 쳤다.

"집어치워라! 그렇게까지 늘어날 필요가 어디 있느냐!"

그러자 소나무가 다시 "쑥!" 하면서 줄기가 수백 아름이나 되게 커졌다.

"집어치워라! 그렇게까지 커질 필요가 어디 있느냐!"

까마득히 높다랗고 줄기 둘레가 엄청난 그 소나무는 보기만 해도 오싹할 정도였다. 장 천사는 머리카락을 풀어헤치고 검을 짚은 채 호통을 쳤다.

"이놈! 사람이거든 당장 사람의 모습을, 귀신이면 귀신의 모습을, 사물이라면 당장 본래 모습을 드러내라! 혹시 우리를 호송하러 왔다거나, 제사를 지내 달라고 하고 싶거든 분명히 얘기하도록 해라. 혹시 억울함을 하소연하려면 자세한 사정과 함께 누구의 목숨을 끊어 원수를 갚아 달라고 분명히 말해라. 왜 이렇게 말은 않고 의뭉스러운 짓만 하는 게냐?"

두서와 조리가 분명한 장 천사의 이 말은 누구라도 따를 수밖에 없었다. 과연 그 나무도 신령한 능력이 있어서 스스로 커지거나 작아질 수 있었다. 그 나무가 "척!" 하고 수면에 드러눕자, 장 천사가 기패관에 분부했다.

"잘 살펴봐라. 수면에 누워 있는 게 무엇이냐?"

"종려나무를 꼬아 만든 닻줄입니다."

장 천사가 고개를 끄덕이며 말했다.

"알고 보니 그 못된 녀석이었구나! 그래도 그렇지, 감히 이렇게 건방진 짓을 하다니!"

삼보태감이 물었다.

"아니, 닻줄에게 못된 녀석이라니요?"

"사령관님, 벌써 잊으셨나 보군요? 전에 우리가 출발할 때 급하게 출항하느라고 닻줄 하나를 떨어뜨리지 않았습니까? 그게 정령이 되어서 이렇게 두세 번씩 모습을 바꾸며 우리 길을 막았던 겁니다."

"닻줄도 정령이 될 수 있습니까?"

"좁쌀 하나에 대천세계(大千世界)를 담을 수 있고, 풀 한 포기도 십만 명의 정예병이 될 수 있거늘, 하물며 종려나무로 엮은 닻줄이야 오죽하겠습니까!"

"그렇다면 모든 사물이 기운을 갖고 있다는 말씀입니까?"

"이 또한 우연일 뿐이지, 늘 그런 것은 아닙니다."

그때 뱃머리 아래에서 닻줄이 마치 천지가 무너지는 듯이 "우르릉! 쾅쾅!" 소리를 내기 시작했다. 그러자 장 천사가 칠성검을 치켜

들며 호통을 쳤다.

"시끄럽다! 이 못된 놈이 득도해서 신이 되었느냐, 아니면 도를 잃고 귀신이 되었느냐? 당장 모습을 드러내라!"

그러면서 사납게 검을 휘두르며 요괴를 처단하려 했는데, 뜻밖에도 닻줄이 탈태환골(脫胎換骨)을 하는 게 아닌가! 무슨 소리냐고? 그 닻줄은 벌써 세 동강으로 잘린 채 우뚝 서 있었는데, 모두 황금으로 된 둥근 모자를 쓰고 황금 갑옷을 입은 세 명의 금갑신(金甲神)이었다. 그들은 일제히 장 천사를 향해 한 손을 들며 말했다.

"천사님, 반갑습니다."

"너희는 무슨 신이기에 감히 내게 인사를 하는 게냐?"

"저희는 이미 옥황상제의 칙명을 받아 이곳에서 신이 되었습니다. 하지만 인간 세계의 제왕에게 아직 알리지 않았기에 이곳에서 기다리고 있었습니다."

"너희는 원래 우리 배의 닻줄이었는데, 어떻게 옥황상제께서 너희를 신으로 삼으셨더냐?"

"원래는 천사님의 배에서 나온 닻줄이었지만, 천사님께서 바다로 나가신 뒤에 저희 삼형제는 이곳 양자강에서 나라와 백성에게 복을 베풀며 세상에 큰 공을 세웠습니다. 그래서 옥황상제께서 저희를 신으로 삼으셨습니다."

"원래 닻줄은 하나였는데 어떻게 삼형제가 된 것이냐?"

"원래 한 어머니에게서 태어난 삼형제여서, 합치면 하나가 되고 나뉘면 셋이 됩니다."

"신이 되었다면 이름이 있을 게 아니냐?"

"저희는 원래 종려나무로 엮은 닻줄이었기 때문에 성을 종(宗)[29] 씨로 했고, 형제의 서열에 따라 종일(宗一)과 종이(宗二), 종삼(宗三)이라는 이름을 갖게 되었습니다."

"옥황상제의 칙명으로 신이 되었다면 관직은 어떤 것을 받았느냐?"

"삼형제 모두 사인(舍人)의 벼슬을 받았습니다."

"그렇다면 종일 사인과 종이 사인, 종삼 사인이 되겠구먼."

"그렇습니다."

"그렇게 이름까지 있는 신이 되었는데 어째서 그렇게 변신술로 수작을 부렸소?"

종일이 대답했다.

"스스로 드러낼 방법이 없어서, 사물을 빌려 신이 깃들었을 뿐입니다."

"그대들은 강에서 무슨 큰 공을 세우셨소?"

"저는 금산(金山) 밑자락에서 한 가지 공을 세웠습니다."

"무슨 공을 세웠소?"

"그곳에 오래 묵은 자라가 하나 있었는데, 예사로운 자라가 아니라 원래 진무대제 밑에 있던 거북이와 뱀이 교합해서 낳은 자라였습니다. 아비가 뱀이고 어미가 거북이니 그 자라는 사람의 모습도

29 종(宗)은 종려나무 종(棕)과 발음 및 모양이 비슷하다.

아니요 다른 사물의 모습도 아닌, 그저 탄환만 한 크기의 핏방울 하나에 지나지 않았습니다. 그러다가 오랜 세월이 흘러 자라의 모습으로 자랐는데, 천하제일천(天下第一泉)[30]이 탐나서 이곳 금산 밑자락에 살게 되었습니다.

예전에 그 자라는 열심히 공부하고 수행하여 금산사(金山寺)의 스님이 '자라야!' 하고 부르면 즉시 수면으로 올라와서 만두나 과일 등을 던져 주면 받아먹고 내려갔습니다. 이름을 부르면 떠오르고, 꾸짖으면 내려가 버리곤 했습니다. 그 절의 승려들이 그를 장난감으로 여기고 고관대작이 오면 재미 삼아 보여주곤 했는데, 그게 벌써 육칠십 년쯤 되었습니다.

그런데 좋은 걸 배우려면 천일도 부족하고, 나쁜 걸 배우려면 하루만으로도 충분하다고 했듯이, 그 자라는 음란하고 살생을 하려는 마음이 일어서 종종 강을 건너는 작은 배로 변신하여 일부러 사람들을 물에 빠뜨려 죽이고 그들의 피와 살을 먹었습니다. 또 비바람이 치는 어두운 밤에는 뭍으로 올라와 아름다운 아낙으로 변신해서 멀쩡한 집안의 미소년들을 유혹하곤 했습니다. 온갖 변신술을 잘 부려서 일일이 거론할 수도 없을 지경입니다.

그래서 물속의 신들이 옥황상제께 보고하여 내쫓으려 했지만 쉽

30 중국에서 천하제일천(天下第一泉)으로 불리는 곳은 한둘이 아니지만 대표적인 것으로는 산둥성 지난[濟南]의 박돌천(趵突泉)과 장쑤성 전장[鎭江]의 금산(金山) 서쪽 석탄산(石彈山) 아래에 있는 중령천(中泠泉)을 꼽는다. 여기서는 후자를 가리킨다.

지 않았습니다. 그래서 제가 나서서 그놈과 몇 판을 붙었습니다. 그놈은 칠칠 사십구, 마흔아홉 가지의 변신술을 썼지만 제가 마흔아홉 번을 모두 붙잡아서 겨우 내쫓을 수 있었습니다. 그 바람에 많은 사람의 목숨을 구해 평안하게 지낼 수 있었던 것입니다."

"그렇구려. 그럼 종이 사인은 무슨 공을 세우셨소?"

"저는 남경 하신하(下新河)의 초혜협(草鞋夾)에서 공을 세웠습니다."

"무슨 공을 세우셨소?"

"그곳에는 예전부터 정령이 하나 있었습니다. 진시황 때 낮이면 천 리를 달리고 밤에도 팔백 리를 달릴 수 있는 발을 가진 장해(章亥)[31]라는 이가 있었습니다. 진시황이 그를 시켜서 동서남북을 두루 돌아다니며 중국의 크기가 얼마나 되는지 재어 보게 했습니다. 그런데 그가 동해에 도착했을 때 짚신이 끊어져서 개중의 한 짝을 남경 하신하에 버렸는데, 이 때문에 이곳에 있는 도랑 가운데 하나를 초혜협이라고 부르게 된 것입니다. 그 짚신은 도랑에 끼인 채

---

31 장해(章亥)는 옛날 전설에서 달리기를 잘하는 사람으로 알려진 대장(大章)과 수해(竪亥)의 이름을 합친 것이다. 《문선》에 수록된 장협(張協)의 〈칠명(七命)〉에 대한 이선(李善)의 주석에서는 다음과 같은 《회남자》의 내용을 인용하고 있다. "이에 우 임금이 대장에게 동쪽 끝에서 서쪽 끝까지 걸어 보게 하니 이억삼만삼천오백 리하고 일흔 걸음이었고, 수해에게 북극에서 남극까지 걸어 보게 하니 이억삼만삼천오백칠십 리였다.[禹乃使大章步自東極, 至于西極, 二億三萬三千五百里七十步. 使竪亥步自北極, 至于南極, 二億三萬三千五百七十里.]"

오랜 세월 동안 천지간의 나쁜 기운을 흡수하고, 해와 달의 남은 빛을 받아들여 정령으로 변했습니다. 이 정령은 뭍으로 올라오지도 않고, 무슨 변신술을 쓰지도 않고, 오로지 초혜협을 지나는 소금 배[鹽船]들이 나타나기만을 기다렸다가 자신도 소금 배로 변신해서 진짜와 똑같이 꾸미고, 심지어 배에 탄 사람들까지 똑같이 만들어서 소금 배들 사이에 끼어듭니다. 그리고 왼쪽은 주먹을 내지르고 오른쪽은 머리로 들이받아 양쪽의 배들을 뒤집어서 남의 재물을 빼앗고 사람을 잡아먹었습니다. 그러니 이놈이 얼마나 많은 사람을 해치고, 얼마나 많은 재물을 약탈했겠습니까? 하지만 그걸 눈치챈 사람은 아무도 없었습니다. 그래서 물속의 신들이 모두 이렇게 말했습니다.

'위대한 명나라 왕조가 들어서서 우주가 새롭게 변모할 기회가 생겼는데, 어찌 이따위 정령이 황궁 아래에서 이런 악독한 짓을 마음대로 벌이도록 내버려 둘 수 있겠는가!'

그러면서 그놈을 처벌할 방도를 논의했습니다. 그래서 저는 이것저것 따지지 않고 그놈과 대판 싸움을 벌였습니다. 그놈이 제법 신통력이 광대하고 무궁한 변신술을 부렸지만, 결국 사악한 것은 정의를 이기지 못하고 가짜는 진짜를 이기지 못하는 법이 아니겠습니까? 그래서 그놈은 마침내 제 손에 죽고 말았습니다. 이 때문에 지금 초혜협에는 아무 일도 일어나지 않게 된 것입니다."

"그 역시 큰 공을 세운 것이구려. 그럼 종삼 사인은 무슨 공을 세우셨소?"

"저도 남경 위쪽의 효기산(蟂磯山)[32]에서 공을 세웠습니다."

"무슨 공을 세우셨소?"

"효기산은 원래 강 가운데 홀로 서 있던 작은 산인데, 물가에 깊이 수천 길이나 되는 동굴이 하나 있었습니다. 그 안에는 교룡(蛟龍)처럼 생긴 오래 묵은 영원(蠑螈)[33] 한 마리가 살고 있었습니다. 그놈은 출신도 괴상합니다. 원래 서양 페르시아 사람이 중국에 보물을 바치러 왔다가 장강을 배로 건너는 도중에 실수로 진주 하나를 삼켜 버렸습니다. 그런데 그 진주가 뱃속에서 발작을 일으키는 바람에 그는 입에 게거품을 물며 자꾸 물을 마셔댔습니다. 그렇게 몇 동이를 마시고도 모자라서 두 명의 수행인더러 강가로 데려가 달라고 하더니, 강물에 머리를 처박고 배가 부를 때까지 마시려고 했습니다. 그런데 뜻밖에 그 사람은 배불리 물을 먹고 나서 그만 풍덩 물에 빠져 버렸습니다! 그리고 그게 문제가 아니라 요상한 물건으로 변해 버렸는데, 뱀처럼 생겼는데 비늘이 없고, 용하고 비슷한데 머리에 뿔이 없었습니다. 뱀도 아니고 용도 아니라서 영원이라고 부르게 된 것입니다. 영원은 교룡의 일종이기 때문에 이곳을 효기(蟂磯)라고 부르게 되었지요.

32 효기산(蟂磯山)은 안후이성[安徽省] 우웨이현[無爲縣] 얼바진[二垻鎭]에서 장강을 향해 뻗어 있는 산으로서, 삼국시대 동오(東吳) 손권(孫權)의 누이동생이자 촉한(蜀漢) 유비(劉備)의 부인인 손부인(孫夫人)의 무덤과 사당이 있는 곳이다.

33 영원(蠑螈)은 도롱뇽과의 양서류 동물로서 도마뱀과 비슷하게 생겼다.

그런데 이놈의 영원은 성격이 아주 고약해서 늘 강에 풍랑을 일으키고 구름과 안개를 몰고 다니니, 오가는 상선들이 아주 큰 고역을 치러야 했습니다. 그래서 제가 작은 계책을 하나 써서 그놈을 굴복시키고 동굴에 가둬 버렸습니다. 비록 그놈의 목숨을 해치지 않았지만 밖에 나와서 행패를 부리지 못하게 한 것이지요. 이 덕분에 지금 양자강을 오가는 배들이 편히 지날 수 있게 되었던 것입니다."

"그 또한 큰 공을 세운 것이구려. 과연 세 분은 나라의 해충을 없애서 나라를 보우하고, 백성에게 해악을 끼치는 존재를 없애서 은택을 베풀었구려. 그러니 옥황상제께서 그대들을 신으로 삼은 것도 당연한 일이었소이다."

그러자 세 신이 일제히 말했다.

"저희 형제가 비록 옥황상제의 칙명을 받았지만 아직 인간 세계의 제왕께서는 저희를 모르고 계십니다. 그래서 여기서 천사님을 기다렸던 것이니, 번거로우시겠지만 이 사실을 전해 주십시오."

"세 분이 이런 큰 공을 세우셨으니 당연히 폐하께 아뢰어드려야지요. 그러니 이제 돌아가시지요."

"허락해 주셔서 감사합니다. 저희가 순풍을 불게 하여 함대가 오늘 밤 안으로 남경에 도착하게 해 드리겠습니다. 내일 아침에는 조정에 들어가 황제 폐하께 보고하실 수 있을 겁니다."

그들이 과연 순풍을 불게 해 주는지는 다음 회를 보시라.

제99회

삼보태감이 허리 숙여 황제에게 보고하고 갖가지 보물을 바치다

元帥鞠躬復朝命 元帥獻上各寶貝

將軍曾此譽時髦	장군은 일찍이 한 시대의 영재로 칭송받고[1]
唱凱英風拂錦袍	위풍당당 개선가 부르며 비단 전포 떨쳤지.
八表順風驚雨露	팔방의 밖에서 순풍 따라 비바람 무릅썼고
四溟隨劍息波濤	사해에서 검을 따라 파도를 잠재웠지.
手扶北極鴻圖永	손으로 북극을 지탱하여 왕업을 영원하게 해 주었고
雲卷長天聖日高	드넓은 하늘의 구름 치워 성스러운 태양 높이 빛나게 해 주었지.
未會漢家青史上	알 수 없구나, 한나라 역사에서

1 인용된 시는 당나라 때 두광정(杜光庭: 850~933, 자는 성빈[聖賓], 호는 동영자[東瀛子])의 〈장군에게[贈將軍]〉이다. 이 시는 《전당시(全唐詩)》에도 처음 두 구절이 누락된 채 수록되어 있는데, 여기에서는 소설의 작자가 두 구절을 지어 붙였다.

韓彭何處有功勞　　한신(韓信)과 팽월(彭越)[2]은 어디에서 무슨 공을 세웠던가?

그러니까 세 명의 신이 장 천사에게 이렇게 말했다.

"허락해 주셔서 감사합니다. 저희가 순풍을 불게 하여 함대가 오늘 밤 안으로 남경에 도착하게 해 드리겠습니다. 내일 아침에는 조정에 들어가 황제 폐하께 보고하실 수 있을 겁니다."

그 말이 끝나기도 전에 그들은 일제히 사라졌다. 하지만 과연 때맞춰 등왕각(滕王閣)에서 바람이 불어와 밤새 운항하고 나자 새벽 무렵에 호위병이 이렇게 보고했다.

"함대가 이미 남경에 도착하여 아래 관문인 초혜협 일대에 정박했습니다. 두 분 사령관님, 성으로 들어가셔서 보고하시기 바랍니다."

그러자 삼보태감이 벌떡 일어나며 말했다.

"오늘에야 마침내 남경에 도착했구나! 지난 육칠 년 동안 정말 걱정이 많았지!"

그리고 즉시 장수들과 관료들에게 각 나라에서 가져온 진상품들

2 팽월(彭越: ?~기원전 196)은 별호가 팽중(彭仲)이다. 그는 한나라의 개국공신으로서 한신(韓信), 영포(英布)와 더불어 삼대명장(三大名將)으로 꼽히는 인물이다. 유방이 항우와 천하를 다툴 때 유방에게 귀의하여 위상국(魏相國)의 벼슬과 함께 건성후(建成侯)에 봉해졌고, 한나라가 천하를 통일한 뒤에는 양왕(梁王)에 봉해졌다. 그러나 훗날 반역을 꾀했다는 이유로 삼족이 멸해지고, 그 자신은 목이 잘려 효수되었다.

을 정리하라고 분부하고, 두 사령관은 각 나라에서 바친 상소문들을 들고 조정으로 들어갔다. 오문에 이르러서 보니 정확히 오경 삼점(五更三點)[3]이어서 황제는 이미 대전에 오르고 문무백관도 모두 모여 있었다. 두 사령관은 장수들과 관료들을 인솔하고 섬돌 아래로 와서 옷자락을 털고 발을 구르며 만세삼창을 했다. 황제는 그들을 보고 무척 기쁜 표정으로 물었다.

"몇 년 만에 돌아온 것인가?"

"영락 7년(1409)에 출발하여 지금이 영락 14년이니 일곱 해 남짓 되었사옵니다."

"그동안 몇 나라를 정벌했는가?"

"상당히 여러 나라를 정벌했는데, 모든 나라마다 상소문과 진상품을 받아 왔사옵니다."

"맨 처음 정벌한 나라는 어디인가? 우선 상소문을 읽어보도록 하라."

"첫 번째 나라는 금련보상국(金蓮寶象國)이옵니다."

그리고 삼보태감은 상소문을 꺼내서 소리 높여 읽었다.

> 금련보상국의 신 참바디라이가 황공하기 그지없는 마음으로 삼가 머리 조아리며 올리나이다.
>
> 엎드려 생각하옵건대 황제 폐하께서는 이전의 어떤 황제보다 뛰어난 공을 세우시고 위대한 중국 땅에 왕조를 여셨사옵니

3 오경 삼점(五更三點)은 새벽 3시 48분에서 4시 11분 59초까지에 해당한다.

다. 옷깃을 드리워 천지를 보우하시고, 창칼을 주조하시어 천하를 아우르셨나이다. 신령한 무위로 살생을 하지 않으시고, 인문(人文)으로 교화하셨으며, 밝고 밝은 덕으로 백성을 보살피시며, 드높은 기상을 품고 상제(上帝)를 섬기시니, 지극히 어진 마음이 초목에까지 미치고 크나큰 믿음이 연못의 물고기에게까지 미치게 하셨나이다. 이에 하늘이 굽어보는 가운데 천하를 다스리시며 혁혁한 공을 이루시어 고금에 없었던 업적을 세우셨고, 나라의 기틀을 튼튼히 다지셨나이다.

생각하옵건대 저는 벌레처럼 미미하고 추구(芻狗)처럼 비천한 존재이옵니다. 외진 오랑캐 땅에 살아 중원의 교화에서 멀리 떨어져 있으면서, 부질없이 세심한 보살핌만 받았을 뿐 예물조차 올려본 적이 없사옵니다. 이제 천자의 군대가 먼 이역까지 왔으나, 제가 연로하여 직접 알현하고 진상품을 바치기 어렵사옵니다. 게다가 광대한 바다를 사이에 두고 있어서 찾아뵙기가 상당히 어렵기에, 감히 흠모하는 마음으로 멀리서 황궁이 있는 쪽을 바라볼 뿐이옵니다. 아울러 보잘것없는 것들이지만 이곳 토산품을 예물로 바침으로써, 태양을 바라보는 해바라기처럼 군주를 섬기는 제 마음을 나타내고자 하옵니다.

감격스럽고 황송한 마음으로 삼가 올립니다.

황제가 다 듣고 나서 말했다.

"오랑캐 나라지만 제법 공부를 해서 표현이 아주 고상하니, 가벼이 여겨서는 안 되겠구려. 나머지 상소문들은 이 자리에 읽을 필요 없소."

삼보태감이 진상품을 바치자 황문관(黃門官)이 금련보상국의 진상품 목록을 소리 내어 읽었다.

> 보모(寶母) 하나, 해경(海鏡) 한 쌍, 대화주(大火珠) 네 매(枚), 징수주(澄水珠) 열 매, 피한서(辟寒犀) 두 개, 상아로 만든 삿자리[簟] 두 개, 길패포(吉貝布) 열 필(匹), 기남향(奇南香) 한 상자, 백학향(白鶴香) 한 상자, 천보초(千步草) 한 상자, 계설향(鷄舌香) 한 접시[盤], 대추야자[海棗] 한 접시, 여하(如何) 한 접시

황제는 진상품들을 살펴보고 나서 말했다.

"해경은 꽃 대합조개처럼 생겼는데, 왜 이런 이름이 붙었는가?"

"그 밝게 빛나는 빛이 해를 비출 만하다고 해서 그렇게 부른다고 하옵니다."

"백학향은 무엇인가?"

"그것을 향로에 피우면 연기가 마치 백학이 쌍쌍이 하늘로 날아가는 것처럼 보인다고 해서 그렇게 부른다고 하옵니다."

"호, 그래? 여봐라, 황문관, 이 향을 살라 보도록 하라!"

황문관이 향을 받아 향로에서 태우자 과연 향 연기가 쌍쌍이 백학의 모양으로 뭉치더니 공중으로 날아올랐다. 그걸 보고 황제는 무척 기뻐했고, 조정의 모든 문무백관도 "대단한 보물이로구나!" 하고 감탄했다. 황제가 또 삼보태감에게 물었다.

“저 여하라는 것은 기껏 대추 같은 것에 지나지 않을 것 같은데, 어떻게 그런 이름이 붙었는가?”

“생김새는 대추 같지만 구백 년 만에 한 번 열매가 열리는 것입니다. 그러니 사람이 한세상을 살면서 저 나무의 꽃이 어떻게 피고 열매가 어떻게 생겼는지 보지 못하는 경우가 많다고 해서 그런 이름이 붙었다고 하옵니다.”

두 번째는 빈동룡[賓童龍] 왕국이었다. 삼보태감이 상소문을 바치자 황문관이 받아서 간수했고, 진상품 목록을 바치자 역시 황문관이 받아서 읽었다.

> 용안(龍眼)을 장식한 술잔 한 개, 봉황 꼬리를 장식한 부채 두 자루, 산호로 만든 베개 한 쌍, 기남향(奇南香) 나무로 만든 허리띠 하나

황제는 진상품들을 살펴보고 나서 말했다.

“술잔과 부채는 어떻던가?”

“술잔은 정말 여룡(驪龍) 즉 흑룡의 눈자위를 파서 만든 것이고, 부채는 정말 봉황의 꼬리깃털을 모아 엮어서 만든 것이옵니다.”

이에 황제가 무척 기뻐했다.

세 번째는 나곡[羅斛] 왕국이었다. 삼보태감이 상소문을 바치자 황문관이 받아서 간수했고, 진상품 목록을 바치자 역시 황문관이 받아서 읽었다.

하얀 코끼리 한 쌍, 하얀 사자 스무 마리, 하얀 쥐 스무 마리, 하얀 거북이 스무 마리, 나곡향(羅斛香) 두 상자, 강진향(降眞香) 두 상자, 침향(沉香)과 속향(速香) 각 스무 상자, 대풍자(大風子) 기름 열 병, 장미즙 두 병, 소방목[蘇木] 스무 묶음

황제는 진상품들을 살펴보고 나서 말했다.

"하얀 코끼리는 사육사를 시켜서 기르도록 하라. 하얀 고양이와 하얀 쥐는 모두 무익한 것들이니, 내관들에게 상으로 내리도록 하라. 하얀 거북이는 궁궐의 도랑에 넣어 기르되, 다치지 않게 조심하라. 나머지는 각기 담당 부서에 보관하라."

네 번째는 자바[爪哇] 왕국이었다. 삼보태감이 아뢰었다.

"자바 왕국의 국왕 두마반은 고집이 세고 무례하여 예전에 우리나라 사신을 함부로 죽인 적이 있사옵니다. 또 아무 이유 없이 수행원 백칠십 명을 살해하려 했으니, 그 죄가 극악하고 막대하옵니다. 그래서 저는 그자의 진상품과 상소문을 받지 않았는데, 두마반이 직접 진술서를 작성하고 직접 찾아와 진상품을 바치기로 했사옵니다."

삼보태감이 진술서를 바치자 황제가 말했다.

"그런 건 필요 없소. 두마반이 두 명의 두목과 함께 조정으로 들어와 저번에 죽은 자에 대한 보상금으로 황금 육만 냥을 바치고 또 황금 일만 냥을 진상하려 했으나 짐은 물리쳤고, 지난 과오도 사면하여 죄를 묻지 않기로 했소."

"두마반은 무례하기 짝이 없는 자임으로 엄히 다스려야 공손해질 것이옵니다!"

"죽은 자를 위해 보상금을 내놓겠다고 하는 것만 보더라도 이미 무서운 줄 알고 있는 셈이 아닌가? 멀리 떨어져 있는 자이니, 두려움을 안다면 됐지 굳이 깊게 추궁할 필요는 없지."

이에 조정의 문무백관이 모두 칭송했다.

"요임금은 하늘처럼 어질었고, 순 임금은 생명을 아끼는 덕을 베풀었는데, 우리 폐하께서는 둘 다 꿰고 계시는구나. 설령 요·순이 다시 태어난다 해도 이보다 더하지는 못할 게야!"

다섯 번째는 중갈라[重迦羅] 왕국이었는데, 삼보태감이 이렇게 아뢰었다.

"중갈라 왕국은 나라도 작고 가난한 데다가 글공부를 하지 않아서 상소문을 쓰지 못했고, 진상품도 준비하지 못했사옵니다. 그저 앵무새 한 쌍만 있고, 나머지 영양이나 솜, 야자, 차조로 담근 술, 소금 등을 조금 바쳤는데 이것은 이미 함대에서 써 버렸사옵니다."

그런 다음 앵무새를 바치자, 황제가 살펴보고 말했다.

"이런 날짐승을 어디에 쓰겠는가? 황궁 뜰에 풀어놓고 마음대로 다니게 하라. 그리고 군인들과 백성에게 알려서 활이나 탄환을 쏴서 해치지 말도록 하라!"

이에 조정의 문무백관이 모두 칭송했다.

"폐하의 은택이 짐승들에게까지 미치는구먼!"

여섯 번째는 팔렘방[浡淋] 왕국이었다. 삼보태감이 상소문을 바치자 황문관이 받아서 간수했고, 진상품 목록을 바치자 역시 황문관이 받아서 읽었다.

> 신령한 사슴[神鹿] 한 쌍, 학정조(鶴頂鳥) 한 쌍, 화계(火鷄) 한 쌍, 유리병 한 쌍, 산호 한 쌍, 곤륜노(崑崙奴) 한 쌍, 혈결(血結) 두 갑(匣), 장미수(薔薇水) 두 단지, 금은향(金銀香) 두 상자, 온눌제향(膃肭臍香) 쉰 개

황제가 살펴보고 말했다.

"사슴은 자금산(紫金山)에, 학정조는 황궁 뜰에 풀어놓고 마음대로 다니게 하라. 화계는 광록시에 보내서 훗날 요리에 쓰도록 하라. 그런데 곤륜노는 어디에 쓰는가?"

삼보태감이 아뢰었다.

"춤과 노래를 잘하옵니다."

"그렇다면 교방사(敎坊司)로 보내도록 하라. 다만 너무 심하게 교육하거나 가르치지 말라고 하라. 그런데 혈결은 어디에 쓰는가?"

"상처를 치료하는 데에 특효약이옵니다."

"그렇다면 장수들에게 상으로 내리고, 남는 것은 병사들에게 나눠 주도록 하라."

이에 조정의 문무백관이 모두 칭송했다.

"폐하께서는 만물을 모두 동등하게 보시고, 백성을 상처 돌보듯이 하시는구먼!"

일곱 번째는 여인국이었다. 삼보태감이 상소문을 바치자 황문관이 받아서 간수했다. 이어서 삼보태감이 아뢰었다.

“여인국은 나라도 작고 가난한 데다가 모두 여자들뿐이라 이웃 나라와 교역도 하지 않기 때문에, 그들이 바치는 진상품을 받지 않았사옵니다.”

“그들에게 우리를 알리면 충분하니 굳이 진상품을 받을 필요는 없지.”

여덟 번째는 말라카[滿剌伽] 왕국이었다. 삼보태감이 상소문을 바치자 황문관이 받아서 간수했고, 진상품 목록을 바치자 역시 황문관이 받아서 읽었다.

> 진주 열 알, 애체(靉靆) 열 개, 황속향(黃速香) 열 상자[箱], 화석(花錫) 백 섬[擔], 검은 곰 두 쌍, 검은 원숭이 두 쌍, 흰 사슴 열 마리, 흰 노루[麂] 열 마리. 붉은 원숭이 두 쌍, 화계(火鷄) 스무 마리, 바라밀(波羅蜜) 두 상자[匣], 주타마(做打麻) 두 단지, 교초(茭草)로 엮은 멍석[簟] 열 장, 교초로 담근 술 열 단지

황제가 살펴보고 말했다.

“원숭이와 사슴, 노루 등은 모두 그 성정에 맞는 곳에 풀어주고, 화계는 마찬가지로 광록시에 보내도록 하라. 그런데 주타마는 무엇인가?”

“수지(樹脂)를 응결한 것인데, 밤에 불을 밝히면 등잔이나 초를

대신할 수 있사옵니다."

"백성을 수고롭게 해서 재물만 축냈구먼. 이걸 어디에 쓰겠는가?"

"토산품이라고 바치니 어쩔 수 없었사옵니다."

"애체는 무엇인고?"

"안경 같은 것이온데, 책을 읽을 때 도움이 된다고 하옵니다."

"그럼 그건 조정에서 고생하는 연로한 신하들에게 하사하도록 하라."

이에 조정의 문무백관이 모두 칭송했다.

"폐하께서는 재물을 혼자 갖지 아니하시니, 진정 기후 변화에 치우침이 없는 천지의 마음을 지니셨구나!"

아홉 번째는 아루[啞魯] 왕국이었다. 삼보태감이 상소문을 바치자 황문관이 받아서 간수했다. 이어서 삼보태감이 아뢰었다.

"아루 왕국은 나라도 작고 가난해서, 상소문만 바치고 진상품은 준비하지 못했사옵니다. 통촉하시옵소서!"

"알겠노라."

열 번째는 아루[阿魯] 왕국이었다. 삼보태감이 상소문을 바치자 황문관이 받아서 간수했다. 이어서 삼보태감이 아뢰었다.

"아루 왕국은 나라도 작고 가난해서, 상소문만 바치고 진상품은 준비하지 못했사옵니다. 통촉하시옵소서!"

"알겠노라.

열한 번째 수마트라[蘇門答剌] 왕국이었다. 삼보태감이 상소문을 바치자 황문관이 받아서 간수했고, 진상품 목록을 바치자 역시 황문관이 받아서 읽었다.

금맥(金麥) 서른 휘[斛], 은미(銀米) 서른 휘, 수주(水珠) 한 쌍, 나자대(螺子黛) 열 알, 유리병 열 쌍, 상아 열 개, 오란(烏卵) 한 쌍, 우조작(友鳥鵲) 한 쌍, 활욕사(活褥蛇) 열 마리, 명마 열 필, 호양(胡羊) 쉰 마리, 죽계(竹鷄) 이백 마리, 오색 서역 비단 백 단(端), 붉은 실 천 근, 낙타털로 만든 요[駝毛褥] 쉰 장, 꽃무늬를 넣은 자리[花簟] 쉰 장, 금선(錦襈) 백 폭(幅), 금으로 장식한 수대[金飾壽帶] 쉰 개, 금을 박아 장식한 허리띠[鈿帶] 쉰 개, 연환벽구(連環臂韝) 쉰 개, 장미수(薔薇水) 쉰 병, 동향(楝香), 백룡뇌(白龍腦), 백사탕(白砂糖), 백월낙(白越諾), 유향(乳香), 무명이(無名異), 온눌제(膃肭臍), 용연향 각각 열 석(石), 심지과(尋枝瓜), 편도(扁桃), 천년조(千年棗), 석류(石榴), 취과(臭果), 산자(酸子), 포도, 미채(美菜), 이상의 품목 각기 백 꾸러미[擔]

황제가 살펴보고 말했다.

"금전과 곡물을 너무 많이 가져왔으니, 과한 게 아닌가?"

"원래 가지고 있던 것에서 내놓은 것이지, 강제로 내놓게 한 것은 아니옵니다."

"뱀이나 조류는 앞서와 마찬가지로 방생하도록 하라. 명마는 오부(五府)의 관원들에게 인계하고, 닭과 양은 광록시에 보내도록 하라. 나머지는 창고에 보관하도록 하라."

열두 번째는 메카[默伽] 왕국이었다. 삼보태감이 아뢰었다.

"메카 왕국은 나라도 작고 백성들이 어리석어 상소문은 갖추지 못하고, 그저 다이아몬드 반지 한 쌍과 마륵금환(摩勒金環) 한 쌍만 진상하였사옵니다. 거두어 주시옵소서!"

"알겠노라."

열세 번째는 나쿠르[那孤兒] 왕국이었다. 삼보태감이 아뢰었다.

"나쿠르 왕국은 나라도 작고 백성들이 어리석어 상소문은 갖추지 못하고, 그저 초할우(稍割牛) 한 마리와 용뇌향 한 상자만 진상하였사옵니다. 거두어 주시옵소서!"

"초할우라는 게 무엇인가?"

"쇠뿔인데, 넉 자 정도 자라면 열흘에 한 번씩 잘라 주어야지, 그렇지 않으면 소가 죽사옵니다. 사람이 그 피를 마시면 오백 살까지 장수할 수 있고, 소의 수명도 그와 같다고 하옵니다."

"그렇다면 백성에게 기르게 하라. 그러면 백성과 함께 장수할 수 있지 않겠는가?"

이에 조정의 문무백관이 모두 칭송했다.

"사람의 욕심 가운데 노래 사는 것만 한 게 없는데, 폐하께서는 백성에게 해를 끼치지 않고 장수하게 해 주시는구먼!"

열네 번째는 미스르[勿斯里] 왕국이었다. 삼보태감이 아뢰었다.

"미스르 왕국은 나라도 작고 백성들이 어리석어 상소문은 갖추지 못하고, 그저 화잠면(火蠶綿)만 백 근을 바쳤사옵니다. 거두어 주시옵소서!"

"화잠면이라는 게 무엇인가?"

"이 나라에 화잠이라고 불리는 누에가 있사옵니다. 거기서 나온 실은 아주 따뜻해서 솜옷 한 벌을 만드는 데에 한 냥[兩]만 써도 됩니다. 조금이라도 양이 많으면 너무 더워서 감당할 수 없다고 하옵니다."

"변방의 군인들이 추위에 고생하고 있으니, 그들에게 나눠 주도록 하라."

이에 조정의 문무백관이 모두 칭송했다.

"병사를 아끼는 마음이 하늘만큼 높고 땅만큼 두터우시구먼!"

열다섯 번째는 우스리[勿斯離] 왕국이었다. 삼보태감이 아뢰었다.

"우스리 왕국은 나라도 작고 백성들이 어리석어 상소문은 갖추지 못하고, 그저 아말라카[奄摩勒] 열 쟁반과 바라밀 다섯 쟁반을 바쳤사옵니다. 거두어 주시옵소서!"

"아말라카라는 게 무엇인가?"

"아주 향기롭고 시큼하여 맛좋은 과일이옵니다."

"담당 부서에서 간수하게 하라."

열여섯 번째는 가즈니[吉慈尼] 왕국이었다. 삼보태감이 아뢰었다.

"가즈니 왕국은 나라도 작고 백성이 어리석어 상소문은 갖추지 못하고, 그저 용연향만 쉰 근을 바쳤사옵니다. 거두어 주시옵소서!"

"알겠노라."

열일곱 번째는 말라바[麻離板] 왕국이었다. 삼보태감이 아뢰었다.

"말라바 왕국은 나라도 작고 백성이 어리석어 상소문은 갖추지 못하고, 그저 두라면(兜羅綿) 열 필과 잡다한 꽃무늬를 염색한 서양 비단 열 필, 얇은 천 쉰 필을 바쳤사옵니다. 거두어 주시옵소서!"

"알겠노라."

열여덟 번째는 리데[黎伐] 왕국이었다. 삼보태감이 아뢰었다.

"리데 왕국은 나라도 작고 백성이 어리석어 상소문은 갖추지 못하고, 그저 흰 설탕 다섯 꾸러미, 길패(吉貝) 한 상자, 빈철(賓鐵) 열 꾸러미만을 바쳤사옵니다. 거두어 주시옵소서!"

"알겠노라."

열아홉 번째는 바그다드[白達] 왕국이었다. 삼보태감이 아뢰었다.

"바그다드 왕국은 나라도 작고 백성이 어리석어 상소문은 갖추지 못하고, 그저 금화 이천 개, 은화 오천 개, 오색의 옥 각기 다섯 단, 야광벽(夜光璧) 다섯 개, 하얀 유리 안장 하나만을 바쳤사옵니다. 거두어 주시옵소서!"

"작은 나라에 어찌 그리 많은 재물이 있었는가?"

"나라는 작지만 백성이 부유했사옵니다."

"알겠노라."

스무 번째는 라우리[南浡里] 왕국이었다. 삼보태감이 상소문을 바치자 황문관이 받아서 간수했고, 진상품 목록을 바치자 역시 황문관이 받아서 읽었다.

산후(狻猊) 한 마리

황제가 살펴보고 물었다.

"이 산후는 새끼 때부터 기른 것인가?"

"태어난 지 이레가 되어 눈을 뜨지 못한 새끼를 데려다 기르면 습성을 바꾸기 쉽지만, 그보다 조금 더 자라면 길들이기 어렵다고 하옵니다."

"저런 건 길러 봐야 쓸모가 없으나, 담당 부서에서 맡아 기르되 무고한 백성을 해치지 못하도록 하라."

이에 조정의 문무백관이 모두 칭송했다.

"우리 황제 폐하께서는 백성에게 어질고 사물을 아끼면서도 이렇게 구별이 분명하시구먼!"

스물한 번째는 살발국[撒髮國]이었다. 삼보태감이 아뢰었다.

"살발국의 군주와 백성들은 못된 버릇에 익숙해 있었고, 또 삼 년 동안 큰 재난을 겪어야 했기 때문에 국사님께서 그들을 가둬 두어, 극락국에 다녀오는 오 년 동안 갇혀 있었사옵니다. 이 때문에 상소문을 갖추지 못했고 진상품도 준비하지 못했사옵니다."

"지금은 어찌 되었는가?"

"지금은 원래 자리로 풀어주었사옵니다."

"다친 이는 없겠지?"

"국락국에서 노인들은 천수를 다하고 편히 죽었고, 어린아이들은 길러 주는 이들이 있었고, 농사는 풍년이 들어 곡식이 남아돌고, 여인들은 옷 지을 천이 남아돌았사옵니다. 오 년이 지난 뒤에는 비바람이 순조로워서 나라가 태평하고 백성들이 평안하게 되었사옵니다."

"오랑캐들은 생업을 즐기며 편히 살면 그만이니, 상소문이나 조공품은 굳이 바치지 않아도 되지."

이에 조정의 문무백관이 모두 칭송했다.

"우리 황제 폐하께서는 백성이 다치는 것을 걱정하시는 게 중원과 오랑캐를 구분하지 않으시니, 이야말로 하늘과 땅처럼 사사로운 마음이 없는 것이 아니겠는가!"

스물두 번째는 실론[錫蘭] 왕국이었다. 삼보태감이 아뢰었다.

"실론 국왕은 강한 형세를 믿고 귀순하지 않아 극악한 죄를 저질렀사온데, 제가 감히 함부로 처리하지 못하고 그에게 형틀을 채워 경사로 압송해 왔사옵니다. 폐하께서 어떤 처벌을 내릴 것인지 결정해 주시옵소서."

"국왕은 지극히 무도하지만, 이미 형틀에 채워져 경사로 압송되면서 혼이 날아갈 정도로 놀랐을 것이니, 특별히 죄를 사면하노라. 그를 사이관(四夷館)으로 보내 말라카 국왕과 함께 대접하도록 하라."

이에 조정의 문무백관이 모두 칭송했다.

"황제 폐하께서는 만물을 양육하는 봄볕처럼 아량이 넓으셔서, 그야말로 천지를 아우르실 정로가 아닌가!"

스물세 번째는 유산(溜山) 왕국이었다. 삼보태감이 상소문을 바치자 황문관이 받아서 간수했고, 진상품 목록을 바치자 역시 황문관이 받아서 읽었다.

> 은화(銀貨) 일만 개, 바닷조개 스무 섬[石], 홍아호(紅鴉呼) 열 개, 청아호(靑鴉呼) 열 개, 청엽람(靑葉藍) 열 개, 실라니[昔剌泥] 열 개, 쿠모란[窟沒藍] 열 개, 강진향(降眞香) 열 섬, 용연향 다섯 섬, 야자 열매로 만든 술잔 백 개, 사감수건(絲嵌手巾) 백 장, 금실로 짠 손수건[織金手帕] 백 장, 상어고기 포 백 섬

황제가 살펴보고 물었다.

"청엽람이 무엇인가?"

"쪽빛의 보석인데 표면에 푸른 버들잎 같은 문양이 있어서 그렇게 부른다고 하옵니다."

"실라니와 쿠모란은 무엇인가?"

"모두 보석이온데, 그곳에서는 그렇고 부르고 있사옵니다."

"각자 담당 부서에 간수하도록 하라."

스물네 번째는 대갈란[大葛蘭] 왕국이었다. 삼보태감이 아뢰었다.

"대갈란 왕국은 나라도 작고 백성들이 어리석어 상소문은 갖추

지 못하고, 그저 금화 백 개와 오색 비단 쉰 필, 꽃무늬를 염색한 천 이백 필, 파란색과 흰색의 꽃무늬가 들어 있는 자기 열 섬[石], 후추 열 자루, 야자 스무 자루만 바쳤사옵니다."[4]

황제가 살펴보고 물었다.

"나라도 작고 백성이 어리석다고 했으니, 그들의 재물을 받아오지 말아야 하지 않았는가?"

"모두 토산품을 바친 것이지 결코 백성의 재물을 갈취하지는 않았사옵니다."

"담당 부서에 간수하도록 하라."

스물다섯 번째는 소갈란 왕국이었다. 삼보태감이 아뢰었다.

"소갈란 왕국은 나라도 작고 백성이 어리석어 상소문은 갖추지 못하고, 그저 금화 백 개와 은화 오백 개, 황소 열 마리, 청양(靑羊) 스무 마리, 후추 열 가마, 소방목[蘇木] 쉰 묶음, 말린 빈랑 쉰 섬[石], 바라밀 오백 근, 사향 백 근을 진상품으로 바쳤사옵니다."

황제가 살펴보고 말했다.

"황소는 체구가 크고 힘이 세니 교외의 농가에 나눠 주도록 하라. 청양과 후추는 모두 광록시로 보내고, 소방목은 직염국(織染局)에 보내서 백성에게 징수하는 일이 없도록 하라. 나머지는 각자 담당 부서에 간수하도록 하라."

스물여섯 번째는 가지(柯枝) 왕국이었다. 삼보태감이 상소문을

4 제60회에 따르면 이 외에도 유어(溜魚) 오천 근, 빈랑 오천 근을 진상했다고 되어 있으나, 여기에는 빠져 있다.

바치자 황문관이 받아서 간수했고, 진상품 목록을 바치자 역시 황문관이 받아서 읽었다.

> 불탑도(佛塔圖) 한 폭, 보리수 잎 열 장, 금불상 하나, 금화 백 개, 은화 천오백 개, 진주 네 알, 산호수 네 개, 후추 백 섬, 용연향 오백 근, 각종 꽃무늬를 염색한 천 오백 필, 봉봉내(蓬蓬奈) 열 섬

황제가 살펴보고 말했다.

"각 나라에서 보낸 진상품이 많으니 모으느라 백성을 수고롭게 하지 않았을까 걱정이구먼."

"모두 그 나라의 토산품이어서 백성에게 피해를 준 일은 전혀 없사옵니다."

"알겠노라."

스물일곱 번째는 고리(古俚) 왕국이었다. 삼보태감이 상소문을 바치자 황문관이 받아서 간수했고, 진상품 목록을 바치자 역시 황문관이 받아서 읽었다.

> 오색 옥 각기 네 개, 마가주(馬價珠) 하나, 황금 허리띠 하나, 초상비(草上飛) 한 마리, 검은 나귀 한 마리, 서역 비단 백 단(端), 화예포(花蕊布) 오백 필, 운휘(芸輝) 열 상자

황제가 살펴보고 물었다.

"초상비가 무엇인가?"

"짐승 이름이옵니다. 아주 온순하고 착한 성격이지만 사자나 코끼리 등 사나운 동물들이 그놈을 보면 모두 땅에 엎드린다고 하니, 바로 짐승의 왕이라고 할 수 있사옵니다."

"대단하구먼! 그런데 검은 노새는 어디에 쓰는 것인가?"

"하루에 천 리를 가고, 호랑이와 싸우면 발길질 한 번으로 호랑이를 죽일 수 있다고 하옵니다."

"별로 쓸 데가 없구먼. 하루에 천 리를 간다고 하니, 역에 보내서 파발마로 쓰도록 하라."

이에 조정의 문무백관이 모두 칭송했다.

"하루에 천 리를 달리는 나귀를 쓸모없다고 하시니, 이건 천리마를 거절하신 거나 마찬가지가 아닌가!"

스물여덟 번째는 금안국(金眼國)이었다. 삼보태감이 상소문을 바치자 황문관이 받아서 간수했다. 이어서 삼보태감이 아뢰었다.

"금안국 사람들은 무척 우둔하고 완고해서 중원과 오랑캐를 구분하지도 못했사옵니다. 제가 있는 그대로 보여주고, 그들의 진상품은 받지 않았사옵니다."

"알겠노라."

스물아홉 번째는 시그라[吸葛剌] 왕국이었다. 삼보태감이 상소문을 바치자 황문관이 받아서 간수했고, 진상품 목록을 바치자 역시 황문관이 받아서 읽었다.

사각형의 옥 하나, 둥근 옥 하나, 바라바(波羅婆) 보장(步障) 하나, 유리병 한 쌍, 산호수 스무 개, 마노 열 덩어리, 진주 한 말[斗], 보석 한 꾸러미, 수정(水晶) 백 개, 붉은 비단 백 필, 꽃무늬가 들어간 비단 백 필, 양탄자 백 개, 비백(卑伯) 백 필, 만자제(滿者提) 백 필, 사납파(沙納巴) 백 필, 흔백륵탑려(忻白勒搭黎) 백 필, 사탑아(紗塌兒) 백 필, 명마 열 필, 낙타 열 마리, 얼룩말 열 마리

황제가 살펴보고 물었다.

"비백 이하 네 가지는 무엇인가?"

"모두 그 지역에서 나는 천의 이름이옵니다."

"명마는 병부(兵部)의 관리에게 인계하도록 하라. 이건 그래도 실질적인 쓸모가 있구먼. 나머지 물건들은 진귀하기는 하지만 실용적이지는 않으니, 각자 담당 부서에서 관리하도록 하라."

이에 조정의 문무백관이 모두 칭송했다.

"신기한 물건을 귀하게 여기지 않으심이 이와 같구먼!"

서른 번째는 모가디슈[木骨都束] 왕국, 서른한 번째는 지움보[竹步] 왕국, 서른두 번째는 브라바[卜剌哇] 왕국이었다. 삼보태감이 아뢰었다.

"이들 세 나라는 공동으로 한 장의 상소문을 올렸사옵니다."

황문관이 상소문을 받아 간수하자, 삼보태감이 다시 아뢰었다.

"이들 세 나라는 진상품도 공동으로 마련했사옵니다."

진상품 목록을 바치자 역시 황문관이 받아서 읽었다.

옥으로 만든 불상 하나, 옥규(玉圭) 한 쌍, 옥 베개 한 쌍, 묘안석(猫眼石) 두 쌍, 에메랄드[emerald, 祖母綠] 두 쌍, 마하수(馬哈獸) 한 쌍, 얼룩말 한 쌍, 사자 두 쌍, 눈표범(Snow leopard, 金錢豹) 한 쌍, 무소 뿔 열 개, 상아 쉰 개, 용연향 열 상자, 금화 이천 개, 은화 오천 개, 향도미(香稻米) 쉰 가마, 향채(香菜) 열 가지

황제가 살펴보고 말했다.

"불상은 함부로 모독하면 안 되니 와관사(瓦罐寺)[5]에 봉안(奉安)하여 주지가 제사를 모시도록 하라. 마하수와 얼룩말, 눈표범 같은 것들은 쉽게 얻을 수는 있지만 기르기는 쉽지 않으니, 이후로는 이런 것들은 가져오지 말도록 하라. 향도미는 농부들에게 모종으로 나눠주도록 하고, 향채 역시 채소밭에 길러서 씨를 받도록 하라."

이에 조정의 문무백관이 모두 칭송했다.

"옥 불상을 봉안하라고 하심은 귀신을 공경하면서도 멀리하는 도리를 알고 계신다는 증거이지. 마하수와 얼룩말, 눈표범 같은 것들이 기르기 어렵다고 염려하신 것은 짐승을 이끌고 사람을 잡아먹게 하는 윤리와 도덕의 문란을 예방하시려는 뜻인 게야. 농부들에게 모종과 씨앗을 나눠주라고 하신 것은 백성들이 나라의 근본이 되는 농업에 힘쓰도록 장려하시려는 뜻이지."

---

5 와관사(瓦罐寺)는 《수호전(水滸傳)》 제6회에서 노지심(魯智深)이 불태운 절 이름으로 알려져 있다. 여기서는 남경에 있는 것으로 보이지만, 구체적으로 어느 절을 가리키는지는 알 수 없다. 아마도 작가가 임의로 가져다 쓴 절 이름이 아닐까 생각된다.

훗날 향도미는 과연 모종을 키워서 수확하게 되었는데, 쌀알이 아주 길고 맛이 향긋했다. 그리고 지금도 중국의 농민들이 향채를 궁중에 진상하는데, 그 종류가 여러 가지이다. 다만 한 가지 향채는 항아리를 깨고 나왔는데, 속은 비고 겉은 파처럼 생겼으며 맛이 아주 상큼했다. 하지만 그 이름은 알 수 없었다. 이에 삼보태감은 거기에 옹채(甕菜)[6]라는 이름을 붙여 주었으며, 지금까지도 계속 재배되고 있다.

서른네 번째는 라싸[剌撒] 왕국이었다. 삼보태감이 상소문을 바치자 황문관이 받아서 간수했고, 진상품 목록을 바치자 역시 황문관이 받아서 읽었다.

> 고래 눈알 한 쌍, 방어(魴魚) 수염 두 개, 하루에 천 리를 달리는 낙타 한 쌍, 용연향 네 상자, 유향(乳香) 여덟 상자, 산수화가 그려진 사기 주발 네 쌍, 인물화가 그려진 사기 주발 네 쌍, 화초가 그려진 사기 주발 네 쌍, 조류가 그려진 사기 주발 네 쌍

황제가 살펴보고 말했다.

“이 나라는 정말 희귀한 보물을 많이 바쳤구먼! 이런 걸 어찌 반

6 옹채(甕菜)는 오늘날 공심채(空心菜)라고 부르는 것이다. 《순희삼산지(淳熙三山志)》 〈물산(物產)〉 “채라(菜蓏)”에 인용된 송나라 범정민(范正敏: ?~?)의 《둔재한람(遯齋閑覽)》에 따르면 그것은 본래 동이(東夷)에서 나는 것인데, 사람들이 그 씨앗을 항아리에 심었기 때문에 ‘옹채’라는 이름이 붙었다고 했다.

을 수 있겠는가!"

"이 나라는 작지만 백성이 부유하여, 모든 행사에 극진히 예의를 차렸사옵니다."

"알겠노라."

서른다섯 번째는 두파[祖法兒] 왕국이었다. 삼보태감이 상소문을 바치자 황문관이 받아서 간수했고, 진상품 목록을 바치자 역시 황문관이 받아서 읽었다.

> 옥 불상 하나, 부처님의 가사 한 벌, 눈표범 열 마리, 얼룩말 열 마리, 타조 열 마리, 한혈마(汗血馬) 스무 필, 명마 열 필, 용연향 열 상자, 유향 열 상자, 당가(黨伽) 천 개

황제가 살펴보고 말했다.

"옥 불상은 대보은선사(大報恩禪寺)[7]에 봉안하고, 말은 병부 등 관련 부서에 인계하라. 나머지 것들도 각자 담당 부서에서 관리하도록 하라."

---

7 이곳은 오늘날 장쑤성 전장시[鎭江市]에 있는 보은선사(報恩禪寺)를 가리키는 듯하다. 《광서단도현지(光緖丹徒縣志)》 권6에 기록된 바에 따르면 이 절은 원나라 지대(至大) 3년(1310)에 발라철목이(勃羅鐵木耳) 법사(法師)가 세운 것이라고 한다. 이후 청나라 함풍(咸豊) 3년(1853)에 태평천국 군대에게 불태워졌다가 1891년에 원각법사(圓覺法師)가 중건했으나, 중일전쟁 시기에 다시 쇠락했다. 지금의 보은선사는 원각법사의 제자인 인혜(印慧)와 인광(印光)이 상당(上黨)에 있는 옛 양왕묘(讓王廟) 자리로 옮겨서 건축한 것이다. 아울러 제11회 각주 8)을 참조할 것.

서른여섯 번째는 호르무즈[忽魯謨斯] 왕국이었다. 삼보태감이 상소문을 바치자 황문관이 받아서 간수했고, 진상품 목록을 바치자 역시 황문관이 받아서 읽었다.

> 사자 한 쌍, 기린 한 쌍, 초상비 한 쌍, 명마 열 필, 얼룩말 한 쌍, 마하수(馬哈獸) 한 쌍, 투양(鬪羊) 열 마리, 타조 열 마리, 벽옥 베개 한 쌍, 벽옥 쟁반 한 쌍, 옥호(玉壺) 한 쌍, 옥쟁반과 술잔 열 세트, 옥 꽃병 열 개, 옥으로 만든 팔선(八仙) 한 쌍, 옥 미인상 백 개, 옥사자 한 쌍, 옥기린 한 쌍, 옥리호(玉螭虎) 열 쌍, 홍아호(紅鴉呼) 세 쌍, 청아호(青鴉呼) 세 쌍, 황아호(黃鴉呼) 세 쌍, 홀랄석(忽剌石) 열 쌍, 담파벽(擔把碧) 스무 쌍, 조모랄(祖母剌) 두 쌍, 묘안석 두 쌍, 큰 진주 쉰 개, 산호 열 개. 이 외에 금박(金珀)과 주박(珠珀), 신박(神珀), 납박(蠟珀), 수정 그릇들, 꽃무늬 양탄자, 서양의 실로 엮은 수건, 열 가지 모양의 비단과 망사, 사켈라트(撒哈喇, sakelat)

황제가 살펴보고 물었다.
"이 나라에서는 왜 이리 많은 것을 진상했는가?"
"이 나라는 부유하고 무역이 활발해서 그렇사옵니다."
"어떻게 기린까지 있지?"
"그 역시 토산품이옵니다."
"각자 담당 부서에서 관리하도록 하라."

서른일곱 번째는 은안국(銀眼國)이었다. 삼보태감이 아뢰었다.

"은안국 국왕은 요사한 것을 믿고 천자의 군대에 저항한 무도하기 그지없는 자이옵니다. 이에 국사님께서 그들에게 독립국을 이루고 살지 못하고 다른 나라의 백성으로 편입해 살도록 했기 때문에, 그들에게서 상소문도 받지 않고 진상품도 받지 않았나이다."

"다른 나라를 멸망시키거나 문화를 단절시키는 일은 신중해야 하는 법이거늘!"

"국사님께서 이미 그들을 제도하여 하얀 눈동자를 검게 만들어서 헤아릴 수 없는 덕을 베풀어 주셨사옵니다. 비록 나라를 이루지는 못해도 위아래 사람들이 모두 평안하고, 예전처럼 풍족하게 살 수 있도록 해 주었사옵니다."

"알겠노라."

서른여덟 번째는 아덴[阿丹] 왕국이었다. 삼보태감이 상소문을 바치자 황문관이 받아서 간수했고, 진상품 목록을 바치자 역시 황문관이 받아서 읽었다.

황금으로 부용 장식을 상감(象嵌)한 모자 네 개, 황금을 상감한 허리띠 두 개, 황금을 상감한 꾲이[地角] 두 개, 유선침(遊仙枕) 한 쌍, 묘안석(猫睛石) 두 쌍, 각종 아호(鴉呼) 열 개 이상, 아골석(鴉鶻石) 열 개, 사각(蛇角) 두 쌍, 붉은 유리 열 개, 녹금정(綠金睛) 열 개, 푸른 진주 열 개, 진주 백 알, 대모(玳瑁)와 마노, 대합조개 껍질 각기 백 개, 호박(琥珀)으로 만든 술잔 쉰 개, 황금 자물쇠 백 개, 기린 네 마리, 사자 네 마리, 하루에 천 리를 달리는 낙타 스무 마리. 검은 나귀 한 마리, 얼룩말 다섯 쌍, 눈표범 세 쌍, 흰 사슴 열 마리, 흰 꿩 열 마리, 흰 비둘기 열 마리, 흰 타조 스무 마리, 면양(綿羊) 백 마리, 각진수(却塵獸) 한 쌍, 풍모(風母) 한 쌍, 자단(紫檀) 백 그루, 장미즙 백 병, 붉은 소금과 흰 소금 각기 백 섬, 양자밀(羊刺蜜) 백 통[桶], 아발삼(阿勃參, apursama) 열 휘[斛], 암라(菴羅) 열 휘, 석률(石栗, Candlenut) 열 휘, 용뇌향 열 상자, 빈철(鑌鐵) 백 섬, 푸루린(哺嚕嚟, fulūrīn)

황제가 살펴보고 물었다.

"뒤쪽의 이 나라들은 진상품이 어찌 이리 갈수록 많아지는가?"

"서쪽으로 갈수록 나라가 아주 부유하고 백성들이 순수하여 진상품이 갈수록 많아졌사옵니다."

"서방에도 나라를 잘 다스리는 성인이 있는 것은 당연한 이치겠지."

서른아홉 번째는 천방국(天方國)이었다. 삼보태감이 상소문을 바치자 황문관이 받아서 간수했고, 진상품 목록을 바치자 역시 황문관이 받아서 읽었다.

천방도(天方圖) 한 폭, 천방국의 사계절을 그린 그림 네 폭, 야광벽(夜光璧) 하나, 상청주(上清珠) 한 쌍, 목난주(木難珠) 네 알, 보석과 진주, 산호, 호박, 다이아몬드 오백 개, 유리잔 열 쌍, 강진향(降眞香) 백 상자, 암바향(俺叭香), 기린 한 쌍, 사자 네 쌍, 초상비 한 쌍, 타조 쉰 마리, 낙타 백 마리, 영양 백 마리, 용종양(龍種羊) 열 마리, 각화작(却火雀) 한 쌍, 산예(狻猊) 한 쌍, 명마 쉰 필, 금만가(金滿伽) 천 개, 배[梨] 천 개, 복숭아 천 개

황제가 그것들을 살펴보았는데, 기뻐했는지 여부는 다음 회를 보시라.

제100회

성지를 받들어 관료들에게 상을 내리고 황제는 사당을 세우게 하다

奉聖旨頒賞各官　奉聖旨建立祠廟

皇華使者承天敕	중원의 사신이 천자의 칙령을 받아[1]
宣布綸音往夷域	제왕의 성지 널리 전하려 오랑캐 땅으로 갔노라.

1 인용된 시는 마환(馬歡)의 《영애승람》 권수(卷首)에 수록된 〈역기행역(歷紀行役)〉인데 몇 군데 글자의 차이가 있다. 원작은 다음과 같다. "皇華使者承天敕, 宣布綸音往夷域. 鯨舟吼浪泛滄溟, 遠涉洪濤渺無極. 洪濤浩浩涌瓊波, 群山隱隱浮青螺. 占城港口暫停憩, 揚帆迅速來闍婆. 闍婆遠隔中華地, 天氣煩蒸人物異. 科頭裸足語侏儺, 不習衣冠疏禮義. 天書到處多歡聲, 蠻魁酋長爭相迎. 南金異寶遠馳貢, 懷恩慕義攄忠誠. 闍婆又往西洋去, 三佛齊過臨五嶼. 蘇門答剌峙中流, 海舶番商經此聚. 自此分舟往錫蘭, 柯枝古里連諸番. 弱水南濱溜山國, 去路茫茫更險艱. 欲投西域遙凝目, 但見波光接天綠. 舟人矯首混西東, 惟指星辰定南北. 忽魯謨斯近海傍, 大宛米息通行商. 曾聞博望使絶域, 何如當代覃恩光. 書生從役可卑賤, 使節叨陪遊覽遍. 高山巨浪罕曾觀, 異寶奇珍今始見. 俯仰堪輿無有垠, 際天極地皆王臣. 聖明一統混華夏, 曠古於今孰可倫. 使節勤勞恐遲暮, 時値南風指歸路. 舟行巨浪若遊龍, 回首遐荒隔烟霧. 歸到京華覲紫宸, 龍墀獻納皆奇珍. 重瞳一顧天顔喜, 爵祿均頒雨露新."

鯨舟吼浪滄溟深	큰 배 타고 파도 울부짖는 깊고 넓은 바다에 나가
往涉洪濤渺無極	아득히 끝도 보이지 않는 큰 파도를 건넜노라.
洪濤浩浩湧瓊波	거대한 파도에 옥 같은 물결 솟구치고
犀山隱隱浮青螺	서산(犀山)은 푸른 소라처럼 은은하게 떠 있었지.
占城港口暫停憩	참파(占城國, Champa)의 항구에서 잠시 쉬었다가
揚帆迅速來闍婆	돛 올리고 신속하게 자바 왕국에 이르렀지.
闍婆遠隔中華地	자바 왕국은 중원 땅과 멀리 떨어져 있는데
天氣蒸人人物異	날씨는 찌는 듯했고 사람들 생김새도 달랐지.
科頭跣足語侏𠌯	모자도 쓰지 않고 맨발에 이상한 말을 쓰고
不習衣冠兼禮義	의관이며 예의에도 익숙하지 않았지.
天書到處騰歡聲	천자의 조서(詔書) 이르니 환호성 울리고
蠻首酋長爭相迎	오랑캐 추장들 다투어 맞이했지.
南金異寶遠馳名	남방의 기이한 보물 멀리까지 유명하여
懷恩慕義攄忠誠	은혜를 생각하고 인의를 흠모하여 충성을 맹세했지.
闍婆又往西南去	자바 왕국에서 또 서남쪽으로 가니
三佛齊過臨五嶼	삼불제(三佛齊)[2]를 지나 다섯 섬에 이르

2 삼불제(三佛齊)에 대해서는 제2회 각주 16)과 제36회 각주 18)을 참조할 것.

렀지.

蘇門答剌峙中流　수마트라는 바다 한가운데 우뚝 솟아 있어
海船番商經此聚　선박 몰고 온 이역의 상인들 이곳을 지나 모였지.
自此分舟往錫蘭　여기에서 배를 나누어 실론으로 가고
柯枝古俚連諸番　가지 왕국과 고리 왕국, 여러 오랑캐 나라를 갔지.
弱水南濱溜山谷　약수(弱水)의 남쪽 해안에 유산국의 골짝이 있는데
去路茫茫更險艱　가는 길 아득하고 더욱 험난했지.
欲投西域還凝目　서역으로 가려고 다시 먼 곳을 바라보니
但見波光接天綠　그저 푸른 하늘에 이어져 반짝이는 물결만 보였지.
舟人矯首混東西　사공은 방향을 몰라 고개만 쳐들고 있었으니
惟指星辰辨南北　오로지 별자리만 보고 동서남북을 분간했지.
忽魯謨斯近海傍　호르무즈 근해 옆에는
大宛未息通行商　대완국과 미식국[3]의 상인들이 오갔지.

3 원문의 대완미식(大宛未息)을 《영애승람》에서는 대완미식(大宛米息)이라고 했는데, 이에 대한 펑청쥔[馮承鈞]의 교주(校注)에 따르면 이것은 대식미식(大食米息) 즉 대식국과 미식국이 되어야 한다고 했다. 하지만, 대완국이 파르카나(Farghana, Hindu Kush 산맥의 북쪽, 현재 우크라이나 동부의 지명)에 있어서 항해하는 배가 지나는 곳이 아니라고 했다. 또 원문은 어쩌면 '대식(大食)'으로 되어 있는데 베껴 쓴 이가 함부로 '대완'이라고 고쳐놓은 것이 아닐

曾聞博望使絶域	듣자 하니 장건(張騫)[4]은 외딴 이역에 사신으로 갔다던데
何如當代覃恩光	당대에 천자의 은택 미치는 것과 비교하면 어떠한가?
書生從役忘卑賤	서생은 관청 일을 말아 비천한 일도 모르고 해내고
使節三陪遊覽遍	사신 세 번 모시고 두루 돌아다녔지.
高山巨浪豈曾觀	높은 산 큰 파도 언제 본 적이 있었던가?
異寶奇珍今始見	진기한 이역의 보물 이제 처음 보았지.
俯仰堪輿無有垠	둘러보니 세상은 끝이 없고
際天極地皆王臣	하늘 가장자리 땅끝까지 모두 천자의 신하일세.
聖朝一統混華夏	성스러운 왕조 중원과 오랑캐를 합쳐 통일하였으니
曠古及今孰可倫	먼 옛날부터 지금까지 누가 비견될 수 있으랴?
聖節勤勞恐遲暮	천자의 사신으로 애써 일하며 늦지 않을까 걱정하는데

까 의심스럽다고도 했다. 미식(米食)은 《명사》 권332에시 '미석아(米昔兒, misr)'라고 표기한 곳으로서 지금의 이집트라고도 했다. 대식국은 아랍의 여러 나라를 아울러 칭하는 말이고, 미식국은 《명사》 권332에서 미석아(米昔兒, Misr)라고 칭한 곳 즉 지금의 이집트(Egypt)를 가리킨다. 일설에 따르면 대완(大宛)은 티무르 제국(Timurid dynasty)의 수도인 사마르칸트(Samarqand)를 가리키는 옛말이라고도 한다.

4 장건(張騫)에 대해서는 제33회 각주 3)을 참조할 것.

時値南風指歸路	때마침 남풍 불어 돌아갈 길 일러 주었지.
舟行四海若遊龍	사해를 뱃길로 다니며 용처럼 노닐고 와서
回首遐荒接烟霧	먼 이역 되돌아보니 안개에 잇닿아 있구나.
歸到京華覲紫宸	경사에 돌아와 황궁에 들어가 보니
龍墀納拜皆奇珍	대전 섬돌에 절하고 바치는 것들 모두 진기한 것들일세.
重瞳一顧天顏喜	겹 눈동자로 살펴보며 용안에 희색 어리고
爵祿均頒雨露深	골고루 벼슬 나눠 주셔서 은택이 깊구나!

그러니까 황제는 천방국에서 바친 진상품들을 살펴보고 삼보태감에게 이렇게 물었다.

"천방국은 어디에 있는 나라인가?"

"서쪽 하늘이 다하는 곳에 있사옵니다. 저희는 거기서 만족하지 못해 억지로 더 나아갔다가 그만 저희도 모르는 사이에 풍도귀국까지 들어가게 되었사옵니다. 염라대왕을 알현하니, 그분께서 무장원 당영 등에게 누워 있는 사자 모양의 옥으로 만든 문진 하나와 국사님께 전하는 시 한 수를 주셨사옵니다. 이걸로 저희가 거기를 다녀온 증거가 될 수 있을 것이옵니다."

"귀신의 나라는 인간 세상이 아니지 않은가! 군대가 거기까지 갔다니, 대단히 기이한 일이로다!"

"폐하의 하늘 같은 위엄 덕분에 사람과 귀신이 모두 공경하며 감복하였사옵니다. 진상품 외에 태백금성이 두 알의 야명주를 바쳤사옵니다. 한 알은 거미 뱃속에 들어 있었는데, 그 거미는 스스로 사령부가 설치된 배로 내려왔사오니, 인력으로 해낼 수 있는 일이 아니었사옵니다. 다른 한 알은 이해라는 병사의 허벅지 안에 있사온데, 알고 보니 봉이산에서 얻은 것이라고 하옵니다. 이 또한 사람의 힘으로 어찌할 수 있는 것이 아니었사옵니다. 서양으로 갈 때는 천비(天妃)께서 하늘의 등롱으로 길을 이끌어 주셨고, 돌아올 때는 종씨 삼형제가 순풍으로 전송해 주면서 모두 성은에 보답하기 위한 일이라고 했사옵니다."

"전국옥새는 어찌 되었는가?"

"도무지 소식이 묘연했사옵니다."

"이번 정벌에 여러 장수와 병사들이 고생했고, 천사와 국사께서 도와주셔서 중원의 위풍을 서양 오랑캐에게 널리 알려 저들이 중원을 흠모하게 해 주었으니, 그 이로움이 더없이 크도다. 하지만 바다를 건너 모아 온 기이한 것은 보물이라 하기에 부족하고, 사자나 코끼리 따위는 매끼를 먹일 때마다 많은 돈이 들어가니 보통 사람 수십 명의 식량으로도 먹여 기르기에 부족하다. 그러니 급할 게 어디 있겠는가? 담당 부서에서도 길들이기 어려운 동물들이니, 풀어 기르는 곳에 두되 절대 사람을 해치지 못하게 하라. 모든 들짐승이나 날짐승은 널찍한 곳에 풀어놓아 마음대로 다니게 하라. 쓸모 있는 모든 것들은 각 부서에서 나누어 관리하다가 필요할 때 쓰도록 하라. 황궁에 보관하는 진귀한 보물은 모두 해당 부서에 통지해 놓도록 하라."

이에 조정의 모든 문무백관이 줄지어 상소를 올려 경하했다. 그러자 황제가 분부했다.

“축하 인사는 그만두고, 각 부서에서는 공적에 대해 논의하여 각자에게 적합한 상을 어떻게 내릴 것인지 결정하여 보고하도록 하라.”

이튿날 병부에서 서역 정벌에 나선 인원들의 공로를 하나하나 상세히 검토하여 황제의 재가를 신청하니, 황제는 이같이 분부했다.

> 정서대원수 정 아무개는 두 등급을 승진시키고 망의(蟒衣)와 옥대(玉帶)를 하사하며, 예전과 같이 사례감(司禮監)의 일을 관장하도록 하라. 그리고 상등품의 금과 은, 오색 비단 등을 하사하노라. 부원수 왕 아무개는 주국(柱國) 겸 태부(太傅)로 승진시키고, 아들 가운데 하나를 중서사인(中書舍人)에 발탁하도록 하며 상등품의 금과 은, 오색 비단 등을 하사하노라. 오영대도독과 사초부도독은 각기 세 등급을 승진시키고 금과 은, 오색 비단 등은 차등을 두어서 하사하노라. 유격대장과 참장, 도사(都司), 수군도독은 각기 두 등급을 승진시키고 금과 은, 오색 비단 등은 차등을 두어서 하사하노라. 황봉선은 이품부인(二品夫人)에 봉하며 금과 은, 오색 비단 등은 차등을 두어서 하사하노라. 왕명과 이해에게는 모두 지휘사(指揮使)의 벼슬을 하사하며 금과 은, 오색 비단 등은 차등을 두어서 하사하노라. 그 외의 모든 장교와 병사들에게도 각기 차등을 두어 상을 하사하노라. 그리고 함께 데려온 이역 사람들에게도 별도로 상을 하사하도록 하라.

황제는 길일을 택해 서양 원정을 다녀온 장수들과 관료들 병사들에게 연회를 베풀었다. 연회가 끝나자 두 사령관이 성은에 감사하며 사령관의 직인을 반납했다. 오영대도독과 사초부도독도 성은에 감사하며 사령관의 직인을 반납했다. 유격대장과 참장, 도사(都司), 수군도독들 역시 성은에 감사하며 사령관의 직인을 반납했다. 그 외의 모든 직인과 관인(官印)들 역시 빠짐없이 반납되었다.

황제는 예부에 어명을 내려서 벽봉장로에게 적당한 관함(官銜)을 더 얹어 주도록 했으나 벽봉장로는 사양하며 받지 않았고, 장 천사 역시 마찬가지였다. 또 황제가 벽봉장로에게 금은보화를 상으로 내렸으나 받지 않았고 장 천사와 비환선사, 운곡선사, 심지어 조천궁과 신악관의 악부생, 도사들 역시 마찬가지였다. 이에 황제가 다음과 같은 성지를 내렸다.

> 국사께서 상을 받지 않으시니 공부(工部)에서 적당한 땅을 골라 벽봉선사(碧峰禪寺)[5]를 건립하여 제사를 올리도록 하고, 천사께서 상을 받지 않으시니 해당 지역의 관서에 지시하여 용호산에 옥황각을 하나 지어 제사를 올리도록 하라. 노고가 많았던 대원수를 위해 공부에서는 적당한 땅을 골라 사원을 건축하여 짐이 하사한 '정해선사(靜海禪寺)'라는 편액을 걸도록 하고, 함께 고생한 부원수를 위해 관련 부서에서는 사당을 지어 후손에게 모

---

5 벽봉사(碧峰寺)는 지금의 난징시[南京市] 위화타이소학[雨花台小學] 자리에 있었던 절이다.

범으로 보여주도록 하라.

벽봉장로와 장 천사, 두 사령관은 모두 황제에게 감사의 절을 올렸다. 그리고 두 사령관은 상소를 올려서 천비의 사당[天妃宮][6]과 종씨 삼형제의 사당, 백선대왕(白鱔大王)의 사당을 지어 그들의 신령에 축원할 수 있게 해 달라고 했다. 이에 황제는 "그렇게 하라." 하고 윤허했다.

훗날 정해선사는 의봉문(儀鳳門) 밖에, 천비의 사당과 종씨 삼형제의 사당, 백선대왕의 사당은 용강(龍江) 강가에, 벽봉사는 취보문(聚寶門) 밖에 건립되었다.[7] 정해사[8]에는 〈중수비(重修碑)〉가 있고, 천비의 사당에는 〈어제비(御制碑)〉와 〈중수기(重修記)〉가 있으며, 벽봉사에는 〈비환암향화기(非幻庵香火記)〉가 있어서 이 사실을 증명한다.

---

6 남경의 천비궁(天妃宮)은 정화의 서양 원정을 보우하기 위해 지어졌으나, 청나라 말엽에 전쟁의 여파로 파괴되었다가 2004년 7월, 정화의 서양 원정 600주년을 기념하여 난징시[南京市] 샤관구[下關區]에 지어졌다. 천비는 중국에서 해양의 수호신으로 불리는 마조(媽祖)를 가리킨다.

7 실제 벽봉사는 명나라 초기 홍무제 때 지어졌다. 이에 대해서는 제4회의 각주 28)을 참조할 것.

8 정해사(靜海寺)는 지금의 난징시 서북부 사자산(獅子山) 아래에 지어졌으며, 정화 자신도 만년을 이곳에서 보낸 적이 있다고 한다. 이 절은 1842년 청나라가 제1차 영국과의 아편전쟁에서 패배한 후 남경조약(南京條約 또는 강녕조약[江寧條約])을 체결했던 장소이기도 하다.

<해제를 겸한 역자 후기>

중화(中華)의 자족적 나들이

1. 머리말

지금까지 우리나라에 소개된 중국 고전 장편소설은 명나라 때 나온 《삼국연의》와 《서유기》, 《금병매》, 《수호전》의 '사대기서(四大奇書)'와 여기에 청나라 때 나온 《유림외사》와 《홍루몽》을 포함한 '육대기서'에서 크게 벗어나지 못하며, 예외적으로 《동주열국지(東周列國志)》와 《경화연(鏡花緣)》과 《봉신연의(封神演義)》가 완역되어 나와 있는 정도일 뿐, 이외의 작품이 번역되어 소개된 경우는 거의 전무한 듯하다. 그러나 사실 고대 중국에서는 이것들 외에도 많은 걸작들이 나와서 상당히 널리 유행했으며, 중국문학사 관련 저작들에서도 시대 상황에 맞게 기존 작품들에 대한 평가를 달리하거나 새로운 작품을 소개하는 경우가 늘어나고 있다. 일찍이 루쉰[魯迅]이 《서유기》, 《봉신연의》와 함께 고대 중국의 대표적인 '신마

소설(神魔小說)'로 꼽았던《삼보태감서양기통속연의》(이하《서양기》) 또한 그런 작품들 가운데 하나이다.

전체 100회의 장편소설인 이 작품은 기본적으로 명나라 때의 환관(宦官) 정화(鄭和: 1371~1435, 자[字]는 삼보[三寶])가 서양에 사절로 나가 멀리 아프리카까지 항해했던 역사적 사실을 바탕으로 하고 있으나, 실제 내용은《서유기》와 마찬가지로 신선들의 술법 겨루기를 위주로 전개되는 모험적이고 환상적인 이야기이다. 이 때문에 한때 이 작품은《서유기》의 아류작으로 간주되기도 했으나, 사실은 그보다 훨씬 다양한 이야기 전통과 중국 고전문학 및 공연문화의 유산을 흡수한 작품이다. 물론 작품 전체를 관통하는 고루한 중화주의(中華主義)의 화이관(華夷觀)과 유가(儒家)의 윤리관이 현대 한국의 독자들에게는 약간 거북스러울 수도 있지만, 그 한계를 인정하고 나서 읽게 되면 이야기 자체가 상당히 흥미진진하고 곳곳에 감칠맛 나는 재미가 담겨 있음을 알게 된다. 또 고립적이고 자기중심적인 명나라 때 중국인의 눈에 비친 서양 이국의 풍경과 문화에 관한 서술을 현대의 관점에서 비교하면서 읽어보는 것도 상당히 재미있는 일일 것이다.

본 〈해제〉에서는 아무래도 낯설 수밖에 없는 한국의 일반 독자들에게 이 작품의 이해를 돕기 위해 몇 가지 기본적인 사항을 제시하고, 아울러 더 깊은 감상을 위해 역자가 파악한 이 소설의 주요 특장들을 제시하고자 한다. 다만 이 작품에 관한 국내의 연구가 거의 없는 실정이기 때문에, 역자가 제시하는 사항들은 관련 지식의 한계로 인해 어느 정도 개인적인 취향에 치우친 점도 있을 수밖에 없음은 미리 밝혀 둘 필요가 있겠다.

2.《삼보태감서양기》의 작자와 내용

2.1 작자와 판본

《서양기》의 작자인 나무등(羅懋登: ?~?, 1596년 전후)에 대해서는 이제까지 자(字)가 등지(登之)이고 호(號)가 이남리인(二南里人)이라는 점 외에 생애에 대해 알려진 바가 거의 없었다. 그러다가 최근의 연구에 의해 그가 명나라 정덕(正德) 정축년(丁丑年, 1517)에 강서(江西) 남성현(南城縣) 남성촌(南城村)에서 태어났으며, 호는 행은사랑(行隱四郞)을 썼다는 사실 정도가 밝혀졌다. 또한 만력(萬曆) 연간(1573~1619)에 간행된《금릉 당씨 부춘당 재각 출상증보수신기(金陵唐氏富春堂梓刻出像增補搜神記)》에 그가 등지보(登之甫) 나무등(罗懋登)이라는 서명과 함께 실은〈인수신기수(引搜神記首)〉에 따르면, 그는 생계를 찾아 중국 동북부와 장강 유역을 포함한 남부를 두루 돌아다니다가 만력 21년(1593)에 남경에 도착해서 부춘당을 중심으로 한 출판사에서 원고를 베껴 쓰면서 다듬고 교정하거나 비평을 다는[批閱書記] 일을 시작한 것으로 보인다. 다시 말해서 그는 출판사를 중심으로 소설, 희곡 등의 통속문학 출판에 관여한 일련의 생산 집단의 일원이었을 가능성이 크다는 것이다. 이런 상황에서 그는 당시의 연극 대본[傳奇]인 《향산기(香山記)》[1]의 서문을 쓰고, 시혜(施惠: 1296~1371, 즉 시내암[施耐庵])의 잡극(雜劇) 《배월정(拜月亭)》과 고명(高明: 1305~1359, 자는 칙성[則誠], 호는 채근도인[採根道人])의 연극 대본인 《비파기(琵琶記)》를 음석(音釋)하고, 구준(邱濬: 1418~1495, 자는 중심[仲深], 호는 심암[深庵] 또는 옥봉[玉峰])의 연극 대본인 《투필기(投筆記)》에 주석(注釋)을 붙였다고 한다. 《서양기》는 대개 1593년에서 1597년 사이에 창작된 것으로 여겨지고 있다. 그런데 《서양기》에 인용된 다양한 소설 및 희곡 작품과 시문(詩文), 역사서 및 각종 저작의 방대함을 바탕으로 추론하자면, 이 작품은 나무등 개인이 아니라 그가 소속된 부춘당의 창작 집단에 속한 이들의 공동 작업에 의한 산물이라고 보는 편이 더 합리적일 것이다.

오늘날 남아 있는 《서양기》의 가장 오래된 판본은 명나라 만력 연간에 부춘당에서 정교한 삽화와 함께 간행된 것인데, 이는 당시 출판업자가 이 책의 상품성을 상당히 높게 평가하고 있었음을 말해 준다.[2] 이후 청나라 때는 여러 출판사를 거치면서 다양한 제목

1 작자를 알 수 없는 이 작품의 명나라 때 부춘당(富春堂)에서 간행된 판본의 제목은 《관세음수행향산기(觀世音修行香山記)》인데, 종종 《묘선출가(妙善出家)》 또는 《백작사(白雀寺)》, 《대향산(大香山)》이라는 제목으로도 불린다. 일설에는 이 작품의 작자가 나무등(羅懋登) 본인일 것이라고도 한다.

2 이것은 현존하는 가장 오래된 판본으로서 제목 앞에 "신각전상(新刻全像)"이라는 구절이 덧붙여져 있고 저자는 "이남리인(二南里人) 편차(編次), 삼산

으로 출간되기도 했는데, 청나라 때부터 중화민국(中華民國) 시기의 주요 판본을 도표로 정리하자면 다음과 같다.

제 목	출판사	출판연도	참고사항
《신각전상삼보태감서양기통속연의(新刻全像三寶太監西洋記通俗演義)》	남경(南京) 부춘당(富春堂)	만력(萬曆) 25(1597)	이남리인(二南里人) 서(序)(1589)
《신수전상삼보개항서양기(新繡全像三寶開港西洋記)》	하문(厦門) 문덕당(文德堂)	함풍(咸豊) 9(1859)	120회
《전상삼보태감서양기통속연의(全像三寶太監西洋記通俗演義)》	보월루(步月樓)	?	만력본(萬曆本) 복간본[復刻本]
《도상삼보태감서양기통속연의(圖像三寶太監西洋記通俗演義)》	상해(上海) 문의서국(文宜書局)	광서(光緖) 27(1901)	석인(石印)
《신각삼보태감서양기통속연의(新刻三寶太監西洋記通俗演義)》	신보관(申報館)	광서(光緖) 7(1881)	연인(鉛印)
《신각삼보태감서양기통속연의(新刻三寶太監西洋記通俗演義)》	신보관(申報館)	광서(光緖) 17(1891)	연인(鉛印)
《도상삼보태감서양기통속연의(圖像三寶太監西洋記通俗演義)》	상해서국(上海書局)	광서(光緖) 22(1896)	석인(石印)
《삼보태감서양기통속연의(三寶太監西洋記通俗演義)》	상해(上海) 중원서국(中原書局)	?	석인(石印)
《삼보태감서양기통속연의(三寶太監西洋記通俗演義)》	상무인서관(商務印書館)	?	연인(鉛印)

도인(三山道人) 수재(繡梓)"라고 표기되어 있으며(이 책은 2012년 중화서점출판사[中華書店出版社]에서 복제본이 나와 있는데, 삽화는 새로 그린 것임), 만력 정유(丁酉, 1597)에 쓴 나무등의 서문이 수록되어 있다. '삼산도인'은 당시 남경 삼산가(三山街)에 있던 출판사인 부춘당(富春堂)의 주인 당씨(唐氏)를 가리킨다.

당시의 출판 여건에서 20권 100회(또는 120회)의 장편소설을 간행하는 일은 쉽지 않았음을 감안할 때, 이처럼 여러 출판사를 거치면서 꾸준히 출판되었다는 것은 이 작품이 적어도 대중적인 차원에서는 상당히 인기가 높았던 것임을 알 수 있다.

2.1 소설의 구성과 내용

이 작품의 내용은 크게 세 부분으로 나뉘어 있다. 첫째는 제1회부터 제7회까지로서, 중국의 '삼교(三教)'인 유가와 불가, 도가의 연원에 대한 설명과 작품의 실질적인 주인공이라고 할 수 있는 벽봉장로(碧峰長老)의 탄생과 출가 등을 서술하고 있다. 둘째는 제8회부터 제14회까지로서, 벽봉장로가 장 천사(張天師)와 술법을 겨루는 이야기이다. 셋째는 제15회부터 제100회까지로서 천자의 명을 받은 정화가 "서양 오랑캐를 위무하고 전국옥새(傳國玉璽)를 찾기[撫夷取寶]" 위해 원정에 나섬에 따라, 벽봉장로와 장 천사가 그를 도와 서양의 39개 나라를 굴복시키는 과정에서 요괴를 물리치는 이야기이다. 다만 정화 일행이 당초에 서양을 원정하게 된 목표 가운데 하나인 '전국옥새'에 대해서는 이야기의 결말에서도 알 수 없는 것으로 처리되어 있다. 그리고 작품에서 실제로 언급된 나라는 39개이지만 작품에 묘사된 전투는 대개 금련보상국(金蓮寶象國, 제23~33회), 자바 왕국(爪哇國, 제34~45회), 여인국(女兒國, 제46~50회),

살발국(撒髮國, 제51~61회), 금안국(金眼國, 제62~71회), 모가디슈 왕국(木骨都束國, 제72~78회), 은안국(銀眼國, 79~83회), 아덴 왕국(阿丹國, 제84~86회), 풍도귀국(酆都鬼國, 제87~93회)까지 9개 나라에서 벌어진 것이고, 나머지 나라들은 소문을 듣고 스스로 찾아와 항서와 상소문, 진상품을 바친 것으로 되어 있다.

얼른 보기에 이런 이야기 구조는 손오공의 탄생과 성장, 그리고 그가 하늘에 대항하다가 부처님과의 승부에서 패하여 오행산(五行山)에 갇히게 되는 과정을 그린 첫 부분과 삼장법사의 탄생 및 성장, 그리고 당나라 태종(太宗)이 불교 경전을 가져오기 위해 서역에 승려를 파견하기로 결심하게 되는 두 번째 부분, 그리고 삼장법사와 세 제자가 여든한 번의 고난을 거쳐 임무를 완성하는 과정을 그린 세 번째 부분으로 나뉘어 있는 《서유기》의 그것과 상당히 유사하다. 그러나 《서양기》에서는 서양의 여러 나라를 굴복시키는 데에 동원된 수단이 벽봉장로나 장 천사의 술법에만 국한되는 것이 아니라, 무장원(武壯元) 당영(唐英)을 비롯한 여러 장수들의 활약과 정화와 왕 상서의 전략 등이 함께 사용됨으로써 어느 정도 현실감 있는 이야기들도 포함되어 있다. 바로 이 때문에 중국의 일부 논자들은 이 작품이 《서유기》의 판타지 형식뿐만 아니라 《심국연의》의 연의(演義) 형식을 결합한 작품이라고 설명하기도 한다. 이 외에 다른 소설들과의 관계는 다른 절에서 좀 더 자세히 설명하겠다.

《서양기》의 주제에 대해서는 역대로 많은 논자들의 논란이 있었다. 무엇보다도 이것은 당시 조선(朝鮮)을 비롯해서 '동쪽'에 횡행하던 왜구와 이에 대처하는 조정의 무능력함에 대한 개탄의 심정을 정화 일행의 활약을 그리는 이 소설을 통해 우회적으로 표현하려 했다는 작자 자신이 서문에서 밝힌 취지와 정작 소설 자체의 내용이 그다지 부합하지 않는 데에서 비롯되었다.[3] 이 때문에 일부 논자들은 이 작품이 그저 수준 낮은 글 장난에 지나지 않는다고 폄훼하기도 했으나, 최근 들어서는 작자가 가장 통속적인 문체와 문인 취향의 유희를 뒤섞어서 정치적으로는 옛 일을 빌려 작금의 상황을 풍자하고[借古諷今], 종교적으로는 유가와 불가, 도가의 우열에 대한 자기만의 주장을 펼치며, 경제적으로는 바다에서 경험한 모험을 통해 우연히 취한 재물로 벼락부자가 되거나 나아가 높은 벼슬을 얻는 출세[發迹變泰]의 기회를 얻고자 하는 당시 시민들의 열망을 표현하고자 했다는 등의 긍정적인 의미를 강조하는 추세가 나타나고 있다.

사실 제15회에서 황제가 서양으로 파견할 관리를 선발하려 할 때 조정의 녹을 받아 부귀를 누리면서도 누구 하나 선뜻 나서려 하지 않는 관리들에 대해 불만을 토로하는 장면이나, 제51회에서 남경의 산을 차지한 호랑이와 저잣거리의 호랑이가 벌이는 "사람을 잡아먹고도 핏자국을 보이지 않는[喫人不見血]" 잔혹한 행태를 통해 남경의 권문세족들이 자행하는 백성들에 대한 착취를 풍자한 것, 제70회의 〈병구부(病狗賦)〉, 그리고 작품 곳곳에서 언급된 환관들의 무

3 이 작품의 평가에 대한 주요 논의는 뒤쪽에서 따로 장을 마련해 설명하겠다.

능하고 탐욕적이면서 여색을 밝히는 모습 등은 이 작품의 '숨겨진' 정치적 주제를 짐작할 만한 대목이기도 하다. 또 제19회와 제20회, 제97회에 연이어 서술된 이해(李海)의 이야기는 바다의 모험을 통해 행운의 출세를 하게 된 인물의 전형적인 모습을 보여주고 있다. 당시 독자들에게도 바다는 목숨을 걸어야 하는 험난한 곳이기는 하지만 상상을 초월하는 신기한 모험과 황홀한 경험, 그리고 일확천금과 입신양명의 기회를 제공하는 동경의 대상이었던 것이다.

3. 작품의 주요 특징

중국고전소설을 전공한 역자의 관점에서 볼 때, 이야기꾼의 공연을 통해 축적된 전통이 집대성되어 나타난 '사대기서'에서 본격적인 문인의 창작품으로서 장편소설이 나타나는 표지를 보여주는 증거이기도 한 이 작품에서는 상당히 흥미로운 특징들이 제법 발견되는데, 이를 간단히 정리하면 다음과 같은 몇 가지로 요약될 수 있다. 다만 미리 밝혀두자면, 여기서 제시하는 특징들은 전문 연구자라기보다는 일반 독자를 위한 것이기 때문에 개괄적인 성격이 강하며, 일부 특징들은 《서양기》 하나에만 국한되는 것이 아닐 수도 있다. 또한 《서양기》에 미친 이전의 소설들에 관해 설명하자면 아주 장황하고 학술적인 글이 되어 버릴 것이기 때문에, 여기서는 일반 독자들도 간단한 설명을 통해 이해할 수 있는 내용만 간략히 정리하여 제시하겠다.

3.1 이야기 전통의 집대성

(1) 고전소설의 계승

'장회(章回)'는 고대 중국의 장편소설이 공연 문학을 토대로 형성되는 과정에서 만들어진 독특한 형식이다. 구체적으로 그것은 하나의 긴 이야기를 몇 개 또는 백여 개의 주요 대목으로 나누어 들려주는 이야기꾼의 공연 형식을 모방한 것인데, 이에 따라 몇 가지 형식적인 특징이 나타난다. 첫째 각 회(回)의 제목 아래 "시왈(詩曰)" 또는 "사왈(詞曰)"로 시작되는 개장시(開場詩)를 통해 해당 회의 주제를 암시하거나 요약한다. 둘째, 이야기의 전환 단계에서 해당 단락의 첫머리에 "각설하고[却說]" 또는 "그러니까(화설[話說] 내지 화표[話表])" 등 이야기꾼의 상투적인 어투가 등장한다. 셋째, 마지막 회를 제외한 거의 모든 회의 말미에 "……가 궁금하거든 다음 회를 보시라.[不知道……且聽下回分解]"와 같은 상투적인 문구로 이야기를 이으면서 독자의 흥미를 유발한다. 넷째, '듣는' 소설에서 '읽는' 소설로 정착해가는 과정에서 본문 중간 중간에 삽입되는 시(詩)나 사(詞), 부(賦) 등의 양이 많아진다.

그런데 이런 장회 형식 가운데 몇 가지는 소설의 기법이 발달함에 따라 점차 사라지는 경향을 보인다. 대표적으로 청나라 때 나온 120회의 소설 《홍루몽》에는 개장시가 거의 없고, 각 회의 마지막에 붙어 있는 "……다음 회를 보시라."라는 구절도 한두 개밖에 등장하지 않는다. 그러나 일종의 과도기인 명나라 말엽에 나온 《서양기》는 여전히 장회 형식을 억지스러울 정도로 고수하여 제100회를 제외한 99회 전체에서 첫머리의 "시왈"과 말미의 "……다음 회를 보시라."라는 구절이 한 군데도 빠짐없이 등장한다.[4] 이것은 이 소설의 작자가 장편소설의 구성에서 장회 형식을 어떤 완성된 모범으로 간주하고 따르려 했기 때문이라고도 할 수 있고, 사건을 서술행하는 과정에서 당시의 연극 공연에서 자주 나타나는 특징들을 자주 차용하고 있기 때문이기도 한데, 후자에 대해서는 절을 나누어서 따로 설명하겠다.

한편, 이 작품이 《서유기》의 영향을 많이 받았다는 사실을 지적한 이들이 많았다는 사실은 앞에서도 언급한 바 있다. 《서양기》에서는 우주의 생성과 인간의 탄생에 관해 설명하는 제1회의 첫머리에서부터 《서유기》의 개념을 빌려왔으며, 역시 제1회에 언급된 관음보살과 그의 제자인 혜안(惠岸)과 선재동자(善才童子)의 이야기 역시 《서유기》에서 비롯된 것이다. 또한 제21회에서는 아예 위징(魏徵)이 용왕[5]의 목을 벤 이야기와 당 태종이 죽었다가 사흘 만에

4 다만 본 번역에서는 각 회의 첫머리에 들어 있는 "시왈"을 의도적으로 빼고 번역했다.

5 《서유기》의 경하(涇河) 용왕이 《서양기》에서는 금하(金河) 용왕으로 바뀌

다시 소생한 이야기와 삼장법사의 출신 이야기가 담긴 《서유기》 제9회와 〈부록〉의 내용을 개략적으로 정리하여 끼워 넣기도 했다. 다만 《서유기》에서 삼장법사의 생부(生父)의 이름이라고 한 진광예(陳光蕊)를 《서양기》에서는 삼장법사의 본래 이름이라고 했다. 또한 《서양기》에서는 당나라 태종이 하사한 법명과 세 제자의 이름도 《서유기》와 달리 되어 있다. 이 외에도 《서유기》에 등장하는 흡혼병(吸魂甁)은 《서양기》 제28회에서 똑같은 이름으로 등장하고, 여인국과 강물을 마시면 임신하게 되는 자모하(子母河)의 이야기도 제46회에 거의 같은 내용으로 등장하며, 금각대왕(金角大王)과 은각대왕(銀角大王)은 제67~71회에서 금각대선(金角大仙)과 은각대선(銀角大仙)으로 등장한다.

하지만 《서양기》는 《서유기》 외에도 이전의 여러 소설과 희곡, 각종 문헌과 민간의 전설들을 두루 채용하여 적절히 활용하고 있다. 가령 《서양기》 제19회에서 만두로 사람 머리를 대신하여 제사를 지내는 이야기나 제31회에 묘사된 칠종칠금(七縱七擒)의 이야기, 제64회 및 66회에 묘사된 함대의 전투에서 화공(火攻)을 이용한 이야기처럼 《삼국연의》의 이야기를 빌린 곳도 적지 않고, 등장인물에 대한 묘사는 《수호전》의 영웅들에 대한 묘사를 빌린 부분도 있다. 또한 《서양기》 제20회에서 이해(李海)가 큰 구렁이를 죽이고

었고, 등장하는 점쟁이의 이름도 원수성(袁守成) 대신 원천강(袁天罡)으로 바뀌었다.

야명주를 얻은 이야기는 육채(陸采: 1495?~1540, 자는 자원[子元], 호는 천지[天池])의 《야성객론(冶城客論)》 〈사주(蛇珠)〉에 들어 있는 이야기를 바탕으로 몇 가지를 덧붙여서 만든 것이다. 그리고 제68회에서 금각대선이 자신의 머리를 잘라 공중에 날아다니다가 다시 몸뚱이에 와서 붙게 하는 술법을 쓰는데, 이것은 기본적으로 《봉신연의(封神演義)》 제37회에서 신공표(申公豹)가 썼던 술법을 변형하여 조금 더 흥미롭게 각색한 것이라고 할 수 있다. 제91회에 들어 있는 전수(田洙)와 설도(薛濤)의 이야기는 명나라 때 이창기(李昌祺: 1376~1451, 본명은 이정[李禎], 자는 창기, 별호는 교암[僑庵] 또는 운벽거사[運甓居士])의 《전등여화(剪燈餘話)》 권2 〈전수우설도련구기(田洙遇薛濤聯句記)〉의 내용을 거의 그대로 옮겨 놓은 것이며, 제92회에 서술된 옥통화상(玉通和尙)의 이야기는 풍몽룡(馮夢龍)의 《유세명언(喩世明言)》 권29 〈월명화상도류취(月明和尙度柳翠)〉를 거의 그대로 옮겨 놓은 것이다. 또한 제90회에 서술된 다섯 귀신이 저승 판관의 재판 결과에 불복해서 다투는 이야기[五鬼鬧判]는 이미 오래 전부터 민간에 널리 퍼져 있어서 《수호전》에서도 언급된 내용을 각색한 것이며, 제95회에 서술된 다섯 마리 쥐가 동경(東京)에서 소란을 피운 이야기 역시 민간에 널리 유행하고 있던 것이었다.

(2) 공연문학의 활용

고대 중국의 이야기 공연에서 가장 두드러진 특징 가운데 하나는 종종 '축(丑)'으로 통칭되는 독특한 배역을 활용하여 다양한 형태의 과장된 동작이나 우스갯소리[打諢]를 끼워 넣음으로써 관객들이 이야기 전개 과정에서 지나치게 진지한 공연으로 인해 느낄 수 있는 지루함을 풀어주곤 한다는 점이다. 특히 우스갯소리는 대개 중국어의 발음에 나타난 유사성을 이용하거나, 유명한 고전 문헌 내지 문학 작품의 구절을 교묘하게 변형해서 웃음을 유발하게 하는 수법을 사용한다. 《서양기》에서도 이런 수법은 자주 사용되는데, 예를 들어서 제61회의 다음 장면을 보자.

마침내 셋째 날이 되자 왕명(王明)이 말했다.

"나는 상팔동(上八洞)에서 내려온 신선인데 이곳을 지나게 되었노라. 너희 중생들 가운데 인연이 있는 자는 내게 글자 하나를 들고 와서 물어봐라. 내 너희에게 '치란흥쇠(治亂興衰)'와 '길흉화복(吉凶禍福)'에 대해 알려주어서 이곳을 들른 보람으로 삼고자 하노라."

그렇지 않아도 그가 입을 열기만 기다리고 있던 오랑캐들은 인연이 있는 자는 글자 하나를 들고 와서 물어보라는 말을 듣자마자 우르르 몰려왔다. 개중에 하나가 앞으로 나서서 인사를 하자, 왕명이 일부러 너스레를 떨었다.

"무엇을 물으려 하느냐? 먼저 글자 하나를 써봐라."

그는 위구르인이었기 때문에 '회(回)'라고 썼다. 왕명이 다시 물었다.

"어디다 쓸 것이냐?"

"집사람 뱃속에 들어 있는 아이에 대해 여쭙고자 합니다."

"그렇다면 딸을 낳겠구나."

"아니, 왜요?"

"이런 무식한! '마음을 돌려라. 석 달이 지나도록 사람 노릇을 못 하다니![回也其心, 三月不爲人]'라는 말도 들어보지 못했느냐? 네가 지금까지 사람 노릇을 못 했는데 어떻게 아들을 낳겠느냐? 그러니 딸이나 낳아야 마땅하지!"

그러자 그가 무척 기뻐하며 감탄했다.

"보살님은 유교와 불교, 도교에 모두 통달시군요!"

그 말이 끝나기도 전에 또 한 사람이 다가와 절을 올렸다.

"글자 하나를 써봐라."

그 사람은 귀에서 열이 조금 났기 때문에 '이(耳)'라고 썼다.

"어디다 쓸 것이냐?"

"저도 집사람 뱃속에 들어 있는 아이에 대해 여쭙고자 합니다."

"너는 아들을 낳겠구나. 그것도 여럿을 낳겠어."

"아니, 왜요?"

"이런 무식한! '귀가 작으면 여덟아홉 아들을 낳는다.[耳小, 生八九子]'라는 말도 들어보지 못했느냐? 그런 아들을, 그것도 여럿을 낳는다는 게지!"

이에 그 사람이 무척 기뻐하며 감탄했다.

"정말 살아 계신 신선이십니다!"

그 말이 끝나기도 전에 또 한 사람이 다가와 절을 올렸다.

"글자 하나를 써봐라."

그 사람은 외가에 재산이 제법 있어서 그걸 얻고 싶었기 때문에 '모(母)'라고 썼다.

"어디다 쓸 것이냐?"

"재물을 구하는 것에 대해 여쭙고자 합니다."

"재물이라면 열 배, 백 배를 얻게 될 테니 아주 운수가 대통이로구나."

"아니, 왜 그렇다는 것입니까?"

"이런 무식한! '재산이라면 어머니가 구해준다.[臨財母苟得]'라는 말도 들어보지 못했나? 이러니 열 배, 백 배의 재산을 얻게 될 운수대통이라는 게 아닌가!"

그 말에 기분이 좋아진 그 사람이 감탄했다.

"정말 살아 계신 신선이십니다!"

본 번역의 해당 부분 주석에서 설명했듯이, 여기서 "마음을 돌려라. 석 달이 지나도록 사람 노릇을 못하다니![回也其心, 三月不爲人]"라는 말은《논어(論語)》〈옹야(雍也)〉에서 공자가 "안회(顏回)는 석 달이 지나도록 그 마음을 유지하여 어짊을 어기지 않는다.[回也, 其心三月不違仁]"라고 한 구절을 엉터리로 이해하여 써먹은 것이다. 그리고 "귀가 작으면 여덟아홉 아들을 낳는다.[耳小, 生八九子]"라는 말은 원래 옛날 중국의 민간에서 유행하던 종이 패[紙牌]에 적힌 글이다. 대표적인 글귀로는 "상대인(上大人), 구을기(丘乙己), 화삼천(化三千), 칠십현(七十賢), 팔구자(八九子), 가작미(佳作美), 이소생(爾小生), 가지례(可知禮)."인데, 그 뜻은 "부모님들, 저 공구(孔丘, 즉 공자)는 삼천 명의 제자와 일흔 명의 현자, 여덟아홉 명의 선생을 가르쳤으니 상당히 훌륭하다고 할 수 있습니다. 여러분의 아이들도 제게 배우면 예의를 알 수 있을 것입니다."라는 정도이다. 그런데 왕명은 이 구절을 엇섞고, '이(爾)'와 '이(耳)'가 모두 중국어에서 [ěr]로 발음된다는 점을 이용해 글자를 바꾸고 멋대로 끊어 읽어서 엉터리 말을 지어낸 것이다. 또한 "재산이라면 어머니가 어떻게든 구해 준다.[臨財母苟得.]"라는 말은 《예기(禮記)》〈곡례상(曲禮上)〉의 "재물 앞에서는 구차하게 얻으려 하지 말고, 어려움에 처하더라도 구차하게 벗어나려 하지 말라.[臨財毋苟得, 臨難毋苟免.]"라는 구절을 엉터리로 바꿔서 만들어 낸 말이다. 어미 '모(母)'와 아닐 '무(毋)'는 글자의 생김새가 비슷하기 때문이다. 물론 지식이 풍부한 문인들에게는 이런 말장난들이 저급하게 보일 수도 있겠지만, 통속적인 대중들에게는 오히려 재미있는 풍자로 받아들여질 수도 있었을 것이다.

이야기의 본론과 별로 상관없지만 대화체를 이용하여 감칠맛나게 끼워 넣은 이런 부분들뿐만 아니라, 《서양기》에서는 아예 다른 희곡 작품에 들어 있는 내용을 거의 통째로 인용하거나 몇 구절만 바꾸어 인용해서 그 연극의 공연을 본 적이 있는 이들의 기억을 떠올리게 만들기도 한다. 예를 들어서 원소절(元宵節)의 동경(東京) 즉 오늘날의 허난성[河南省] 카이펑시[開封市]의 등불놀이 풍경을 묘사하기 위해 써 놓은 부(賦)는 명나라 때 탕현조(湯顯祖: 1550~1616, 자는 의잉[義仍], 호는 해약[海若] 또는 약사[若士], 청원도인

[淸遠道人])의 희곡《자소기(紫簫記)》제17착(齣)〈습소(拾簫)〉에 들어 있는 것에서 몇 구절을 고치거나 더하고, 일부 글자를 바꾼 것이다. 또 이전의 연구자들이 종종 지적했던 이 작품의 서술 문체에 나타난 결함 즉, 지나치게 자주 중복되는 어투 역시 통속적인 이야기꾼의 어투를 구현하기 위한 작자 나름의 기술적 안배로 해석할 수도 있겠다.[6]

3.2 고전 시문의 변용

중국 고전소설은 대표적인 종합 예술의 하나답게 다양한 분야의 예술을 두루 차용하는데, 이 때문에 단편과 장편을 막론하고 거의 모든 소설에서 본문 중간 중간에 저명한 작가의 시나 사, 부 등을 인용하곤 한다. 이렇게 한 데에는 나름대로 작품의 품격을 고상하게 치장하려는 목적도 있었겠지만, 때로는 산문으로 지루하게 이어지는 서술의 리듬에 변화를 주어 읽는 즐거움을 선사하려는 의도도 있었을 것이다. 다만 통속적인 문장을 사용하여 작자 스스로 짓거나 민간에 널리 퍼진 속담 구절 같은 것을 인용한 몇몇 경우를 제외하면, 이렇게 인용된 작품들은 문인의 냄새가 짙고 난해한 경

6 본 번역에서는 현대 독자들에게 지루하다는 느낌을 줄 수도 있는 이러한 중복 서술의 문장 가운데 지나치다고 판단되는 일부는 그대로 번역하지 않고 축약하거나 의역했다.

우가 많다. 《서양기》에서 활용한 이런 작품들의 대표적인 예를 유형별로 살펴보면 다음과 같다.

(1) 고전 명작시의 인용과 변용

《서양기》는 이전 시기의 대가들이 남긴 다양한 시들을 대량으로 인용하고 있는데, 개중에는 원작 그대로 인용한 것들도 있지만 작자가 이야기의 내용에 맞추어 일부 글자와 구절을 바꾼 것들이 훨씬 많다. 예를 들어서 제21회의 개장시는 다음과 같다.

莽莽雲空遠色愁	끝없이 펼쳐진 구름 낀 하늘 모습 시름겨운데
嗚嗚戍角上征樓	우우 군대의 뿔피리소리 전함 누각에서 울리는구나.
吳宮怨思吹雙管	오나라 궁궐에선 그리움에 사무친 궁녀 피리를 불고
楚客悲歌動五侯	초 땅 나그네의 슬픈 노래 제후들을 감동시킨다.
萬里關河春草暮	아득한 관산(關山)과 황하 가 봄날 풀밭엔 황혼이 내리고
一星烽火海雲秋	한 줄기 봉화 피어날 때 바다의 구름은 가을빛을 품었구나.
鳥飛天外斜陽盡	새가 나는 하늘 밖에는 석양도 기울어가고
弱水無聲噎不流	약수(弱水)는 소리 없이 막혀서 흐르지 않는구나.

이것은 당나라 때 온정균(溫庭筠: 812?~866, 본명은 기[岐], 자는 비경[飛卿])이 지은 〈돌아오는 길에[回中作]〉인데, 인용된 시의 일부 내용은 원작과 다르고 특히 마지막 두 구절은 완전히 새로 지은 것이다(당연히 작품에는 이런 사실이 설명되어 있지 않다.) 온정균의 원작은 다음과 같다.

蒼莽寒空遠色愁　까마득히 펼쳐진 차가운 하늘빛 시름겨운데
嗚嗚戍角上高樓　휘휘 군대의 호각소리 높은 누대에서 들려온다.
吳姬怨思吹雙管　오 땅의 미녀는 원망과 그리움에 쌍관을 불고
燕客悲歌別五侯　북방의 나그네는 슬픈 노래 부르며 고관과 작별한다.
千里關山邊草暮　아득한 변방의 산에는 풀들이 석양빛을 머금었는데
一星烽火朔雲秋　별빛처럼 타는 봉화에 북방의 구름 가을빛이 짙어진다.
夜來霜重西風起　밤이 되자 무거운 서리 내리고 서풍이 일어나니
隴水無聲凍不流　얼어붙어 흐르지 못하는 농수(隴水) 강물은 소리도 없구나!

두 시를 비교해 보면 제1구의 '운공(雲空)'과 '한공(寒空)', 제2구의

'정루(征樓)'와 '고루(高樓)', 제3구의 '오궁(吳宮)'과 '오희(吳姬)', 제4구의 '초객(楚客)'과 '연객(燕客)' 및 '동(動)'과 '별(別)', 제5구의 '관하춘초(關河春草)'와 '관산변초(關山邊草)', 제6구의 '해운(海雲)'과 '삭운(朔雲)', 제8구의 '약수(弱水)'와 '농수(隴水)' 및 '열(噎)'과 '동(凍)'이 다르고, 특히 제7구는 완전히 바뀌어 있음을 알 수 있다. 그러므로 온정균의 시를 제대로 알지 못하는 독자라면 이 모든 변화를 모두 파악할 수 없을 것이고, 심지어 공부가 얕은 사람이라면 작자가 새로 지은 시라고 생각할 수도 있게 된다.

《서양기》에 들어 있는 개장시 및 본문 중간의 삽입시들 가운데 작자가 직접 짓거나 원문 그대로 인용한 작품의 수는 한 손에 꼽을 수 있을 정도이며, 나머지 수백 편은 이처럼 일부 글자나 구절들을 바꾸어 놓은 것들이다. 이 때문에 중국 고전문학에 정통한 독자라면 원작과 인용된 작품을 비교하며 감상의 재미를 더할 수도 있겠지만, 일반 독자라면 지나치다 싶을 정도로 많은 시들 때문에 오히려 이야기의 흐름을 따라가는 데에 방해가 된다는 느낌을 가질 수도 있을 것이다.[7]

7 본 번역에서는 한두 편의 편폭이 긴 작품을 제외한 나머지 모든 작품의 원문과 번역, 주석을 함께 붙여서 독자의 이해를 도우려 했다.

(2) 고전 산문의 인용과 변용

《서양기》에 들어 있는 각종 상소문과 제문, 부 등도 글 전체를 작자 스스로 지어서 쓴 부분은 많지 않다. 거의 모든 문장이 저명한 옛 문인들의 명구(名句)들을 적절히 활용하거나 변형해서 짜깁기한 것이다. 예를 들어서 제20회의 다음 제문은 당나라 때 낙빈왕(駱賓王)이 쓴 〈병부주요주파적설몽검등로포(兵部奏姚州破賊設蒙儉等露布)〉에서 몇 구절을 따 오고, 일부 구절을 덧붙여서 만든 것이다.

> 우리 명나라는 상서로운 옥을 얻어 지축(地軸)을 개척하여 황위(皇位)에 오르고, 결승(結繩)과 서계(書契)를 만들어 다스림으로써 천하를 아울러 제위(帝位)에 올랐도다. 현묘한 구름 방 안에 들어오고 단릉(丹陵)에 신령하고 상서로운 기운 모였으며, 하늘의 징조를 받아 제단에 오르니 화저(華渚)에서 상서로운 그림을 바쳤도다. 사방이 환히 바라보이는 땅에서 맹춘(孟春)에 보배로운 옥을 바치고, 큰 화로 덮은 곳에서 바람을 차지하고 보물을 바쳤노라. 머나먼 이곳 변방에서 스스로 위대한 중국에 기대는 바 크다고 하였노라. 그물로 새를 잡듯 공격할 때 세 면을 틔워준 은혜 베풀어 주길 기원하고, 머리 아홉 개 달린 살무사 같은 횡포를 저주하였노라.
>
> 이에 쓸모없는 우리에게 명하여 이 군대를 정비하여 장수로서 임무를 다하라고 하셨나니, 큰 배로 거대한 바다의 파도를 삼

키고, 상어처럼 사납게 선선(鄯善)의 머리를 쓸어 담으리라. 숨을 쉬면 바다의 산악이 뒤집히고, 소리 지르면 하늘과 땅이 요동치리라. 칼날을 쓸면 대화(大火)가 서쪽으로 흐르듯 번개가 치고, 늘어선 깃발의 그림자 구름처럼 펼쳐져 긴 무지개가 동쪽을 가리키는 듯하리라. 담이(儋耳)를 늘어뜨리고 뾰족한 상투 올린 오랑캐들 가슴에 구멍을 뚫어 배까지 이르게 하리라! 먼 타향으로 가서 징후를 살피고, 편안히 앉아 서쪽 끝 이리가 바치는 예물을 받고, 궁궐에 포로를 바침으로써 곤륜산 호랑이의 공적을 다시 보게 하리라. 아아, 바다여, 풍성한 제물을 바쳐 제사 지내나니, 용맹한 천자의 병사들이 이를 알리옵니다.

維我大明, 祥擒戴玉, 拓地軸以登皇. 道契書繩, 掩天紘而踐帝. 玄雲入戶, 纂靈瑞於丹陵. 蒼籙昇壇, 薦禎圖於翠渚. 六合照臨之地, 候月歸琛. 大鑪覆載之間, 占風納賮. 蠢茲遐荒絶壤, 自謂負固憑深. 祝禽疏三面之恩, 毒虺肆九頭之暴.

爰命臣等, 謬以散材, 飭茲軍容, 忝專分閫. 鯨舟吞滄溟之浪, 鯊囊括鄯善之頭. 呼吸則海嶽翻騰, 喑鳴則乾坤搖蕩. 橫劍鋒而電轉, 疑大火之西流. 列旗影以雲舒, 似長虹之東指. 俯儋耳而椎髻, 誓洞胸而達腹. 開遠門揭候, 坐收西極之狼封. 紫薇殿受俘, 重睹崑丘之虎績. 嗟爾海瀆, 禮典攸崇. 赫兮天兵, 用申誥告.

낙빈왕은 당나라 사람이니 본문의 "유아대명(維我大明)"이라는 글을 썼을 리 없으므로, 원작에서 이 부분은 "복유황제 폐하(伏惟皇

帝陛下)"라고 했다. 이후 "상금대옥(祥擒戴玉)"부터 "점풍납신(占風納賮)"까지는 모두 낙빈왕의 문장을 그대로 따 온 것이다. 또 그다음의 문장도 상당 부분 이전의 어느 문인의 글에서 따왔을 것으로 추측되지만, 이 부분은 역자의 역량이 부족하여 확인하지 못했다.

한편, 《서양기》에 인용된 문장은 작자가 의도적으로 고친 몇몇 부분 외에도 종종 원문과 다르게 되어 있는 글자들이 포함되어 있어서, 결과적으로 무슨 뜻인지 알 수 없거나 문맥이 통하지 않게 되는 경우가 적지 않다.[8] 이는 작자 자신이 옮겨 쓰는 과정에서 저지른 실수이거나 판각 과정의 오류로 인한 결과일 수도 있고, 또 어쩌면 지식을 자랑하는 문인들을 골탕 먹이기 위한 작자의 의도적인 '비틀기'라고 볼 수도 있겠다.(사실 이런 가능성은 그다지 커 보이지는 않지만, 만력 연간의 판본이 상당한 공을 들여 출판한 것이라는 점을 고려하면 전혀 불가능한 추측도 아니다. 아무리 통속소설이라 할지라도 대단히 정교한 삽화까지 넣어 판각한 출판사에서 원고에 대한 교정을 그처럼 지나치게 소홀하게 했을 것 같지는 않기 때문이다.) 물론 통속적인 독자들인 경우에는 이런 부분이 전혀 문제가 되지 않았을 것이다. 그들은 이야기꾼의 공연을 들을 때와 마찬가지로 그저 한두 구절을 통해 대충 이런 정도의 뜻이려니 하고 무심히 넘어가 버리는 것이 보통이었을 테니 말이다.

---

8 이 때문에 역자는 해당 문장의 원문과 대조하여 몇몇 글자를 바로잡아 번역할 수밖에 없었다.

예를 들어서 이 작품에서 가장 많이 인용된 송나라 때 오숙(吳淑: 947~1002, 자는 정의[正儀])의《사류부(事類賦)》에 들어 있는 작품들은 이런 상황을 잘 보여준다. 이 작품에 인용된《사류부》의 작품은 〈천부(天部)〉〈월(月)〉(제3회), 〈지부(地部)〉〈화(火)〉(제5회), 〈천부〉〈우(雨)〉(제7회), 〈천부〉〈성(星)〉(제15회), 〈복용부(服用部)〉〈주(舟)〉(제17회), 〈수부(獸部)〉〈우(牛)〉(제30회), 〈지부〉〈산(山)〉(제42회), 〈수부〉〈상(象)〉(제54회)까지 모두 여덟 편인데, 이 가운데 〈복용부〉〈주〉는 전문이 아니라 일부만 인용되어 있다. 하지만 모든 경우에 원작과 글자나 구절이 다른 경우가 허다하게 발견되는데, 이것들은 작자가 의도적으로 고친 것이 아니라 옮겨 쓰는 과정에서 비슷한 글자를 잘못 알아보거나 잘못 베낀 결과로 보인다. 하지만 복잡한 전고(典故)가 활용된 원작의 글자를 몇 개 바꿔 버림으로 인해 인용된 문장은 전혀 그 뜻을 헤아리기 어렵게 변해 버린 경우가 많다.

(3) 새로운 유행의 차용

《서양기》에 인용된 사(詞) 가운데 특이한 것은 곡패(曲牌)와 사패(詞牌)를 이용한 글 장난이다. 즉 곡패와 사패의 제목만을 이용하여 교묘한 문구를 만들어 내는 것인데, 예를 들면 이런 식이다. 제33회에는 나곡 왕국[羅斛國]의 보자전인대원수(普剌佃因大元帥) 세븐빈[謝文彬]에 대해 이렇게 묘사했다.

鏵鍬兒出隊子	쌍날 가래 든 청년 부대를 이끌고 나오는데
香羅帶皂羅袍	향기로운 비단 허리띠 안에 검푸른 비단 전포 입었구나.
錦纏頭上月兒高	비단 띠 두른 머리 위로 달이 높이 떴고
菩薩蠻紅衲襖	보살처럼 머리 틀어 올리고 붉은 겉옷 걸친 채
啄木兒僥僥令	나무 쪼는 딱따구리처럼 오랑캐 말로 명령하네.
風帖兒步步嬌	바람에 팔랑이는 표제(標題)처럼 걸음걸이도 사뿐사뿐
踏莎行過喜遷喬	향부자 밟으며 희천교(喜遷橋)를 건너니
鬪黑麻霜天曉	캄캄하던 밤이 서리 내리는 새벽이 되었구나.

원문의 〈화추아(鏵鍬兒)〉와 〈출대자(出隊子)〉, 〈금전두(錦纏頭)〉, 〈월아고(月兒高)〉, 〈보살만(菩薩蠻)〉, 〈홍납오(紅衲襖)〉, 〈탁목아(啄木兒)〉, 〈요요령(僥僥令)〉, 〈풍첩아(風帖兒)〉, 〈보보교(步步嬌)〉, 〈답사행(踏莎行)〉, 〈희천교(喜遷喬)〉, 〈투흑마(鬪黑麻)〉, 〈상천효(霜天曉)〉(즉, 〈상천효각(霜天曉角)〉) 등은 중국 연극에서 자주 사용되는 곡패(曲牌)와 사패(詞牌)들이다. 또한 제2구의 《향라대(香羅帶)》는 중국의 지방 연극 가운데 하나인 월극(越劇)의 대표적인 작품 제목이다. 이것은 마치 오늘날 유행하는 노래나 영화 제목들만 가지고 그럴듯한 문구를 만들어 내는 것과 마찬가지의 유희인 셈이다.

이처럼 곡패와 사패를 활용하여 노래를 만드는 것은 당시의 연극이나 문인들의 놀이에서 새롭게 유행하던 것으로 보인다. 《서양기》에는 이런 작품들을 대부분 작자 스스로 지은 것으로 보이지만, 다른 문인의 작품을 한두 글자만 변형해서 인용한 경우도 있다. 제46회에 인용된 명나라 때 서분(舒芬: 1487~1531, 자는 국상[國裳], 호는 재계[梓溪])의 작품이 그런 예에 해당한다.

4. 기존의 평가와 새로운 의의

4.1 기존의 평가

루쉰(魯迅: 1881~1936, 본명은 저우수런[周樹人], 자는 예재[豫才])의 《중국소설사략》에서는 《서양기》가 작자의 시대에 일어난 임진왜란(壬辰倭亂)과 같은 오랑캐[夷狄]의 소요와 나라의 나약함에 비분강개하여 정화의 이야기를 떠올리고 민간의 이야기를 수집하여 이 작품을 지었지만, 정작 소설에서는 괴이한 것만 이야기하고 황당한 것만 다루고 있어서 서문에서 밝힌 것과 같은 비탄과는 거리가 멀다고 평가했다.[9] 주제의 측면만을 얘기한 것이기는 하지만, 확실히 이 평가는 이 작품을 별것 아닌 것으로 치부하는 듯한 어감을 물

9 루쉰 저, 조관희 역, 《중국소설사략》, 소명출판, 2004, pp.441~442 참조.

씬 풍긴다.

그러나 주이셴(朱一玄: 1912~2011) 등이 편찬한 《중국고전소설대사전(中國古典小說大辭典)》(河北人民出版社, 1998)에서는 전혀 다른 평가를 내리고 있다. 여기서는 탄정비(譚正璧: 1901~1991)의 설명을 인용하여, 이 작품은 배구(排句)의 문장을 많이 쓰고 우스갯소리[打諢]를 좋아하여 희곡 대본의 특색을 갖추고 있으며, 마환(馬歡: ?~?, 자는 종도[宗道], 호는 회계산초[會稽山樵])의 《영애승람(瀛涯勝覽)》과 비신(費信: 1388~?, 자는 공효[公曉])의 《성사승람(星槎勝覽)》,[10] 공진(鞏珍: ?~?, 호는 양소생[養素生])의 《서양번국지(西洋蕃國志)》 등의 전적을 참고하여 해외의 지리와 풍속을 자세히 서술했고, 이전의 소설과 희곡, 필기(筆記), 민간 전설 등을 널리 채집했다고 정리했다. 이 때문에 유월(兪樾: 1821~1907, 자는 음보[蔭甫], 호는 곡원거사[曲園居士])은 이 작품이 "확실히 《봉신연의》나 《서유기》보다 더욱 황당무계하지만 자유분방한 문체는 그보다 더 뛰어난 듯하다."(《春在堂隨筆》)라고 했고, 심지어 정전둬(鄭振鐸: 1898~1958)는 이 작품이 "《오디세이》보다 더욱 황당[怪誕]하고 《라마야나》와도 우열을 가리기 어렵다."(《삽도본중국문학사》)라고 했다. 주이셴 등은 이런 평가들을 함께 거론하면서 이 작품이 명나라와 청나라 때의 신선과 요괴의 이야기를 다룬 소설 가운데 위대한 명작으로 꼽을 수 있는 작품이

10 본 번역에서도 이 책들과 함께 《명사(明史)》 〈열전(列傳)〉의 〈외국(外國)〉 편들을 참조했다.

라고 결론지었다.

최근 들어 중국에서 이 작품은 인용된 문헌들의 교감에 거꾸로 활용되기도 하고, 명나라의 실제 역사를 기록한 책들의 내용과 비교되기도 하고,[11] 예술적 표현과 주제에 대한 새로운 관점의 해석들이 시도되면서 긍정적인 평가가 나오는 추세지만, 사실상 문학적 평가는 여전히 루쉰과 정전둬의 중간쯤에 머무는 것 같다. 물론 바다를 배경으로 한 모험 이야기의 단서를 연 이 작품으로 인해 청나라 때 이여진(李汝珍: 1763?~1830?, 자는 송석[松石], 호는 송석도인[松石道人])의 걸작 《경화연》이 나오게 되었다는 점은 이미 부인할 수 없는 공헌으로 공인되고 있다. 그러나 중국에서도 지금까지 이 작품의 원문에 자세한 주석이 붙은 텍스트가 나오지 않고 있는 실정을 고려하건대, 이 작품에 대한 정당한 평가가 나오기까지는 아직 많은 시간이 필요한 듯하다.

4.2 새로운 의미

사실 《서양기》는 주제의 측면을 논외로 할 때, 그 창작 기법이나 내용에서 상당히 흥미롭게 주목할 만한 요소들이 적지 않다. 무엇

11 특히 명나라 중엽에 모종의 원인으로 인해 정화의 공식적인 항해일지가 사라져 버린 까닭에 이 작품은 실제 역사를 연구하는 이들에게도 참고자료로 자주 활용되곤 한다.

보다도 위에서 개략적으로 살펴본 것처럼 이 작품은 다양한 장르의 재료들을 교묘하게 짜깁기하여 장편의 재미있는 이야기로 엮어 놓았다는 점에 주목할 필요가 있다. 이것은 사실 다른 예술 작품으로부터 내용이나 표현 양식을 빌려와 복제하거나 수정하여 작품을 만드는 현대 포스모더니즘의 기법인 '혼성모방(pastiche)'이라고 해도 큰 무리가 없을 만큼 선구적인 의미를 지니는 고고학적 유물인 셈이다. 물론 포스트모더니즘이라는 사조가 없었던 명나라 말엽의 작업이 '혼성모방'과 같은 어떤 이론을 토대로 이루어졌을 리는 없지만, 《서양기》가 배타적인 저작권으로부터 자유로운 시대가 만들어 낸 의미 있는 산물인 것이라는 점은 결코 부인할 수 없다.

또 이 작품에서는 왕 선녀[王神姑]와 황봉선(黃鳳仙), 백 부인(白夫人), 왕롄잉[王蓮英] 등 여성의 역할이 강조되고 있다는 점도 주목할 만하다. 이것은 많은 이들이 인정하고 있는 명나라 말엽과 청나라 초기의 여성 중시 풍조가 반영된 것으로 보이는데, 이 작품에서 무술과 술법으로 남성들을 압도하는 그녀들의 활약은 이후 여성을 주인공으로 한 소설이 등장하는 데에도 적지 않은 영향을 주었을 것으로 보인다. 대표적인 예가 바로 청나라 때는 문강(文康: ?~?, 자는 철선[鐵仙] 또는 회암[悔庵], 호는 연북한인[燕北閑人])에 의해 나온 협녀(俠女) 하옥봉(何玉鳳)의 활약을 그린 40회의 장편소설 《아녀영웅전(兒女英雄傳)》이다.

5. 맺음말

— 번역을 마치며

이상에서 간략히 설명했듯이 《서양기》는 그 자체로도 아주 흥미롭고 재미있으면서 문학적으로도 상당히 가치가 높은 작품이다. 다시 말해서 이 작품은 《서유기》와 같은 기존의 판타지 소설들과 비교해서 색다른 재미를 제공함으로써 중국 고전소설에 대한 인식의 폭을 넓혀줄 수 있다는 뜻이다. 이 작품의 내용에는 《서유기》와 같은 요소도 들어 있지만 《삼국연의》나 《수호전》 같은 비교적 현실적인 요소도 함께 어우러져 있기 때문이다. 또 이 작품은 고대 중국에서는 보기 드문 해양 모험담이며 흥미진진한 술법을 동원한 싸움 장면들을 곁들인 판타지이면서, 명나라 말엽까지 중국인이 생각한 '서양 오랑캐'의 모습을 엿볼 수 있는 자료이기도 해서 단순한 문학 작품 이상의 의미를 담고 있기도 하다. 이런 점에서 이 작품은 비교적 최근까지 국내 연구자들뿐만 아니라 일반인들 사이에도 그다지 알려지지 않았던 명·청 시기 중국과 동남아시아, 중동, 인도, 아프리카 여러 나라 사이의 관계에 대해서도 새로운 관심을 기울이게 함으로써, 고려시대와 조선시대 우리나라의 해양 활동과 관련된 연구를 활성화할 계기를 마련해 줄 수도 있는 것이다.

사실 본 번역은 역자가 진행하고 있는 일련의 중국 고전소설 원전 번역 계획의 일환으로 나온 결과물이다. 역자는 2013년 여름부터 2015년 가을까지 두 해 동안 이 작품을 번역하는 과정에서 일반 독자들이 소설의 재미를 충분히 즐길 수 있고, 나아가 전문 연구자들에게도 유용한 자료가 될 수 있도록 최선의 안배를 했다. 이후 출판사를 물색하면서 다시 네 해 동안 오류를 수정하고 역주를 보충했다. 하지만 앞서 언급했듯이 이 작품은 중국에서도 비교적 최근에야 그 가치가 재조명되기 시작해서 아직 상세한 주석본이 없는 상태이다.[12] 그러므로 비록 최선을 다했다 하더라도 특히 동남아시아 등의 역사에 대해 문외한인 역자의 역량이 모자란 탓에 당연히 부족하거나 잘못된 주석이 있을 터인데, 그나마 다행스럽게도 이것이 세계 최초의 번역이라는 점이 고려되어 심한 비판은 피할 수 있으리라 생각한다. 물론 그런 부분들은 해당 분야의 전문지식을 가진 독자들의 질정과 역자의 지속적인 공부를 통해 차츰 보완해 나갈 수 있을 것으로 기대한다.

마지막으로 이 책의 번역과 출판에 도움을 주신 분들께 깊이 감사한다. 특히 당시 전북대학교 연구원이었던 정현선 선생은 중요한 중국 자료를 구하는 데에 아낌없는 도움을 주었다. 그리고 출판 시장의 어려운 상황에서도 방대한 분량의 이 책을 출판하기로 선뜻 결심해주신 명문당 김동구 사장님에게도 심심한 감사를 표하는 바이다.

2021년 초봄 백운재에서

12 인터넷에 공개된 몇몇 주석본은 주석의 양도 극히 적을 뿐만 아니라, 일부 낯선 글자의 발음만 표기하거나 아예 주석 자체가 오류인 경우도 적지 않다.

삼보태감三寶太監

서양기西洋記 통속연의通俗演義 {7권}

초판 인쇄 2021년 6월 23일
초판 발행 2021년 6월 30일

저　자 | (명) 나무등
역　자 | 홍상훈
발행자 | 김동구
디자인 | 이명숙·양철민
발행처 | 명문당(1923. 10. 1 창립)
주　소 | 서울시 종로구 윤보선길 61(안국동)
　　　　우체국 010579-01-000682
전　화 | 02)733-3039, 734-4798, 733-4748(영)
팩　스 | 02)734-9209
Homepage | www.myungmundang.net
E-mail | mmdbook1@hanmail.net
등　록 | 1977. 11. 19. 제1~148호

ISBN 979-11-91757-07-1 (04820)
ISBN 979-11-91757-00-2 (세트)

20,000원

* 낙장 및 파본은 교환해 드립니다.